어촌 심언광 연구총서 05

어촌 심언광의 문학과 사상 2

어촌
심언광의
문학과
사상

2

어촌 심언광 연구총서 05

　어촌 심언광漁村 沈彦光은 1487년 강릉에서 태어나 청요직을 두루 거쳤던 유망한 정치가이자 850여 수에 이르는 주옥같은 한시와 명문들을 남긴 16세기 전반 최고의 문장가로 칭송받았던 인물이다. 사후 350여 년이 지나 후손들에 의해 그의 시문을 엮은 『어촌집』이 간행되어 오늘에 전해지고 있지만 그의 생애와 문학적 가치는 역사 속에 잠든 채 제대로 된 조명을 받지 못하였다.

　강릉문화원은 2006년 『어촌집』을 번역한 『국역 어촌집』을 발간하며 공의 작품을 세상에 다시 알리는 가치 조명의 토대를 마련하였다. 이후 2010년 '어촌 심언광 전국학술세미나'를 개최함으로써 본격적인 연구가 시작될 수 있었고, 현재까지 9회에 걸쳐 문학·역사·철학 분야의 연구 논문 34편을 발표하였다.

　세미나의 연구 성과는 축적되어 '어촌 심언광 연구총서'로 발간되고 있다. 연구총서 1·2집은 학술세미나의 발표논문을 엮어 발간하였고, 3집은 어촌의 한시 중 90편을 선정하여 번역과 해설로 풀어낸 『어촌 시 평설』로, 4집은 인물과 문학에 대한 입체적인 연구 성과를 담은 『어촌 심언광의 삶과 문학』으로 발간되었다. 그리고 이번에 발간하는 5집은 1·2집에 이어 세 번째 발간되는 논문집으로 2014년부터 2017년까지 어촌 심언광 전국학술세미나에서 발표 된 11편의 논문을 수록하였으며 4년간의 연구 성과를 집대성한 성과물이다.

인물연구와 선양은 짧게는 반백년 길게는 수백 년에 걸쳐 이루어져야 한다. 이에 반해 11년을 맞은 공에 대한 연구는 아직 시작 단계라고 할 수 있지만 역사 속에 잠들어 있던 인물을 발굴하고 가치를 조명하는 작업은 헌신적인 노력과 연구자들의 열정에 힘입어 의미 있는 성과를 내고 있다.

'어촌 심언광 연구총서 5집'이 나오기까지 본 사업에 지원을 아끼지 않은 강원도, 강릉시, 삼척심씨대종회와 자문위원으로 함께 해주고 계신 박도식, 박영주 두 분 교수님의 헌신에 깊은 감사를 드린다. 아울러 심언광을 연구하는 많은 학자 분들의 노고에도 깊은 감사를 드리며 앞으로 더욱 깊이 있는 연구가 이루어질 수 있도록 지속적인 관심을 부탁드린다.

2018년 12월

강릉문화원장 최 돈 설

| 차례 |

2부
어촌 심언광의 생애

3부
어촌 심언광의 사상

1부

이촌 심언광의 문학세계

01

어촌 심언광 시세계의 양상과 주제적 특징

박위명_강원대학교 강사

이 글은 강릉문화원에서 개최한 "제5회 어촌 심언광 전국학술세미나"(2014.11.14.)에서 발표한 논문을
수정·보완한 것이다.

1. 머리말

　어촌漁村 심언광沈彦光(1487~1540)은 16세기 전반을 대표하는 문인 가운데 한 사람이다. 그럼에도 불구하고 오늘날까지 별다른 주목을 받지 못한 이유는 기묘사화로 조광조가 이끄는 사림파가 몰락한 뒤 이조판서로 등용된 김안로金安老(1481~1537)를 인진引進했다는 정치적 오명 때문이다. 김안로가 사사賜死 당한 후 어촌 역시 삭탈관직되어 향리 강릉에 은거한 지 이태만에 세상을 뜬다. 사후 144년만에 신원伸寃이 이루어지기는 했으나, 기존 역사 기록에서의 어촌에 대한 평가는 부정적인 것들이 대부분이다. 그러나 그의 시문만은 당대에도 높은 평가를 받았다. 『조선왕조실록』에 나오는 기록을 옮겨보면 다음과 같다.

> 심언광은 사람됨이 질박하고 솔직하며 시문을 잘하였다. 뜻을 얻자 자주 대각의 의논을 전담하여 한때의 소장이 그의 손에서 많이 나왔다.[1]

> 상이 '일출부상日出扶桑'이란 칠언율의 시제를 친히 써서 따르는 신하들에게 모두 시를 짓게 하고, 또 좌상과 우상에게 심사하게 하였다. 심언광과 정사룡이 우등을 차지하였다.[2]

　어촌 심언광의 시문이 비로소 주목받기 시작한 것은 근래 『국역 어촌집』[3] 간행을 계기로 몇차례 학술세미나가 개최되면서부터다. 지금까지의

1　彦光爲人, 野直能詩文. 及其得志, 屢擅臺閣之議, 一時疏章, 多出其手. : 『中宗實錄』, 中宗31年 (1536) 1月6日 壬戌
2　上親書 '日出扶桑' 七言律詩題, 命侍臣皆製之, 又命左右相考之. 沈彦光鄭士龍優等. : 『中宗實錄』, 中宗31年(1536) 10月15日 丁酉
3　『國譯 漁村集』, 강릉문화원, 2006. ※어촌의 문집은 사후 350년이 지나 간행되었는데, 작자에 대한

어촌에 대한 연구는 『어촌집』에 실려 있는 시詩와 문文[4]을 대상으로 이루어졌다.

우선, 어촌의 문을 대상으로 한 논의는 박도식·한춘순·김성수·송수환·이혜정에 의해 이루어졌다. 박도식[5]은 16세기 전반의 정국 동향과 함께 어촌이 지닌 경세관과 국방의식을 연구하였다. 한춘순[6]은 어촌의 생애를 세 시기로 나누어 각 시기에 해당하는 관직생활에 대해 살펴보았다. 김성수[7]는 사림파에 의한 경세론이 자리를 잡아가는 시기에 어촌의 학문과 사상이 시세에 부합하지 못했음을 논의하였다. 송수환[8]은 기묘사화 직후의 훈척정치를 살피면서 어촌의 십점소十漸疏 내용을 논의하였다. 마지막으로 이혜정[9]은 어촌의 삶과 그가 교유한 인물을 출사 이전과 이후로 나누어 살피면서 그의 내면적 지향을 논의하였다.

지금까지 어촌의 문을 대상으로 한 논의들은 그의 정치적·사상적 지향이 지니는 의미를 파악하는 데 초점을 맞추고 있다 하겠는데, 이에 대한 보다 구체적인 작업이 뒤따라야 할 것으로 보인다. 이와 함께 어촌을 척신세

부정적인 인식으로 인해 문집 간행이 쉽지 않았던 것으로 보인다. 『漁村集』은 어촌의 孫壻 홍춘년이 강원도관찰사로 부임하였을 때, 초고를 수습하여 4책으로 판목에 새겨 간행함으로써 세상에 나왔다. 그러나 이 초간본은 兵禍를 거치면서 산일되어 완전하지 않아, 1889년(고종26년)에 다시 후손들에 의해 13권 4책의 활자본으로 간행되었는데, 『國譯 漁村集』은 이를 저본으로 삼은 것이다.

4 어촌이 홍문관과 사헌부에 재임할 때 올린 疏와 祭文을 비롯하여, 記·序·論 등의 글을 말함.

5 박도식, 「어촌 심언광의 생애와 경세론」, 『어촌 심언광 학술총서』 제1집, 강릉문화원, 2010 ; 「어촌 심언광의 守令觀」, 『제2회 어촌 심언광 학술세미나 자료집』, 강릉문화원, 2011 ; 「어촌 심언광의 국방론」, 『제4회 어촌 심언광 학술세미나 자료집』, 강릉문화원, 2013.

6 한춘순, 「어촌 심언광의 정치 역정과 생애」, 『제2회 어촌 심언광 학술세미나 자료집』, 강릉문화원, 2011.

7 김성수, 「沈彦光의 삶과 정치-학문과 정치론을 중심으로」, 『제3회 어촌 심언광 학술세미나 자료집』, 강릉문화원, 2012.

8 송수환, 「어촌 심언광의 '십점소' 고찰」, 『제3회 어촌 심언광 학술세미나 자료집』, 강릉문화원, 2012.

9 이혜정, 「어촌 심언광의 삶과 교우관계」, 『제4회 어촌 심언광 학술세미나 자료집』, 강릉문화원, 2013.

력으로 볼 것인지 아니면 사림세력에 속하는 인물로 볼 것인지에 대한 확
장된 논의 또한 필요할 것으로 보인다.

다음으로, 어촌의 한시를 대상으로 한 지금까지의 논의는 크게 작품세
계를 포괄적으로 조명한 경우와 작품의 일부를 주제적 국면에서 집중 논의
한 경우로 대별할 수 있다.

어촌의 작품세계를 포괄적으로 조명한 논의는 박영주·김은정·이한길·박
해남에 의해 이루어졌다. 박영주[10]는 어촌 시세계의 전반적인 양상을 파악
하고 어촌 한시에 대한 역대 평을 한 자리에 모아 어촌시의 특징적 면모와
의미를 부여했으나, 본격적인 작품론은 펴지 않았다. 김은정[11]은 어촌의 생
애와 함께 작품의 전반적 양상을 살폈지만, 적지 않은 작품임에도 불구하
고 이를 다만 관각시·우국시·회고시로 구분하여 그 성격을 간략하게 논의
하였다. 이한길[12]은 어촌 한시의 흐름을 생애사적으로 살펴보고자 했으나,
문집의 시편들을 순서대로 나열·확인하는 데 그쳤다. 박해남[13]은 16세기
전반 조선의 문학적 풍토 속에서 어촌시가 차지하는 위상을 고찰하고자 하
였으나, 적은 수의 작품 분석과 함께 구체적인 논의가 진행되지 않았다.

어촌시의 일부를 주제적 국면에서 집중적으로 살핀 논의는 김은정·강지
희·하정승·신익철·박동욱·김형태·박종우에 의해 이루어졌다. 김은정[14]은
어촌의 교유관계와 교유시를 분석하였는데, 몇몇 대표적 인물들에 한정

---

10 박영주, 「어촌 심언광의 시세계의 양상과 특징」, 『고시가연구』 제27집, 한국고시가문학회, 2011.
11 김은정, 「어촌 심언광의 생애와 시세계」, 『한국한시작가연구』 5, 한국한시학회, 2000.
12 이한길, 「어촌 심언광의 한시 고찰」, 『어촌 심언광 학술총서』 제1집, 강릉문화원, 2010 ; 「어촌 심언
    광의 경포 관련 한시 고찰」, 『어촌 심언광 학술총서』 제1집, 강릉문화원, 2010.
13 박해남, 「漁村 沈彦光의 詩文學 考察-당대의 문학현실과 관련하여」, 『제2회 어촌 심언광 학술세미
    나 자료집』, 강릉문화원, 2011.
14 김은정, 「어촌 심언광의 교유시 연구」, 『어촌 심언광 학술총서』 제1집, 강릉문화원, 2010.

하여 단편적 양상만을 살펴보았다. 강지희[15]는 『귀전록』에 실려 있는 영사시를 논의하였지만, 작품 속에 담겨 있는 어촌의 자기인식이나 삶의 지향을 파악하는 데 이르지는 못했다. 하정승[16]은 어촌시 가운데 적지 않은 양을 차지하는 만시를 고찰하였으나, 작품의 구체적인 내용과 형식상의 표현에 대한 논의가 자세하게 이루어지지 않았다. 신익철[17]은 『동관록』과 『귀전록』에 나타난 관동 산수에 대한 인식 양상과 어촌의 생애의 변모에 따른 미의식의 변화 양상을 논의하였으나, 애초 의도했던 어촌시의 문학사적 위치에 대해서는 간략하게 언급하는 데 그쳤다. 박동욱[18]은 『북정고』에 나타난 어촌의 함경도관찰사 시절의 체험을 논의하였지만, 어촌의 생애적 궤적에 따른 미의식의 변화 양상과 그 의미를 도출하는 데까지 이르지는 못했다. 김형태[19]는 어촌의 자연인식과 함께 작품 소재의 상징성을 고찰하였으나, 그 실상에 대한 체계적인 접근이나 상징의 개성적 면모에 대해서는 정치한 논의를 펴지 못했다. 박종우[20]는 어촌시의 만당풍과의 상관성을 중심으로 심미적 특성을 파악하고자 하였으나, 만당풍을 지칭하는 기준의 설정이 어촌 시작품에 맞는 것인가에 대한 논의가 더 필요한 것으로 보인다.

이상에서 보듯 어촌 심언광에 대한 연구는 그의 사상과 문학 양면에서

---

15 강지희, 「漁村 沈彦光의 詠史詩에 대한 一考察」, 『제3회 어촌 심언광 학술세미나 자료집』, 강릉문화원, 2012.

16 하정승, 「어촌 심언광 한시에 나타난 죽음의 형상화와 미적 특질」, 『동양학』 제55권, 단국대학교 동양학연구소, 2014.

17 신익철, 「심언광의 『동관록』과 『귀전록』에 나타난 공간 인식과 그 의미」, 『어촌 심언광 학술총서』 제1집, 강릉문화원, 2010.

18 박동욱, 「조선 지방관의 고단한 서북 체험 - 「북정고」를 중심으로」, 『제3회 어촌 심언광 학술세미나 자료집』, 강릉문화원, 2012.

19 김형태, 「어촌 심언광 시의 자연 인식과 상징성 연구」, 『제2회 어촌 심언광 학술세미나 자료집』, 강릉문화원, 2011.

20 박종우, 「漁村 沈彦光 漢詩의 風格과 美的 特質」, 『제4회 어촌 심언광 학술세미나 자료집』, 강릉문화원, 2013.

진행되고 있으나, 초기 연구 단계에서 벗어나지 못하고 있는 실정이다. 특히 많은 작품수가 전하는 시세계에 대한 연구는 본격적인 단계에 돌입하지 못하고 있다. 어촌 시세계의 전반적인 양상과 특징을 논의한 예로 박영주의 연구가 있을 따름이며, 어촌이 이룩한 문학적 성과에 대한 본격적인 작품론이 절실한 상황이다.

이 글에서는 현전하는 어촌시 전체를 파악하여 작품수를 확정하고, 이를 형식별·유형별로 나누어 어촌 시세계의 양상을 살펴본 다음, 이러한 양상들 가운데 어촌 시세계를 대표할 수 있는 작품들을 주제적 국면에서 논의하고자 한다. 어촌시의 양상을 형식별·유형별로 나누어 살펴보는 일은 어촌 심언광 시세계를 포괄적으로 파악하는 데 유용한 관점을 제공할 수 있을 것이다. 나아가 어촌 시세계를 대표할 수 있는 작품들을 주제적 국면에서 논의하는 작업은 어촌시의 개성적 면모를 구명하는 과정이자 문학사적 위치 및 의의를 파악하는 디딤돌이 될 수 있을 것이다.

2. 어촌 심언광 시세계의 양상

현전하는 『어촌집』은 모두 13권으로 이루어져 있다. 이 가운데 권1~권7과 권10은 시, 권8~권9는 문, 그리고 권11~권13은 행장·묘비명·발문 등의 부록으로 구성되어 있다.

권1~권3과 권6에 수록된 시는 어촌이 환로宦路에 들어선 초기부터 경·외직을 거치는 동안 지은 작품들로, 계축시·만시 등이 두루 실려 있다. 권4는 『동관록東關錄』과 『서정고西征稿』로 이루어져 있다. 『동관록』은 1530년 강원도관찰사로 재임한 때의 시편들이고, 『서정고』는 1536년 평안도경변사로 재임할 때의 시편들이다. 권5는 『북정고北征稿』로, 1537년 함경도관찰사로 좌천되었을 때의 시편들을 모은 것이다. 권7은 1537년 명나라 사신 공용경龔用卿과 오희맹吳希孟이 황자皇子의 탄생을 알리고자 왔을 때 어촌이 관반사館伴使에 임명되어 지은 『관반시잡고館伴時雜稿』가 수록되어 있다. 권10은 『귀전록歸田錄』으로, 1538년 파직되어 향리 강릉으로 돌아와 경호별업鏡湖別業에서 세상을 떠나기까지의 시편들이 실려 있다.

『어촌집』에 수록되어 있는 한시는 모두 618제 859수이다.[21] 이 중 어촌의 작품은 602제 839수이다.[22] 여기에다 『어촌집』에는 수록되어 있지 않은 어촌의 작품 2수가 따로 전한다. 교산 허균蛟山 許筠(1569~1618)이 편찬한 『국조시산國朝詩刪』에 실려 있는 〈능금꽃 떨어지다[來禽花落]〉·〈낙화落花〉[23]가 그것이다. 이를 포함하면 어촌의 시는 총 604제 841수가 된다. 이들을 형식별 양상과 유형별 양상으로 나누어 살펴보면 다음과 같다.

1) 형식별 양상

어촌의 한시 604제 841수를 형식별로 구분해 보면, 고시 57수, 절구 240수, 율시 522수, 배율 21수, 그리고 시구가 산실되어 완전하지 않은 미완의 작품 1수로 파악할 수 있다. 이를 도식화하면 다음과 같다.

---

21 『어촌집』에 실려 있는 618제 859수 가운데 16제 20수는 어촌의 작품이 아니다. 이들 작품은 조운흘(趙云仡, 1332~1404), 김응기(金應箕, 1455~1519), 이희보(李希輔, 1473~1548), 박수량(朴遂良, 1475~1546), 이행(李荇, 1478~1534), 성세창(成世昌, 1481~1548), 정사룡(鄭士龍, 1491~1570), 공용경(龔用卿, 1500~1563), 이정구(李廷龜, 1564~1635), 송시열(宋時烈, 1607~1689), 김세남(金世南, 생몰연대 미상), 오희맹(吳希孟, 생몰연대 미상), 채소권(蔡紹權, 생몰연대 미상), 이담(李橝, 생몰연대 미상)의 한시이다. 이 중 김응기와 송시열의 작품은 2수씩, 정사룡과 이희보의 작품은 3수씩 실려 있다.

22 박영주는 어촌 한시 작품을 도합 850수로 파악하였는데, 이는 어촌이 아닌 다른 문인들의 작품을 제외하는 데에서 이 글과는 차이가 나는 것으로 보인다.(박영주, 앞의 「어촌 심언광의 시세계의 양상과 특징」, 237면 참조.)

23 『國朝詩刪』 詩 卷3 七言絶句·「沈彦光」

형식	고시				절구		율시		배율		미완	총계
자수	사언	오언	칠언	잡언	오언	칠언	오언	칠언	오언	칠언	기타	
작품수	3	40	11	3	38	202	170	352	11	10	1	841
합계	57				240		522		21		1	

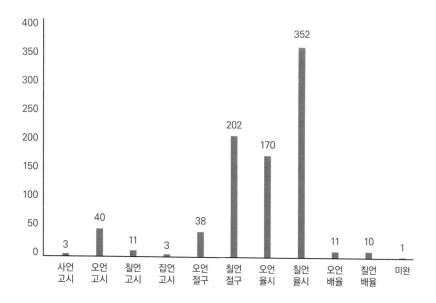

주지하는 바와 같이 한시에는 비교적 자유로운 형식의 고시가 있는가 하면 까다로운 형식을 준수하면서도 그 안에서 시상을 치밀하게 짜야하는 절구와 율시가 있다. 위의 표를 보면 어촌시 가운데 가장 많은 비중을 차지하는 형식은 율시로, 522수로 집계되어 전체 62%에 해당한다. 어촌은 절구로 시상을 응축시켜 쓰기보다는 풀어서 쓰기를 좋아한 것으로 보인다. 글자 수에서는 칠언의 형식이 다수를 차지하면서도 어촌의 작품에는 같은 제목 아래 오언과 칠언이 함께 섞여 있는 경우도 존재한다. 이와 함께 같은

제목의 작품 안에서 율시와 절구가 함께 나타나는 경우도 볼 수 있다. 또 율시 중에서도 칠언이 다른 형식들보다 월등하게 많음을 확인할 수 있다.

다음으로 많이 나타난 형식은 절구로, 율시의 작품수 절반에 가까운 240수가 있다. 절구의 대부분이 칠언으로 나타나는데, 칠언절구는 사실의 개요를 제시하고 간결한 의론을 끼워 넣기에 적합하기 때문에 어촌은 칠언율시 다음으로 칠언절구의 형식을 즐겨 쓴 것으로 생각된다. 특히 『귀전록』에 실린 시작품은 114수인데, 이 가운데 칠언절구는 67수로 절반 이상의 작품이 칠언절구 형식으로 창작되었다.

그리고 고시와 배율의 작품은 합하여 100수가 채 되지 않는다. 고시는 어촌의 작품에서 한 구의 자수가 사언·오언·칠언으로 가지런한 형태와 가지런하지 않은 잡언雜言의 형태로 나타나는데, 오언이 고시의 대부분을 차지한다. 배율은 고시의 작품보다도 적은 21수가 있고, 오언과 칠언이 거의 같은 수로 집계되었다.

어촌 한시의 형식별 양상에서 칠언율시가 많은 것은 그것이 당시 보편화된 시형식이었기도 할뿐 아니라, 일반적으로 오언보다는 칠언이 창작하기 쉬운 당대 시경향을 충실히 따르고 있기 때문인 것으로 보인다. 아울러 앞의 도식에서 드러나지는 않지만 어촌은 다른 사람의 시를 차운한 작품을 많이 썼다. 차운시의 제목수만 세어 보아도 144제에 이른다. 이 중에서도 칠언율시의 차운시가 79수로, 어촌이 차운한 작품의 형식에서도 칠언율시가 많음을 파악할 수 있다. 어촌시는 율시와 절구가 대부분을 차지하는 가운데, 절구보다는 율시를, 오언보다는 칠언을 즐겨 사용했음을 알 수 있다.

2) 유형별 양상

어촌 한시는 전체 양이 방대하기도 하거니와, 내용적인 면에서도 복합적인 양상을 보이기에 유형을 분류하기 쉽지 않다. 이 글에서는 기존 연구에서 작품 창작계기 및 제재를 기준으로 설정했던 유형[24]이 어촌 한시를 체계적으로 이해하고 또 그 특징을 파악해보기에 수월하다고 판단하여 그 틀을 가져와 사용하기로 한다. 기타를 포함하여 8개의 유형으로 구분한 다음 제목수와 작품수를 명시하고, 다시 작품수를 기준으로 비율을 산정하여 표로 제시하면 다음과 같다.

유형	술회시	교유시	유람시	관각시	애도시	영사시	경물시	기타	합계
제목수	154	119	117	86	52	40	33	3	604
작품수	217	188	138	129	86	40	40	3	841
비율(%)	26	22	17	15	10	5	5	0	100

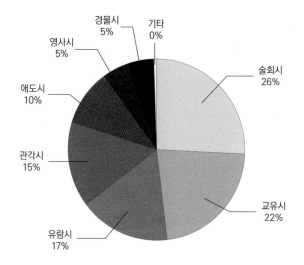

---

24 박영주, 앞의 「어촌 심언광의 시세계의 양상과 특징」, 237면.

유형	술회시	유람시	교유시	관각시	애도시	영사시	경물시	기타	계
작품수	242	192	160	118	66	40	27	5	850(수)
비율	28(%)	23(%)	19(%)	14(%)	8(%)	5(%)	3(%)		100(%)

현전하는 어촌시 604제 841수 가운데, 가장 많은 비중을 차지하는 유형은 술회시와 교유시이며, 유람시와 관각시가 비슷한 비중으로 다음을 차지한다. 그 다음으로 많은 작품은 애도시로서 사대부의 시작품으로는 매우 많은 수가 나타는데, 이는 어촌시의 특징적 면모라고 할 수 있다. 이밖에 영사시 작품 40수와 경물시 작품 40수가 전한다. 기존 논의[25]에서는 술회시(28%) 다음으로 유람시(23%)와 교유시(19%)가 그 뒤를 따르고 있는 것으로 파악하고 있는 점이 이 글과 다르다. 이것은 외지에 나가 유람하면서 주변인물과 교유하는 내용이거나, 차운시를 주고 받은 작품들을 기존 논의에서는 유람시로 구분하고 이 글에서는 교유시로 구분하였기 때문에 차이가 나는 것으로 볼 수 있다.

술회시는 가슴 속에 품은 포부나 자연의 물상들이 환기하는 감정으로부터 삶의 현실에서 겪는 고뇌와 애환에 이르기까지 다채로운 내면의 소회를 토로한 것을 말한다. 어촌 한시에서 술회시는 154제 217수가 있고, 전체에서 차지하는 비중은 26%에 해당한다. 주로 강원도와 평안도, 함경도에서 외직생활을 하던 시기와 말년에 관직을 내려놓고 향리 강릉에서 지낸 시기에 창작한 작품들에 술회시가 많다. 이것은 어촌이 지향했던 입신양명과 경국제민經國濟民의 포부와 멀어져 영락의 길을 걷게 되는 시기에 갖게 되는 회한과 자탄의 내면 정서를 시화詩化한 것이기 때문이다.

교유시는 비슷한 연배 사이의 사귐을 포함하여 마음이나 감정이 통하는 이들과의 교분交分 혹은 정의情誼를 주고 받는 경우의 시를 일컫는다. 어촌은 많은 인물들과 교유하면서 작품을 주고 받았는데, 특히 향리생활에서 교유했던 김광철과 본격적인 관직생활을 시작하며 교유했던 민수천은 어촌의 대표적인 지기들로 꼽힌다. 그밖에 여러 인물들과 주고받은 차운시와

---

25 박영주, 위의 「어촌 심언광의 시세계의 양상과 특징」, 237면.

관직이 바뀌어 임지로 옮겨가는 사람들을 송별하며 쓴 작품들이 『어촌집』 전반에 두루 찾아 볼 수 있다. 그리하여 어촌 시작품에서 교유시가 차지하는 비중은 23%로 술회시 다음으로 많이 분류된다.

유람시는 산수 간에 노닐거나 명승을 탐방하는 기행을 위시하여, 민정을 순찰하는 등의 직무수행 과정에서 마주친 풍광들을 묘사하면서 감회 혹은 정취를 시화한 것을 이른다. 유람시는 풍속이나 경관으로부터 환기되는 감회 혹은 정취가 빈번하게 노래된다는 점에서 술회시와의 차별성이 애매한 경우가 많으나, 작품 창작의 계기 및 제재에 초점을 맞출 때 구분 또한 가능하다고 했다.[26] 작품 내용상 여행하거나 임지로 발령받아 이동하면서 본 풍광에 중점을 두고 있으면 유람시로 구분하였으며, 이러한 유람시들은 『어촌집』에서 『서정고』와 『귀전록』에 주로 나타난다. 특히 『서정고』는 1536년 관서경변사로 제수되어 평안도에 잠시 머물다가 곧 이조판서가 되었던 시기의 문집으로 좌천의 성격을 가진 함경도관찰사 시절과는 작품의 분위기에 있어 차이가 난다. 경변사 재임시절 평양 일대의 명승지를 돌며 쓴 유람시들을 여럿 찾을 수 있을뿐 아니라 1530년 강원도관찰사로 잠시 임명되었던 시절에 썼던 작품들도 유람시의 양상을 보인다.

관각시는 벼슬살이 과정에서 표방하는 관인으로서의 자세나 정신적인 태도를 비롯하여, 왕업과 군주의 덕을 칭송하는 등 경국제민에 결부된 내용을 위주로 한 화려하고도 장식적인 표현미가 중시되는 시를 통칭한다. 뛰어난 시인이면서도 정치가적 면모가 두드러진 어촌은 사회적인 현실과 함께 충정·애민의 정서를 시에 담아내기도 했는데, 전체 어촌의 한시 중에 15%에 해당하는 129수가 그것이다. 16세기의 관각문인은 잦은 사화에 목숨을 잃기도 하고, 다시 관각에 서게 되더라도 이전에 가졌던 화려함이 거

---

26 박영주, 위의 「어촌 심언광의 시세계의 양상과 특징」, 238면.

세되기 마련이다. 어촌 역시 그 시대 관각문인이 겪었던 일련의 과정을 그대로 겪는데, 물론 당시 기묘사화의 영향보다는 김안로와의 정치적 연관성으로 인한 것이었다. 그러기에 말년의 시기에 쓴 작품들은 마음 깊은 곳에서 우러나는 연군의 정을 실어내어 신하의 예를 갖추는 어촌의 모습을 볼수 있다.

애도시는 말 그대로 이승을 떠난 이의 죽음을 슬퍼하는 시편을 일컫는다. 어촌이 지은 애도시는 86수로, 이 가운데 특징으로 왕후의 죽음 다룬 애도시가 포함되어 있다. 연산군 폐비 신씨를 애도하는 시와 정현왕후 만사輓詞, 장경왕후 능을 옮길 때의 만장은 어촌이 왕후들에게 지녔던 존경심과 그에 대한 애도의 마음을 드러내고 있다. 또한 애도시에서 가족과 연관된 작품이 9제 13수가 포함되어 있다. 사랑하는 아내와 자식의 죽음을 안타까워하는 시편뿐 아니라 조카의 죽음을 슬퍼하여 작품을 썼을 정도로 어촌의 다정함과 세심함을 엿볼 수 있다. 어촌의 애도시는 통곡소리를 내기보다는 죽음에 대한 애도와 슬픔을 잔잔하게 그려내고 있다.

영사시는 역사적 사실이나 인물을 제재로 한 시를 말한다. 영사시는 어촌이 파직되어 고향으로 내려와서 쓴 작품으로 40수가 『귀전록』에 실려 있다. 어촌의 영사시는 모두 칠언절구의 형식을 취하고 있으며, 주나라 '태공'부터 송나라 '장세걸'에 이르는 중국 역사적 인물들을 주인공으로 삼아 전반적으로 당시 작가가 놓여있던 현실을 반영한 시선의 작품들이다. 충신이 많이 등장하지만 각 인물들의 역사적 성격과 평가가 다른데, 은둔을 지향하는 역사적 인물들에 대해서는 긍정적인 평을 한 것으로 해석된다. 전원에서의 삶을 지향한 도연명과 업적을 세운 후 은거를 택한 장량의 선택에 대해서는 긍정적으로, 제갈량의 선택에 대해서는 꼭 그랬어야 했는지 반문하며 회의적인 시각을 드러냄으로써 어촌 자신의 정치적 견해를 피력하고자 했던 것으로 보인다.

경물시는 자연의 정경이나 사물을 제재로 하여 그 자체의 속성이나 의미에 초점을 맞추어 노래한 시편들을 말한다. 어촌은 꽃이 피면 시를 지어 즐거워하고 꽃이 지면 가는 봄을 슬퍼했다. 무더운 여름과 추운 겨울에는 그 괴로움을 노래했다. 그밖에 국화·바위·호수·노송 등을 노래한 작품들이 있다. 이와 같이 경물을 우선하여 그것을 주로 표현한 작품은 33제 40수로 분류할 수 있는데, 이것은 조선시대 문인들이 주로 술회시 다음으로 경물시를 짓고 향유했던 점을 생각하면 전체 5%에 해당하는 적은 작품수라 할 수 있다.

기타에 속하는 작품은 3제 3수로 칠석날과 단오의 풍속을 그려낸 작품과 시구가 산일되어 미완인 작품이 그것이다.

이상에서 알 수 있듯이 어촌 시의 유형적 특징은 다양한 내면의 소회를 드러내는 술회시가 많이 나타나는 것과 함께 사람살이에서 겪는 일들을 시로 쓴 것이 많다는 점이다. 교유시와 유람시는 술회시 다음으로 많은 작품수를 차지하고 있으며, 특히 교유시에서 나타나는 교유인물이 다양하게 나타나고 있는 점이 특징이다. 관각시는 어촌이 관반사의 임무를 수행하면서 명나라 사신들과 주고 받은 작품들과 계축시와 첩문 등이 있고, 애도시는 다른 사대부 문인들의 작품에 비해 많은 작품 수가 나타난다. 이밖에 경물시는 어촌시에서 가장 적은 비중으로 나타나고 있다. 교유시와 유람시, 애도시와 영사시까지 포함하여 생각해 볼 때 어촌은 일상 속에서 비롯되는 사람들 간의 사회적 관계를 중시하고 역사적 인물의 행동을 되짚어 보면서, 이것을 바탕으로 자신의 삶의 경로를 반추해 보고자 하는 것으로 보인다.

3. 어촌 심언광 시의 주제적 특징

　일상을 살아가면서 겪는 일을 소재로 하여 이것에 대한 여러 감회를 담아내어 시화하는 일은 조선시대 사대부로서 당연한 일이었다. 후대의 사람들은 당대 작품을 살펴보면서 해당 작자의 삶을 가늠해 볼 수 있는데, 어촌 역시 그의 시작품을 살펴봄으로써 그가 살아온 경로를 살펴볼 수 있다.

　『어촌집』은 어촌이 환로에 들어선 초기부터 경·외직을 거치고 말년에 파직되어 향리 강릉으로 돌아온 과정을 차례로 담고 있다. 어촌의 작품은 그가 놓였던 상황에 따라 크게 세 국면으로 나눌 수 있는데, 중앙 관직에 나아갔을 때와 외직으로 물러났을 때 그리고 낙향하여 향리에 머물 때가 그것이다. 이 세 국면을 앞에서 살핀 어촌시의 각 유형별 양상과 연계하여 보면, 중앙 관직에 나아갔을 때는 술회시·교유시·관각시·애도시 유형의 작품이 많고, 외직으로 물러났을 때는 술회시·교유시·유람시 유형의 작품이 많고, 낙향하여 향리에 머물 때는 술회시·영사시·경물시 유형의 작품이 많다.

　이 글에서는 어촌이 놓여있던 상황에 따라 나눌 수 있는 세 국면에 두드러진 작품경향을 염두해 둘 때 나라를 걱정하고 임금을 사랑하는 어촌의 우국충정을 향한 결의를 형상화한 시들이 두루 나타나고, 어촌의 생애적 궤적과 관련하여 김안로와의 연관성으로 좌천되었던 시기에 자아성찰을 통한 자탄과 후회의 소회를 형상화한 시가 많다. 또한 좌천 성격의 여부를 떠나서 어촌은 풍부한 외직 경험으로 여러 지방을 유람할 기회가 많았을 뿐 아니라, 낙향하여서 강호에 머물며 누렸던 풍류흥취를 드러내어 형상화한 작품들이 있다.

　이제 어촌 시세계의 양상을 발판으로 삼아 어촌시의 특징적 국면에 초점을 맞추어 그 실상을 구명해 보고자 한다.

1) 우국충정의 결의

어촌은 예문관 한림을 시작으로 평탄한 환로를 유지하다 외직으로 밀려나는 부침을 겪고 결국 파직되어 낙향하게 된다. 이러한 생애적 과정과 함께 우국과 충정의 결의를 형상화하는 작품은 어촌시 전체에서 지속적으로 나타난다. 특히 젊은 시절 출사한 초기의 작품들은 경국제민의 뜻을 펴는 현실 지향의식이 두드러진다.

〈또 한수[又]〉

땅에 떨어진 군자가 되니

춘추는 30세로다

세정은 사람이 박한 것을 부끄러워하고

공도는 달이 밝은 것을 사랑하네

방랑하는 자취는 의당 장중한데

그윽하게 살며 이름이 빠질까 두려워하네

유의는 딴 뜻으로 지어 입은 것이 아니라

산새가 모두 놀라지 말라고 입은 것이네

墮地爲君子

春秋三十齡

世情人愧薄

公道月憐明

浪跡宜莊器

幽棲怕漏名

儒衣非異製

山鳥莫偏驚

－『漁村集』권1

이 작품은 어촌의 나이 27세에 과거에 급제한 이후 순탄한 관직생활을 영위하면서 스스로의 나이가 30세에 이르자 자신이 나아갈 바를 다시 한 번 다잡는 모습을 보이는 작품이다. 함련에 '세정은 사람이 박한 것을 부끄러워하고'와 같이 세간에서 높이 생각하는 이상과는 달리 어촌은 성리학을 공부한 조선의 유학자로서 충정의 신하이면서 입신양명의 꿈을 이루고자 함을 파악할 수 있다. 경련에 자신이 가진 뜻이 장중하고 원대함을 드러내면서도 미련에 유의儒衣는 다른 뜻으로 입은 것이 아니라 산새가 놀랄까 하여 입은 것이라 짐짓 그 포부를 누그러뜨려 표현하고 있다.

이것은 어촌이 득의의 시절 지녔던 포부와 결의를 보여주는 것으로, 관리로서 자부심이 내재되어 있다. 그는 남다른 시재가 있었기에 15세에 향시삼장鄕試三長에서 장원을 하기도 하고 명나라 사신을 맞이하는 관반사의 임무를 맡기도 했다. '방랑하는 자취는 의당 장중한데'와 같은 표현은 그의 관직에 대한 강렬한 의지를 엿볼 수 있는 단적인 예라 할 수 있다. 이러한 결의를 '산새가 모두 놀라지 말라고 입은 것이네'와 같이 에둘러 말하는 것은 어촌이 지닌 시재를 보여주고 있는 것이다. 또한 어촌 문집이 대체적으로 생애적 궤적에 맞춰 정리되어 있는 것을 생각해 볼 때 위의 작품은 후반부의 작품들과 사뭇 다른 어조를 가진 작품이라고 할 수 있다.

〈육진에서 함께 노닐다[共遊六鎭]〉

새것 알기를 옛것 아는 것과 같이 하니
온 세상 한결같이 유학의 도 펼쳐졌네
꿈 속도 모두 변방의 달이니
간담은 구름과 함께 하네

왁자지껄하는 오랑캐 말소리 들리고
강토는 적강으로 나누어 다스렸네
오랫동안 오랑캐를 평정하는 계책을 세워
정녕 성군의 은혜에 보답하려네

新知如舊識
四海一斯文
魂夢俱邊月
肝膽共塞雲
聲音胡語鬧
疆理狄江分
久畫平戎策
丁寧報聖君
- 『漁村集』권5

　위의 시는 국경을 접하고 있는 지역에서 이민족을 토벌하는 계책을 세워
지방관으로서의 소임을 다하고, 그것으로 임금의 은혜에 보답하겠다는 충
정의 의지를 직설적인 화법으로 말하고 있다. '왁자지껄하는 오랑캐 말소
리가 들리는' 변방까지 '온 세상 한결같이 유학의 도가 펼쳐졌네'라고 하여
나라가 태평성대를 구가하고 있음을 드러내 보이면서 임금의 은혜와 덕을
칭송하고 있다. 이와 함께 나라에 공을 세워 선정을 베풀어 주신 성군에게
보답하겠다고 다짐하며 마무리하고 있다.
　당시 사대부들은 '문이재도文以載道'의 성리학적 문학관을 지향하면서도
표현과 정서의 면에 보다 깊은 관심을 기울여 작품을 짓고 향유하였다. 또
한 수사적 기교를 강조하면서 왕조사업의 전개에 필요한 문학의 장식적 기

능에 치중해 있었다.[27] 어촌은 당시 사대부들과 마찬가지로 득의의 시절에
는 입신양명과 임금에 대한 충정의 결의를 노래하고, 지방관으로 나가 있
을 때에는 우국과 충정의 의지를 노래한다. 향리 강릉으로 돌아가서도 우
국충정에 대한 다짐을 잊지 않았는데, 이때 창작한 작품들에는 특히 연군
의 정서가 부각되고 있다.

> 〈꿈에 임금님의 얼굴을 뵙다[夢見天顔]〉
> 고신은 옛 동영에 떨어졌으나
> 해바라기는 정성으로 해를 향해 항상 그리워하네
> 한끼 식사에도 대궐을 잊은 적이 없기에
> 꿈 속에 천제의 모습 오히려 분명하구나
>
>
> 孤臣流落舊東瀛
> 葵藿常懷向日誠
> 一飯未曾忘北闕
> 夢中天表尙分明
> -『漁村集』권10

어촌은 벼슬길에서 물러나 낙향해 있을 때도 연군과 충정의 정서를 한결
같이 지니고 있음을 알 수 있는 작품이다. 태양을 따라서 피어나는 해바라
기의 형상을 임금을 그리워하는 신하의 마음과 연결시켜 우국충정의 의지
를 형상화하고 있다. 임금의 신임을 받지 못하는 외로운 신하는 향리에 돌
아와서도 대궐을 잊은 적이 없는 데다, 한끼 밥을 먹는 짧은 시간조차 그리

---

27 박영주, 「한국 고전시가의 시학적 기반」, 『열린시조』 제24호, 열린시조사, 2002, 68~69면 논의 참조.

워하는 애틋한 연군의 정을 전하고 있다. 결구에서 '꿈 속에 천제의 모습 오히려 분명하구나'와 같이 노래하여 현실에서는 멀리 떨어져 있어 볼 수 없지만, 꿈 속에서는 오히려 분명하게 임금의 모습이 보일 만큼 임금을 향한 그리운 마음이 극대화 되어 나타난다.

그간의 관직생활을 내려놓고 향리에 내려오기는 했지만, 본인의 의지로 내려온 것은 아니었기에 미처 이루지 못한 입신양명과 경국제민의 뜻을 펼쳐 보이고 싶은 어촌의 절절한 마음가짐이 짧은 절구 전체에 압축하여 드러나고 있다. 벼슬길에 나아가 사대부로서의 자아를 실현하고 나라에 충정을 바치는 관인으로서의 생활이 어촌에게 중요한 일이기는 하나 향리에서 지내면서 관직생활 초기에 가졌던 다짐을 되새기는 일 또한 중요한 일임은 분명하다.

어촌은 어느 국면에 놓이든 사대부로서의 정신적 자세를 유지하면서, 나라를 걱정하고 임금을 사랑하는 우국충정을 향한 결의를 드러내고 있다. 이와 같이 자신이 처한 현실을 기반으로 하여 어촌이 지향하는 삶과 사대부로서 지닌 경국제민과 우국충정의 가치의식을 표출하여 형상화하는 것은 주제적 국면에서 어촌시에 두드러진 특징적 면모를 말해준다고 할 수 있다.

2) 자아성찰의 소회

어촌은 27세에 과거에 급제하여 관료의 길을 뻗어나가던 중에 1519년 기묘사화를 겪으면서 그 여파로 함경도 경성교수로 임명되었다가 출척되어 오랫동안 등용되지 못하였다. 물론 1525년 경성에 다시 판관으로 나간 것은 국방문제와 자연재해로 힘들어하는 백성들을 보살피기 위함이기는 하지만, 1537년 함경도관찰사 파견 역시 김안로와의 이해관계에서 벌어진 좌천인사였던 것이다. 이러한 상황에 놓인 어촌은 자신의 삶을 돌아보는 계기가 되었고, 자아성찰을 통한 자탄과 후회의 소회를 형상화하게 되었다.

⟨경성 주촌역에서 느낌이 있어 짓다[鏡城朱村驛感懷]⟩
서울 떠나 가을 지나 변방 성에 머무니
낯선 땅 풍경 모두 고향을 그리게 하네
넓은 강 건너고 싶으나 뱃사공이 없고
겨울나무 말라가도 겨우살이는 매달렸네
스스로 비웃나니 일신 도모에 곧은 길 아니었음을
오히려 부끄럽네 세상 속여 헛된 이름에 붙들렸음을
새벽에 문을 열고 푸른 바다 마주하니
아침 해 밝고 간담을 환히 비추네

去國經秋滯塞城
異方雲物摠關情
洪河欲濟無舟子
寒木將枯有寄生
自笑謀身非直道
還慙欺世坐虛名
曉來拓戶臨靑海
旭日昭昭照膽明
-『漁村集』권5

위의 시는 교산의 『학산초담鶴山樵談』에 소개된 ⟨수성역輸城驛⟩과 같은
작품이다. 이 작품에서 수련만 보아도 어촌은 가을 지나 겨울에 이르는 동
안 '낯선 땅' 변방에 머물며, 고향을 그리는 쓸쓸한 심경을 표출하고 있다.

같은 변방일지라도 오랑캐를 정벌하는 계책을 세워 나라에 공을 세우겠다는 결의를 보였던 앞장의 작품과는 달리 낯선 땅에 머물수록 고향에 대한 그리움만 깊어가는 외로운 심사를 노래하고 있다. 함련과 경련에 '넓은 강 건너고 싶으나 뱃사공이 없고'와 같이 넓은 강을 건너려는 포부를 지녔지만 뱃사공이 없어 이루기 어렵게 되었고, 이러한 자신의 처지가 스스로의 잘못으로부터 비롯된 것이기에 부끄러울 뿐이다. 그러나 미련에 이르러 바로 뉘우치면서 '새벽에 문을 열고 푸른 바다 마주하는' 것과 같은 새로운 마음가짐으로 간담을 환히 비추는 아침 해를 맞으며 올바른 도리를 행할 것임을 다짐하고 있다.

어촌은 자신이 처해 있는 현실의 모습을 '넓은 강 건너고 싶으나 뱃사공이 없고, 겨울나무 말라가도 겨우살이는 매달렸네'로 그리고 있는데, 그 처지를 나타냄에 있어 비유적 표현이 뛰어나다. 경련에 진정성을 담은 자아성찰 후에 미련으로 이어지는 자기다짐이 '아침 해'와 같은 밝은 이미지와 함께 드러나고 있고, 자신이 실현하고자 했던 이상과 그것이 좌절되어 어려운 상황에 처한 현실을 솔직하게 고백하며 매우 사실적으로 그려내고 있다.

〈희강령공의 시에 차운하다[次希剛令公韻]〉

향기로운 살갗 드러나 젖같이 부드럽고
울면서 참상을 향하니 눈이 마르려 하도다
간절한 생각을 형색을 따라 끊지 못하고
남의 도에 따른 것은 내 잘못이도다

香膚褪露乳如酥
泣向參商眼欲枯
曲念未隨形色斷

任他人道我非夫

-『漁村集』권3

　모두 3수로 구성된 작품 가운데 두 번째 수다. 칠언절구의 형식 안에 자신의 소회를 집약적으로 보여주고 있다. '향기로운 살갗 드러나 젖같이 부드러운' 용모를 지녔음에도 사랑하는 님과 함께 있지 못하는 여인의 입장에서 노래하고 있으며, 작자는 사랑하는 임금과 떨어져 만날 수 없음에 눈물을 흘리며 슬퍼하고 있다. 임금과 멀리 떨어져 있게 된 것은 자신의 소신대로 행동하지 못하고, 다른 사람이 이끄는 대로 따라갔기 때문으로 이것을 회한의 어조로 노래하고 있다.

　즉 김안로를 조정에 불러들이고 그와 돈독한 사이를 유지하며 정치적 행동을 한때나마 함께 한 것을 어촌은 자신의 잘못이라고 한탄하고 있다. 김안로를 등용하는데 동조하여 높은 벼슬자리에 올랐지만, 김안로의 횡포에 그것이 곧 잘못된 일이라는 것을 알게 되었고, 함경도로 좌천되고 나서야 후회하고 있는 것이다. 어촌은 자신이 따르고자 했던 기묘사류의 복권을 도와주고자 김안로를 중앙으로 불러들인 것이었으나, 그것이 도리어 자신이 몰락하는 길의 시작이었던 것이다. '남의 도에 따른 것은 내 잘못이로다'라고 자신의 과오를 돌아보며 인정하고 반성하는 모습은 어촌의 생애적 궤적과 관련하여 김안로와의 연관성으로 좌천되었던 시기에 주로 나타난다.

〈우연히 읊조리다[偶吟]〉

용서받은들 누가 대부로 돌아갈 수 있겠는가

심사 유유하나 세상과는 어긋나네

꿈자리에 때마다 우리 임금께 조회하나

하늘 문 두드려 내 마음 알릴 길은 없구나
세월은 이미 쑥대머리를 하얗게 물들였고
출세하여 입었던 비단옷은 옛 포의로 뒤바뀌었네
초췌한 이 몸이 이물이 아니니
경호의 갈매기 백로여 놀라 날아가지 마라

賜環誰許大夫歸
心事悠悠與世違
夢寐有時朝聖主
肝腸無路款天扉
秋霜已染新蓬鬢
晝錦翻成舊布依
撫悴此身非異物
鏡湖鷗鷺莫驚飛
-『漁村集』권10

　　수련에서 이미 '용서받은들 누가 대부로 돌아갈 수 있겠는가'라며 죄를
지어 쫓겨난 신하가 용서를 받아 관직에 임용된다 하더라도 예전의 대부로
돌아갈 수 없음을 한탄하고 있다. 비록 향리에 내려와 몸은 편안히 지내지
만, 경련에 '세월은 이미 쑥대머리를 하얗게 물들였고, 출세하여 입었던 비
단옷은 옛 포의로 뒤바뀌었네'와 같이 쑥대머리와 포의라는 것은 어촌 자
신이 가졌던 세상에 대한 이상과 그에 걸맞는 결과는 아닌 것이다. 연군의
마음은 예전의 그것과 같지만 전할 수 없어 안타까운 데다, 머리는 헝클어
져 하얗게 변했고 관직에 나아가 입었던 비단옷이 베옷으로 바뀐 이 현실
이 괴롭고, 세월의 무상함에 서글프다. 미련에 '초췌한 이 몸이 이물이 아

니니, 경호의 갈매기 백로여 놀라 날아가지 마라'고 당부하고 있는데, 젊은 시절 지녔던 패기는 없어지고 초췌한 자신의 몰골을 보고 갈매기들이 놀랄까 저어할 따름이다.

위의 작품을 포함하여 중앙 관직에서 밀려나 지방관으로 지내거나 향리에 머물며 창작한 작품들을 살펴보면 순탄한 관직생활을 영위했던 시절의 작품들과는 시의 어조와 분위기에서 차이가 나는 것을 알 수 있다. 관직에 나아갔던 초기 시절에 보여주던 패기와 포부는 사라지고 자신의 정치적 행동에 대한 성찰과 자탄의 심정을 주로 드러내고 있다. 어촌은 자신이 처한 현실에서 오는 절망감이나 후회들을 시화하는 것이야말로 어려운 상황을 헤쳐 나가는 나름의 방편이었을 것이고, 높은 벼슬자리에서 몰락한 자기자신을 돌아보는 자아성찰의 수단이었을 것이다. 또한 어촌은 자신이 살아온 지난 날들을 반추하며 경험적 진실성에 입각하여 형상화하려고 애썼다. 철저한 자아인식과 반성의 형상화는 궁극적으로 어촌시가 지니는 개성과 특징에 닿아 있음을 알 수 있다.

3) 풍류흥취의 표백

어촌시 가운데는 관직에 있으면서 또는 낙향하여서도 경국제민의 포부와 입신양명의 의지를 노래하거나 정치현실에서 겪었던 좌절에 따른 후회와 자탄의 어조로 창작한 작품들이 어촌시의 두드러진 면모를 보이고 있다. 그러나 이러한 양상과는 다르게 서울을 떠나 유람하면서 산수의 경물이 불러 일으키는 흥취와 경호별업에서 전원 생활의 풍류를 누리고자 하는 태도의 작품들도 어촌시의 특징적 국면으로 존재한다.

〈월성의 가을 흥취[月城秋興]〉
강가 성곽 밤 기운에 달빛 물결 생겨나고

산에는 수놓은 듯한 단풍나무 가득하도다
고요한 새벽 구름은 가을 흥취 일으키고
국화꽃 수유나물은 쟁반 속 벌였도다
종려나무 신발 신고 춤추니 오동나무 모자 기울어
푸른 술 그대에게 드리니 사양치 말게나
제나라 공경은 헛되이 우산에서 눈물 흩뿌렸고
한나라 무제는 부질없이 추풍사를 읊었도다

江城夜氣生蟾波
漫山錦繡楓林多
蕭晨雲物入秋興
菊英茱糁盤中羅
欀鞵舞月桐帽欹
綠酒屬君君莫辭
齊景枉灑牛山淚
漢武謾賦秋風詞
－『漁村集』권2

공주 월성에서 벌인 연회가 밤을 지나 고요한 새벽까지 이어지고 있는 모양이다. 가을 밤공기에 달빛이 물결 일렁이듯 비추고 수놓은 것처럼 보이는 붉은 단풍나무 가득한 장소에서 맛 좋은 술을 상대에게 권하고 있다. 아름다운 자연경관에서 술이 어우러진 교유와 풍류의 장면을 그리고 있는 것이다. 수련에서 그리는 '밤 기운에 달빛 물결' 일렁이고, '수놓은 듯한 단풍나무'가 가득 한 풍광은 한폭의 그림을 보듯이 그 이미지가 선명하다.

위의 작품은 흥취를 돋우는 경치를 먼저 묘사한 다음 제나라 공경과 한

나라 무제를 언급하고 있다. 제나라 공경은 우산牛山으로 유람가서 제나라의 대지를 마주하고는 영원히 살고 싶어 눈물을 흘렸고, 한나라 무제가 읊은 추풍사는 그간 이룬 성취에 기뻐하여 지은 작품이지만, 정작 내용은 유한한 인생을 슬퍼하는 것이다. 이 작품에서 어촌은 공경의 경우 '헛되이' 눈물을 흘렸고, 무제의 경우 '부질없이' 시를 읊었다며 이들이 갖는 유한한 삶에 대한 미련을 나무라고 있다. 즉 아름다운 경물이 자아내는 흥취를 유한한 인간의 삶과 결부시켜 의미화하는 것으로, 산수자연 앞에서 차례로 처處하고 차례로 떠나는 인생의 이치를 환기하고 있는 것이다. 어촌은 자연 경관으로부터 생겨나는 정서를 온전하게 노래하면서도 그 흥취를 자신이 추구하는 이념을 드러내는 매개체로 인식하여 개성적인 시각에서 형상화하고 있다.

〈안변 용당 시에 차운하다[次安邊龍堂韻]〉
좋은 날 명승지에 자리 깔고 즐기니
석양에 사람 그림자 층층 누대에 걸쳐 있네
이곳에 다다르니 나그네 수심 사라지고
천고의 강산에서 한잔 술을 마시네

勝地華筵勝日開
夕陽人影在層臺
客愁到此消磨盡
千古江山酒一杯
-『漁村集』권5

'좋은 날 명승지에 자리 깔고' 안변 지역의 수령과 잔치를 즐기는 모습을 그리고 있는 작품으로, '석양에 사람 그림자 층층 누대에 걸쳐' 길게 절벽에 드리우는 해 질 무렵 벌인 연회가 한창이다. 기구와 승구에서 장면을 표현하고 전구와 결구에서 표백하고 있음을 알 수 있다. '이곳에 다다르니 나그네 수심 사리지고'라 하였는데, 나그네 수심이라고는 하지만 이것은 정치적 몰락으로 인한 근심이라기보다는 긴 여정에서 갖을 수 있는 감회를 표현한 것이다. 아름다운 자연경관을 둘러 볼 수 있는 야외에서 술을 한잔하며 그간의 행로에서 가진 피로를 풀며 즐거움을 만끽하는 자리였을 것이다. 작품은 결구의 '천고의 강산에서 한잔 술을 마시네'로 표현되는 것과 같이 전체적으로 담담하고 소박하게 표현하고 있으나 그 행간에서 풍류의 흥취가 느껴진다.

작품의 배경이 되는 안변은 관동문화와 관북문화의 분기점이 되는 지역으로 지금은 함경도에 속하나 조선시대에는 강원도에 속하는 행정구역이었다. 앞의 작품은 1537년 함경도관찰사로 좌천되었던 시절의 작품들과 함께 실려 있지만, 작품 분위기와 배경이 되는 안변 지역을 미루어 짐작해 보면 어촌의 환로가 탄탄하게 전개되던 시기에 관찰사의 신분으로 강원도 지역을 유람하면서 썼던 작품으로 생각된다. 작품의 창작시기와 당시 어촌이 가졌을 정서적 태도를 고려하여 볼 때 그 여유로움이 잘 드러나고 있다.

〈중양 후 하루[重陽後一日]〉
달려가는 세월이 사람을 흔드니 어찌 술잔을 늦추랴
좋은 시절은 쉬이 지나니 애석하구나 중양절이여
강바람 불어오니 흰 갈대꽃은 눈처럼 흩날리고
산 비가 서리 재촉하니 밤나무 잎이 노랗게 물드네
날 저무는 마을엔 방앗소리 들리고
밤 깊어 등불로 어량을 살피네

은거하는 첫째 맛은 한적함이니
마음 돌려 제향에는 들어가지 않으리라

急景撩人敢緩觴
良辰易過惜重陽
江風吹雪蘆花白
山雨催霜栗葉黃
日暮村舂聞相杵
夜深篝火見漁梁
幽居一味眞閒適
莫遣歸心入帝鄕
- 『漁村集』 권10

　어촌이 고향에서 보내는 중양절을 노래한 작품이다. 중양절은 한해의 수
확을 마무리하여 햇곡식으로 제사를 지내는 명절이다. 어촌은 이날 제사
를 지낸 후에 술잔을 들고, 이 술은 함련에서 나타난 '흰 갈대꽃은 눈처럼
흩날리고', '밤나무 잎이 노랗게 물드'는 전원에서의 풍류흥취를 돋우고 있
다. 이어 경련에 방앗소리 들리는 마을에 날이 저물고, 밤이 깊어 등불을
사용하여 '물고기 잡는 그물[魚梁]'을 살피는 풍경은 전원에서의 안락함을
표출하고 있다. 수련에서 '좋은 시절은 쉬이 지나니 애석하구나'와 같이 작
자는 좋은 시절이 금방 지나 아쉽다고 하고 있는데, 여기서 이 시절은 환로
의 길을 가던 시간일 수도 있다. 그러나 미련에 '은거하는 첫째 맛은 한적함
이니, 마음 돌려 제향에는 들어가지 않으리라'와 같이 은거하며 한적함을
갖는 것이 좋아 임금 계신 서울로는 돌아가지 않겠다고 한 것으로 생각해
볼 때 낙향하여 강호에서 보내는 소박한 삶과 그 풍류에 대한 만족감을 드

러낸 것임을 짐작할 수 있다.

꿈에 날아가는 기러기를 따라 서울로 돌아가서 임금을 만나 자신의 충정을 아뢰고 예전처럼 관직의 생활로 돌아가기를 간절히 바라면서도, 전원에서 은거하는 즐거움으로 인해 관직에 들어가지 않겠다는 것은 어촌이 당시 지녔던 양면적 마음가짐을 보여 준다. 그럼에도 경호鏡湖에서 지내며 안분지족의 삶을 지향하고 있음을 표백하고 있는 것이다. 또한 어촌의 이러한 정서상태는 사면되기를 바라는 간절함과도 연결될 수 있다. 정치적으로는 영락의 길로 접어들었지만, 향리에서 갖는 풍류의 흥취를 편안히 누리고 싶었을 것이다.

어촌은 아름다운 산수자연으로부터 생겨나는 흥취를 온전하게 노래하면서도 그 정서를 자신이 추구하는 이념을 드러내는 매개체로 인식하여 개성적인 시각에서 드러내고 있다. 또 자족적인 전원에서 자신의 처지에 맞는 유유자적한 삶을 추구하는 태도를 독창적인 시각에서 노래하고 있는데, 이러한 작품론적 성향이 두루 나타는 것 또한 어촌시가 지닌 대표적 양상과 특징의 일면을 말해준다고 할 수 있다.

4. 맺음말

어촌 심언광은 16세기 전반기를 대표하는 문인 가운데 한 사람으로서, 시작품 604제 841수를 남긴 문호이다. 이 글은 이러한 어촌의 시세계를 우선 형식별·유형별로 나누어 살펴보고, 어촌시의 주제적 국면에서 대표적 특징을 고찰하였다.

먼저, 어촌 시세계의 형식별 양상은 고시·절구·율시·배율이 두루 나타나지만, 율시가 전체 작품의 절반 이상을 차지할 만큼 많은 비중을 차지하고 있다. 자수는 오언과 칠언이 주로 쓰였으며, 특히 칠언을 즐겨 창작했음을 알 수 있다. 유형에서는 다양한 내면의 소회를 드러내는 술회시가 가장 많이 나타나고, 다음으로 교유시와 유람시가 그 뒤를 따르고 있다. 계축시를 포함한 관각시는 15%에 해당하는 작품 비중을 차지하고 있다. 애도시는 10%의 작품 비중으로 일반적인 사대부 문인의 작품에서 차지하는 비중보다 높다고 할 수 있다. 이밖에 영사시 작품 40수와 경물시 작품 40수가 전한다.

다음으로, 어촌시를 대표할 수 있는 작품들을 선별하여 주제적 국면에서 살펴보았다. 어촌이 놓여있던 상황에 따라 나눌 수 있는 세 국면에 두드러진 작품경향을 염두해 둘 때, 어촌시는 크게 '우국충정의 결의'·'자아성찰의 소회'·'풍류흥취의 표백'을 형상화한 세 양상으로 구분할 수 있다. 어촌은 젊은 시절 중앙에 출사하여 쓴 작품에는 입신양명과 임금에 대한 충정의 결의를, 지방관으로 외직에 나가 있을 때 뿐만 아니라 낙향해 있을 때에도 우국과 연군의 정서를 드러내고 있다. 김안로와의 연관성으로 인해 정치적으로 곤란한 상황에 놓였을 때는 자신의 과오를 돌아보며 반성하는 모습을 보이면서, 자신이 처한 현실에서 철저한 자아인식과 반성을 형상화하고 있다. 이와 함께 어촌은 외지를 유람하면서 산수자연을 향유하거나 낙향하여 강호에서 누리던 풍류를 표출하고 있는데, 이러한 양상에서 어촌시가 지니는 개성과 특징적 면모들을 알 수 있다.

이러한 어촌의 시세계에 대해서는 그의 사후에 논평이 이루어졌는데, 문암文庵 이의철李宜哲(1703~1778)은 어촌의 문장이 바르고 우아하여 당대 홍문관·예문관 등 언관에서 작성한 글들이 그의 손에서 많이 나왔음을 지적하며, '건실하고 풍부하며 화려하다'고 하여 풍부하면서도 아름다운 표현이 돋보인다고 평하였다.[28] 또한 교산은 '어촌의 시는 웅혼하고 도타우며 화려하고 아름답다'는 평과 함께, 호음의 시에 견주어 전혀 뒤질 것이 없다고 평하기도 했다.[29] 문암은 어촌시의 풍격에 대해 강건한 의지를 바탕으로 한 주제의식과 풍부하면서도 아름다운 표현이 돋보임을 지적하였는데, 이것은 이 글의 '우국충정의 결의'와 '풍류흥취의 표백'의 주제적 국면에서 살펴본 작품론적 특징과 닿아 있는 것이라 할 수 있다. 또한 교산이 평한 어촌시의 풍격적 특징은 진정성에 초점을 맞추어 본 것으로, 이 글의 '자아성찰의 소회'의 주제적 국면에서 살펴본 자신의 처지가 스스로의 잘못으로부터 비롯된 것임을 인정하고 반성하는 작품론적 경향과 연결될 수 있다.

지금까지 어촌시에 대한 연구는 초기 연구 단계에 머물고 있는 실정으로, 이 글은 어촌의 시작품 수를 확정 짓고 어촌시의 주제적 국면을 유형별 양상과 연계하여 논의하였다는 데 나름의 의의와 한계가 있다. 어촌이 놓여있던 상황에 따라 나눌 수 있는 세 국면에 두드러진 작품론적 특징은 어촌시를 파악하는 나름의 유용한 관점을 형성할 수 있으며, 어촌시의 문학사적 위치와 의의를 논의하는 초석을 마련할 수 있으리라 본다. 이에 대한 보다 포괄적이고 구체적인 작업은 앞으로 지속적인 연구를 통하여 살피도록 하겠다.

---

28 其文章爾雅, 延登館閣, 名文大策, 多出其手. 尤長於詩, 遒健富麗, 自成一家. (李宜哲, 「諡狀」, 『漁村集』 卷13)

29 漁村詩, 渾厚浮艶, 不讓湖陰. (許筠, 「鶴山樵談」, 『惺所覆瓿藁』 卷26)

| 참고문헌

1. 자료

『國譯 漁村集』, 강릉문화원, 2006.

『朝鮮王朝實錄』

李宜哲,「諡狀」,『漁村集』卷13

許筠,『國朝詩刪』詩 卷3 七言絶句·「沈彦光」

許筠,「鶴山樵談」,『惺所覆瓿藁』卷26

2. 논저

강지희,「漁村 沈彦光의 詠史詩에 대한 一考察」,『제3회 어촌 심언광 학술세미나 자료집』, 강릉문화원, 2012.

김성수,「沈彦光의 삶과 정치-학문과 정치론을 중심으로」,『제3회 어촌 심언광 학술세미나 자료집』, 강릉문화원, 2012.

김은정,「어촌 심언광의 생애와 시세계」,『한국한시작가연구』5, 한국한시학회, 2000.

_____,「어촌 심언광의 교유시 연구」,『어촌 심언광 학술총서』제1집, 강릉문화원, 2010.

김형태,「어촌 심언광 시의 자연 인식과 상징성 연구」,『제2회 어촌 심언광 학술세미나 자료집』, 강릉문화원, 2011.

박도식,「어촌 심언광의 국방론」,『제4회 어촌 심언광 학술세미나 자료집』, 강릉문화원, 2013.

_____,「어촌 심언광의 생애와 경세론」,『어촌 심언광 학술총서』제1집, 강릉문화원, 2010.

_____,「어촌 심언광의 守令觀」,『제2회 어촌 심언광 학술세미나 자료집』, 강릉문화원, 2011.

박동욱,「조선 지방관의 고단한 서북 체험 –「북정고」를 중심으로」,『제3회 어촌 심언광 학술세미나 자료집』, 강릉문화원, 2012.

박영주,「어촌 심언광의 시세계의 양상과 특징」,『고시가연구』제27집, 한국고시가문학회, 2011.

_____,「한국 고전시가의 시학적 기반」,『열린시조』제24호, 열린시조사, 2002.

박종우,「漁村 沈彦光 漢詩의 風格과 美的 特質」,『제4회 어촌 심언광 학술세미나 자료집』, 강릉문화원, 2013.

박해남,「漁村 沈彦光의 詩文學 考察-당대의 문학현실과 관련하여」,『제2회 어촌 심언광 학술세미나 자료집』, 강릉문화원, 2011.

송수환, 「어촌 심언광의 '십점소' 고찰」, 『제3회 어촌 심언광 학술세미나 자료집』, 강릉문화원, 2012.

신익철, 「심언광의 『동관록』과 『귀전록』에 나타난 공간 인식과 그 의미」, 『어촌 심언광 학술총서』 제1집, 강릉문화원, 2010.

이한길, 「어촌 심언광의 경포 관련 한시 고찰」, 『어촌 심언광 학술총서』 제1집, 강릉문화원, 2010.

_____ , 「어촌 심언광의 한시 고찰」, 『어촌 심언광 학술총서』 제1집, 강릉문화원, 2010.

이혜정, 「어촌 심언광의 삶과 교우관계」, 『제4회 어촌 심언광 학술세미나 자료집』, 강릉문화원, 2013.

하정승, 「어촌 심언광 한시에 나타난 죽음의 형상화와 미적 특질」, 『동양학』 제55권, 단국대학교 동양학연구소, 2014.

한춘순, 「어촌 심언광의 정치 역정과 생애」, 『제2회 어촌 심언광 학술세미나 자료집』, 강릉문화원, 2011.

심언광의 『황화집皇華集』 수록
한시어 대한 고찰

- 『관반시잡고館伴時雜稿』와의 대비를 중심으로

박용만_한국학중앙연구원 책임연구원

이 글은 강릉문화원에서 개최한 "제6회 어촌 심언광 전국학술세미나"(2015.10.23.)에서 발표한 논문을 수정·보완한 것이다.

1. 머리말

어촌 심언광(1487~1540)은 조선중기 조선을 대표하는 시인이었다. 그럼에도 어촌에 대한 조선시대 제가의 평가는 부정적인 면모가 부각되어 전하고 있으며, 한국한문학사에서도 소외된 채 주목받지 못하였다.

근자에 강릉문화원을 중심으로 어촌에 대한 종합적인 연구를 수행하면서 점차 그 면모가 드러나고 있다. 그 결과 어촌의 문학에 대해서도 적지 않은 연구성과가 축적되었다. 김은정이 어촌의 생애와 시세계를 고찰한 이후 지역 관련 한시, 시기별 한시, 영사시, 자연인식, 죽음과 관련된 시, 풍격 등에 대한 접근이 상당히 진척되었다.[1]

그러나 어촌의 생애에 있어 가장 화려한 시절이라고 할 수 있는 1537년 명 사신의 接伴으로 활약할 당시의 한시인 『館伴時雜稿』에 대해서는 주목하지 않았다. 주지하다시피, 중국의 사신을 접반하며 함께 창화하는 책무는 요직에 있는 관료 중에서 문학적 재능이 탁월한 이들 중에 선발하였다. 이 시기는 어촌의 생애에 있어서 원숙한 시기로 그의 문학적 능력이 가장 화려했던 때라고 할 수 있다.

---

1 김은정, 漁村 沈彦光의 생애와 시세계, 『어촌 심언광 연구총서』 1, 강릉문화원, 2010. 이한길, 漁村 沈彦光의 한시 고찰, 『어촌 심언광 연구총서』 1, 강릉문화원, 2010. 이한길, 漁村 沈彦光의 경포 관련 한시 고찰, 『어촌 심언광 연구총서』 1, 강릉문화원, 2010. 박영주, 어촌 심언광 시세계의 양상과 특징, 『어촌 심언광 연구총서』 1, 강릉문화원, 2010. 김은정, 漁村 沈彦光의 교유시 연구, 『어촌 심언광 연구총서』 1, 강릉문화원, 2010. 신익철, 어촌 심언광의 『동관록』과 『귀전록』에 나타난 공간 인식과 그 의미, 『어촌 심언광 연구총서』 1, 강릉문화원, 2010. 박해남, 어촌 심언광의 시문학고찰, 『어촌 심언광의 문학과 사상』(어촌 심언광 연구총서 2), 강릉문화원, 2014. 김형태, 어촌 심언광 시의 자연 인식과 상징성 연구, 『어촌 심언광의 문학과 사상』(어촌 심언광 연구총서 2), 강릉문화원, 2014. 강지희, 어촌 심언광 詠史詩에 나타난 역사인식과 삶의 지향, 『어촌 심언광의 문학과 사상』(어촌 심언광 연구총서 2), 강릉문화원, 2014. 박동욱, 심언광의 「북정고」 연구, 『어촌 심언광의 문학과 사상』(어촌 심언광 연구총서 2), 강릉문화원, 2014. 하정승, 어촌 심언광의 한시에 나타난 죽음의 형상화와 미적 특질, 『어촌 심언광의 문학과 사상』(어촌 심언광 연구총서 2), 강릉문화원, 2014. 박종우, 어촌 심언광 한시의 風格과 미적 특질, 『어촌 심언광의 문학과 사상』(어촌 심언광 연구총서 2), 강릉문화원, 2014.

『어촌집』에 별도로 수록된 『관반시잡고』에는 모두 14제 33수가 실려 있다. 명 사신과 창화한 시문을 정리·수록한 『황화집』과 이 작품들을 비교하면 대부분 수록되었지만, 제목과 창작 당시의 정황은 사뭇 다르게 나타난다. 이 글에서는 보다 정확한 사정을 보여주는 『황화집』을 중심으로 『어촌집』과의 차이를 비교하여 관반시 창작 한시의 텍스트를 확정하고 나아가 관반시 한시의 특징과 의미를 함께 살펴보고자 한다.

2. 가정嘉靖 16년 명明 사신使臣의 성격과 여정

명 世宗의 皇子가 태어난 것을 알리기 위해 1537년(가정 16, 중종 32) 명나라에서는 頒皇太子誕生詔使를 조선에 파견하였다. 여기서 황자는 세종의 둘째 아들로 왕비의 소생인 장경태자 재예이다. 그는 네 살 때 황태자로 책봉되어 당시 황태자라 호칭할 수 없었으나, 첫째 아들이 이미 죽은 뒤여서 태어나자마자 사실상 황태자로 여겨졌다. 이런 사정 때문인지 『皇華集』에서도 공식적으로 사신의 성격을 말하며 '皇太子'라고 하였다.[2]

이때 正使 龔用卿은 37세로 翰林院修撰이었으며, 副使 吳希孟은 20세로 戶科給事中이었다. 가정 명 사신 일행의 왕환 기록은 정사인 공용경이 사행을 마치고 돌아가 편찬한 『使朝鮮錄』[3]에 자세하다. 상하 2권으로 구성된 이 책은 상권에는 出使之禮, 邦交之儀, 使職之務의 세 대목으로 편집하였다. 출사지례는 출사 예절의 대체로, 조서를 맞이하는 의례[迎詔之儀]부터 문묘를 배알하는 의례[謁廟之儀]까지 네 가지로 이루어졌다. 방교

---

2   龔用卿의 『使朝鮮錄』에서는 '皇子'로 표현하여 대조를 이룬다.
3   龔用卿, 『使朝鮮錄』(大提閣 간행, 1975년).

지의는 조선의 국왕이 다례를 행하는 절차[國王茶禮之節]부터 연도에서 잔치를 여는 절차[沿途設宴之節]까지 여덟 가지로 구분하여 기록하였다. 사직지무는 사신이 마땅히 알아야할 것들로, 도로와 마을의 거리[道里之距]부터 군사들의 교체 절차[軍夫遞送之節]까지 다섯 가지로 기록하였다. 하권에는 사행 중 지은 시문을 수록하였지만, 조선 관반들의 시문은 수록하지 않고 있다. 이로써 조선을 다녀온 뒤 復命하여 아뢰는 보고서의 의미를 가지는 한편 이전 사신들과 마찬가지로 사행시문의 성격도 겸하고 있다. 『사조선록』의 조선 지리와 도리에 관한 기술은 대부분 조선 측에서 제공한 여러 지지를 참고한 것이고[4], 의례에 관한 것은 공용경 자신이 조선에 사신으로 와서 경험한 의례를 정리한 것이다.[5]

이들은 1536년 11월 丁巳日에 출발하여 이듬해 9월 庚寅日에 명나라 조정에 도착함으로써 약 10개월의 여정을 마쳤다. 조선에서 이 사신의 파견을 안 것은 1536년(중종 31) 12월 1일 평안도관찰사 李龜齡의 書狀이었다. 당시 조정에서는 정사 공용경에 대해 문신이기 때문에 태감의 무리와는 달리 높여 대접해야 하고, 부사인 오희맹은 성질이 급한 인물로 파악하고 이에 맞게 접견할 준비에 들어갔다. 蘇世讓을 遠接使로, 鄭士龍을 迎慰使로 임명하였다.[6]

1536년 2월 20일 명 사신 일행이 압록강을 건너 조선으로 들어오자 처음으로 江滸節制使가 잔치를 열어 접대하였다. 義州, 龍泉郡, 鐵山郡, 宣川郡, 郭山郡, 定州牧, 嘉山郡, 安州牧, 肅川府, 順安縣, 平壤府, 中和郡, 黃州牧, 鳳山郡, 瑞興府, 平山府, 牛峯縣, 江陰縣, 開城府, 長湍府, 坡州

---

4 『中宗實錄』 32년 3월 15일조.

5 김한규, 『使朝鮮錄 연구』, 서강대 출판부, 2011년. 이 책의 제4장이 嘉靖 16년 사행으로, 龔用卿의 『사조선록』 중 상권을 중심으로 자세히 분석하였다.

6 『中宗實錄』 31년 12월 8일 기사.

牧, 高陽郡, 楊州牧을 거쳐 3월 10일 서울에 들어왔다. 7일간 머물다가 17일 한성을 떠나 4월 8일 압록강을 건넜다.

이중 어촌이 명 사신을 대면하여 시문으로 교우한 것은 3월 10일 서울에 들어왔다가 17일 떠나기까지 8일 정도였다. 『황화집』, 『어촌집』, 『사조선록』에 구체적인 일자가 드러나는 경우는 극히 드물어 매일 접대했는지는 분명하지 않다. 그러나 공용경과 오희맹 모두 어촌의 노고를 치하하고 있는 만큼 수시로 접대한 것만은 분명하다.

3. 어촌漁村의 관반館伴 활동과 『황화집皇華集』

가정 16년 명 사신 접반과 관련하여 어촌의 당시 일화가 『寄齋雜記』에 전하고 있다.

정유년에 수찬 공용경이 중국 황제의 조서를 가지고 오는데, 찬성 소세양이 대제학으로 원접사가 되어 압록강 가에 가서 그를 맞이하게 되었다. 공 수찬이 沿道에서 지은 작품이 잇달아 들어오는데, 그 문장 내용이 매우 풍부하고 화려하므로, 소세양이 명성에 흠이 날까 걱정되어, 드디어 사퇴하였다. 이조판서 심언광이 관반사가 되었는데, 자신이 가고 싶어 김안로에게 가서 청하니 김안로가 말하기를, "적당한 사람이 아니면 될 수 없소. 鄭士龍이 지금 箕城에 있으니, 그를 보내는 것이 좋겠소."라고 하며 드디어 대신하게 하였다. 중국 사신이 돌아갈 때에 송별시를 심언광만이 두 수를 지어 주었으니, 대개 자신이 시에 능한 것을 과시한 것이었다. 사람들은 그가 떠벌여 과장하는 것을 비

웃었다.[7]

국경을 넘을 때부터 접반하는 원접사로 당초 소세양이 지명되었다가 공용경의 문재가 두려워 소세양이 사임하자 이조판서인 어촌이 그 자리를 탐냈다고 하였다. 그러나 김안로는 어촌이 그 자리에 적임이 아니므로 형조판서인 정사룡을 원접사로 대신하게 했다고 하였다. 아울러 어촌이 자신의 문학적 재능을 뽐내기 위해 사신이 돌아갈 때 두 수를 주어 결국 사람들의 비웃음을 받은 일을 말하였다.

그러나 이 시화는 다분히 어촌을 폄하하는 의도가 있는 것으로 보인다. 사신이 서울에 머무는 8일 동안 어촌은 道雅都監의 책임자로 사신을 지근에서 접대하였고, 30수가 넘는 시를 이미 지어 주었다. 또 당시 조선의 관반들은 사신이 돌아갈 때 개인적인 詩稿나 집안의 世稿에 사신들의 글을 받는 것을 좋아했다. 자신의 능력이나 가문의 격을 높일 수 있는 기회였기 때문이다. 어촌 역시 자신의 시고에 글을 받았는데 이 역시 자연스러운 현상이었다. 따라서 사신을 송별할 때 시 두 수를 주어 자신의 재능을 뽐내고자 했다는 것은 박동량이 다른 의도를 가지고 『기재잡기』에 소개한 것으로 보인다. 곧 김안로를 조정에 끌어들여 조정을 어지럽혔다는 당시 사림의 시각에서 어촌에 대한 폄하가 이루어진 것이라고 하겠다.

정작 어촌은 大提學 圈點을 사양하는 상소를 두 번이나 올렸다. 讀書堂을 설치하여 賜暇讀書를 시행한 이래 文衡은 반드시 독서당 출신을 임명하였다. 당시 대제학을 추천하는 望單子에 어촌의 성명이 포함되었으나,

---

7 朴東亮, 『寄齋雜記』2, 〈歷朝舊聞二〉 : 丁酉修撰龔用卿 奉詔出來 蘇贊成世讓 以大提學爲遠接使 迎候于鴨綠江上 龔修撰沿路所作 相繼出來 極其富麗 蘇退休 愼於先聲 遂辭以病 吏曹判書沈彦光 爲館伴使 欲自往 往言于安老 安老曰 非其人莫可 鄭雲卿方在箕城可送 遂以代之 及詔使之還也 別章 沈獨加贈二首 蓋示其能也 人笑其浮誇

어촌은 자신이 사가독서하지 않았기 때문에 망단자에 들 수 없다고 사양한 것이다.[8] 이처럼 스스로 근신하는 마음이 컸던 어촌이 사신에게 재능을 과시하기 위해 시를 별도로 주었다는 『기재잡기』의 내용은 다시 짚어볼 필요가 있다.

『皇華集』은 조선에 사신으로 오는 중국 사신의 시문과 이들을 접대한 조선 관리의 시문을 엮어 만든 것이다. 그 명칭은 본래 천자가 사신을 보내는 연회 등에서 부른 노래인 『詩經』「小雅」〈皇皇者華〉의 첫 구절인 "화려하구나, 꽃이여! 저 평원과 진펄에 피었구나皇皇者華 于彼原隰"에서 유래한 것이다. 세종과 인조 연간 사이에 수 십여 차례 사행이 있는데 그 중에서 시문 수창이 활발했던 때의 시문을 수집하여 곧바로 『황화집』을 간행하였다. 1450년부터 1633년까지 23회 분을 모아 1773년(영조 49) 50권 26책으로 간행하였다.[9]

중국에서 사신이 파견되면 조선에서는 먼저 遠接使를 임명하였다. 원접사는 정1품 議政을 제외한 2품 이상의 관리 중에 문학에 능하고 풍채가 좋은 사람을 선발하였다. 중국의 사신을 접대하여 그들과 문필을 겨루는 것은 이른바 小中華를 자처했던 조선을 대표하여 나라를 빛낼 수 있는 기회였기에 모든 관료가 선망하는 동시에 부담스러웠던 자리였다. 그러나 이때 이루어진 시문과 詩話는 당대는 물론 후대까지 회자되어 두고두고 이야기꺼리가 되었다. 물론 사신의 접대는 일차적으로 정치적인 의미가 크고 중요하였지만 시문 수창이라는 문화적인 의미도 적지 않았다.

嘉靖 16년 명 사신의 접반에 어촌은 서울에 머물던 시기에만 활동하였

---

8 許筠, 『惺所覆瓿藁』권24,「惺翁識小錄」下,〈黃芝川不由湖堂而得主文柄〉: 先王又喜黃芝川文
   而穌齋相極力推轂之 遂自提學進兼大提學 自設湖堂賜暇之後 主文柄者 必用其人 故沈漁村彥光
   參大提學圈點 以不曾賜暇 再章以辭 而芝川獨以非湖堂得之 世皆謂榮 亦莫非聖獎而然也
9 안대회, 皇華集 解說, 청운문화사 영인본 『皇華集』. 저본은 한국학중앙연구원 장서각 소장본이다.

다. 이 시기 명 사신과 조선 관반의 시문 수창을 살펴보면 아래의 표와 같다.

개요	사신	끝韻	皇華集	漁村集
沿途兩稿	정사/부사		칠율 3수	〈皇明嘉靖…伏希雷覽〉3수
入漢城				
奉贈國王				
謁宣聖廟				
遊漢江	정사	杯/遊	칠율 4수	〈次上使韻〉4수
遊漢江	부사	遊/來	오율 2수(來)	〈次副使韻〉2수
宴慶會樓	부사	淸	칠배 1수	〈次龍津大人在碧蹄追作慶會樓…〉1수
慶會宴名山與樓				
宴勤政殿				
世子設宴				
登龍頭亭				
泛楊花渡				
望遠亭	부사	朝	오율 1수	〈次副使韻〉제2수
再遊漢江	정사	閒	오율 1수	〈再遊漢江韻〉1수
遊楊花渡	부사	閒	오율 1수	〈次副使韻〉제1수
用副使太平樓韻	부사	韓	칠율 1수	〈次副使韻〉제3수
再遊漢江	정사	曛	오율 1수	〈次雲岡大人在碧蹄贈別韻〉제2수
①呈兩使詩案	정사/부사	雍	칠배 1수	〈叨陪數日…伏希和敎〉1수
太平館	정사	醉/夜/衣/客/雞/燭	오절 6수	〈次太平樓韻〉6수
②吏曹判書…書此于扇以寄之	정사	翁	오율 1수	〈題紈扇 附龔用卿韻〉1수
望湖堂	정사			
保樂堂	부사			
書鏡湖漁村卷	정사			

개요	사신	끝韻	皇華集	漁村集
出漢城	정사	芳/遙(회문)	칠율, 오율 2수	〈在洪濟院 次上使韻〉 2수
慕華館送別	정사/부사			
國王設祖慕華館致別	부사	間	칠절 1수	〈次龍津大人在碧蹄寄別 諸宰韻〉 제2수
效東坡體	정사/부사			
書贈沈判書	정사	隨	오율 1수	〈次雲岡大人在碧蹄贈別 韻〉 제1수
③謝贈沈判書	정사	筵	칠절 1수	없음
弘濟院別沈判書	부사	家	오율 칠절 2수	〈次龍津大人在碧蹄贈別 韻〉 2수
碧蹄館道中遇雨	부사	牽	칠절 1수	〈次龍津大人在碧蹄寄別 諸宰韻〉 제3수
碧蹄敍別金國相	정사			
贈別金國相	부사			
寄別諸賢宰	부사	槎	칠율 1수 代金謹思作	〈次韻(代人作)〉 1수
			칠율 1수	〈次龍津大人在碧蹄寄別 諸宰韻〉 제1수
			없음	④〈書白疊扇贈兩使〉 칠절 2수
			19제 32수	14제 33수

①은 사신이 짓고 조선의 관반이 차운하는 일반적인 방식에서 벗어나 어촌이 먼저 시를 지어 정사와 부사에게 화답을 청하는 시이다. 이에 공용경이 차운하고 이어 오희맹과 정사룡의 순서로 차운하였다. 적극적으로 수창하고 있다는 점이 특징적이다. ②는 공용경이 어촌의 요청에 따라 부채에 써준 시이다. 여기에는 별도의 차운시가 없다. ③은 『황화집』에 실려 있

지만 『어촌집』에는 누락된 작품이다. ④는 『어촌집』에 수록됐지만 『황화집』에 빠진 작품 2수이다. 이를 정리하면 공용경이 어촌에게 준 칠언절구에 차운한 어촌의 시가 『어촌집』에 누락되었고 〈書白疊扇贈兩使〉 2수가 『황화집』에 누락되어, 『황화집』에는 19제 32수, 『어촌집』에는 14제 33수가 수록되었다. 두 자료를 비교하면 거의 일치하고 있어 『어촌집』의 칠언절구 2수도 1537년 관반시 작품이 분명하며 또 『황화집』에 실린 칠언절구 1수도 어촌의 작품이 맞다. 결국 이때 관반으로 참여하여 지은 시는 ②를 제외한 총 33수가 된다.

『황화집』은 명 사신의 활동이 시간순으로 배열되어 있다. 사신이 서울을 떠날 때 慕華館에서 전별하고 다시 弘濟院에서도 중종은 어촌과 道雅都監[10]의 관료를 보내 송별하였다. 홍제원은 지금의 서대문구 홍제동 지역으로 의주로 향하는 大路의 첫 번째 역원이었다. 이곳을 거쳐 벽제관으로 가는데, 『황화집』에 도성 안에서부터 홍제원까지의 수창 중 일부 작품이 『어촌집』에는 벽제관에 도착하여 도성의 연회를 추억하거나 또는 벽제관에서 이별할 때 지은 것으로 되어 있다. 어촌의 착각인지 아니면 『어촌집』이 편집되는 과정에서 오류가 있었던 것이지 분명하지 않다.[11]

어촌이 가정 16년 명 사신을 접반하는 활동에서 또 주목되는 것은 程顥와 程頤 형제의 초상화를 받았다는 것이다. 이로 인해 송시열은 어촌의 업적을 매우 높이 평가하였다.

漁村 沈公彦光이 사명을 받들고 중국에 들어갔다가 河南 두 程夫子

---

10 道雅都監에 대해서는 분명하지 않다. 통상 중국의 사신을 맞을 때는 임시기구로 迎接都監을 설치하는데, 道雅都監이 迎接都監을 지칭하는 것인지 근거를 찾기 어렵다. 아니면 道雅都監의 '道'를 '導'로 보아 '도감의 관료들을 이끌고 왔다'는 의미인지 확실하지 않다.

11 이외에도 서로 다른 공간과 만남에서 지어진 것이 『漁村集』에는 한 작품으로 뒤섞여 있는 점으로 미루어 편집과정의 오류일 가능성이 높다.

의 화상을 구해 가지고 와서 江陵의 鏡浦臺 위에 간직하였는데, 몇 년
후에 그의 6대손 世綱 등이 경포대의 동쪽 河南村에 조그만 집 하나
를 세우고 두 화상을 봉안하여 존경하는 정성을 붙였다. 나는 생각건
대, 어촌은 실로 中宗朝 기묘년간의 사람이다. 기묘년간의 모든 어진
이는 오로지 『近思錄』을 숭상하였고, 두 부자의 嘉言善行이 모두 이
책에 들어 있어서 당시 어진 이들의 상호 토론과 經筵의 講說이 이 책
속에서 나왔으니, 어촌이 홀로 두 화상을 구해 가지고 온 뜻의 소재를
알 수 있다.[12]

송시열은 어촌이 사신의 명을 받들어 중국을 갔다가[奉使觀周] 두 정부
자의 화상을 가지고 와 경포대 동쪽 하남촌에 모셨다고 하였다. 그러나 어
촌은 중국에 사신으로 갔던 일이 없음을 감안하면 송시열이 착각한 것으
로 보인다. 어촌의 연보에는 숭정 후 71년(1698) 기록에 "선생이 일찍이 명
나라 사신으로부터 두 정부자의 영정을 얻어 경호대에 보관했다"[13]고 하면
서 송시열이 영정을 참배하고 기를 지었다고 하였다. 곧 어촌이 1537년 사
신인 공용경과 오희맹에게서 두 정부자의 화상을 얻었음이 분명하다.
　송시열의 학문은 尊周大義의 특성을 지닌다. 따라서 실리보다는 명분을
앞세웠다. 어촌이 김안로를 다시 조정에 끌어들임으로써 사림이 크게 위축
되는 결과를 초래하였고, 이로 인해 당시는 물론 상당한 기간 조정과 사림
모두에게서 꺼렸다. 그런데도 송시열이 "옛날 楊時가 蔡京의 간사함을 알

---

12 宋時烈, 『宋子大全』 권145, 〈二程先生畫像閣記〉: 漁村沈公諱彦光 奉使觀周 求得河南二程夫子
　像以來 藏之于江陵之鏡浦臺上 後幾年而其六世孫世綱等 以臺東有河南村 築小室 奉安二像 以
　寓瞻仰尊敬之誠 余惟漁村 實中宗朝己卯人 己卯諸賢 專尙近思錄 夫二夫子之嘉言善行 皆萃於
　此書 當時諸賢之相與討論及經筵講說 皆自此書中出來 則漁村之獨求二像以來者 亦可見其意之
　所在也
13 『漁村集』 卷首, 〈年譜〉 崇禎 後 71년조: 先生嘗於天使便 求得兩程夫子影幀以來 奉藏于鏡湖臺上

지 못하였고, 胡安國이 도리어 秦檜의 농락을 당하였으나, 二公 모두가 程氏의 淵源에서 탈락되지 않았는데 지금 공인들 어찌 己卯의 名人이 되기에 부족하랴."[14]라고 하여 어촌을 적극 옹호한 것은 바로 두 정부자의 화상을 받았기 때문이다. 송시열은 華陽洞의 煥章菴이나 雲漢閣 등에 명나라 神宗과 毅宗의 글씨 한 자, 유품이나 흔적 하나까지도 의미를 부여하여 수장하였다.[15] 이런 정황에서 보면 조선성리학에 있어서 두 정자의 초상화를 받은 일은 대단한 업적이었다. 이에 따라 우암학파의 화양문인들은 스승의 뒤를 이어 어촌의 업적을 칭송하여 「華陽門人語錄」을 남기게 되었다.

4. 창화시唱和詩의 성격과 특징

사신과의 수창은 중국의 사신과 조선의 관료가 시문을 통해 서로의 감정을 공유하는 고도의 지적 활동이다. 따라서 중국에서 사신의 선발할 때 통상 翰林院 학사 중에서 엄선하여 파견하였으며, 조선에 대한 접대도 다른 변방의 나라에 비해 여러모로 각별하였다. 조선 역시 중국의 사신을 접대할 인재를 양성하기 위해 선초부터 독서당을 설립하여 명망 있는 신진 문사를 선발해 그들에게 독서와 작시에 몰입할 수 있는 기회를 제공하였다.[16] 한편 그 이면에는 서로의 자존심을 지키기 위한 경쟁심도 작용하여 중국이나 조선 모두 신중을 기할 수밖에 없었다. 중국은 중국대로 上國으로서의 자존심을 지키려 하였고, 조선은 小中華를 자처하며 자존심을 잃

---

14 宋時烈, 『宋子大全』 권148, 〈漁村集跋〉: 昔楊龜山不知蔡京之奸邪 胡文定反被秦檜之籠絡 而二 公皆不失於程氏之淵源 今公顧不足爲己卯之聞人耶

15 『華陽洞志』 권3, 黃景源 〈雲漢閣記〉, 成海應 〈華陽洞記〉 등.

16 김덕수, 朝鮮文士와 明使臣의 酬唱과 그 樣相, 『한국한문학연구』 27집, 한국한문학회, 2001. 110~111면.

지 않으려 하였다.

1) 명사신明使臣과 관반館伴의 집단적 창화唱和

봄바람 부는 이곳 아름다운 누대에
비가 맑은 강물 적셔 세상 티끌 씻어내네.
동방이 신선 사는 곳과 가까움은 예전부터 알았더니
선계에서 누구를 보내 날개옷 입고 왔는가?
齊州 九點은 세상에서 험한 곳
裨海 三山은 만물 밖에 열렸네.
좋은 경치 좋은 자리에 아울러 좋은 계절
다시 고운 달을 맞아 함께 술잔을 드네.

　　春風是處好樓臺

　　雨浥澄江淨俗埃

　　東表久知蓬島近

　　上淸誰遣羽衣來

　　齊州九點寰中隘

　　裨海三山物外開

　　勝地盛筵兼令節

　　更邀佳月共含杯

이 시는 正使 龔用卿이 한강에서 노닐 때 중종이 여러 신하 편에 술과

안주를 보내주니 즉석에서 그 승경을 기록한 시에 어촌이 차운한 것이다.[17]

공용경의 칠언율시 2수에 좌의정 金安老, 호조판서 蘇世讓, 예조판서 尹
仁鏡, 좌찬성 金麟孫, 이조판서 沈彦光, 우참찬 許洽, 한성부판결사 吳
潔, 형조판서 鄭士龍, 이조참판 許沆, 도승지 朴洪鱗이 차례로 수창하고
이어 부사인 吳希孟이 다시 칠언율시 1수와 오언율시 1수로 수창하였다.
여기에서 다른 관반들은 모두 각 운에 칠언율시 1수씩만 지었으나 유독 어
촌만은 각 2수씩 지어 모두 4편을 만들었다.

수련에서 봄비가 내린 3월 달밤에 누대에서 바라보는 한강의 정취를 말
하고, 한시 특유의 서경을 묘사하지 않고 있다. 대신 신선이 산다고 하는
동방이 바로 이곳임을 은연중 내비치며 사신을 신선에 비유하고 있다. 중
국 천하는 모두 험난한 곳이건만 이곳 동방은 구주에서 벗어난 신선의 고
장임을 말하고 있다. 사신과 조선 관반들의 한강 술자리를 좋은 계절에 아
름다운 장소에서 반가운 인연이라고 하여 시간과 공간과 사람이 조화를
이루고 있음을 과시하고 있다. 조선 관반의 수창은 상국의 사신을 접대하
는 자리인 만큼 상대에 대한 최고의 예우를 하는 것이 상례였다. 이로써 사
신을 신선으로 묘사하는 대우를 보이고 있다.

> 한강 굽이굽이 아름다운 둑은 멀리 보이고
> 누대 안에 화려한 연회 열렸네.
> 강산은 살아있는 그림이 되고
> 풍악소리는 마른하늘 천둥처럼 은은하게 울리네.
> 꾀꼬리는 집집마다 버드나무에 지저귀고
> 꽃은 곳곳의 누대에 피어나네.

---

17 『皇華集』권19, 龔用卿 〈國王遣議政判書諸臣 侍予遊漢江 累饋酒肴 口占二律 以紀其勝〉

얼마나 좋은 달밤이기에

환한 달빛은 사람 향해 비추네.

漢曲芳堤遠

樓中綺席開

江山成活畫

簫鼓殷晴雷

鶯老家家柳

花明處處臺

如何良夜月

的的向人來

이 시는 앞의 시와 같은 때 副使 吳希孟의 오언율시에 차운한 것이다. 이 날 비가 오다가 그쳤는데, 오희맹은 이것을 두고 조선의 국왕이 여러 신하와 집사들을 보내니 하늘도 개인 것으로 의미 부여하였다. 잠시 후 배를 타고 한강 가운데로 나아가니 동남쪽이 매우 아름다웠다고 하였다. 이에 공용경의 운을 차운하여 칠언율시 1수와 오언율시 1수를 지었다.[18]

한 폭의 동양화를 시로 그린 듯한 광경이다. 앞의 시가 사신의 존재를 신선에 비유함으로써 극진한 예우를 갖추었다면, 이 시는 상대를 누구인지 잊고 순간의 정경에 빠져 들었다. 수련이 한강에서 연회를 갖는 정황을 破題했다면, 함련은 시각적 이미지와 청각적 이미지를 살려 멋진 대를 이루고 있으며, 경련도 지저귀는 꾀꼬리 소리와 피어나는 봄꽃을 대비하여 제

---

18 『皇華集』 권19, 吳希孟 〈國王開宴漢江樓 遣諸臣執事 是日雨而復晴 盖亦天從王命也 已而放舟 中流 東南盡美 偶成二律 次雲岡學士韻〉

시하였다. 늙은 꾀꼬리는 맑은 꾀꼬리 소리를 비유한 것[鶯老]인데 '老'자가 다음 구의 꽃이 피어나다[花明]의 '明'자와 좋은 짝을 이루었다. 더욱이 한 량없이 좋은 달은 환한 달빛을 사람에게 비추는 정경은 세속의 때가 전혀 없다고 할 것이다.

밝은 달은 누대 앞에 있고
지는 꽃은 버들 그늘에 있어라.
어찌 꼭 비단만 곱다고 하리오
촛불 들고 봄밤에 노니네.

明月在樓前
殘花柳陰下
何須艶綺羅
秉燭遊春夜

공용경이 태평관에서 1521년 頒登極詔使의 정사로 온 唐皐의 시 〈夜宿太平館醉起口占〉에 차운하여 지은 전6수 중 제2수이다.[19] 이 시에서는 봄날 밤 풍경을 읊으며 비단 못지않게 고운 봄 정취를 놓치기 싫어 촛불 들고 노니는 모습을 형상화하였다. 사행의 책무는 잠시 내려놓고 異國에서 맞는 봄날의 분위기를 만끽하고 있다. 어쩌면 李白이 〈春夜宴桃李園序〉에서 밤에 촛불을 들고 노니는 것은 실로 까닭이 있다는 구절과 일맥상통한다. 이백이 인생의 유한함으로 가는 봄날을 붙잡고 노닐었다면, 공용경의 意境은 짧은 사행의 끝에서 곧 떠나는 자의 아쉬움이라고 할 수 있다.

---

19 唐皐의 시는 『황화집』 권14에 있으며, 龔用卿의 시는 〈太平館用唐新庵韻〉로 권19에 실려 있다.

늙은 잣나무는 누대에 그늘 드리우고
푸른 구름은 위아래로 아득하네.
신선이 오던 때 생각하니
笙簫는 좋은 밤과 짝이 되네.

古栢蔭重樓
蒼雲迷上下
緬懷羽人來
笙簫伴良夜

　이에 대해 어촌의 의경은 사뭇 달라서 신선이 여유롭게 노니는 봄밤의
정취로 읊었다. 중국의 사신인 天使를 마치 하늘에서 온 신선으로 비유하
고 연회의 음악 역시 신선이 되어 백학을 타고 승천한 王子喬의 笙簫에 견
주어 봄밤의 정취를 풀어냈다. 이런 연회에 늙은 잣나무[古栢]와 푸른 구름
[蒼雲]은 아름다운 밤의 분위기를 돋우는 장치였다.
　당시의 수창은 대부분 칠언율시를 중심으로 지어졌다. 이들의 수창은 주
로 융성한 연회와 함께 이루어졌기 때문에 간결한 오언시나 절구보다 칠언
시와 율시를 통해 성대한 모습을 효과적으로 드러낼 수 있었다. 이에 다양
한 기법을 동원하여 핍진한 경물 묘사에 칠언율시가 유리했다.[20] 그러나 공
용경은 봄밤의 경치를 화려한 수사를 동원하여 표현하고 싶지 않았던 듯,
오언절구로 봄밤의 정취를 담백하게 표현하였다. 그러나 어촌은 오언절구
임에도 즉흥적이고 담백한 표현보다는 고사를 통한 화려하고 豊贍한 시로
응대하였다.

---

20 김덕수, 朝鮮文士와 明使臣의 酬唱과 그 樣相, 『한국한문학연구』 27집, 한국한문학회, 2001. 122면.

푸른 풀 갈림길에 가늘고

푸른 시내엔 끊어진 다리 걸쳐있네

성곽에 기댄 나무는 무성하고

들녘의 어둑한 비는 부슬부슬.

비개인 해 저물녘 안개에 잠기고

저무는 산에는 봄날 나무하는 소리 들리네.

맑은 회포에 나그네 길 먼데

펄럭이는 깃발은 멀리 구름을 쫓네.

靑草細分逕

碧溪橫斷橋

城依樹翳翳

野暝雨蕭蕭

晴日晚沈霧

暮山春響樵

淸懷客路遠

旌旆逐雲遙

이 시는 3월 16일 공용경이 서울을 떠나기 직전에 回文體로 칠언율시 1수와 오언율시 1수를 지었다. 회문시는 앞으로 읽어도 시가 되고 거꾸로 읽어도 시가 되는 형식을 말한다. 앞에서부터 읽으면 '橋', '蕭', '樵', '遙'로 押韻하여 平聲의 '蕭'자 韻目을 썼으며, 뒤로는 '旌', '淸', '晴', '城', '靑'로 압운하여 역시 평성의 '靑'자 韻目을 사용하였다. 어촌의 회문시는 공용경의 압운과 비교하면, 앞으로 읽을 때와 거꾸로 읽을 때 모두 동일하게 압운하였다. 이것은 함께 차운한 정사룡의 경우에도 동일하게 나타나는 현상으로 회문체가 지닌 작시의 어려움, 곧 단순히 뜻이 통하는 것은 물론이고 평측과 압운이 한시 율격에서 벗어나지 않아야 하는 것에서 비롯된 것이다. 어떻게 읽더라도 뜻이 통하고 의경에 방해가 되지 않으며 한시의 율격에서 벗어나지 않을 만큼 작시 능력이 출중해야 하며, 또 즉석에서 차운하는 것인 만큼 구상과 표현에 현실적인 제약이 많았기 때문이다.

따라서 회문체는 한시에 고도로 숙련되어야 가능한 형식이기 때문에 쉽게 창작할 수 있는 것은 아니다. 실제 이때 공용경의 회문체 차운한 조선의 관반은 金安老, 尹仁鏡, 漁村, 鄭士龍 4명이다. 이중 김안로와 윤인경은 회문체로 짓지 않았고 어촌과 정사룡이 회문체로 차운하였다. 어촌과 정사룡은 칠언율시와 오언율시 모두 공용경의 압운자를 그대로 따라 창작했다는 점은 그러한 사정을 보여주는 사례라고 할 수 있다.

중국의 사신이 오면 종종 회문시처럼 창작이 쉽지 않은 시를 제시하여 조선의 관반들을 시험하는 경우가 있었다. 중국 사신과 조선 관반의 수창이 일상적인 연회나 수평적 관계에서 이루어지는 수창과 달랐기 때문에 사신들은 자신들의 문화적 우월성을 과시하며 조선 관반들의 기를 꺾으려는 의도가 다분하였다. 이런 측면에서 어촌과 정사룡의 회문시 수창은 시사하는 바가 적지 않다.

(전략)
명 사신이 이제부터 범식을 남겼으니
우리나라 이로부터 장님 벙어리 신세 면하겠네.
나무 옮기는 꾀꼬리는 외진 곳에서 나와 나를 기쁘게 하고
오동에 모인 봉황은 盛代의 군자라네.
땅에 끼인 동쪽 바다 묶인 형국 안타까운데
하늘 높은 북극성은 온 천지에 드리우네.

먼 하늘엔 기러기 떼 이어졌다 다시 끊어지고

지는 해 산 모습은 옅어졌다 다시 짙어지네.

오늘 저녁 이별의 회포 유독 아쉬운데

내일 아침이면 지난 자취 곧 부질없어지리라.

좋은 시절에 청춘이 늙어감을 이미 깨닫고

근심에 백발이 늘어남을 막을 길이 없어라.

사신의 행차 머물게 하고 싶어도 그럴 수 없나니

꿈속의 풍채는 실로 온화하구나.

(前略)

詔使自今留範式

海邦從此免盲聾

出幽喜我鶯遷木

瑞世多君鳳集桐

地挾東溟憐局束

天高北極仰穹窿

遙空雁陣連還斷

落日山容淡復濃

此夕離懷殊作惡

明朝陳迹便成空

良辰已覺靑春老

愁緒難禁白髮鬆

望望仙槎留不得

夢中風度政雍雍

이 시는 다른 시와 달리 어촌이 먼저 지어 사신에게 수창을 요청한 작품이다. 어촌이 이 시를 지은 목적이 시 제목에 잘 드러난다. "외람되이 여러 날을 모시고 누차 정중히 받들었는데 돌아갈 수레에 기름을 치니 슬픈 심정을 이기지 못하겠습니다. 삼가 장황문의 태평루 칠언배율 60운에 차운하여 양 두 대인의 시안에 올려 애오라지 돌아가는 예물로 삼습니다. 삼가 가르침을 바랍니다叨陪數日 屢奉淸塵 歸轄將脂 不勝黯然 謹次張黃門登太平樓七言排律六十韻 呈兩大人詩案 聊備行贐 伏希和敎"며칠 동안 함께하다 사신이 돌아갈 때가 되자 슬픔을 이기기 어려워 이 시를 지어 전별의 예물로 삼는다는 것이다. 그러나 이면에는 내심 칠언배율 60운을 지어 보임으로써 자신의 시재가 범상치 않음을 과시하는 한편 사신들의 대응을 보고자한 것이다. 사신이 먼저 짓고 조선의 관반이 차운하는 일방적인 수창의 방식에서 벗어나 역으로 시를 제시하는 도발적인 성격을 내포하고 있다. 일국의 詩才로 선발되어 중국 사신과 필력을 겨룰 수 있는 것이 조선 문사의 커다란 자랑이었다. 중국 사신에 대해 존경과 극진한 예우를 보이는 한편 문학적 재능이 출중하다면 한번 겨뤄볼 수 있다는 내면 심리를 볼 수 있다.

이에 공용경은 張寧의 60운 칠언배율에 차운하여 어촌에게 주었다.[21] 이어 부사인 오희맹도 같은 시에 차운하여 어촌과 정사룡에게 주었고,[22] 정사룡이 다시 차운하여 시를 지었다. 어촌은 처음에 시를 지었기 때문에 사신들의 차운시에 다시 차운하지는 않았다. 칠언배율 60운의 거편을 수창할 수 있었던 것은 중국의 사신이나 조선의 관반이나 모두 사정에 예비 창작을 통해 시를 준비하였기 때문에 가능하였다. 명의 사신이 빈번해짐에 따라 중국은 조선의 관반이 무시할 수 없는 수준임을 알았고, 한편으로는

---

21 『皇華集』권19, 龔用卿, 〈太平館 次張掌科六十韻 兼答沈判書來意〉.

22 『皇華集』권19, 吳希孟, 〈登太平樓 次張方洲七言排律六十韻 錄似吏曹沈判宰漁村刑曹鄭判宰湖陰〉.

상국으로서 자신들의 체면을 지키기 위해 미리 준비하였다. 『황화집』을 통해 이전에 다녀간 사신들의 시를 보고 사신이 거치는 역로는 물론 시를 지을 만한 공간을 파악하여 예비 작품들을 준비하였다. 조선의 관반들 역시 개인적으로는 시재를 인정받을 수 있는 기회였으며, 국가적 위상과도 직결되는 사안이었기 때문에 사신과의 수창을 결코 소홀히 할 수 없었다. 이에 조정에서부터 『황화집』을 관반에게 내려주어 좋은 시들을 미리 준비하도록 지시하였다.[23]

어촌이 지은 것도 실상은 이런 과정을 통해 미리 준비한 것으로 보인다. 어촌이 차운한 것이 바로 1460년(세조 6) 頒勅諭使로 張寧이 조선에 왔을 때 3월 3일 太平館 누대에 올라 지은 60운의 칠언배율[24]이었다. 곧 1460년 사신의 『황화집』을 보고 장편의 작품을 미리 준비한 것이었다. 공용경과 오희맹의 예비 창작 대상에도 이 장녕의 시가 포함되어 있었던 듯하다. 그렇지 않았다면 당시 한림원수찬인 공용경이었다고 하더라도 쉽게 시를 짓기 어려웠을 것이다. 원접사인 정사룡 역시 관반사였던 어촌과 함께 전에 왔던 사신이 지은 모든 시에 차운하여 기다리고 있었다. 여기에는 〈희청부〉, 〈태평관부〉 등과 같이 짧은 시간 안에 짓기 어려운 작품들을 미리 문신들을 선정하여 지어 놓도록 한 결과였다.[25]

2) 어촌漁村과 명明 사신使臣의 개별적 창화唱和

한양을 주 무대로 사신과 조선 관반의 수창이 활발하게 이루어지는 과정에 지식인으로서 동질감을 느끼고 서로 인간적 유대가 형성된다. 특히

---

23 『中宗實錄』 34년 4월 7일조. 1539년 頒冊立皇太子詔使로 정사 華察과 부사 薛廷寵이 올 때, 조정에서는 1537년 공용경과 오희맹 때의 『皇華集』을 참고하여 준비하였다.

24 『皇華集』 권5, 張寧, 〈登太平館樓 六十韻〉.

25 『중종실록』 32년 3월 2일조. 이때 어촌의 시가 자신이 미리 지어놓은 것인지 아니면 다른 문신의 작품인지 분명하지 않다.

사신이 돌아갈 때가 되면 사신과 개별 관반과의 수창이 늘어난다.

> 내가 그대 심유지를 사랑하니
> 관직은 온갖 벼슬의 으뜸이어라.
> 명성은 상국에서도 흠모하고
> 公服은 모든 예의 갖추었네.
> 글자를 물으니 자리의 모든 사람 물리치고
> 시를 이야기 하니 자못 기이함을 좋아하네.
> 雲山은 이로부터 떠나가니
> 蘿月은 꿈에서도 서로 따르네.

> 愛爾沈攸之
> 官曹長百司
> 聲名欽上國
> 章服備諸儀
> 問字能虛席
> 談詩頗好奇
> 雲山從此別
> 蘿月夢相隨

　　명 사신 일행은 3월 17일 한성을 떠나 다시 북으로 향하였다. 이 시는 이
들이 한성을 떠나기 전날인 16일에 지은 것[26]으로 보이는데, 그 동안 자신

---

26 龔用卿의 『使朝鮮錄』에는 바로 다음 〈3월 17일 비가 오는데도 한성을 떠나 벽제관에 이르렀다……
　　(三月十七日 冒雨出漢城 至碧蹄館……)〉라는 시가 있다.

을 접반하느라 고생한 어촌에게 감사하며 준 것이다. 제목을 보면 "이조 심판서가 태평관에서 여러 날 나를 시중했다. 이에 서쪽으로 돌아감에 내게 찾아와 이별을 고하기에 그 자리에서 써서 서로 벗으로 사귀자는 뜻을 보인다. 吏曹沈判書 陪侍余太平館數日 玆西還 詣予告別 走筆書此 以見其追隨之意云" 라고 하였다.

공용경은 어촌의 재주를 두 가지 면에서 높게 평가하고 있다. 글을 물어 보면 임금이 賢人을 예우하여 자릴 비워두고 기다릴 만큼 학식이 깊었던 점과 시를 논하면 기이함을 좋아하는 점을 들었다. 어촌이 시에 능했던 것은 許筠의 『國朝詩刪』이나 시화를 비롯하여 다수에서 확인[27]되지만 그 외에 사신이 인정할 만큼 학식이 깊었다는 평은 주목해 봐야할 부분이다.

운산은 운강 공용경 자신을 지칭하는 것이며, 나월은 넝쿨에 비치는 달빛으로 몸은 서로 떨어져 있어도 넝쿨에 비친 달을 보며 서로 그리워함을 말한다. 곧 공용경 자신은 다시 중국으로 돌아가지만 어촌과 이미 마음으로 그리워하는 사이가 되었음을 표현한 것이다.

이에 어촌은 아래의 시로 화답하였다.

시간이 갈수록 편안히 모시고자 하였으나
마음은 헌납의 관서에 달려 있었네.
文質이 모두 빛남은 주나라 戴禮와 같고
예의 바른 모습은 한나라 법도와 같네.
儒術로 기이한 三策을 펼치고
詩壇은 六奇를 내었네.

---

27 김은정의 논문(漁村 沈彦光의 생애와 詩世界)과 박영주의 논문(어촌 심언광 시세계의 양상과 특징) 에서 자세히 분석하였다.

요동 바다에 뜬 달 아득하지만
만리 먼 곳에서도 서로 따르리.

去去欲安之
情懸獻納司
彬彬周戴禮
棣棣漢官儀
儒術陳三策
詩壇出六奇
懃懃遼海月
萬里遠相隨

  어촌은 맡은 직무로 제대로 대우하지 못함을 아쉬워하며, 공용경의 자
질과 문식의 아름다움이며 예의 바른 모습을 칭송하였다. 또 그의 학문과
시적 능력을 극찬하며 공간적으로 만리 떨어져 있어도 요동 바다에 떠 있
는 달을 보며 서로 그리워 할 것을 드러냈다. 전별의 시에 공통적으로 등장
하는 것이 서로에 대한 그리움이지만, 사신과 그를 접대하는 관반으로 만
나 짧은 시간에도 마음으로 존중하며 인연을 이어가려는 의도가 분명하게
보인다. 이점에 있어서는 공용경의 시에서도 이미 보이고 있어서 일상적인
인사치레라고 하기에는 두 사람이 모두 '서로 따른다相隨'고 한 것이 주목
된다.
  이 시에 이어 『황화집』에는 공용경의 〈이조의 수장인 어촌 심판서가 도아
도감의 여러 관리와 함께 그 국왕의 명을 받들어 나를 태평관에서 모셨다.
근무하는 모습이 자못 부지런하여 이 시를 써서 그와 이별한다曹長漁村沈判
書 道雅都監列位 奉其國王命 侍余太平館 服役頗勤 書此以別之〉라는 시가 있다.

도감에서 분주히 내달리며 앞뒤로 옹위하는데
아름다운 모습과 행동이 몹시도 어질었네.
돌아가는 마음 흉중의 뜻 다하지 못함에
다시 함께 은근히 취하여 이별하네.

都監奔趨擁後先
彬彬容止見多賢
歸心不盡襟期意
更與殷勤醉別筵

이조판서로 어촌은 영접하는 도감의 도제조를 임시로 겸하고 있었던 것으로 보인다.[28] 공용경은 이러한 어촌의 근실한 모습이 마음에 들었다. 8일의 짧은 시간에 자신의 마음을 다 보이지 못하고 돌아가게 되는 아쉬움을 토로하였다. 물론 공식적인 연회에서의 이별이겠지만 공용경은 마치 두 사람이 마주하여 취하여 이별하는 듯 묘사하였다. 하룻밤 술자리에서 다 펼쳐 보일 수 없는 호감을 어쩌지 못해 술에 잔뜩 취하여 마음으로 전하는 의경이다. 조선 관반들과의 집단적 수창에서 보기 힘든 사적 감정이 개입되어 있다. 앞의 시에서 나타나듯, 자신을 접대하며 보인 근실한 정성을 읽었기 때문일 것이다.

이에 어촌은 다음의 시로 화답하였다.

쇠하고 게으른 채 늘 邊韶같은 분을 따름이 부끄러웠는데

---

28 이것에 대해서는 어촌의 연보나 실록에 분명하게 나타나지 않는다. 다만, 사신이 어촌과 都監列位를 동시에 언급하는 경우가 몇 차례 보이고 있다.

우연히 빈관을 드나들며 높으신 현자와 함께 했네.
백년을 전할 아름다운 연회가 얼마이리오
다시 신선의 무리 이끌어 아름다운 자리를 함께 했네.

衰懶常慚類孝先
偶從賓館伴高賢
百年勝會能多少
更拉仙徒共綺筵

　이 시는 『어촌집』에 실려 있지 않고, 『황화집』에만 수록되었다. 공용경의
『使朝鮮錄』에도 『황화집』과 같은 제목으로 자신의 시를 수록하여 있어[29]
어촌의 작품이 분명하다.
　공용경이 관반으로 성실했던 어촌을 칭송하자 어촌 역시 부족한 자신이
공용경처럼 현자를 모셨다고 다시 상대를 추켜세웠다. 이별이 아쉬워 다시
연회를 열어 사신을 붙잡고 오래도록 전하는 아름다운 연회로 만들려는
뜻이 나타난다.
　아래의 시는 부사 오희맹과 수창한 시다.

대궐에는 새 명령에 걸려 있는데
서쪽으로 사신의 수레 돌아가네.
깊은 정은 떠나고 머무는 심사를 이끌고
아름다운 만남은 영화를 추억하게 하네.
두 개의 우산은 안개비를 막아주고

---

29 龔用卿, 『使朝鮮錄』 권하.

이별의 술잔은 떨어지는 꽃을 마주하네.

심전기의 시를 절로 좋아하니

낙랑의 큰 선비라 할 만하네.

北闕懸新命

西歸返使車

深情牽去住

嘉會憶英華

雙蓋衝煙雨

離觴對落花

佺期詩自好

樂浪大方家

오희맹이 지은 〈홍제원에서 이조의 심판서를 이별하다弘濟院 別吏曹沈判書〉라는 제목의 시다. 홍제원은 사신이 서울로 들어오기 직전에 머물거나 돌아가는 길을 출발하는 지점이었다. 어촌은 사신을 따라 벽제관에 도착하여 다시 이별의 정을 나누지만 홍제원에서의 이별은 공식적으로 서울을 떠나는 자리였기 때문에 의미가 컸던 것 같다. 어느새 든 서로의 깊은 정은 이별을 맞아 떠나는 이와 남는 이의 심사를 더욱 절실하게 하니, 홍제원의 연회는 며칠 사이의 화려했던 기억을 떠올리게 하였다. 이에 덧붙여 오희맹은 어촌이 沈佺期의 시를 좋아하니 분명 동방의 대가라고 하였다. 심전기는 초당시대 대각시인으로, 특히 오언율시에 뛰어나 율시 형식이 자리 잡는 데 크게 기여했다고 평가된다.

이에 어촌은 아래의 시로 화답하였다.

뛰어난 재주는 선배들을 앞질렀고
경물을 읊은 시는 뒤 수레에 실었다네.
훌륭한 인품은 영예로운 명망으로 알려졌고
화려한 수식은 시에 드러났네.
나그네 길에 아름다운 꽃 애처로우니
봄날 근심에 꽃이 지는 것도 두렵네.
사신은 어느 곳에 머물려 하나
사해가 곧 한 집인 것을.

英絢傾前輩

風煙載後車

圭璋聞譽望

斧藻見詞華

客路憐芳草

春愁惻落花

星槎何處泊

四海卽爲家

　　오희맹의 뛰어난 재주와 경물을 읊은 많은 시를 칭송하고, 아울러 훌륭
한 인품까지 갖춘 사람이라고 평가하였다. 사신이 돌아가는 행로에 길가
꽃이 애처롭고 봄날 근심에 지는 꽃도 두렵다고 하였다. 서로 마음으로 통
하는 관계가 되어 이별하는 근심에 아름다운 꽃조차 슬프게 받아들이고
있다. 그러면서도 마지막 구에서는 천하가 한 집이니 더 머물 것을 권하고
있다.
　　이어 〈다시 정사대인의 운을 차운하여 부사대인에게 드리다復次正使大人

韻 呈副使大人〉라는 시를 또 지었다. 이 시는 앞의 〈이조의 수장인 어촌 심 판서가 ……曹長漁村沈判書 ……〉의 '先', '賢', '筵'자를 다시 사용하여 지은 것이다.

시단에 활보함을 누구에게 양보하랴?
우습게도 무능한 사람이 두 어진 이를 모셨네.
꿈속에서 서로 생각하던 곳이 제일인데
배 가득한 강위의 달빛은 화려한 자리 비추네.

詩壇闊步讓誰先
自笑三屛厠兩賢
最是夢中相憶處
滿船江月照華筵

부족한 자신이 두 사신을 모신 것이 우습다고 하면서도 꿈속에서 서로 생각하는 호감을 드러냈다. 사신의 책무를 다한 뒤이니 사신이나 조선의 관반이나 형식적인 관계보다는 인간적 감정이 개입되고 있다. 공식적인 일정을 함께 하며 다졌던 우의를 이별하는 즈음에 떠올리며 아쉬워 하고 있다. 환히 비추는 강의 달빛도 연회의 흥을 돋우는 달이 아니라 정해진 이별을 일깨우는 쓸쓸한 장치로 사용되었다.

이별에 즈음하여 지은 시들 중에 『어촌집』에는 있지만 『황화집』에 수록되지 않은 작품이 있다. 〈백첩선에 써서 두 사신에게 드리다書白疊扇 贈兩 使〉라는 두 수이다. 첫 수는 정사인 공용경에게 준 것이며, 둘째 수는 부사 오희맹에게 준 것이다.

만리 산하에 봄도 끝나려 하는데

요양 가는 길가에 뜨거운 먼지 일어나네.

은근한 오월에 갖옷 입은 나그네

맑은 바람 잡고서 고인을 추억하시겠네.

(상사에게 드리다)

萬里關河欲盡春

遼陽路上起炎塵

慇懃五月被裘客

須把淸風憶故人

(右贈上使)

염량과 현회는 천시를 따르는 법

한 조각 가벼운 행장으로 만리 길 따르네.

요계로 가는 수레 번뇌에 얽혀있고

맑은 바람은 옥 같은 이를 향해 불리라.

(부사에게 드리다)

炎涼顯晦順天時

一片輕裝萬里隨

遼薊征車嬰熱惱

淸風須向玉人吹

(右贈副使)

이 시는 다른 어촌이 사신을 이별하며 준 시와 심상이 약간 다르다. 중국으로 돌아가는 길을 유독 멀고도 험한 길로 묘사하고 있다. 사신의 책무를 무사히 마치고 돌아가는 앞날을 희망적으로 표현하는 것이 적절했을 텐데 귀로의 험난함을 걱정하며 청풍의 위로를 말하고 있다. 이것이 진짜 이별에 대응하는 어촌의 의경이라 할지라도 어두운 이미지가 강하다.

이 두 수가 어떤 연유에서 『皇華集』에 누락되었는지 분명하지는 않다. 혹시 사신이 갈 때 어촌만이 송별시 두 수를 주어 자신을 과시하려 했다는 작품이 아닌가 추정할 수 있다. 다른 작품은 모두 『황화집』에 실렸는데 이 두 수만 빠진 것이 이례적이다. 그 이유는 두 가지로 추정할 수 있는데, 첫째는 개인적으로 명나라 정사와 부사에게 주었기 때문에 알려지지 않았을 수도 있다. 그러나 사람들의 입에 오르내렸다면 시를 준 행동과 함께 시내용도 알려졌을 것이다. 다른 이유는 관반으로 임명되었다고 하더라도 사신과의 수창은 공식적인 활동이므로 설령 다른 사람들이 어촌의 시를 알고 있었어도 『황화집』을 편집하며 제외하였을 가능성이 있다.

이 시가 박동량이 언급한 작품이 맞는다면 오희맹에게 준 시의 첫 구에서 炎涼으로 변화하는 세태나 드러났다 감추어지는 세상의 변화가 모두 하늘의 때에 달려 있다고 말한 것은 의미심장하다. 어촌이 화려한 관반의 활동에도 불구하고 이 두 수로 인해 세상 사람들의 비웃음을 받았던 것이나, 당시 좌의정 김안로를 끌어들여 그 화가 자신에게 미쳤던 것이 예사롭지 않다.

공용경의 〈이조판서 심선생이 경호어촌권에 제를 구하기에 부채에 이 시를 써서 준다吏曹判書沈子 求題鏡湖漁村卷 書此于扇以寄之〉는 어촌과 지극히 사적인 관계에서 받은 시이다.

호수는 평평하기가 거울과 같은데
멀리 푸른 바다로 통하네.

조수 빛은 언덕에 아득하여 희고

고기잡이 불빛은 물결에 비치어 붉도다.

난간에 기대어 돌아가는 새를 바라보고

물가에 자리하여 떠나는 기러기 세어보네.

시골 생활은 원래 스스로 깨닫는 것

바로 이 갈매기 마주한 노인임을 알겠도다.

湖水平如鏡

冥冥滄海通

潮光迷岸白

漁火射波紅

倚檻看歸鳥

臨磯數去鴻

村居原自得

知是對鷗翁

　　사신이 돌아갈 때 역시 조선의 접반들은 사신을 송별하며 각자 시를 주
었으며, 나아가 자신들의 世稿나 詩稿에 그들의 글을 받기 위해 애썼다.
김안로는 자신의 정자에 記文을 받았으며,[30] 정사룡은 자신의 『조천일록』
에 공용경의 題와 오희맹의 序를 받았다.[31] 許洽과 許沆은 공용경과 오희
맹에게 각각 자신들의 『陽川世稿』에 序를 받았다.[32] 원접사를 사양했던

---

30 『皇華集』 권22, 〈明虛亭記〉

31 『皇華集』 권22, 龔用卿의 〈題鄭判書朝天日錄〉, 吳希孟의 〈朝天日錄序〉

32 『皇華集』 권22, 龔用卿의 〈書陽川世稿序〉, 吳希孟의 〈陽川世稿序〉

소세양조차 자신의 정자에 銘을 받았다.[33] 어촌도 「鏡湖漁村卷」이라는 시고에 글을 받았다.[34] 이런 경향에 대해 명 사신들 역시 거부반응을 보이지 않았다. 아마 문화적으로 우월하다는 자부심의 발로이겠지만, 꺼리거나 귀찮게 여기지 않고 시문을 지어 주었다. 심지어 돌아가는 역로의 관리들이나 역관들까지 감사의 글을 남겼다.[35]

앞의 시는 이런 어촌의 부탁에 공용경이 지은 것인데, 『황화집』에는 있지만 『사조선록』에는 빠져있다. 특이한 것은 공용경의 시에 어촌이 응수하지 않았다는 점이다. 통상 사신의 시에 그 자리에 있는 조선의 접반이 수창한다. 그런데 이 시가 지어진 정황을 보면 어촌이 개인적으로 부탁하고 공용경이 응대한 것이다. 따라서 다른 조선의 문사가 응수하기 어렵고, 어촌만이 응수할 수밖에 없다. 그런데 어떤 이유에서인지 어촌은 이에 대해 어떠한 기록도 남기지 않았다. 다만, 『어촌집』에 '鏡湖漁村' 넉 자는 운강 공용경이 쓰고題鏡湖漁村四字 雲岡龔用卿書, '海雲小亭' 넉 자는 용진 오희맹이 썼다題海雲小亭四字 龍津吳希孟書라고만 하였다.[36]

지금도 강릉 海雲亭에 걸려있는 공용경이 쓴 '鏡湖漁村' 글씨와 오희맹이 쓴 '海雲小亭' 글씨는 1537년 이때 받은 것으로 그 역사성을 확인할 수 있다.

5. 맺음말

중국 사신이 압록강을 건너면서 서울에 이르기까지, 또 돌아갈 때 다시

---

33 『皇華集』 권22, 공용경의 〈淸心堂銘〉
34 『皇華集』 권19, 공용경, 〈吏曹判書沈子 求題鏡湖漁村卷 書此于扇以寄之〉
35 『皇華集』 권22.
36 『漁村集』 권7, 「館伴時雜稿」.

의주까지 접대하는 원접사를 제외하면 조선의 관반들이 사신과 어울리며 수창할 수 있는 기회는 그들이 서울에 머물던 시기에 한정되었다. 이에 사신이 서울에 머무는 동안의 수창은 개별적인 만남과 응대보다 집단적인 연회의 자리를 통해 이루어졌다. 이 경우에는 대체로 공식적인 활동에 따른 연회라 조선 관반들이 집단적으로 사신을 접대했으며 사신에 대한 예우, 관반에 대한 탐색과 許與가 동시에 존재했다. 이에 비해 공식일정을 마치면 비교적 개별적인 만남이 이루어질 수 있었다.

길지 않은 체류 시간과 제한적인 만남을 충분히 활용하여 자신의 재능을 돋보이게 하고 나라를 빛나게 하기 위해서는 화려한 표현과 고사를 많이 사용하여 자신의 역량을 부각시킬 수밖에 없는 사정이 있었다. 더구나 16세기 중반은 勳舊와 士林의 대립이 본격화되면서 문학적으로도 훈구의 館閣文學이 마지막 화려한 대미를 장식하던 때였다. 어촌이 己卯士林으로 분류되고 나름 사림을 위해 정국을 변화시키고자 하였어도 문학적으로는 관각문학에서 벗어나기 어려운 시대적 한계가 있었다. 典雅한 修辭와 함께 국가의 文任을 담당함으로써 華國의 문학적 사명을 충실히 수행한 결과였다고 하겠다.

– 참고문헌은 각주로 대신함

| 부록

[1]

展讀新詩總幾章　　薔薇入手露瀼瀼
蚌生滄海呈明月　　鵲抵崑山散截肪
筆下乾坤隨指顧　　醉中文字致張皇
千秋復見風人面　　准³⁷擬聞韶肉味忘

道從洙泗挹³⁸餘波　　陸海潘江未足誇
寶唾幾回隨紙墨　　錦囊容易貯山河
哇音敢厠黃鍾響　　俚耳猶聞白雪歌
頓覺齒牙氷穗冷　　焚香敬讀百篇多

〈謝惠曆書〉

皇朝儥价擇英賢　　鳳節麟袍照海壖
給事聲華推國士　　翰林風彩擬神仙
高才不假³⁹三餘就　　健筆猶從二妙傳
玉曆厚恩沾⁴⁰老醜　　能令犬馬得延年

[2]

春風是處好樓臺　　雨浥澄江淨俗埃
東表久知蓬島近　　上淸誰遣羽衣來
齊州九點寰中隘　　裨海三山物外開
勝地盛筵兼令節　　更邀佳月共含杯

---

37 『漁村集』에는 '準'으로 되어 있음.
38 『漁村集』에는 '浥'으로 되어 있음.
39 『漁村集』에는 '暇'로 되어 있음.
40 『漁村集』에는 '霑'으로 되어 있음.

仙居縹緲在瑤臺　　湛湛氷壺絶點埃

渤海幾人傳姓字　　君賓千載見雲來

興隨笙鶴過時發　　樽向江山勝處開

一舸陪遊天所借　　百年肝膽但深杯

緣崖小築卜林丘　　面面朱門俯遠洲

萬樹落花香苒苒　　半山微雨翠浮浮

風傳歌吹縈瑤⁴¹島　　天取煙霞與小樓

千古名區誰管領　　春光都付使華遊

未把千金買一丘　　暮年情興寄滄洲

亭依碧巘丹靑老　　山拱⁴²滄波翠黛浮

隔岸香風花糝徑　　滿江凉⁴³月水明樓

林泉如許終塵土　　此夕應須做勝遊

龔用卿,〈國王遣議政判書諸臣 侍予遊漢江 累饋酒肴 口占二律 以紀其勝〉

[3]

漢曲芳堤⁴⁴遠　　樓中綺席開

江山成活畫　　簫鼓殷晴雷

鶯老家家柳　　花明處處臺

如何艮⁴⁵夜月　　的的向人來

---

41 『漁村集』에는 '遙'로 되어 있음.
42 『漁村集』에는 '控'으로 되어 있음.
43 『漁村集』에는 '冷'으로 되어 있음.
44 『漁村集』에는 '洲'로 되어 있음.
45 『漁村集』에는 '良'으로 되어 있음.

亭隨蒼靄豁　　襟爲好風開
野日含殘雨⁴⁶　山雲送晚雷
柳陰靑繞渚　　松影碧粧臺
暮向鼇頭下　　犀舟緩緩來

[4]

巍然雪脊接朱甍　　勝日風光畫不成
垂柳晚侵宮瓦碧　　好花晴映御溝明
門迎才俊標金馬　　池闊昆明動石鯨
簷外受風飛紫燕　　葉間梢蝶語黃鶯
巨靈有力支鰲柱　　王母多情侑兕觥
樺燭半燒香燼落　　玉人徐步佩環鳴
境移弱水三千里　　月上重樓十二城
練實若爲留彩鳳　　長庚空復仰文星
還如笙鶴傳眞訣　　未必蓬萊隔大瀛
更信茲樓名慶會　　莫將靈沼譬華淸

[5]

亭空⁴⁷長江遠　天銜闊岸遙
玻瓈開水面　　桃李匝山腰
白雁依寒渚　　靑驢渡小橋
肝腸託⁴⁸樽酒　雲樹隔明朝

[6]

漢陰機自息　　碧樹俯蒼灣

---

46 『漁村集』에는 ‘雪’로 되어 있음.
47 『漁村集』에는 ‘控’으로 되어 있음.
48 『漁村集』에는 ‘托’으로 되어 있음.

日影搖江曲⁴⁹　春容媚樹間
塵寰悲九土　仙境見三山
旅泊星槎返　沙鷗獨占閒

[7]

英遊隨勝日　雅集在晴灣
曲水空明外　層樓紫翠間
塵侵新白髮　夢落舊靑山
報國誠猶在　殘骸苦未閒

[8]

西郊⁵⁰微雨送輕寒　行路煙花未覺難
人事百年成聚散　塵緣十載了悲懽
星迷北極紅雲遠　天盡東溟⁵¹碧海漫
惆悵玉簫仙侶去　謾誇方丈在三韓

[9]

淸才推學士　風範邈超群
北闕陪香案　西淸閱帝文
靑丘聊駐節　白日更披雲
勝事成追憶　江舟倚夕曛

49 『漁村集』에는 '草色連沙際'로 되어 있음.
50 『漁村集』에는 '橋'로 되어 있음.
51 『漁村集』에는 '邊'으로 되어 있음.

[10]

〈叨陪數日 屢奉淸塵 歸轄將脂 不勝黯然 謹次張黃門[52]登太平樓七言排律六十韻 呈[53]
兩大人詩案 聊備行賺 伏希和敎〉

皇仁遍覆類高穹	逖逖靑丘信使通
金馬詞臣承帝命	玉堂文雅選儒宗
紅泥鳳詔來千里	黃帕天書出九重
自是汪恩霑草木	直緣祥夢應羆熊
異香滿室神光照	紫氣騰空日表雄
大慶已孚弓韣帶	縟儀將擧震宮封
彤庭濟濟鳴環佩	白日輝輝映袞龍
一夜斗樞重繞電	千齡華渚更流虹
萬邦政是歸依地	三善應須輔養功
鶴駕通宵隨曉仗	龍樓問寢趁晨鍾
豈求故事篇章裏	自在他時孝敬中
盛代謳歌均普率[54]	淸朝舞蹈[55]遍臣工
佇聞文葆方岐嶷	誰謂英姿尙幼冲
殷帝郊禖曾有事	周家瓜瓞永無窮
懽忻合與群方共	寵錫猶從外國隆
天遣鸞鳳驚燕雀	春將雨露惠疲癃
文章燁燁家傳業	儒墨堂堂陣折衝
范老心懷憂且樂	羲經爻畫吉兼凶[56]
德侔造化陶甄早	仁較陽春發育同
行囊只留金匕藥	盤羞不要紫駞峯

---

52 『漁村集』에는 '給事'로 되어 있음.
53 『漁村集』에는 '錄奉'으로 되어 있음.
54 『漁村集』에는 '率普'로 되어 있음.
55 『漁村集』에는 '踏舞'로 되어 있음.
56 『漁村集』에는 '匈'으로 되어 있음.

儒家揖讓中華禮　　仙侶周旋上界容

玉節影搖花色麗　　錦袍光奪日華紅

通經達史才誰竝　　彪外弸中道自豐

文駕荀揚[57]追逸軌　　詩攀李杜躡高蹤

殊方四牡迎[58]佳節　　遠道雙旌帶好風

故國歸心春錯莫　　旅窓羈思月朦朧

江魚入饌多紅鱧　　山蔌爲氈雜紫茸

世味孰敎歸嚼蠟　　生涯莫道任飄蓬

樓臺縹緲宜孤嘯　　宇宙依微寄一笻

夜靜怳游句曲洞　　月明如在廣寒宮

十洲笙鶴尋常見　　三島神仙次第從

已放曠懷超瀚海　　還思長劍掛崆峒

鹿鳴幾侍瑤池宴　　鷺序爭瞻玉樹叢

燒燭狂吟由夜醉　　擁衾閑睡坐春慵

川原掩靄張雲錦　　門觀輝煌接綵絨

華岳煙雲侵几席　　終南翠黛近簾櫳

蔀蔥樹木家家好　　崒葎岡巒處處崇

邃塈樓霞風欲捲　　陰崖溜雪日敎融

園林雨傹花如霰　　院落春寒候似冬

挾路繁絃仍急管　　欄[59]街白叟[60]與黃童

風雲際會時方泰　　辰象精英氣所鍾

鄕塾麻衣皆學子　　役徒[61]臺笠半官傭

家談經籍知尊孔　　士擲牙籌解笑戎

---

57 『漁村集』에는 '楊'으로 되어 있음.

58 『漁村集』에는 '延'으로 되어 있음.

59 『漁村集』에는 '攔'으로 되어 있음.

60 『漁村集』에는 '首'로 되어 있음.

61 『漁村集』에는 '德'으로 되어 있음.

處阨自嫌蛙在井　　慕廉還恥臭生銅

却誇遠服恩榮重　　端爲淸才償价⁶²充

客路晨征⁶³催蓐食　　家山春興憶村農

仙歸華表尋遼鶴　　書斷長天問塞鴻

漢水西流波汩⁶⁴潏　　靑溪(山名)南截雨冥濛

蓬山隱約三韓外　　裨海蒼茫萬國東

蔥秀斷碑空剝落　　東林殘石謾巃嵸

山河不盡英雄恨　　樽酒誰澆芥대(艸/帶)⁶⁵胸

瓊貝千章諸巨筆　　皇華百載幾名公

何人潤色如東里　　着處書堂擬射洪

詔使自今留範式　　海邦從此免盲聾

出幽喜我鸎遷木　　瑞世多君鳳集桐

地挾東溟憐局束　　天高北極仰穹窿

遙空雁陣連還斷　　落日山容淡⁶⁶復濃

此夕離懷殊作惡　　明朝陳迹便成空

良辰已⁶⁷覺靑春老　　愁緒難禁白髮鬆

望望仙槎留不得　　夢中風度政雍雍

[11]

危樓落層陰　　俯挹群峯翠

天仙在上頭　　日下謀饒醉

62『漁村集』에는 '价償'으로 되어 있음.

63『漁村集』에는 '程'으로 되어 있음.

64『漁村集』에는 '湯'으로 되어 있음.

65『漁村集』에는 '개(水+介)帶'로 되어 있음.

66『漁村集』에는 '澹'으로 되어 있음.

67『漁村集』에는 '易'로 되어 있음.

古柏蔭重樓　　蒼雲迷上下
緬懷羽人來　　笙簫伴良夜

雙旌濕春雨　　萬里賦言歸
三月關西路　　山花映繡衣

巨篇[68]描江山　　芳名在樓壁
何處暮吹簫　　天涯獨歸客

江山一今古　　天地隔東西
嚴程過候館　　相蹴聞晨雞

春鳥花邊啼　　暮鴉[69]枝頭宿
何事遠遊人　　不秉良霄燭

[12]

飛樓遠[70]霧曉蒼蒼　　野櫬林花雜紫黃
歸客遠程迷落日　　暮郊晴岸蔭垂楊
衣侵水月江船小　　句入春雲海路長
扉掩晚村煙寂寂　　霏霏細雨濕莎芳
(回文體)

靑草細分逕　　碧溪橫[71]斷橋

---

68 『漁村集』에는 '扁'으로 되어 있음.
69 『漁村集』에는 '鶴'으로 되어 있음.
70 『漁村集』에는 '繞'로 되어 있음.
71 『漁村集』에는 '撗'으로 되어 있음.

城依樹翳翳　　野暝[72]雨蕭蕭

晴日晚沈霧　　暮山春響樵[73]

淸懷客路遠　　旌[74]旆逐雲遙

(回文體)

『皇華集』권20

[13]

風埃一夢落湖山　　餘興依依尙未闌

記得與君同醉處　　白鷗飛入水雲間

[14]

去去欲安之　　情懸獻納司

彬彬周戴禮　　棣棣漢官儀

儒術陳三策　　詩壇出六奇

慇懃遼海月　　萬里遠相隨

[15] (어촌집 없음)

衰懶常慚類孝先　　偶從賓館伴高賢

百年勝會能多少　　更拉仙徒共綺筵

[16]

英絢傾前輩　　風煙載後車

圭璋聞譽望　　斧藻見詞華

---

72 『漁村集』에는 '冥'으로 되어 있음.

73 『漁村集』에는 '撫'로 되어 있음.

74 『漁村集』에는 '旋'으로 되어 있음.

客路憐⁷⁵芳草　春愁恸⁷⁶落花
星槎何處泊　　四海卽爲家

〈復次正使大人韻 呈副使大人〉
詩壇闊步讓誰先　自笑三峸厠兩賢
最是夢中相憶處　滿船江月照華筵

[17]

北極欣瞻日月懸　百年無計返林泉
人生異地猶同道　共被塵機一樣牽

[18]

倚欄長嘯岸烏紗　步屧江皐日已斜
夜醉有時邀嶺月　春愁無語對山花
百年墮世皆千里　四海斯文共一家
回首關河誰暖眼　天津杳杳隔仙槎

[19]
〈代人作〉
方⁷⁷空細細蹙輕紗　半榻香煙一穗斜
萬里往來蝴蝶夢　三春開落杜鵑花
吹殘遠笛應⁷⁸懷土　過盡良辰不在家
日暮關山雲樹隔　天津何處泊靈槎
－議政府領議政 金謹思의 작품으로 수록

---

75 『漁村集』에는 '隣'으로 되어 있음.
76 『漁村集』에는 '劫'으로 되어 있음.
77 『漁村集』에는 '弓'로 되어 있음.
78 『漁村集』에는 '誰'로 되어 있음.

『漁村集』 수록 한시

〈書白疊扇 贈兩使〉

萬里關河欲盡春　　遼陽路上起炎塵

慇懃五月被裘客　　須把淸風憶故人

(右贈上使)

炎涼顯晦順天時　　一片輕裝萬里隨

遼薊征車嬰熱惱　　淸風須向玉人吹

(右贈副使)

03

중종 시대 심언광의 정치 문학

김명준_한림대학교 교수

이 글은 강릉문화원에서 개최한 "제7회 어촌 심언광 전국학술세미나"(2016.11.25.)에서 발표하고 『인문
논총』 제43집(경남대학교인문과학연구소, 2017.08.30.)에 게재된 논문을 수정·보완한 것이다.

1. 서론

이 글은 어촌漁村 심언광沈彦光(1487~1540)의 정치 문학과 그것이 갖는 의미를 살피는데 목적이 있다.

심언광은 강릉 출신으로 중종 시대에 관직에 진출하여 대사간, 대사헌, 이조판서 등 요직을 거쳤으나 52세에 김안로金安老와의 연루로 인해 실각한 인물이다.[1] 심언광의 부침을 한 사대부의 정치 생명사로 이해할 수 있으나 그가 16세기 변혁기에 간관, 인사 책임자로서 자리했다는 점에서 보면 중종 시대의 하나의 상징으로 이해할 수 있다. 그의 문집과 실록에서 그가 중종의 국정 운영에 적지 않은 영향을 미친 점에서나 심언광에 대한 지방 행정 및 군사 정책, 십점소에 관한 연구 등에서도 이를 확인할 수 있기[2] 때문이다.

또한 심언광은 문인으로서 적지 않은 작품을 남겼으며 주로 시가 대부분을 차지한다. 자연 경물에서부터 일상적인 감회, 교유 관계, 정치적인 견해 등 다양한 내용을 담고 있다.[3] 이 가운데 자신의 정치적 견해를 적극적으로 드러내는 경우가 적지 않은 바, 정현왕후와 장경왕후에 관한 시,[4] 관료에 대한 계축시와 송별시, 사간원에 관한 시 그리고 사신과의 교류시 등이 그

---

1 심언광에 관한 인물론에 대해서는 박도식(2010), 「어촌 심언광의 생애와 경세론」, 『어촌 심언광 연구총서 1』, 강릉문화원; 한춘순(2014), 「어촌 심언광의 정치 역정과 생애」, 『어촌 심언광의 문학과 사상』, 강릉문화원 등에서 살필 수 있다.

2 박도식(2014), 「조선전기 수령제의 실태와 심언광의 수령관」, 『어촌 심언광의 문학과 사상』, 강릉문화원; 박도식(2014), 「어촌 심언광의 북방 경험과 국방 개선안」, 『어촌 심언광의 문학과 사상』, 강릉문화원; 송수환(2014), 「어촌 심언광의 '십점소(十漸疏)' 고찰」, 『어촌 심언광의 문학과 사상』, 강릉문화원.

3 심언광의 문학 연구사에 대한 개괄적 설명은 하정승(2014), 「어촌 심언광의 한시에 나타난 죽음의 형상화와 미적특질」, 『어촌 심언광의 문학과 사상』, 강릉문화원, 109-110쪽에서 참고할 수 있다.

4 하정승은 이 시들을 만시류(挽詩類)로 분류하여 만시사적(挽詩史的) 흐름에서 개괄적 언급을 하였다. 하정승(2014), 같은글, 116쪽.

것이다. 이처럼 그는 정치 일선에 있으면서 국왕의 정치적 입지, 관료의 자세, 외교 정책 등을 시로써 드러냈던 것이다.

한편 이렇게 심언광이 중종 시대 정치인, 문인으로서 정치사와 문학사에 일정 정도 영향을 끼칠 수 있는 인물임으로 감안한다면 그의 정치 문학에 관한 관심이 정해진 수순이 될 것이나 연구사에서 이를 간과한 점은 아쉬움으로 남는다. 이에 필자는 심언광의 정치 시를 통해 그의 정치적 견해를 밝히고 그것이 갖는 의미하는 바를 살피고자 한다. 요행이 심언광의 정치 문학에 관한 의미를 기대한 바대로 간취할 수 있다면 그의 삶과 문학에 대한 이해의 지평을 넓힐 수 있음은 물론 16세기 정치 문학의 일단을 엿볼 수 있으리라 생각한다.

2. 정현왕후와 장경왕후

주지하다시피 중종中宗(1488~1544)은 반정反正을 통해 조선 11대 임금이 된 인물이다. 따라서 그의 정치적 입지는 여느 왕들에 비해 공고하지 못했고 대신 그를 옹립한 권신의 힘은 상대적으로 강할 수밖에 없었다. 이에 중종은 왕위 계승의 정당성을 위해 각별한 노력을 기우렸을 것으로 보인다. 그 하나가 생모 정현왕후貞顯王后(1462~1530)와 인종仁宗(1515~1545)의 생모 장경왕후章敬王后(1491~1515)에 대한 미화 작업이라 할 수 있다.

중종의 왕위 계승에 대한 합리화 사업에 심언광이 관여하게 된다. 심언광은 각 왕후에 대한 추모시를 통해 중종의 의도를 성실히 반영하였던 것이다. 그의 문집을 보면 정현왕후에 관한 시 4편과 장경왕후에 관한 시 1편이 수록되어 있다. 정현왕후에 관한 시가 비교적 많은 것은 중종의 정통성을 위한 사업이 보다 중요했기 때문이라 할 수 있다.

일찍부터 오히려 현덕하셨으니

바로 선왕의 왕비이시다.

몰래 쌓은 공은 하늘이 함께 키웠으니

신의 조화에 만물이 감화되었도다.

내칙은 임사와 같았고

왕실 계보는 순임금 문왕을 이었도다.

동궁은 한결같은 생각을 가졌으니

유명遺命이 가장 은근하도다. 〈기이其二〉

夙歲猶玄德

先朝是小君

陰功天共大

神化物皆薰

內則齊妊姒

宗圖繼舜文

少陽方在念

末命最慇懃〈其二〉[5]

　중종의 생모인 정현왕후에 대한 만사輓詞이다. 왕후에 관한 제례시나 추모시가 늘 그렇듯 실제 모습보다 대상을 과대 포장하기 마련이다. 흔히 태임太妊과 태사太姒를 왕후에 비유하는 방법으로 덕을 강조하곤 한다. 이러한 관습적 수사는 설득하려는 이들에게 익숙함과 신뢰를 부여함으로써 효

---

5 「정현왕후 만사[挽貞顯王后] 〈경인년(庚寅)〉」, 鄭亢敎 외(2006), 『國譯 漁村集』, 江陵文化院, 204쪽. 이하 작품 인용은 이 책을 따른다.

과를 높이는 장치로 작용한다.

동아시아의 역사 및 문학 전통에서 성군聖君의 이미지는 문왕文王과 무왕武王에게서 찾을 수 있다. 실제 그들이 선정善政을 하였는지는 알 수 없으나 유학의 교과서에서 그들을 성군으로 그렸고 조선이 성리학을 건국이념으로 삼았던 만큼, 그 시대 그들은 무조건적 성군이어야만 했다.

성군의 자연스런 계승을 이상 국가로 믿었던 정치 유자들은 '요순우탕문무'의 나라를 태평성대로 여겼다. 그리고 그러한 국가를 유지 보전하는 데 왕후의 역할은 강조되었다. 문왕과 무왕을 왕재로 있게 한 것이 태임과 태사라는 점을 부각한 것이다. 따라서 왕이 된 자들은 자신의 생모가 태임과 태사라고 여겨야, 자신이 문왕과 무왕이 될 수 있었던 것이다. 이는 정상적이지 않은 방법으로 왕위를 계승한 경우에 더욱 주효하게 작용할 수 있었다.

정현왕후가 하늘과 함께 '몰래 쌓은 공'에 신이 감화했다는 언급은 중종의 왕위 계승을 천명天命으로 본 것이다. 그리고 사실 진성대군(중종)이 동궁이 아니었음에도 불구하고 진성대군을 '소양'으로 정의함으로써 왕위 계승의 정치적 당위성까지 확보하였다.

이렇게 이 시는 정현왕후를 태임과 태사에 반열에 올려놓고 (검증할 수 없는) 신비스러운 천명 의식과 결과론적 '소양'을 반영하여 중종의 왕위 계승을 합리화 하였다.

> ......
> 강희의 겸양하는 덕과
> 임사의 부덕婦德을 받들어
> 아름다운 광채가 그늘에 있었지만
> 진실로 밝게 빛나셨다.

궁중이 맑고 온화하여
모두 인자한 왕후를 우러르고,
시와 예로 인도하시니
나의 어머니이고 나의 스승이시다.
……

……

姜嫄讓德
姙姒推名
昌輝在陰
展也柔明
閟宮穆如
咸仰母慈
導迪詩禮
我母我師[6]
……

　정현왕후를 태임과 태사로도 부족하게 여겨 후직后稷의 어머니인 강희
에 비유하였다. 동일 대상에게 성격이 비슷한 여러 인물을 빗댄 것은 그 인
물을 강조하기 위한 장치로 이해할 수 있다. 정현왕후를 태임, 태사, 강희
등으로 비유한 만큼 중종은 문왕, 무왕, 후직이 될 수 있기 때문이다. 이렇
게 되면 중종의 왕위 계승은 개인적 차원에서 정당성을 확보하는 것은 물
론 국가적 차원에서 영복榮福이라 할 수 있다. 더구나 정현왕후가 인성적

---

6 「정현왕후 빈전 중궁의 진향문[貞顯王后殯殿 中宮進香文]」, 『국역 어촌집』, 466쪽.

자애로움을 갖추었고 예악의 수범자인 만큼 중종의 성장 과정 또한 완벽했음을 암시하고 있다.

이처럼 이 시는 정현왕후를 성군의 생모상들로 겹쳐놓음으로써 중종의 성군 이미지를 강화하였고, 정현왕후를 인성과 지성을 갖춘 자로 놓고 중종의 훈육자로 설정함으로써 중종의 왕자 교육이 이상적이었음을 보여주고 있다.

헌위軒緯에 상서祥瑞가 쌓인 것은 옛날에 기억하니
분명 뛰어난 자손은 정사에 실렸도다.
세자께서는 덕이 많아 천년에 만나고
장경왕후의 아름다운 이름을 백세에 전하도다.
이미 구유龜趾를 잘못했으니 길지가 아니며
다시 공취蛩竁를 경영하니 이것이 새 무덤이로다.
당시에 흰옷 입고 가던 교산橋山의 길을
백발노인 되어 다시 보니 눈물이 흐르도다. 〈2〉

軒緯儲祥記昔年
分明璿式載靑編
元良茂德千齡會
章敬徽名百世傳
已誤龜趾非吉土
更營蛩竁是新阡
當時縞素橋山路

白首重看淚泫然[7]

　중종의 계비이자 인종의 생모인 장경왕후에 대한 만사이다. 장경왕후는 인종을 낳고 바로 죽게 되자 문정왕후文定王后가 제2계비가 된다. 대윤大尹과 소윤小尹이 서로 힘겨루기 하던 시절 중종은 후계 구도에 고민하였을 것으로 보인다. 장경왕후의 능을 옮길 시기에[1357년(중종 32)] 문정왕후에게는 왕자[훗날 명종]가 있었다. 당시 22세였던 세자[훗날 인종]가 왕위를 계승하는데 아무런 문제가 없었겠지만 소윤이 힘을 키워가던 때라 안정적 왕위 계승을 장담할 수 없었다. 이에 중종이 왕위 계승을 정당화 한 전례에 따라, 인종의 정상적인 왕위 계승을 위해서는 인종의 생모를 미화할 필요가 있었던 것이다. 인용된 시 이전에 장경왕후를 '강희'[주강周姜]에 비유하였고 〈2〉에서는 세자의 덕을 앞에 두고 생모를 배경으로 삼았다.

　중종의 입장에서 보면 불확실한 후계 구도는 자신의 왕권 안정에 긍정적으로 기여하지 못하고 자칫 또 다른 혼란을 야기할 수 있었다. 따라서 세자의 안정적 왕위 계승이야말로 자신의 왕위 계승에 정당성을 보장하는 한편 왕권 안정에 중요한 숙제였던 셈이다. 이러한 중종의 속내를 심언광은 간파하였고 만사로 구현한 것이다.

3. 관료

　관료는 임금을 대신하여 정무를 처리하는 자이기 때문에 군주의 입장에서 관료는 바른 자세가 요구된다. 특히 지방관인 경우 임금을 대신하여 백

---

7 「장경왕후 능을 옮길 때의 만장[章敬遷陵輓章]」, 『국역 어촌집』 115쪽.

성들에게 선정 의식을 심어주어야 하기 때문에 밀도 있는 충성, 탁월한 업무처리 능력 등을 갖추어야 한다. 물론 정서와 역량 면에서 완벽한 지방관을 찾을 수 없지만 일단 파견하고 나면 그렇게 믿을 수밖에 없었다.

심언광은 지방으로 파견한 관리들에게 많은 송별시를 남겼다. 이것이 자발적인 것인지 아니면 중종의 지시가 있었는지 알 수 없으나 심언광은 지방관의 자세를 환기하였던 것이다.

......

백성을 어루만지며 관리로 돌아가니
춥고 배고픈 백성들 의지하도록 덮어 주시게.
남아는 본래 축적한 것이 있으니
어느 것인들 경세제민의 계책이 아니겠는가?
이것을 지켜서 나의 인仁을 이루고
이로써 백성들을 쉬게 하시게
마음 속에 한 덩어리의 온화한 봄이 있어서
이것을 지닌다면 모든 것이 잘 될 것일세.
관직에 있을 때는 충절을 다할 필요가 있으며
이는 내외의 관직이 비슷하다네.

......

......

撫綏歸循良
飢寒仗庇庥
男兒素畜積
孰非經濟謀

守之爲吾仁

推之爲民休

心中一團春

持此餘皆優

居官要盡節

內外道相侔**8**

......

　공주목사로 가는 이대립에게 준 시이다. 먼저 백성들에게 그대의 능력을 발휘하여 선정을 베풀어 달라고 한다. 이렇게 하는 것이 인仁을 세우고 백성들을 편안케 한다고 한다. 유자 관료로서 수기修己-치인治人을 동시에 이룰 수 있는 기회라는 점을 상기하고 있다. 그리고 이 모두가 충절이라 하면서 관료로서의 선행 일체가 군주로 수렴된다고 한다. 곧 임금을 향한 충절이야말로 지방관의 근본 자세라 하였다.

　　맑은 준걸의 풍채는 모두 뛰어났으니

　　빛나는 별들처럼 정신이 최고이네.

　　병가의 기정奇正은 유술儒術에 귀착되며

　　군국의 안위는 진신搢紳에게 의지하네.

　　몸은 임금의 보위가 되어 갑주甲胄를 입고

　　뜻은 세상을 걱정하여 경륜을 펼치네.

　　......

---

8 「이대립이 공주목사로 나가는 것을 송별하다[送李大立出牧公州]」, 『국역 어촌집』 70쪽.

清儶風猷總絶倫

煌煌列宿最精神

兵家奇正歸儒術

軍國安危仗搢紳

身爲衛君擐甲冑

志因憂世展經綸[9]

……

임금의 안녕과 보위는 비단 외직 관료만의 문제가 아니다. 내직의 병조도 마땅히 이를 수행해야 한다. 충절의 마음을 쉽게 알아볼 수 없기 때문에 때로는 구체적으로 보여줄 필요가 있다. 경찰과 군대는 이런 점에서 충성을 가시적으로 보여줄 수 있는 좋은 예이다. 심언광은 도열해 있는 건장한 병졸들과 그들이 지닌 건강한 정신 전력을 칭송하고 있다. 그리고 병법은 유가의 도 안에, 나라의 안위는 관료집단 전체에 놓여 있다고 한다. 몸으로써 임금을 보호하고, 정신으로써 국가를 경영해야 한다는 뜻을 말하고 있는 것이다.

이처럼 심언광은 관료들에게 충성의 자세를 상황에 따라 유무형의 방법으로 드러나야 한다고 생각했다. 관료들의 대오를 일치하게 함으로써 위로는 군주와 국가를 보전하고 아래로는 백성들의 삶을 보다 윤택하게 할 수 있다고 믿었던 것이다.

승정원의 풍격은 아득하여 짝하기 어려운데

오래도록 한림원에 있으면서 임금을 모시었도다.

---

9 「병조 낭관의 계축에 쓰다[題兵曹郞官契軸]」, 『국역 어촌집』 77쪽.

천지는 사사로이 치우치게 돌아보지 않으시고
신료는 직분 있으니 부지런함을 요하네.
……

銀臺風格邈難儔
長在金鑾侍玉旄
天地無私偏顧注
臣僚有職要勤修[10]
……

승정원은 임금을 지근에서 보좌하는 곳이다. 승정원이 권력의 중심부에
있는 곳이기에 그곳의 관료는 청렴함과 근면을 반드시 갖추어야 한다. 앞서
관료의 자세에 다소 거창한 충절을 노래했다면 이 시에 이르러서는 각 개
인의 근면을 강조하고 있다. 비교적 어렵지만, 그러나 중요한 덕목을
환기해 놓았다.

이렇게 심언광은 관료들의 자세를 해당 인물과 맡은 직분에 따라 말해주
고 있다. 군주에 대한 충절을 공통 분모로 삼으면서도 지방관에게는 민생
안정을, 중앙의 관료에게는 유형적 태도와 심리적 다짐을 여러 가지로 제시
하고 있는 것이다. 따라서 관료에게 충이란 어려운 것이 아니라 자신이 가
진 역량에서 비롯될 수 있은 것임을 깨닫게 하여, 실질적으로 구현할 수 있
는 것임을 보여주었다. 이것이 모범적 관료상인지는 모를 일이나 중종 시대
유력 정치인이 그린 긍정적 초상화임에는 분명하다.

---

10 「승지의 계축에 쓰다[題承旨契軸]」, 『국역 어촌집』 109-110쪽.

4. 사간원

심언광은 관직에 오른 이후 많은 기간 동안 삼사三司의 업무를 보왔다. 주로 사헌부에 있었지만 사간원에서의 활동도 두드러진다.[11] 특히 사간원은 그 어떤 곳에 비해 청렴결백함이 요구되는 곳으로 관료의 자세 또한 자못 신중해야 한다고 할 수 있다.

빼어난 모습은 세상에서 흠앙하니
몇 번이나 임금에게 좋은 잠언 올렸던가?
일시의 청명한 논의는 풍상처럼 숙연하고
사자四字의 성대한 자리에는 일월이 비추도다.
반가운 눈빛은 후의에 노력한 보답이니
백발에 모이고 헤어져도 초심을 맹세하네.
백년 동지로서 같은 덕으로 돌아가니.
삼생에 일찍부터 인연이 깊음을 알겠네.〈2〉

英絢容儀世所欽
幾回丹扆進良箴
一時淸議風霜肅
四字華筵日月臨
靑眼獻酬輪厚義
白頭離合誓初心
百年同志還同德

---

11 「연보」, 『국역 어촌집』 37-46쪽.

知得三生夙契深

외람되이 사간원에 박덕한 몸이 부끄러운데
자주 선비들을 따라 빼어난 풍모를 뵙도다.
세상의 물의에 흰머리 늘어지고
분에 넘치는 임금 은혜에 얼굴을 붉혔도다.
강직한 선비는 스스로 삼어三語를 본받으니
간장은 또한 두 동이 술 대하는 것과 같도다.
작은 정자에 노니는 것은 모두가 헛된 일이니
다시 충성에 힘쓰자고 시종 맹세하네. 〈3〉

謬玷薇垣愧薄躬
頻隨諸彦揖英風
塵中物議頭垂白
分外君恩面發紅
骨鯁自因三語效
肝腸還對二樽同
小亭遊賞渾閒事
更勵忠規誓始終¹²

〈2〉는 사간원 관리들의 모습과 업무 그리고 그들끼리의 관계를 노래하
고 있다. 사간원의 관리들은 훌륭한 인재로서 임금에게 간언을 멈추지 않
았고 냉철하고 객관적 논의가 있었다고 한다. 그렇게 하였으니 오랜 시간

---

12 「사간원 계회도에 쓰다[題薇垣契會圖]」, 『국역 어촌집』153쪽.

이 지나도 변치 않은 초심을 지닌 평생 동지로서, 덕에 함께 귀의할 것이라 한다. 여기서 사간원 관리 사이의 유대 의식은 청명함에 바탕을 두고 있다. 그리고 그 청명함을 가진 자들이 군주에게 잠언을 끊임없이 제공함으로써 국정 운영에 긍정적으로 기여한다고 믿었다.

〈3〉은 사간원에서 경험한 심언광 자신의 심회를 말하고 있다. 뛰어난 인재를 만나 좋았고, 업무에 매진하다 보니 시간가는 줄 몰랐다고 한다. 게다가 자신을 알아 준 임금의 은혜에 감격한 것도 빼놓지 않았다. 강직함을 몸소 행하기 위해서는 긴장을 늦출 수 없었다. 그리고 현실을 외면하고 숨어 사는 것이 헛되다 하고, 시종 충성을 다하는 것이 자신이 지향하는 가치라 하였다. 심언광은 사간원의 관리로서 어려움이 있었지만 교유, 군은, 현실 참여의 기회 등으로 인해 그러한 삶에 만족할 수 있었다고 하였다.

사간원이 관리의 비리를 감찰하고 군주에게 간언하는 곳이기에 사간원의 관리는 신념을 갖고 자기 절제와 균형 감각을 잃지 않아야 한다. 그리고 그러한 자세를 유지하고 지탱하게 하는 것이 군주에 대한 충성이라 할 수 있다. 물론 모든 관료가 충절을 의무로 삼아야 하겠지만 사간원 관리에게 충절은 목숨을 담보하는 충성일 수 있다. 간언이 자칫 화로 돌아올 수 있기 때문이다. 따라서 이상적인 사간원 관리는 강직이 전제되어야 하고 횡적 유대를 통해 객관성을 보장받아야 한다는 논리가 이 시에 담겨 있는 것이다.

5. 대명 외교

중종은 등극 이후 자신의 불안한 지위를 안정화하기 위해 명과 명 천자의 권위에 힘입으려 노력했다.[13] 이에 따라 명과의 외교 정책은 비중 있게 다루어질 수밖에 없었고, 명 사신들에 대한 영접 또한 중종의 관심사였던 것이다. 따라서 중종이 1537년(어촌 51세) 심언광에게 관반사館伴使 직을 맡긴 것은 심언광을 중요한 국정 파트너로 인식한 결과라 할 수 있다. 심언광은 명 사신과 교유 속에서 적지 않은 시를 남겼고 이것들이 『어촌집』 권 7에 정리되어 있다.

> 황제의 어진 정사라 높은 하늘에 두루 미쳐
> 멀고 먼 우리나라에 사신 보내 통하셨네.
> 한림원의 사신은 황제의 명을 받들었고
> 홍문관의 문아는 선비의 으뜸 뽑으셨지.
> 붉은 인주 찍힌 조칙이 천리를 왔으며
> 누런 휘장에 싼 조서는 궁궐에서 나오네.
> 이로부터 큰 은혜 초목을 적시고
> 오로지 상서로운 꿈으로 비웅에 응했네.
> ……
> 명 사신이 이제부터 범식을 남겼으니
> 우리나라가 이로부터 장님 귀머거리 신세 면했다네.
> ……

> 皇仁遍覆類高穹
> 逖逖靑丘信使通
> 金馬詞臣承帝命

---

13 계승범(2014), 『중종의 시대』, 역사와비평사, 80쪽.

玉堂文雅選儒宗

紅泥鳳詔來千里

黃帕天書出九重

自是汪恩霑草木

直緣祥夢應羆熊

......

詔使自今留範式

海邦從此免盲聾[14]

......

　외교 관례에 따라 사신을 칭송하고 있다. 중종이 친명 정책을 강조했으므로 황제의 사신을 높이는 것은 당연한 것이었다. 황제의 조서가 실제 조선에 도움이 될 수는 없었으나 중종에게 황제의 권위가 필요했음으로 심언광은 그것을 '은혜'라 했다. 성종 때 『경국대전經國大典』을 반포하여 조선은 이미 법치 국가가 되었지만, 심언광은 조선을 여전히 범식이 없는 무지한 나라라 했다. 그리고 황제의 사신으로 인해 조선은 무지를 면했다고 하였다.

　심언광이 『경국대전』의 편찬을 모를 리가 없겠지만 중종의 친명 정책을 위해서는 사신을 치켜세울 수밖에 없었던 것으로 보인다. 예나 지금이나 국가 간의 외교는 신중해야 하는 법이다. 특히 상대가 우리보다 우위에 있을 때 더욱 그러하다. 국가의 자존심과 외교적 실리를 동시에 얻기는 더욱

---

14 「여러 날을 모시고 누차 정중히 받들었는데 수레에 기름을 치니 쇠락함을 이기지 못하였다. 삼가 장급사의 태평루 칠언배율 60운을 차운하여 두 대인의 시안에 올려 애오라지 행신을 갖추니 삼가 가르침을 바란다[叨陪數日 屢奉淸塵 歸轄將脂 不勝黯然 謹次張給事登太平樓七言排律六十韻 錄奉兩大人詩案 聊備行贐 伏希和敎]」, 『국역 어촌집』 389-394쪽.

힘들기 때문이다. 이 시는 이런 면에서 중종의 왕권 안정을 위해 국가의 자존심을 일시적으로 내려놓은 것이라 할 수 있다.

> 사신은 어느 곳에 머물렀나?
> 사해가 곧 한 집이라네.
> ……
>
>
> 星槎何處泊
> 四海卽爲家[15]
> ……

명 사신이 떠날 때 준 전별시이다. 시 가운데 위 대목이 눈에 띤다. 중종시대 조선의 지식인들은 대명의식에 변화를 가지는데, '명은 문명의 나라요, 조선은 소중화'라는 인식이 그것이다.[16] 중종의 친명 정책이 이러한 인식을 형성하는데 일정 정도 영향을 미쳤을지라도 16세기 이르러 사림들을 중심으로 유교이념의 강화에도 한 몫을 했으리라 본다.

이유야 어떠하든 사신을 접대한 관리로서 심언광은 중종의 외교 정책을 충실히 수행하려 했으며 동시대 사림들의 대명 인식을 가감없이 드러냈던 것이다. 따라서 그의 외교 행정은 사간원 시절과는 달리 자신의 뜻에 직접 드러내지 않고 시대의 흐름을 반영하였던 것이다.

---

15 「용진대인이 벽제에 있을 때 작별에 차운하다[次龍津大人在碧蹄贈別韻]」, 『국역 어촌집』 400쪽.
16 계승범(2014), 같은글, 138쪽.

6. 정치시의 이면

앞서 우리는 중종 시대 정치 문학의 면들을 살펴보았다. 중종의 왕위 계승을 정당화하기 위해 생모와 계비의 시, 관료와 자신에게 충성을 다짐하게 하는 시 그리고 중종의 왕권 안정을 위해 명 천자의 권위를 적극 수용하는 시도 읽었다. 이렇게 얼핏 문면만 놓고 보면 심언광은 중종의 충복忠僕으로 비춰질 수 있다. 하지만 그는 조선의 지식인이자 문인이었다. 지식인은 시대를 파악할 수 있고, 문인은 상대방에게 자신의 뜻을 수준 높이 전달할 수 있다. 그렇다면 심언광은 자신의 시를 통해 중종과 시대에 전달하려는 것은 무엇이었을까?

첫째, 중종 스스로 성군이 될 수 있도록 권계하고자 했다. 심언광이 중종의 생모를 후직, 문왕, 무왕의 어머니로 비유한 것은 중종의 왕위 계승의 정당성을 부여한 측면도 있지만 중종 또한 고대 성군이 되어야 한다는 의무감도 동시에 안겨준 것이라 할 수 있다. 유학을 건국이념으로 삼은 조선은 약 1세기가 지나는 동안에도 사대부 집단에게 만족할 만한 군왕은 얼마 없었고, 심지어 마음에 들지 않은 군주가 있을 경우 강제 폐위하기도 했다. 그들에게 군왕은 무조건적 복종의 대상이 아니라 유교적 이상 국가를 운영할 수 있는 자로 제한한 것이다. 따라서 심언광이 중종을 문왕과 무왕으로 비유한 것은 일방적 차원의 아유阿諛가 아니라 이상 국가 건설을 위해 신료가 군왕에게 성군이 되도록 요청한 것이라 할 수 있다.

둘째, 중종과 신료 간의 언로를 보장하고자 했다. 심언광은 지방과 중앙의 관료들에게 충절을 강조했지만 그 바탕에는 중종이 신료들과 소통하려는 자세가 있어야 한다고 보았다. 끊임없이 잠언을 올리고 그것을 달게 받아들이는 군주상을 시 곳곳에 담았던 것에서 확인할 수 있다.

〈右忠君[임금께 충성하다]〉[17]

빼어난 인재로 뛰어나서 인품이 몇 금이나 될 만하고

옥당에는 임금이 그대에게 덮어준 이불이 있네.

그대 몸에 어사 옷을 두르니 남정하는 날인데

대궐의 풍운에 북쪽을 바라보는 마음이네.

요컨대 엎은 동이 속까지 구석까지 등불을 비추어서

어렵게 사는 가구에 가렴주구를 단절하리.

임금께서 백성들을 걱정하시는 것이 간절하니

(임무를 마치고) 응당 경연에서 옥음 듣기를 기다려야 하리라.

天骨清英自數金

玉堂今見舊綾衾

一身衰繡南征日

雙闕風雲北望心

要向覆盆煩燭照

更教逋戶絶牟侵

丁寧聖主憂民意

應待經帷聽玉音

    홍문관에 있다가 관찰사로 떠나는 소언겸에게 준 시이다. 소제목이 충군
忠君이라고 했지만 실상은 일방적 충은 아니었다. 소언겸이 홍문관에 숙직
할 때 임금은 그에게 이불을 덮어주었고, 막상 임지로 떠나려니 발걸음이
놓이지 않는다고 한다. 내직에 있던 자가 외적으로 떠날 때 하는 흔한 수

---

17 「전라도 관찰사로 가는 참판 소언겸을 전송하다[送蘇參判彦謙 觀察全羅]」, 『국역 어촌집』 373쪽.

사이나 군신 쌍방 간의 관계를 보여준다. 지방관이 군주를 대신하여 어두운 곳을 비춰주었으니 백성들에게 지방관은 곧 임금이라 할 수 있다. 백성의 처지를 익히 알고 있는 관료는 정보 차원에서 임금보다 우위에 서 있게 되니, 백성의 말을 듣고자 하는 쪽은 응당 임금일 것이다. 훗날 경연의 장에서 만나 소통하지 않게 된다면, 국정 운영에 좋지 못한 결과를 낳을 것이다. 이같이 심언광은 언로와 간언을 중요한 정치 방식으로 보고 중종에게 이것을 거듭 강조했던 것이다. 물론 신료로서 충절을 약속하기는 했지만.

셋째, 조선을 문명국가로 만들고자 했다. 심언광은 중종이 정치적 안정을 위해 명 천자의 힘을 빌리려고 한 점을 인정하면서도, 조선을 당시 문명국인 명과 같은 반열에 올리고자 하였다. 현명한 외교 관료라면 국제 사회의 움직임을 날카롭게 포착하여 향후 외교 상황에 따라 효율적으로 대처해야 한다. 16세기 명은 동아시아의 강대국이자 문명국으로 조선이 맞설 대상이 아니라 활용할 국가였다. 비록 소중화 의식이 시대가 지날수록 우리 역사에 오점이 되어가기는 했지만, 심언광이 살았던 시대 상황을 고려할 때 소중화 의식은 그가 택한 외교적 차선이라 할 수 있다. 이런 점에 심언광의 외교시는 현재의 관점이 아니라고 16세기 조선의 입장에서 평가되어야 할 것이다.

넷째, 인재 등용을 통해 이상 국가를 수립하고자 했다. 심언광의 정치적 로드맵은 1531년 문신文臣 정시庭試에서 제출한 답안에 잘 나타나 있다.

하늘이 인재를 낳아 임금을 흥하게 하니
명당에는 중임을 맡을 인재가 있네.
막히고 통함에 따라 사람들은 진퇴하고
충직함과 간사함은 국가 존망의 기로를 정하네.
천지를 다스림에는 문이 귀하고

난을 평정함에는 무가 두터워야 하네.
주 무왕 10신은 필공畢公 여상呂尙을 칭하고
한 고조 3걸은 소하蕭何 장량張良을 말하네.
어진 이를 알아주면 황제의 덕이 가득하고
교화를 도우면 왕조가 오래 갈 것이네.
……

天生才淑爲興王
自是明堂有棟樑
否泰異時人進退
忠邪殊路國存亡
經天緯地文爲貴
戡亂淸氛武所藏
周代十人稱畢呂
漢朝三傑數蕭張
知賢政賴皇猷密
贊化終須廟算長[18]
……

　　임금이 인재를 만나면 임금은 흥하게 되고, 그 인재가 충직할수록 국가
는 더욱 흥하게 된다고 한다. 국가의 영복永福은 당대 임금이 인재를 발굴
하는 것부터 시작하고 임금은 인재의 진퇴에 관심을 가져야 한다. 국가를

---

18 「문무를 아울러 등용하는 것이 나라를 장구하게 하는 방도이다. 배율 10운[文武幷用長久之術 排律
　十韻]」, 『국역 어촌집』 241~242쪽.

유지하고 보전하는 데는 문과 무가 중요하다. 무가 국가 질서를 회복하는 차원이라면 문은 회복된 질서를 발전하는 동력이기 때문이다. 이후 유교적 이상국가를 예로 들어 이를 증명한다. 주와 한의 문무 신료들을 예로 들어 설득력을 배가하고 있다. 그러면서 최고통치권자의 긍정적 판단에 따라 왕조는 영원할 것이라 전망하고 있다.

심언광의 시가 정시에서 수석을 차지한 것은 당대 신료와 군왕 모두 동의했기 때문이라 할 수 있다. 그리고 그가 제시한 정치적 비전이 조선의 미래에 발전적으로 기여할 수 있다는 믿음도 담겨 있기 때문이다.

공개경쟁을 거쳐 입격한 자들은 우선 인재로 인증할 수 있다. 다만 관료 사회에서 문과 무가 불균형한 상황에서 무반의 인재를 문반의 인재만큼 올려 주자는 것은 현실 감각에서 비롯된 주장이기도 하다. 병조의 계축시는 이러한 심언광의 의도가 담겨 있는 시라 할 수 있다. 문무의 균형 잡힌 국정 운영을 조선의 발전을 위한 초석으로 본 것이다. 그리고 이러한 인재들이 조정에 가득한다면 조선은 주나라와 한나라와 같은 유교적 이상국가가 될 수 있다고 전망하고 있다. 한족이 지배했던, 유교적 이상국가라 생각했던 환상 속의 국가와 역사 속의 국가를 끌어들여 조선 왕조의 영속성을 바랐던 것이다. 따라서 심언광은 자신이 살던 시대의 군주가 중종이었기 때문에 중종에게 의지했던 것이 아니라 자신이 살던 시대에 중종을 만났기 때문에 그와 그 시대를 통해 자신이 생각했던 이상 국가를 실현하고자 했던 것이라 할 수 있다.

7. 결론

앞서의 논의를 정리하면 다음과 같다.

필자는 어촌 심언광의 정치 문학에 주목하여 그것이 의미하는 바를 밝히고자 했다. 심언광은 중종 시대에 중종과 비교적 가까운 거리에 있었기에 중종의 의중을 잘 간파했던 인물이라 할 수 있다. 이런 까닭에 그는 문학 행위를 통해 중종의 고민을 해결하려 하였다. 중종이 가지고 있는 왕위 계승에 대한 콤플렉스는 생모 정현왕후의 만사를 통해 어느 정도 극복하게 하였다. 정현왕후를 문왕과 무왕의 어머니로 비유하는 방식으로 중종의 정당한 왕위 계승을 강조한 것이다. 그리고 중종을 위협하던 권신 세력을 차단하기 위해 명 천자와의 권위를 빌리는 노력에 동조하여 영접사로서 시를 통해 외교활동을 펼치기도 하였다. 또한 관료 전체에 대해 맡은 직분에 따라 올바른 자세를 제시하면서도 그 근본에 충절이 있음을 시로써 역설하였다.

하지만 어촌은 중종 개인의 의중을 충실히 파악하고 그대로 전파하려는 전도사는 아니었다. 그는 조선을 중종 시대에 이상국가로 건설하려는 꿈이 있었다. 겉으로는 중종의 왕위 계승을 노래했지만 이면에는 중종을 고대 성군처럼 만들고자 하는 의도가 있었고, 관료들에게 역설한 충성은 언로를 개방할 때만 가능한 조건적 충성임을 잊지 않았다. 그리고 그의 외교시는 중종의 친명정책을 따르면서도 조선을 명과 같은 문명국가로 만들고자 하는 의지의 산물이었다. 결국 그는 군주의 인재등용과 긍정적 활용만이 조선을 이상국가로 만들 수 있다고 믿었으니 그에게 중종시대는 꿈을 이룰 최적기였던 것이다.

| 참고문헌

鄭亢敎 외, 『國譯 漁村集』, 江陵文化院, 2006.

계승범(2014), 『중종의 시대』, 역사와비평사.

박도식(2010), 「어촌 심언광의 생애와 경세론」, 『어촌 심언광 연구총서 1』, 강릉문화원.

박도식(2014), 「어촌 심언광의 북방 경험과 국방 개선안」, 『어촌 심언광의 문학과 사상』, 강릉문화원.

박도식(2014), 「조선전기 수령제의 실태와 심언광의 수령관」, 『어촌 심언광의 문학과 사상』, 강릉문화원.

송수환(2014), 「어촌 심언광의 '십점소(十漸疏)' 고찰」, 『어촌 심언광의 문학과 사상』, 강릉문화원.

하정승(2014), 「어촌 심언광의 한시에 나타난 죽음의 형상화와 미적특질」, 『어촌 심언광의 문학과 사상』, 강릉문화원, 109-116쪽.

한춘순(2014), 「어촌 심언광의 정치 역정과 생애」, 『어촌 심언광의 문학과 사상』, 강릉문화원.

04

어촌漁村 심언광沈彦光과 해운정海雲亭

- 해운정에 걸린 현판을 중심으로

김종서_성균관대학교 초빙교수

이 글은 강릉문화원에서 개최한 "제7회 어촌 심언광 전국학술세미나"(2016.11.25.)에서 발표하고 『한문학보』 제37집(우리한문학회, 2017)에 게재된 논문을 수정·보완한 것이다.

1. 머리말

漁村 沈彦光(1487~1540)은 조선 중종시대의 대표적인 정치가 및 문장가로 큰 활약을 했던 인물이다. 성종 18년 강릉부 大昌 龍池村에서 태어났다. 본관은 三陟, 자는 士炯, 호는 漁村이다.

심언광은 중종 2년(1507)에 司馬試에, 중종 8년(1513)에 문과에 급제해 그해에 翰林의 檢閱에 천거되어 들어간 뒤 병조, 예조의 正郎과 홍문관수찬, 예문관응교 등을 거쳐 중종25년(1530)에는 강원도관찰사를, 이후 대사성, 대사간, 대사헌, 공조판서, 이조판서, 의정부 좌참찬 등을 두루 역임했다. 특히 심언광은 중종 32년(1537) 이조판서 재임시 명나라 正使 龔用卿[1]과 副使 吳希孟[2]이 조선에 사신으로 왔을 때 館伴使로 임명되어 그들과 교유하며 시를 주고받았다.

심언광은 그의 형 언경과 함께 유배중이던 金安老의 용서를 주청하여, 예조판서에 등용하도록 하였으나 후에 김안로가 붕당을 조직하고 大獄을 일으켜 사람들을 모해하자 자신의 추천행위를 후회했다. 이후 김안로를 비판하고 반대하자 도리어 김안로의 모함을 받아 함경도관찰사로 좌천됐다. 1537년 김안로가 사사되자 공조판서, 우참찬에 올랐다.

그러나 大尹 일파가 집권하면서 과거 김안로를 구원했다는 일로 탄핵을 받아 관직을 삭탈당하고 강릉 해운정에 물러나 생을 마쳤다. 숙종 10년 (1684)에 그의 5세손이자 우암 송시열의 문인인 沈澄의 세 번의 상소가 받아들여져 공조판서에 복직됐다. 그 후 영조 37년(1761) '文恭'이라는 시호

---

1 龔用卿(?-?). 명나라 福建 懷安 사람. 자는 鳴治고, 호는 雲岡이다. 南京國子監祭酒까지 올랐다. 저서에 『使朝鮮錄』과 『雲岡集』이 있다.

2 吳希孟(?-?). 자는 子醇, 호는 龍津. 武進人. 1537년 공용경과 함께 조선에 사신으로 다녀간 뒤에 江西參議에 발탁되었으며, 관직은 廣信知府에 이르렀다.

가 내려졌다. 시호의 뜻은 총명해 학문을 좋아함을 '文'이라 했으며, 이미 허물을 알고 이를 고치기를 주저하지 않았기에 '恭'이라 한 것이다.

대대로 전한 집안 사업 충효 전해 남아있고
영기 모인 터에 선 집 바다 산도 웅장한데
판상에는 尤·栗 선생 천년 자취 남긴데다
부채에선 龔·吳 사신 만 리 바람 불어오네.

世業家傳忠孝在
地靈基鎭海山雄
板留尤栗千年蹟
扇動龔吳萬里風

이 시는 해운정에 걸려있는 주련 4판에 새겨져 네 기둥에 걸려있다. 尤·栗은 尤庵 宋時烈과 栗谷 李珥의 시를 말하고, 龔·吳는 명나라 정사였던 龔用卿과 부사 吳希孟으로 그들이 쓴 '鏡湖漁村'과 '海雲小亭' 편액³과 비단 부채에 적힌 시가 남아 있다. 주거와 강학의 공간을 겸한 별당 형식의 해운정에는 모두 43점의 시문을 적은 현판이 남아 있다. 정자의 편액인 해운정은 송시열이 쓴 것이다. '望西堂'과 '程夫子影堂'이란 대자로 쓴 편액도 남아있다. 해운정의 내력을 정리하면 다음과 같다.

1530년(중종25) 어촌 심언광이 강원도관찰사 재임 시 창건했다.

3 현판에 새겨져 있다. '鏡湖漁村(欽差正使 雲岡 龔用卿書)'. '海雲小亭(賜進土第 從仕郎 戶科 給事
中 侍經筵官 前都察院 江西道 觀政 龍津 吳希孟書)'

1537년에 온 명나라 정사 공용경의 '鏡湖漁村'과 부사 오희맹의 '海雲小亭' 편액이 있고, 뒤에 宋時烈이 '해운정' 당호를 썼다.

1537년에 심언광이 程顥·程頤의 영정을 구해와 경포대의 서쪽에 있는 河南村 서재에 봉안하였다. 148년 뒤 6세손 沈世綱이 영당을 지었다.

1538년에는 '望西亭'을 지었다.

1689년(숙종 15) 宋時烈이 「程夫子影堂記」를 지었다.

1774년(영조 50) 중수, 權震應이 중수기를 지었다.

1803년(순조 3) 중수, 申獻朝가 중수기를 지었다.

이 글은 해운정 현판에 적힌 시와 문장을 중심으로 어촌의 행적을 통해 김안로의 천거와, 그로 인해 관직을 삭탈 당하고 강릉에 낙향한 채 생을 마감한 일, 후손들의 노력에 의해 신원되기까지의 과정을 살펴보고자 한다.[4] 아울러 해운정에 보관된 유물과 여러 제현들의 차운했던 시의 면모를 살피고자 한다.[5]

---

4 어촌의 생애와 교유관계는 한춘순(2014), 이혜정(2014)에 자세히 언급되어 있다. 강릉의 누정과 해운정에 관한 내용은 이규대·임호민 편(1997)에서 살필 수 있고, 어촌의 시의 번역은 강릉문화원(2006)에서 국역되었고, 박영주(2015)에 의해 어촌의 시와 평설을 볼 수 있다. 어촌 심언광의 문학과 사상에 대한 연구 총서가 강릉문화원(2010), (2014)에 의해 출간되었다.

5 이 글에 쓰인 해운정의 현판 자료들은 본인이 참여했던 문체부의 '한국 옛집 DB 구축사업'의 결과물을 인용하였다. 해운정 자료는 한민족정보마당 한국옛집 사이트에 공개되어 있다.

2. 심언광의 생애와 해운정 내력

李橝[6]이 지은 시의 서문을 보면 어촌의 일생과 삭탈관직과 신원된 과정을 살필 수 있다. 이 서문은 어촌 심언광의 전기로 일생을 간략하게 서술하고 김안로와 악연, 해운정의 내력, 어촌공의 5대손 沈澄[7]이 여러 차례 글을 올려 특명으로 관작을 추복한 내력을 다음과 같이 밝히고 있다. 1684년에 지은 이담의 이 시의 서문에는 어촌에 대한 이력과 복권의 과정 및 해운정에 관한 내용이 포함되어있다. 어촌은 문장과 재주와 학문으로 중종조의 명신이 되었는데 김안로를 끌어들인 죄로 관직이 삭탈되고 고향인 강릉에 돌아가서 鏡湖別業에서 세상을 떠났다. 김안로를 잘못 인진했던 일과, 해운정의 화답한 시판들에 대한 내용, 145년이 지나 숙종 10년(1684)에 후손 심징이 글을 올려 관작이 추복되었다. 우암尤庵 송시열宋時烈이 공용경의 운자를 따라 시를 지었고, 문인 이담도 따라 지었다.

1) 심언광과 김안로의 갈등

옛날 우리나라 중종임금 때에 많은 인재들이 좋은 운수를 만나 등용되자 어촌 심상공이 있어 문장이 우아하고 절조가 있다는 것으로 자주 천거되어 등용되었다. 기묘년(1519) 士禍가 일어나자 사류들과 함께 내침을 당했다가 또 분쟁을 조정하려는 의론이 일어나자 공이 천거를 받아 누차 승진하여 司憲府를 거쳐 吏曹의 수장이 되었다. 당시에 먼

---

6 李橝(1629-1717). 본관은 全州. 자는 厦卿이고, 호는 四隱堂·四隱翁. 후에 수직으로 僉知中樞府事에 제수되었다.

7 沈澄. 본관은 삼척, 자는 靜而, 호는 義谷. 심언광의 5세손으로 종사랑을 지냈다. 문집 『義谷遺稿』에 있는 「上言」 3편은 김안로사건에 연루되었던 선조인 침언광의 복관을 청한 글이다. 잡저에도 심언광의 무고를 입은 사실을 자세히 기록하였다.

저 東宮의 우익이 되고 黨錮를 풀겠다는 설로 중재하는 자[김안로]가 있었는데 공이 처음에는 자못 그들에게 현혹되었지만 이윽고 그 속임수를 깨닫고 마침내 정당한 말로써 밀어냈지만 유언비어가 하늘을 찔러 이미 제어할 수가 없었다. 공이 또 재차 쫓겨나 변방에 있었지만 세 간신이 패망하였다.

昔在我中廟朝, 群才應運, 諸賢彙征, 而有漁村沈相公, 以文雅節操, 屢被薦選. 己卯禍作, 與士類同廢, 及調停之議起, 而公爲其所推轂, 累ᄊ霜臺天官之長. 時有倡爲羽翼東宮解釋黨錮之說以中之者, 公初頗惑之, 旣而覺其詐, 遂昌言以排之, 則群飛刺天, 已不可制矣. 公且再黜處藩而三奸卽敗矣.

기묘년은 1519년으로, 조광조 등이 중종반정 공신들의 훈작을 삭탈하려고 하자 기존 정치 세력이 반격하면서 사화가 일어났으며 많은 사람들이 화를 당하였다. 조정하려는 의론이란 기묘사화 때 축출된 신진사류를 다시 등용하자는 논의를 말한다.[8] 당시 조정의 일부 사간司諫들은 김안로가 조정에 다시 들어오는 것을 힘껏 막았다. 어촌이 김안로를 끌어들인 것은 오로지 그가 '사류를 조정하겠다.'고 한 김안로의 말을 믿었기 때문이다. 1524년 김안로가 豊德에 이배되었을 때 조정에 들어올 계책을 도모하자 경기관찰사 閔壽千이 김안로에게 가서 "어찌 사류를 조정하고 동궁의 우익이 되겠다는 뜻으로 두 심씨(심언광 심언경 형제)를 기쁘게 하지 않습니까?"라고 하였다. 김안로가 옳다고 여겨 같은 당인 蔡無擇으로 하여금 조정에

---

8 沈彦光, 『漁村集』, 「漁村集附錄跋[李選]」, "公之所以一意引進者, 全出於信其調停之說也. 公之雅意, 每欲起廢己卯士類, 而力不能贍."

말을 퍼뜨리게 하였는데, 이르기를 "동궁의 우익이 되고 사류를 조정하는
일은 김안로의 기용에 달려있다."라고 하였다[9]. 어촌도 이 말을 믿고 조정
대신들도 또한 믿었다. 어촌의 뜻은 몰락한 기묘사림을 일으켜 세우는 것
이었지만 힘이 부족하였기 때문이다.

그 뒤에 김안로가 권세를 마음대로 행하여 동궁을 보호한다는 구실 아
래 붕당을 조직하여 大獄을 일으켜 사람들을 모해하였다. 어촌은 자신이
김안로를 추천했던 행위를 후회하고 김안로를 비판하였다. 김안로의 면전
에서 어촌은 "외손녀를 동궁비로 삼는 것은 옳지 않다."라고 하였는데 김
안로가 갑자기 불쾌한 안색을 드러내며 "나는 결백하다."라고 하면서 하늘
을 두고 맹세했다. 어촌이 그의 간사함을 보고 통탄하며 사람들에게 "옛
날 王莽이 딸을 平帝에게 시집보내려 했는데 헛된 말을 꾸몄다가 도망하
는 지경에 이르렀다. 지금 좌상 김안로가 하늘을 두고 맹세하는 것은 대체
로 이와 같은 것이다."라고 하였다. 이 말이 새어나가 김안로에게 미움을 받
게 되었다.[10] 세 간신은 '丁酉三凶'으로 김안로·許沆·채무택을 이른다. 김안
로가 재집권하자 이들이 함께 반대파를 몰아내고 정권을 농단하였고, 김
안로가 제거되자 모두 사사되었다.[11]

「경성 주촌역에서 감회를 쓰다鏡城朱村驛感懷[12]」

서울 떠나 가을 가고 변방 성에 막힌 채라

9 沈彦光, 『漁村集』, 「年譜」, 十年辛卯, "甲申年間, 金安老以罪遠竄, 而其子禧尙公主. 故是時, 因公
   主, 移配豐德, 圖爲復入之計, 畿伯閔壽千, 往說安老曰 '何不以調停士類, 羽翼東宮之意, 交懽兩沈
   乎?' 安老深然之, 使其黨蔡無擇, 倡言於朝曰 '羽翼東宮, 調停士類, 在安老一起之後.' 先生信之."
10 李選, 『芝湖集』권6, 「漁村集附錄跋」, "嘗面言安老, 以外孫女圖納東宮之爲不當, 則安老勃然作
   色, 乃反分疏, 誓以天日, 公痛其奸狀, 謂人曰 '昔王莽將納其女於平帝也, 外飾虛辭, 至爲逃避狀,
   今左相之誓以天日, 殆類於此.' 語泄, 遂爲安老所深惡."
11 『중종실록』권86, 32년 11월 기축.
12 沈彦光, 『漁村集』권5, 北征稿, 咸鏡道觀察使時, 丁酉.

낯선 땅 경물들은 모두 맘에 걸렸는데
너른 물을 건너래도 사공일랑 없는데다
겨울나무 말라가도 겨우살인 달려있어
곧은 도가 아닌 곳에 몸 꾀했음 홀로 웃고
헛이름에 매인 채로 세상 속임 또 창피해
아침 오자 문을 열고 푸른 바다 굽어보니
솟은 해가 눈부시게 환히 간담 비쳐주네.

去國經秋滯塞城
異方雲物摠關情
洪河欲濟無舟子
寒木將枯有寄生
自笑謀身非直道
還慙欺世坐虛名
曉來拓戶臨靑海
旭日昭昭照膽明

　　이 시는 어촌이 김안로의 미움을 받아 외직인 함경도관찰사로 좌천되었
는데 경성의 주촌역에서 자신의 심사가 명백했음을 시로 읊은 것이다[13]. 서
울 떠나온 지 가을 지나가는데 함경도에 좌천되어 온 신세라 이방의 낯선
경물들이 모두 마음에 걸린다. 함련은 자신의 처지를 읊고 있다. 너른 물을
건너려고 해도 조력자인 사공은 보이지 않고 겨울나무는 말라가도 겨우살

---

13 沈彦光,『漁村集』,「漁村集附錄跋[李選]」, "公始乃深悔其見欺引進, 嘗有詩自明曰 '自笑謀身非
　　直道, 還慙欺世有虛名. 曉來拓戶臨靑海, 旭日昭昭照膽明.'"

이는 여전히 달려있다. 너른 물은 인생의 역경을 의미하며 사공은 자신을 도와줄 조력자를 의미한다. 겨울나무는 몰락해 죽은 이인로를 가리키고 겨우살이는 이인로의 잔당을 뜻한다.[14] 경련은 자신의 정치적 선택에 대한 잘못된 판단에 대해 후회와 헛된 명예에 걸린 자신의 처지를 부끄러워하고 있다. 미련은 어둠이라는 불의의 세상을 떨치고 자신의 정당한 마음을 알아줄 것이라는 희망을 담았다. 푸른 바다를 굽어보니 솟아오른 태양이 자신을 비쳐 밝혀준다는 것이다.

2) 심언광의 삭탈관직과 해운정

주상(중종)이 이에 공의 선견지명을 아시고 곧 불러들였지만 또 당시의 무리들에게 배척받게 되었다. 은퇴해서는 臨瀛(강릉)의 鏡浦湖에 머물렀는데 세워둔 작은 정자 좌우에 도서를 배치해 두고 술 마시고 시 읊으며 스스로 즐겼는데 명승지에서 읊은 시와 글씨들이 두루 걸려 풍성하였다. '鏡湖漁村' 네 글자는 명나라 사신 공용경이 쓴 것이고, '海雲小亭' 네 글자는 부사 오희맹이 쓴 것이며, '通'자 운으로 지은 해운정 원시도 또한 사신 공용경이 지은 것이다. 호응하여 화답한 것들이 많아 마치 성대한 산과 같이 커다란 시축을 이루었고, 그 사이에는 또 공이 돌아가신 뒤에 뒤따라 읊은 것들도 있었다.

上乃識公先見, 卽召入而又爲時輩所擠. 退居臨瀛之鏡湖, 而其所搆

---

14 許筠은 『鶴山樵談』에 "제4구는 安老가 죽었지만 그의 잔당은 아직 다 죽지 않았음을 가리킨 것이다."라고 하였다. 또 『惺叟詩話』에서는 "沈漁村(어촌은 심언광의 호)은 늘그막에 김안로와 사이가 벌어지게 되자 내쫓겨 북도방백이 되었는데 시를 짓기를 '너른 물을 건너려도 사공일랑 없는데다, 겨울나무 말라가도 겨우살이 달려있네.[洪河欲濟無舟子, 寒木將枯有寄生.]'라 했으니, 대개 후회하는 마음이 싹텄을 것이다."라고 하였다.

小亭 左右圖書, 觴詠自娛, 而徧揭諸名勝詞翰以賁之. 鏡湖漁村四
字, 卽華使龔用卿所題, 海雲小亭四字, 卽其副吳希孟所題. 而通字
原韻, 亦龔使之作也, 應而和之者多, 如盛山之大卷, 其間亦有公沒
後追詠者.

중종 37년(1537) 12월에 김안로가 죽자 어촌은 공조판서로 임명되었다.
과거에 어촌이 김안로를 이끌어 등용했다는 일로, 대사헌 梁淵은 어촌이
아니었다면 김안로가 조정에 들어올 수 없었다고 여겨 논핵하였다.[15] 그로
인해 어촌은 탄핵을 받아 관직을 삭탈되고 강릉에 은거하였다. '望西堂[16]'
을 지어 시골에서 궁궐을 사모한다는 뜻을 나타냈고, '獨樂亭'과 '淸讌堂'
을 지었다.[17]

중종 31년(1536)에 어촌이 이조판서로 있을 때 마침 명나라 학사 공용경
과 오희맹이 와서 황태자 탄신을 알리는 경사를 頒賜하였다. 어촌이 왕명
을 받들어 접반관이 되어 주선하면서 수창하여 문명을 날렸다. 공용경은
'鏡湖漁村'이란 네 글자를 크게 써 주었고, 또 부채에 오언시 한 수를 남겨
주었다. 오희맹은 '海雲小亭'이란 네 글자를 크게 써주었으며[18], 아울러 흰
비단부채 하나를 주었다. 어촌 또한 白疊扇에 각각 한 수씩의 글을 써서 보

---

15 『漁村集』, 「年譜」, 十七年戊戌, "二月, 罷職, 收告身.(大司憲梁淵, 以爲非沈某, 則安老不得入進,
論之.)"
16 심언광이 1538년에 이 집을 지었다. '望西'는 대궐이 있는 서쪽을 바라보며 임금을 그리는 마음을
나타낸 것이다.
17 沈彦光, 『漁村集』, 「年譜」, 十七年戊戌, "退歸田里(出國門有二詩在本集), 作望西亭, 以寓戀闕之
意(有詩在本集), 又作獨樂亭淸讌堂."
18 沈彦光, 『漁村集』, 「題紈扇(附龔用卿韻)」, "湖水平如鏡, 冥冥滄海通. 潮光迷岸白, 漁火射波紅.
倚檻看歸鳥, 臨磯數去鴻. 村居原自得, 知是對鷗翁.(題鏡湖漁村四字, 雲岡龔用卿書, 題海雲小亭
四字, 龍津吳希孟書.)"

냈다.[19] 해운정 시의 원래 운자인 '通'자도 또한 사신 공용경이 지은 것이다. 호응하여 화답한 작품이 해운정에 많이 걸려있다. 이담이 지은 시도 공용경의 운자를 따라지은 것이다.

3) 심언광의 신원

공은 가정 경자년(1540, 중종 35)에 돌아가셨는데 그 후 145년이 지났으니 곧 우리 임금님(숙종) 10년 갑자(1684)이다. 공의 후손 靜而 沈澄 씨가 여러 차례 글을 올렸는데, 특명으로 관작을 추복하도록 하시니 은혜가 저승에까지 미쳐 공이 품었던 원통함이 씻기게 되었다. 尤齋(송시열) 선생께서 이에 중국사신 공용경의 운을 따라 지으셔 또 「匪風」과 「下泉」의 생각을 보이셨다. 문인인 全義 李樻이 마침내 개꼬리로 담비 꼬리에 잇는 뜻을 본받아 시를 짓는다. 시는 다음과 같다.

겹겹산은 하늘 갈라 틈을 내었고
너른 호수 바다와 통해있는데
눈썹 위의 푸른빛이 발에 떠있고
거울 속(경포호)의 붉은빛은 정자에 드네.
해 떨어져 새들은 날기 그치고
갈바람에 기러기들 물가 따르네.
지금에도 향사에선 노인들 모여
아직도 어촌 어른 말씀들 하네.

---

19 沈彦光, 『漁村集』, 「年譜」, 十六年丁酉(先生五十一歲), "天使龔用卿, 吳希孟, 來頒皇子誕生慶詔. 時承命館伴, … 龔用卿, 書鏡湖漁村四大字, 又書五言詩一律於扇面以遺之. 吳希孟, 書海雲小亭四大字, 竝一紈扇以贈之. 先生, 亦以白疊扇, 各書一絶而送之."

- 崇禎記元後 갑자년(1684) 復月(11월) 하순에 해운정에서 삼가 쓰다.

公沒於嘉靖庚子, 其後百四十五年, 卽我聖上之十年甲子也. 因公後
孫澄靜而甫, 累次上言, 特命追復官爵, 恩及泉壤而公之函冤雪矣.
尤齋先生, 乃次龔使韻, 又以見匪風下泉之思, 而門人全義李樌, 逐
效貂尾之續, 詩曰

重嶺坼天罅

平湖與海通

簾浮眉上翠

亭入鏡中紅

落日倦飛鳥

秋風遵渚鴻

至今鄕社老

猶說漁村翁

- 崇禎記元後甲子復之下澣, 謹書于海雲亭.

어촌의 신원은 5대손 沈澄의 세 번에 걸친 상소에 의해 이루어졌다. 심
징은 어촌이 김안로를 인진한 것은 기묘사림을 등용하고자 한 것이므로
이는 마음으로 행한 죄가 아니라고 상소하였다. 숙종 6년(1680)에 심징이
널리 문적을 수집하여 임금의 가마 앞에서 신원을 주청하였다. 숙종 10년
(1684)에 다시 상소하였으며, 그해 8월에 다시 상소를 하니 특별히 관작을
회복하라는 명이 내려져 특별히 직첩을 환급하였다. 8대손 沈尙顯의 시호
요청에 영조 37년(1761)에 '文恭'이란 시호가 추증되었다.

「어촌漁村 심언광沈彦光의 관직 회복을 명하신 임금님의 성지聖旨가
있은 뒤에 쓰다題沈漁村復官恩旨後」
그 당시의 마음과 일 서로 간에 어긋나서
사람 못 본 안목[20]이라 크게 잘못 떠받았네.
오늘에 와 조정에서 은혜 새로 내리시니
무덤에선 다시 옷에 눈물 질 일 없으시리.
- 崇禎 柔兆攝提格(병인년, 1686) 恩津 宋時烈이 짓다.

當年心與事相違
眼不知人大嫁非
今日聖朝新雨露
九原無復泣沾衣
- 崇禎柔兆攝提格, 恩津宋時烈稿.

　심언광은 과거 김안로를 구원했다는 일로 죄를 입고 탄핵을 받아 관직을
삭탈당했다가 숙종 10년(1684)에 그의 5세손 심징의 청원으로 추복되어
원통함이 설욕되었음을 읊었다. 기구는 어촌이 유배중이던 김안로의 등용
을 주청한 것은 기묘년에 화를 입은 사림들을 복권시키기 위한 마음에서
한 일이었지만 결과적으로 간신을 이끌어 등용시키게 된 잘못을 뒤집어쓰
게 되었음 이른 것이다. 승구는 김안로의 사람됨을 보고도 사람됨을 알지
못하여 어촌이 죄를 떠넘겨 받은 일은 이른다. 김안로가 패사한 뒤 때에 대
간들이 김안로 및 三凶의 발단이 어촌에게서 연유하였다고 논박했으므로
심언광과 심언경 등을 파직하고 고신을 추탈하였다. 지금에 이르러 조정에

---

20 심언광이 1686년에 신원 복직되었다.

서 관직을 회복하라는 명을 받았기에 어촌의 원통함이 설욕되어 무덤에서
도 눈물 흘릴 일이 없을 것이라고 하였다.

이 외에도 송시열의 위 시를 따라 지은 이로는 李樿, 李東白[21]이 있고,
1688년 9월에 李敏叙[22]가 정사의 운으로 지은 7언율시가 있으며, 1737년
1월 7일에 지은 후손 沈鳳翼 등의 시들이 보인다.

3. 해운정 원운과 후대의 차운

1) 공용경의 환선紈扇 시와 심언광의 백첩선白疊扇 시

실록을 보면 중종 31년(1536, 가정 15) 명나라 황실에서 10월 6일에 昭嬪
王氏가 황태자를 낳았으므로, 11월 6일에 천하에 赦令을 반포하였고 조선
에도 사신을 보냈다. 그 때 翰林院修撰 공용경이 정사로, 戸科給事中 오
희맹이 부사로서 황제의 詔書를 가지고 왔다.

> 호수는 거울같이 펼쳐진 채로
> 아스라이 푸른 바다 통해 있어서
> 조수 물빛 언덕 비쳐 희끗 빛나고
> 고깃배 불 파도 쏘아 붉게 비치리.
> 난간 기대 돌아가는 새를 보다가
> 낚시터서 떠나가는 기러기 세며

---

21 李東白(618-?). 조선 효종 때의 문신. 자는 太素, 호는 莪谷, 본관은 驪州이다. 1652년 增廣試에 진
  사에 급제했다.
22 李敏叙(1633-1688). 본관은 전주. 자는 彝仲, 호는 西河. 李敬興의 아들로, 대제학을 거쳐 판서를
  역임하였다. 저서로 『서하집』이 있다. 시호는 文簡이다.

시골 살이 원래 편히 여기었으니

갈매기를 짝한 노인 흥을 알겠네.

- 이조판서 심언광 선생이 '鏡湖漁村'을 두루마리에 써달라고 부탁하

기에 이것을 적어 보내준다. 운강이 짓다.

湖水平如鏡

冥冥滄海通

潮光迷岸白

漁火射波紅

依檻看歸鳥

臨磯數去鴻

村居原自得

知是對鷗翁

- 吏曹判書沈子, 求題鏡湖漁村卷, 書此以寄之. 雲岡.²³

공용경이 1537년에 해운정을 노래한 시이다. 정사 공용경이 접반사 어촌 심언광의 고향과 해운정의 이야기를 듣고 '경호어촌' 글자를 써주며 비단 부채에 이 시를 지어 함께 보내 주었다. 해운정에 유물이 지금까지 남아있다. 해운정에서 누리는 심어촌의 한가롭고 여유자적한 한가한 경지를 노래하였다.

경포호는 거울같이 드넓게 펼쳐져 아득한 망망대해 푸른 바다와 통해져 있기에 조수 물빛은 바닷가 언덕에 비쳐 희끗희끗 어른대고, 고기잡이하는 배의 불빛은 파도 위를 붉게 쏘고 있을 것이다. 해 저물면 해운정 난간

---

23 이 시는 『漁村集』, 『宋子大全』, 『碩齋稿』에도 실려 있다.

에 기대어 둥지에 돌아가는 새들을 보기도 하겠고 낚시터에 앉아서 떠나가는 기러기 떼를 헤아려보기도 할 것이다. 어촌옹 그대는 이름대로 원래부터 시골의 생활을 편안히 여겨왔으니 갈매기를 마주하며 욕심 없이 살아갈 당신의 흥을 알만하겠다고 한다. 심어촌의 소박하고 순수한 품성을 기리고 있다.

「백첩선에 써서 공용경·오희맹 두 중국 사신에게 삼가 올리며 비단 부채에 지어주신 시의 뜻에 사례하다題白疊扇 奉贈龔吳兩天使 謝紈扇詩意」

만 리 먼 길 변방에는 봄이 끝나 가려는데
요양 땅의 길 위에는 더운 먼지 일어나리.
애틋하네. 오월 맞아 갖옷 벗은 나그네만
모름지기 청풍 잡고 이 옛 벗을 생각하리.

더위 추위 어둠 밝음 날씨 변화 순응하여
한 가뿐한 차림으로 만 리 길을 따라가다
요동 계주 가는 수레 더위를 만날 제면
맑은 바람 고운 분께 반드시 불어주리.
- 가정 16년 정유(1537). (위는 어촌공 시로 환선시판 아래에 걸려있다.)

萬里關河欲盡春
遼陽路上起炎塵
慇懃五月披裘客
須把淸風憶故人

炎凉顯晦順天時

一片輕裝萬里隨

遼薊征車嬰熱惱

淸風須向玉人吹

- 嘉靖十六年丁酉. (右漁村公詩, 揭于紈扇詩板下.)

　어촌은 귀국하는 정사 공용경과 부사 오희맹에게서 비단 부채를 선물로
받고 답례로 백첩선에 시를 지어 올렸다. 문집에는 「백첩선에 써서 두 사신
에게 드리다書白疊扇 贈兩使」로 되어있다. 현판의 낙관에는 嘉靖 16년(1537)
에 어촌이 지은 것으로 환선시판 아래에 걸려있다고 하였다.

　위는 본국으로 귀국하는 상사 공용경에게 올린 시이다. 겨울에 조선에
왔다 여름에 귀국하는 사신들에게 백첩선에 적어서 답례로 전한 시이다.
어촌이 정사 공용경에게 건네준 부채로 부채질하며 더위를 식히라는 당
부이다. 정사께서는 만 리 먼 길 변방 길을 봄이 다 지나가려 때에 가시게
되리니, 지나가는 길에 만나게 되는 요양에서는 여름의 더운 바람이 일으
키는 먼지가 만나게 될 것이다. 지난해 겨울 사신으로 조선에 오실 때 입
었던 갖옷은 이제 오월 맞아 벗게 될 것이고, 제가 드린 백첩선을 잡고 맑
은 바람을 일으킬 때면 저와의 인연을 생각하면서 애틋해 하실 것이라고
하였다.

　다음은 부사 오희맹에게 준 시이다. 지난해 겨울의 추위와 돌아가시게
될 때 만날 더위도 하루하루 낮과 밤을 천시의 변화에 순응하는 것이 사
람의 도리이니 이제는 봄 지나고 여름 되었으니 한 조각 가뿐한 옷차림으
로 만 리 길을 따라가게 될 것입니다. 요동 땅과 계주 지방을 지나가는 사신
들의 수레 행차가 더위를 만나게 된다면 제가 올린 이 백첩선이 고우신 당
신에게 맑은 바람을 선사해 드릴 것이라고 하면서 상대방의 사행길을 편히

가시길 기원하였다.

2) 우암 송시열과 후인들의 차운

가정 16년(1536) 정유에 황제께서 한림원수찬 운강 공용경과 호과급사중 오희맹을 파견하시니 와서 황태자의 탄생 조서를 반포하였다. 당시 어촌 심언광 공이 館伴使가 되었는데 경포호에 있는 정자의 승경을 이야기하고 시로써 꾸며주기를 청하니 운강이 주저하지 않고 써주었다. 지금 그 시가 아직도 정자의 벽에 남아있어 이에 150년이 된다. 어촌의 후손 靜而 沈澄 씨가 원운을 적어 보여주고 나의 화답시를 부탁하였다. 아, 우리나라 사람들이 중국의 예의를 보지 못한 지가 이미 오래되었다. 옛날을 느끼고 오늘을 아파하며 그럭저럭 「匪風」·「下泉」의 그리움을 나타낼 수 있을 따름이다. 바라건대 외인에게 말하지 말라.[24]

호수 정자 빼어남을 들어왔는데
어느 해에 중국 사신 통하였던가?
태자 일을 수행하자 (사신)별이 빛났고
천자 궁궐 둘러싸고 구름 붉었지.
구슬 같은 문장 남겨 기쁨 주었고
물 기러기 시로 읊어 교령 돌렸네.
중국 사신 어찌 다시 볼 수 있으랴?
천지간에 한 쇠약한 늙은이기에.

---

24 宋時烈, 『宋子大全』권3에는 「次龔華使贈沈漁村韻(乙丑)」으로 되어있다.

- 숭정 旃蒙赤奮若(을축, 1685) 姤月(5월) 하순에 은진 송시열이 짓다.

嘉靖十六年丁酉, 帝遣翰林院修撰雲岡龔用卿, 戶科給事中吳希孟
來, 頒皇嗣誕生詔. 時漁村沈公彦光, 爲館伴使, 爲說其鏡浦湖亭之
勝, 請詩以賁之, 則雲岡不靳也. 今其詩, 尙在亭壁, 于玆一百五十年
矣. 漁村後孫澄靜而甫, 錄示原韻而要余和之. 噫. 東人之不見漢儀
已久矣. 感古傷今, 聊以見匪風下泉之思耳. 幸勿爲外人道也.

聞說湖亭勝

何年漢節通

星從少海耀

雲擁太微紅

滕喜留珠唾

還敎詠渚鴻

皇華那復見

天地一衰翁

- 崇禎旃蒙赤奮若, 姤之下澣, 恩津宋時烈稿.

　1685년 5월 하순에 우암 송시열이 중국 사신 공용경이 어촌 심언광에게
준 시의 운자를 따라 지은 시[25]이다. 이 시의 서문에 보면 가정 16년(1536)
정유에 중국 황제가 한림원수찬 운강 공용경과 호과급사중 오희맹을 파
견하여 황태자의 탄생 조서를 반포하였다. 당시 어촌이 館伴使가 되었다가
鏡浦湖에 있는 정자의 승경을 이야기하고 시로써 꾸며주기를 청하니 운강

---

25 宋時烈, 『宋子大全』 권3, 「次龔華使贈沈漁村韻」으로 실려있고, 『漁村集』에도 실려있다.

이 기꺼이 써주었다. 지금 이 시가 150년간 해운정 벽에 남아있다. 어촌의 5세손 심징이 공용경의 원운을 적어 보여주며 우암에게 화답시를 부탁하였다. 이에 우암이 옛날을 느끼고 오늘을 아파하며 「비풍」·「하천」의 그리움을 나타냈다. 「비풍」과 「하천」은 『시경』의 편명으로, 모두 현자가 周나라 왕실이 쇠미해져 가는 것을 근심하고 탄식하는 내용인데, 明나라가 망한 것을 탄식하는 뜻으로 쓴 말이다.

경포호 가에 있는 해운정의 빼어남을 들어왔는데 어느 해에 중국 사신과 소통하여 그 때 시가 남아있는가? '少海'는 세자를 일컫는 말로 중국사신이 와서 황태자의 탄신을 반포한 것을 말하고, '太微'는 '太微垣'으로 천자의 별자리로써 천자의 궁정을 상징하는데 상서로움을 뜻한다. '珠唾'는 입만 떼면 주옥과 같은 문장을 이룸을 말하는 것으로 중국 사신이 어촌에게 남긴 글을 의미한다. 구슬 같은 문장을 남겨 대대로 기쁨을 남겨 주었다는 것이다. '渚鴻'은 물가의 기러기이다. 『시경』 「九罭」에 "아홉 어망에 걸린 물고기여, 송어와 방어로다. 내가 그 분을 만나 보니 곤의와 수상을 입었도다. 기러기가 날아감에 물가를 따라 가나니 공이 돌아가심에 갈 곳이 없겠는가.[九罭之魚, 鱒魴. 我覯之子, 袞衣繡裳. 鴻飛遵渚, 公歸無所.]"라고 하였다. 시경 시의 내용은 원래 주나라 周公이 동쪽 지방에 있을 때, 그 지방 사람들이 주공을 만나 본 것을 기뻐하여 지은 것이라 한다. 여기서는 상대방이 떠나는 것을 아쉬워하는 뜻을 담고 있다. '皇華'는 천자의 칙사이다. 여기서는 지금 시대가 청나라이기에 전 왕조인 명나라의 사신은 다시 올 수 없음을 의미한다. 명나라 사신 다시 볼 수 없게 되었지만, 자신은 힘을 쓸 수도 없는 천지간에 쇠약한 한 사람 늙은이에 불과하기 때문이라고 탄식하고 있다. 「비풍」과 「하천」은 『시경』의 편명으로, 현자가 나라의 어지러움을 슬퍼한 내용이다. 주나라 왕실이 쇠미해져 가는 것에 대한 탄식을, 명나라가 망한 것을 탄식하는 뜻으로 쓴 말이다.

어촌의 신원에는 우암의 도움이 크게 기여하였다. 심징이 올린 세 번의
상소에 여러 대신들이 신원할 것을 주청하였다. 당시 이조판서 李尙眞, 참
판 李敏敍, 참의 李選이 신원의 장계에 대한 임금의 물음에 대해 영의정
金壽恒, 좌의정 閔鼎重, 우의정 이상진, 판중추 鄭知和 등 여러 대신들이
의논하여 장계를 올렸다.[26] 우암도 "심언광이 김안로를 이끌어 등용하도록
한 것은 마음에서 우러나서 지은 죄가 아니었습니다. 아직도 복직되지 못
하였으니 이는 떳떳함에 흠이 가게 될 것입니다."라고 하였다. 이런 조치로
특별히 직첩을 환급받게 된 것이다[27]

　　일찍이 『皇華集』[28]을 열람하다가 어촌 심언광 상공과 중국 사신 운강
　　공용경이 수창했던 시 및 중국 사신이 심상공의 부채 위에다 적은 시
　　를 삼가 완상할 때면 무릎을 치면서 탄식하지 않은 적이 없었다. 지금
　　내가 다행히 정이 심징 대형과 후배로서 사귐을 맺게 되었는데 하루는
　　그가 상공의 유고를 꺼내어 보여주었다. 그 호수가 정자의 경치 및 심
　　상공이 무함을 입었다가 신원된 연유를 갖추어 기술하였으니 또한 하
　　나의 개탄스런 일이었다. 고금을 살펴보니 스스로 모르는 사이에 세상
　　에 드문 감회가 있고, 다시 우리 노형의 부탁을 거절하기 어려워 삼가
　　원운을 따라 지어 보낸다.

---

26 沈彦光, 『漁村集』「年譜」, "吏曹判書李尙眞, 參判李敏敍, 參議李選 以伸白回啓 領議金壽恒,
　　左議政閔鼎重, 右議政李尙眞, 判中樞鄭知和諸大臣獻議"
27 沈彦光, 『漁村集』, 「年譜」, 毅宗皇帝崇禎後五十七年甲子, "傳曰 '沈澄之不避煩瀆, 縷縷呼籲, 至
　　再至三, 可見其情之痛迫. 頃年, 一二大臣, 旣以不可不伸白獻議, 今聞宋奉朝賀言, 亦不以引進安
　　老, 爲彦光心術之罪, 則尙未復爵, 寔爲欠典.'(是置), 特爲還給職牒."
28 우리나라에 온 중국 사신과 접대관이 화답한 시문을 엮은 책으로, 각 시대에 개별적으로 간행되었던
　　것을 영조 49년(1773)에 한 질로 모아 출판하였다.

극한 아픔 황천까지 맺혔었다가
곧은 충심 성상 살핌 입게 되어서
품은 원한 지금에 막 밝혀졌지만
맺힌 눈물 옛날 먼저 붉었으리라.
세월 따라 해와 달이 바삐 지나고
계절 따라 제비 기러기 오고가리니
백년토록 공정 의론 있는 곳이면
어촌옹을 다투어서 말을 하리라.
- 숭정기원 61년(1689) 3월 16일에 후학 조경망이 짓다.

曾閱皇華集, 謹玩漁村沈相公與雲岡龔詔使酬應底詞章及詔使題相
公扇面詩, 未嘗不擊節歎賞. 今幸托末契於靜而大兄, 一日出示相公
遺稿. 備述其湖亭之勝及誣被與伸白之由, 亦是一慨事也. 俯仰今
古, 自不覺曠世之感, 而重違吾老兄之所托, 謹次原韻而歸之.

至痛重泉結
危衷聖鑑通
抱寃今始白
含淚昔曾紅
日月忙烏兎
炎凉替燕鴻
百年公議地
爭說漁村翁
- 崇禎紀元之六十一年暮春旣望, 後學, 趙景望稿.

趙景望[29]의 이 시도 공용경 시의 운자를 따라 지었다. 조경망은 『황화집』을 보다 어촌이 공용경과 수창했던 시와 어촌의 부채 위에 적은 시를 보며 감탄하였다. 후손 심징과 사귀게 되어 어촌의 유고를 보게 되었고 어촌의 고난과 신원의 상황이 기술 된 것을 보고 지은 시이다.

어촌의 지극한 아픔을 머금고 황천에 갔지만 곧은 마음은 뒤에 지금 임금 숙종의 살핌을 입게 되어 품었던 원통함은 지금에 막 아뢰게 되었지만 어촌은 예전에 피눈물을 흘렸다는 것이다. 세월은 바삐 가고 계절도 자주 바뀔 것이다. '烏兎'는 신화에 해 속에는 세 발 달린 까마귀가 있고 달 속에는 옥토끼가 있다고 하여 해와 달을 가리켜 말한 것이고, 제비는 가을에 남쪽으로 갔다가 봄에 오고, 기러기는 봄에 북쪽으로 갔다가 가을에 오므로 세월이 교차된다는 것이다. 그렇지만 수많은 세월 속에 공론이 있는 곳이면 어촌의 억울함이 풀어졌음을 말하게 될 것이라는 뜻으로 지금에 와서 신원이 되었음을 다행으로 여긴 것이다.

이 외에 1803년 9월 觀察使 申獻朝[30], 1774년 3월에 權震應[31] 등이 지은 시가 있다.

3) 정부자영당程夫子影堂 관련 시문

해운정에는 '정부자영당'이란 편액과 기문이 남아있다. 어촌은 일찍이 명나라 사신으로부터 두 분 程夫子의 영정을 얻어 경포대에 보관했다. 숙

---

29 趙景望(1629-1694). 자는 雲老, 호는 奇窩. 본관은 林川. 宋浚吉의 문인. 1689년(숙종 15) 기사환국으로 남인이 집권하자 파주에 은거하였다. 經史와 諸子書에 정통하였고, 전서·예서·해서 등 서도의 각 서체에 두루 정묘하여 당시 서예가로도 이름이 있었다.

30 申獻朝(1752-?). 호는 竹醉堂, 본관은 平山. 1789년 春塘臺試에 급제하여 대사간을 거쳐 1802년 강원도관찰사로 재임하였다.

31 權震應(?-1775). 본관은 안동. 자는 亨叔, 호는 山水軒. 증조부는 權尙夏이다. 과거 시험을 보지 않았으나 抄選에 뽑혀 세자시강원의 諮議를 지냈다.

종 10년(1684) 어촌의 6대손 世綱 등이 河南洞에 재실을 짓고 영정을 봉안하였다. 이때 우암 송시열이 영정을 참배하고 영정의 편액을 쓰고 기문을 찬술하였다.[32]

「程夫子(정호程顥와 정이程頤 형제) 영정을 모신 집에 대한 기록程夫子影堂記[33]」

어촌 심공은 휘가 彦光으로 사명을 받들어 중국을 구경하고는 河南의 두 분 정선생의 화상을 구하여 와서 강릉 경포대 가에 보관하였다. 148년 뒤에 그 6세손 沈世綱 등이 경포대의 서쪽에 있는 河南村에 작은 집을 세우고 두 분의 화상을 봉안하였으니 사모하고 존경하는 정성을 부친 것이다.

나는 어촌이 실로 중종조 己卯人이라고 생각한다. 기묘제현은 오로지 『近思錄』을 숭상하였다. 대저 두 선생님의 아름다운 말과 선한 행실이 이 책에 모두 모아져 있으며, 당시 제현들이 서로간의 토론 및 경연의 강설이 모두 이 책 안에서 나온 것이었다. 그러하니 어촌이 유독 두 화상을 구해온 것도 또한 그 뜻이 어디에 있었는지를 볼 수 있겠다. 그 자손들이 보관하여 서로 전함이 이미 어려운 일이 되었고 지금에도 높여 받드는 일의 정황이 더욱 높이고 소중히 행하고 있으니 이것도 더욱 가상하다. 비록 그러나 그 사람을 높임은 그 도를 아는 것만 못하다. 저 형이신 程明道 선생의 '상서로운 햇빛과 온화한 바람'과 아우인 程伊川 선생의 '법도에 맞아 준엄'함은 그 기상의 대강의 모습이다. 이런 경지에 이르게 된 까닭은 모두 하나의 '敬'자에 근본하고 있기에 주

---

32 沈彦光, 『漁村集』, 「年譜」, 무인년.
33 沈彦光, 『漁村集』, 「影堂記」로, 송시열, 『宋子大全』에는 「二程先生畫像閣記」로 되어 있다.

자朱熹께서는 程子를 칭송하여 "후학에게 공이 있으시니 경이란 한 자가 무엇보다 크다."라고 하셨다. 지금 배우는 자들이 이것을 알아 삼가 지킨다면 그 두 선생의 도에 거의 가까이 갈 수 있을 것이다. 이것이 실로 어촌의 자손들이 마땅히 알아야 할 것이므로 감히 고할 따름이다.

- 숭정 기원후 61년(1689) 3월 德殷(恩津) 후인 宋時烈이 삼가 짓다.

漁村沈公, 諱彦光, 奉使觀周, 求得河南二程夫子像以來, 藏之于江陵之鏡浦臺上. 後一百四十八年, 其六世孫世綱等, 以臺西有河南村, 築小室, 奉安二像, 以寓瞻仰尊敬之誠. 余惟漁村, 實中宗朝己卯人. 己卯諸賢, 專尙近思錄. 夫二夫子之嘉言善行, 皆萃於此書, 當時諸賢之相與討論及經筵講說, 皆自此書中出來. 則漁村之獨求二像以來者, 亦可見其意之所在也. 其子孫, 保藏相傳, 已是難事, 而于今尊奉事體, 益以隆重, 此尤可尙也. 雖然, 尊其人, 不若知其道. 夫伯子之瑞日和風, 叔子之規圓矩方, 此其氣像之大槩也. 其所以至於此者, 皆本於一敬字, 故朱夫子, 稱程先生, 有功於後學, 最是敬之一字. 今學者, 知此而謹守之, 則其於兩夫子之道, 可庶幾矣. 此實漁村子孫之所當知者, 故敢以相告云爾. 崇禎紀元之六十一年季春, 德殷后人宋時烈, 謹書.

1537년에 심언광이 程顥·程頤 두 분의 영정을 구해왔다. 己卯人은 1519년 기묘년에 일어난 사화로 화를 당한 사림들을 말한다. 기묘사화는 조광조 일파가 중종반정 공신들의 훈작을 삭탈하려고 하자 기존 정치 세력이 반격해서 일어난 사화이다. 우암은 어촌을 기묘사류로 인정하였고, 두 분 영정을 구해온 것은 기묘사류로서 뜻이 있었음을 보인 것이라고 하여 어촌을 인정한다. 程明道 선생은 '상서로운 햇빛과 온화한 바람'과 같다는 것은 명도 선생의 인품을 비유한 말이다. 『근사록』에 朱公掞이 汝州에 가서 명도 선생을 뵙고 돌아와서는 사람들에게 말하기를 "내가 한 달 동안이나 봄바람 속에 앉아 있었다."라고 하였다. 아우인 程伊川 선생은 '법도에 맞아 준엄'하다고 한 것은 엄정하여 법도에 맞는 정이의 인품을 묘사한 것이다. 이천 선생의 「화상찬」에 "규는 둥글고 구는 방정하며 먹줄은 곧고 수준기는 평평하다."라고 하였다. 이 두 분의 공부는 모두 '敬'에서 나왔는데 어촌이 정자의 학문을 배우려고 했었기에 우암은 어촌이 기묘사류가 될 만하고 또 기묘사류 등용을 조정하려 했으니 영정을 모실만한 자격이 될 수 있음을 인정한 것이다.

1698년 華陽門人들이 의논하여 우암과 어촌 두 선생의 위패를 추배하였다. 1718년에는 韓廷維가 朱熹 선생 영정을 가져와 봉안하였다.[34]

「河南村에 晦菴(朱熹)의 영정을 봉안하고 해운정에 올라 벽 위의 운을 삼가 화답하다奉安晦菴影幀於河南 登海雲亭 謹和壁上韻」

대관령 밖 영정을 받들어 오서
하남촌과 낙양이 통하게 됐네.
언덕 가엔 호수 물이 희게 빛나고
정자 위엔 바다 구름 붉게 물들며
옛 사당엔 새떼 모여 지저귀는데
너른 바다 가는 기러기 문자 이루네.
선생까지 세 분 영정 모시게 되니
한결같이 尤庵 어른 그리워지네.

34 沈彦光, 『漁村集』, 「記歷」.

- 한정유가 짓다.

嶺外奉眞至
河南與洛通
岸邊湖水白
亭上海雲紅
古廟啾群鳥
滄溟數去鴻
先生三影子
終始憶尤翁

- 韓廷維

이 시는 한정유가 강릉시 난곡동에 있는 하남촌의 정부자영당에 주자의 영정을 봉안하고 해운정에 올라 벽에 걸린 공용경의 운자를 따라 지은 시이다. 수련은 1537년에 심언광이 정호·정이 영정을 구해왔고 1564년에 강릉 하남촌 서재에 봉안한 일을 이른다. '洛'은 洛河로 정호·정이 형제가 洛陽을 중심으로 제자를 가르쳤기에 두 분 정자의 영정으로 인해 하남촌이 낙양과 학문으로 통하게 되었다는 것이다. 경포대 물가에는 물빛이 하얗게 비치고, 해운정 정자 위로 구름에는 노을이 붉게 물든다. 오래된 영당에는 새들이 모여 지저귀는데 동해의 너른 바다에는 기러기 떼가 줄을 이루어 人字를 이루며 지나간다. 세월이 흘러감을 새삼 느낀다. '三影子'는 정호, 정이, 朱熹의 영정을 말한다. 오늘 자신이 주자의 영정까지 받들고 와 모시게 되었다. 성리학을 확립했던 세 분 선생님의 학문과 정신이 여기에서 모이게 되어 진실한 洛閩之學의 모습을 여기에서 구현될 수 있어, 「정부자영당기」를 지으셨던 우암 송시열 선생이 내내 그리워진다고 추모하고 있다.

4. 해운정 시문판의 의미

해운정에 걸린 시문판에 있는 시와 문장 52편의 현황은 5가지 유형으로 나눌 수 있다.

첫째는 해운정 원운으로 1685년 5월에 정사 공용경이 지어 어촌 심언광에게 준 5언율시로 「吏曹判書沈子 求題鏡湖漁村卷 書此以寄之」이다. 이에 차운한 시로는 송시열을 비롯한 24인의 시가 남아있다. 이 외에도 오언율시는 이 운자로 된 것이 주를 이룬다. 주로 노론인 우암 문인들의 작품이다.

둘째는 어촌 심언광이 복관된 뒤에 지은 시로 1686년에 송시열이 지은 7언절구, 「題沈漁村復官恩旨後」를 원운으로 하고 있다. 李東白, 沈鳳翼, 宋煥箕의 차운 시가 있는데 이들은 모두 노론계 우암 문인들이다. 1688년 9월 李敏叙가 지은 칠언율시는 「漁村沈相公百年之後 蒙恩復爵 其事甚奇 謹次海雲亭龔天使韻 爲其孫靜而見題」로 정사 공용경의 운자를 차운하였다. 모두 6편이다.

셋째는 정부자영당과 관련된 시와 문장이다. 韓廷維, 李憲瑋, 沈舜澤이 지은 오언율시는 정사 공용경의 운자를 쓰고 있고, 한정유의 7언절구는 송시열의 운자를 쓰고 있다. 1689년에 송시열이 지은 「程夫子影堂記」가 있다. 시문 합하여 5편이다.

넷째는 望西亭을 주제로 지은 칠언율시로 任鼎常, 李廣度, 柳厚祚의 시가 있다. 모두 3편이다.

다섯째는 기타 해운정과 관련된 시이다. 심언광의 시를 비롯한 해운정에 출입했던 후대 인사들이 감회를 읊은 시이다. 鄭順朋, 李珥, 金昌翕 등 후인들의 시 여러 편이 전한다. 시문판의 현황은 참고로 뒷면에 부기한다. 모두 13편이다.

이 글에서는 해운정 현판에 적힌 시와 문장을 중심으로 어촌의 생전의 부침했던 행적과 사후 복관했던 상황을 살폈다. 시문판의 자료를 통해 심언광의 생애와 해운정의 내력을 살폈고, 해운정에 출입했던 인사들의 면모를 살필 수 있었다. 어촌은 김안로의 천거했던 일로 인해 관직을 삭탈 당하고, 강릉에 낙향하여 해운정에서 생을 마감하였다. 그 뒤 여러 후손들의 노력에 의해 신원되었다. 1684년 11월에 쓴 李橝이 지은 시와 그 서문으로 어촌의 일생과 삭탈관직과 신원된 과정을 살필 수 있었다. 이 서문은 어촌 심언광의 전기로 일생을 간략하게 서술하고 김안로와 악연과 갈등, 해운정의 내력, 어촌공의 5대손 沈澄이 여러 차례 글을 올려 특명으로 관작을 추복한 내력을 밝히고 있다. 어촌 사후 145년이 지나 숙종 10년(1684)에 후손 심징이 글을 올려 관작이 추복되었다. 이에 우암이 공용경의 운자를 따라 시를 지었고, 문인 이담도 따라 지었다.

해운정에 보관된 유물에는 많은 시문이 전해지는데 이러한 과정들을 자세히 살필 수 있는 자료들이 많이 남아 있다. 어촌이 만났던 명나라 정사 공용경의 원운과 후대 해운정을 방문했던 여러 제현들의 차운했던 시들이다. 거기다가 우암의 문장과 시, 그 시에 차운한 우암 문인들의 시를 통해 복관의 이면을 살필 수 있었다. 기타 해운정과 관련된 시문을 통해 어촌의 시를 비롯한 해운정에 출입했던 후대 인사들의 면모를 살폈다.

해운정에는 程顥·程頤의 영정이 남아 있고 관련 시문이 전한다. 어촌은 1537년 영정을 구해와 경포대에 보관했다. 숙종 10년(1684) 어촌의 6대손 沈世綱 등이 河南洞에 재실을 짓고 영정을 봉안하였다. 이때 우암이 영정을 참배하고 영정의 편액을 쓰고 기문을 찬술하였다. 우암은 어촌이 영정을 구해온 행위가 기묘사류가 될 만하고 또 기묘사류 등용을 조정하려 했으니 영정을 모실만한 자격이 될 수 있음을 인정하였다.

숙종 10년(1684)에 어촌의 5세손이자 우암 송시열의 문인인 沈澄의 세 번의 상소가 받아들여져 공조판서에 복직됐다. 이 상소에 우암과 관련된 노론의 여러 신하들이 복직을 주청하였고, 우암도 어촌이 김안로를 끌어 올리도록 한 것은 마음에서 우러나서 지은 죄가 아니라고 하여 옹호하여 이런 조치로 특별히 직첩을 환급받게 된 것이었다. 그 후 영조 37년(1761) 文恭이라는 시호가 내려졌다. 1698년 우암의 문인들이 의논하여 송시열 과 심언광 두 선생의 위패를 영당에 추배하였다. 이로 보아 어촌의 복직과 해운정에 전해지는 시문들의 면모를 살펴 볼 때 우암과 그 문인들과 깊은 교류로 인한 결과임을 알 수 있다.

| 참고 : 해운정에 걸린 시문판 현황

1. 해운정 원운(정사 공용경이 지어 어촌 심언광에게 준 시)에 차운한 시

- 龔用卿(?-?), 5율, 「吏曹判書沈子 求題鏡湖漁村卷 書此以寄之」, 1685년 5월

- 宋時烈(1607-1689), 5율. 「嘉靖十六年丁酉 帝遣翰林院修撰雲岡龔用卿戶科給事中
  吳希孟 來頒皇嗣誕生詔 時漁村沈公彦光館伴使 爲說其鏡浦湖亭之勝 請詩以貴之 則
  雲岡不斬也 今其詩尙在亭壁 于玆一百五十年矣 漁村後孫澄靜而甫 錄示原韻而要余
  和之 噫 東人之不見漢儀 已久矣 感古傷今 聊以見匪風下泉之思耳 幸勿爲外人道也」,
  1685년 5월

- 趙宇熙, 5율, 「謹次海雲亭板上韻」

- 趙完熙(1843-?), 5율, 「謹次海雲亭板上韻」, 1877년 3월

- 申獻朝(1752-?), 5율. 「歲癸亥秋 余迎到江陵 登鏡浦臺 臺之傍有亭翼然 名海雲 卽故
  漁村沈二相別業而其子孫世守之云 余聞而奇之 歸路歷訪 有沈斯文燁 年可七旬 延
  余登亭 敍寒燠 出示篋中所藏 天使龔用卿便面題詠及宋文正小著序文與和韻 又指壁
  上二懸板曰 此正使龔用卿所書 鏡湖漁村四字也 與副价吳希孟所書 海雲小亭四字也
  乃喟然嘆曰 此皆吾先祖 昔年儐相時所得於天使 實我宋珙璧也 不可使朽敗泯滅 而
  年久殆至不可辨 且年老家貧 恐無以及吾身葺其舊 請藉力重新之 余慨然許之 卽令
  而摹而塗膾 夫物之成毁 各有其時 是板之葺 適在今日 其亦有待而然歟 噫 冠屨之倒
  置 文物之陸沈 今過二百餘年 而大明遺蹟 復見於海東一隅 宋文正所謂匪風下泉之
  思 其如何禁之也 仍步其遺韻以寓尊周之感云爾 」, 1803, 9월

- 權震應(?-1775), 5율, 「癸巳冬 臨瀛沈明叔 訪我留數日 爲言海雲之勝 仍誦明天使詩
  及栗尤二先生和章 余自幼少時 已聞海雲爲鏡浦名亭 思欲一遊 今已老矣 明叔之言
  誠有起余者 强拙續和」, 1774년 3월

- 李東白(1618-?), 5율, 「謹步龔華使寄題漁村湖堂韻 贈靜而兄」

- 沈鳳翼, 5율, 「(정사운)」, 1737년 1월 7일

- 金鎭商(1684-1755), 오율, 「海雲亭題詠」, 1737 5월,

- 洪秀輔(1723-1799?), 5율, 「海雲亭 敬次龔天使扇詩韻」, 1732, 가을

- 李秉鼎(1742-1804), 5율, 「海雲亭 謹次天使韻」

- 尹守慶(1784-?), 5율, 「謹步天使龔內翰海雲亭板上韻」

- 朴光佑(1495-1545), 5율, 「次華使韻 題沈判書園亭」, 1945년, 1월
- 宋近洙(1818-1902), 5율, 「海雲亭 次龔天使韻」
- 宋秉璿(1836-1905), 5율, 「海雲亭 謹次板上韻」
- 蔡之洪(1683-1741), 5율, 「沈漁村海雲亭 次龔天使用卿韻」
- 尹鳳九(1681-1767), 5율, 「沈漁村海雲亭 次龔天使用卿韻」
- 韓元震(1682-1751), 5율, 「沈漁村海雲亭 次龔天使用卿韻」
- 權潚(1846-1895), 5율, 「海雲亭 敬次龔天使用卿韻」
- 朴宗正(1755-?), 5율, 「海雲亭 次皇明龔天使韻」
- 洪義浩(1758-1826), 5율, 「海雲亭 次龔天使畵扇詩韻」
- 李橝(16291717), 5율, 「昔在我中廟朝 群才應運…」, 1684년 11월
- 宋奎濂(1630-1709), 5율, 「次雲岡龔天使寄題漁村沈相公湖亭韻 呈靜而老兄案下」
- 尹以道(1628-1712), 5율, 「次龔華使韻」
- 趙景望(1629-1694), 5율, 「曾閱皇華集 謹玩漁村沈相公與雲岡龔詔使酬應底詞章及詔使題相公扇面詩 未嘗不擊節歎賞 今幸托末契於靜而大兄 一日出示相公遺稿 備述其湖亭之勝及誣被與伸白之由 亦是一慨事也 俯仰今古 自不覺曠世之感 而重違吾老兄之所托 謹次原韻而歸之」, 1689년 3월 16일

2. 어촌 심언광이 복관된 일과 관련된 시

- 宋時烈(1607-1689), 7절, 「題沈漁村復官恩旨後」, 1686년
- 李東白, 7절, 「敬次尤齋題漁村復官恩旨韻」
- 沈鳳翼, 7절, 「(敬次尤齋題漁村復官恩旨韻)」, 1737년 1월 7일
- 李敏叙(1633-1688) 7율, 「漁村沈相公百年之後 蒙恩復爵 其事甚奇 謹次海雲亭龔天使韻 爲其孫靜而兄題」, 1688년 9월
- 宋煥箕(1728-1807), 7절, 「敬次先祖板上韻」
- 權潚(1846-1895), 7절, 「敬次華陽夫子題漁村復官恩旨後韻 留贈海雲亭主人」

3. 정부자영당과 관련된 글과 시

- 宋時烈(1607-1689), 「程夫子影堂記」, 1689, 3월
- 韓廷維, 5율, 「奉安晦菴影幀於河南 登海雲亭 謹和壁上韻」

- 韓廷維, 7절,「寓懷寄呈海雲亭主人」
- 李憲瑋(1791-?), 5율,「海雲亭 敬次板上韻」
- 沈舜澤(1824-?), 5율,「海雲亭 敬次板上韻」

4. 망서정 시

- 任鼎常(1765-?), 7율,「望西亭 書贈士龍」
- 李廣度(1770-?), 7율,「贈月圃宗兄」
- 柳厚祚(1798-1876), 7율,「三學接儒韻 贈月圃」

5. 기타 해운정과 관련된 시

- 沈彦光(1487-?), 7절(2수),「題白疊扇 奉贈龔吳兩天使 謝紈扇詩意」, 1537년
- 過客, 5율,「留贈海雲主人」, 1727년 3월
- 金在行, 7율,「(제목 무)」, 1708년 2월 상완
- 金昌翕(1653-1722) 3수(5율 1수, 오절 2수),「重到海雲亭 留贈主人沈君五老兄」
- 金昌協(1651-1708), 7절,「臨別 錄謝海雲翁」, 1727년 윤삼월
- 溟仙, 5율,「(제목 무)」, 경술년 4월
- 尹景烈, 7절,「沈雅士尙謙甫 以漁村公後孫而聰明豈弟人也 千里嶺海 爲其先請諡而 來 翁非賢孝者 能如是耶 今其去歸也 作詩以別 非敢曰 君子之贈言 而聊上著其爲先 孝敬之實 以勸人 爲漁村公子孫云爾」, 1761 2월 상순
- 金鍾正(1722-1787), 5절,「(제목 무)」, 1771년 3월
- 李聖模(1715-?), 7절,「歷訪海雲亭 追寄主人自寓感懷也」, 1777년, 4월
- 鄭順朋(1484-1548), 5율,「次雲岡龔內翰韻 寄呈士炯公案下」
- 李珥(1536-1584), 5율,「題沈漁村園亭」, 1573년
- 李珥(1536-1584), 5율,「題沈漁村園亭」(『栗谷全書』 권1,「贈景混」), 1573년
- 李珥(1536-1584), 7율,「題沈漁村園亭」(『栗谷全書』 권1,「贈景混」), 1573년

| 참고문헌

宋時烈,『宋子大全』

沈彦光,『漁村集』

沈澄,『義谷遺稿』

尹行恁,『碩齋稿』

李選,『芝湖集』

許筠,『惺叟詩話』

許筠,『鶴山樵談』

『중종실록』

강릉문화원 편(2006),『國譯 漁村集』, 강릉문화원.

강릉문화원 편(2010), 어촌 심언광 연구총서 01,『어촌 심언광의 문학과 사상』, 강릉문화원.

강릉문화원 편(2014), 어촌 심언광 연구총서 02,『어촌 심언광의 문학과 사상』, 강릉문화원.

박영주(2015),『漁村 詩 評說』, 강릉문화원.

이규대·임호민 편(1997),『강릉의 누정 자료집』, 강릉문화원.

이혜정(2014),「어촌 심언광의 삶과 교우관계」(강릉문화원 편, 어촌 심언광 연구총서 02『어촌 심
　　　　언광의 문학과 사상』), 강릉문화원.

함춘순(2014),「어촌 심언광의 정치 역정과 생애」(강릉문화원 편, 어촌 심언광 연구총서 02『어촌
　　　　심언광의 문학과 사상』), 강릉문화원.

05

어촌 심언광 시어 형상화 된
관동의 풍토성

박영주_강릉원주대학교 교수

이 글은 강릉문화원에서 개최한 "제8회 어촌 심언광 전국학술세미나"(2017.11.17.)에서 발표하고 『한국
시가문화연구』 제41집(한국시가문화학회, 2018)에 게재된 논문을 수정·보완한 것이다.

1. 관동의 풍토성과 어촌의 관동시편

　자연은 대대로 인간 삶의 터전이자 문화 형성의 動因이 되어 왔다. 문학을 비롯한 모든 예술의 지향점은 자연의 질서와 아름다움을 형상화하는 데 있다고 할 수 있다. 인간의 삶이 자연을 떠나 존재할 수 없듯, 문학을 포함한 예술 또한 근원적으로 자연의 섭리와 속성으로부터 벗어나 존재하기 어렵기 때문이다.

　문학 작품에서 인간의 삶과 결부된 자연의 특성을 문제삼을 때 이를 代喩하는 개념으로 風土性을 상정할 수 있다. 風土의 사전적 의미는 '어떤 지역의 기후와 토지의 상태'·'어떤 일의 바탕이 되는 제도나 조건을 비유적으로 이르는 말'이다. 이러한 사전적 의미를 바탕으로 風土性을 재정의해 보면, 바람(기후)과 흙(토양)으로 대변되는 지역 특유의 자연지리적 요소에 사람살이의 여건과 결부된 인문지리적 요소가 복합된 특성을 일컫는 말이라고 할 수 있다.

　전통시대에 關東으로 통칭된 강원도는 우리나라 국토 전체로 볼 때 남방과 북방의 중간 지점에 위치해 있는데다, 지역 내에서도 남북으로 길게 이어진 산간과 해안을 동시에 아우르고 있기에, 문화적 복합성을 띠고 있는 것이 두드러진 특징이다. 그 가운데서도 오늘날 嶺東[1]으로 일컫는 강원도 동해안은 남방계·북방계 문화가 다채롭게 공존하는가 하면, 산간문화와 해안문화가 나름의 개별적 특색을 면면히 유지하고 있다. 그러면서도 이들 산간 및 해안문화의 복합과 조화가 빚어내는 특유의 문화공간과 문

1　嶺東은 강원도를 동서로 나누어 이를 때 大關嶺 동쪽의 땅을 일컫는 말로 두루 쓰인다. 과거에는 이 같은 의미를 내포하면서 강원도 일원을 총칭하는 개념으로 關東이라는 말을 널리 썼다. 이 글에서는 강원도 일원을 총칭할 경우에는 關東을, 대관령 동쪽 강원도 동해안 일대를 일컬을 경우에는 嶺東을 사용하기로 한다.

화유산을 풍부하게 간직하고 있다. 그렇기에 강원도는 濊貊國으로 대변되는 역사의 이른 시기부터 우리 민족이 삶을 일구어 온 터전이자 유구한 전통과 함께 민족문화의 축적공간이 되어 왔다.

이 글은 우리 문학사에서 16세기 전반을 대표하는 문인 가운데 한 사람인 漁村 沈彦光(1487~1540)의 관동시편에 형상화된 관동의 풍토성을 고찰하는 데 목적이 있다. 구체적으로, 漁村 시에 형상화된 관동의 풍토성을 크게 山水風景을 노래한 시편들과 生活風情을 노래한 시편들로 나누어, 그 특징적 면모를 고찰하고자 한다.[2] 그리하여 지역 특유의 풍토성에 기반한 문학적 정서를 이해하는 안목을 넓히면서, 지역 고유의 문화적 자산을 토대로 이루어지는 향토문화 창달에 기여하고자 한다.

漁村은 강릉 출신으로서 도합 850수의 한시가 전하는 문인이다.[3] 후대에 간행된 『漁村集』[4]은 작품 제작 시기를 염두에 두고 편제한 것으로 보인다. 이 글에서는 漁村이 강원도 관찰사로 재임하던(1530) 시절의 시편들을 엮은 『東關錄』(권4), 말년에 강릉으로 낙향한(1538) 이후 세상을 뜰 때까지의 시기에 지은 시편들을 엮은 『歸田錄』(권10)에 수록된 작품들을 논의 대상으로 삼는다.[5] 이렇듯 논의 대상을 관동시편으로 삼은 것은 그의 관향이

---

2 조선시기 사대부 시가에 두드러진 자연예찬의 시풍에 있어서 '자연'이라는 시적 대상의 소재적 양상은 크게 山水와 田園으로 대별할 수 있다. 나아가 그 시적 형상화 내용은 山水風景과 生活風情으로 대별할 수 있다. 박영주, 「강호가사에 형상화된 산수풍경과 생활풍정」, 『한국시가연구』 제10집, 한국시가학회, 2001, 310면 참조.

3 현전 漁村 시 작품 편수에 관한 자세한 논의는 박영주, 「어촌 심언광 시 세계의 양상과 특징」, 『고시가연구』 제27집, 한국고시가문학회, 2011, 236면 참조.

4 현전하는 『漁村集』은 1889년 중간된 活印本(국립중앙도서관·연세대학교 중앙도서관 소장)과 1937년 삼간된 石印本(성균관대학교 중앙도서관 소장) 두 종류가 있다. 『國譯 漁村集』(강릉문화원, 2006)은 중간된 活印本을 국역한 것이다. 이 글에서 인용하는 원문 역시 『國譯 漁村集』에 影印 수록된 중간본에 의거하며, 작품 인용시 그 출처만을 간략히 명시하기로 한다.

5 漁村의 『東關錄』와 『歸田錄』을 대상으로 한 기존 논의로 신익철, 「심언광의 『동관록』과 『귀전록』에 나타난 공간 인식과 그 의미」(『어촌 심언광 연구총서』 제1집, 강릉문화원, 2010.)가 있다. 이 논의는 『동관록』과 『귀전록』에 수록된 작품에 나타난 漁村의 '공간 인식'을 살펴보는 과정을 통해, 漁村의

강릉[6]이라는 사실 외에도, 관동에서의 삶을 노래한 두 권의 시집이 말해주듯 漁村은 이 지역 풍토성를 대변하는 산수와 풍정들에 대한 소회를 다채롭게 형상화하고 있다는 사실 때문이다.

2. 산수풍경 시편에 형상화된 관동의 풍토성

關東 가운데서도 동해안에 위치한 고을들에는 여느 지역에서는 마주하기 어려운 풍광이 연출되는 경우가 빈번하다. 관동 동해안 고을들은 서쪽으로 태백준령이 우뚝이 자리하고 있으면서, 그로부터 동쪽으로 뻗어내린 산줄기가 급경사를 이루면서 해안에 다다르는 지형적 특색을 이루는 경우가 대부분이다. 그리하여 높고 낮은 산등성이, 울창한 숲과 계곡, 드넓게 펼쳐진 바다를 두루 한눈에 조망할 수 있는 자리에, 지난날 산수유상의 구심처 역할을 했던 누정이 들어서 있는 것이 예사다.

이러한 사실은 전통시대 우리 강토의 특색과 풍토성을 권역별로 서술한 이중환(1690~1756)의 『택리지』에 "이 지역에는 이름난 호수와 기이한 바위가 많아, 높은 데 오르면 푸른 바다가 망망하고, 골짜기에 들어가면 물과 돌이 아늑하여, 경물이 실로 나라 안에서 제일이어서, 누대와 정자에서 조

관동 산수에 대한 인식 양상과 생애적 궤적에 따른 미의식의 변화 양상을 구명한 것으로서, 이 글과는 논의 목적과 방향을 달리하기에 구체적인 언급은 생략한다.

6 전통시대 강릉지역의 범위는 오늘날과 달리 서쪽으로 오대산과 평창군 대화 일대까지를 포괄하는 넓은 범위였다. 『新增東國輿地勝覽』(1530)에 의하면 강릉대도호부는 동서로 200리, 남북으로 154리에 달하는 넓은 지역을 관할하고 있었던바, 춘천도호부의 약 2배, 원주목의 약 3배에 달하는 넓이였다. 漁村이 활동하던 16세기 조선시기만 하더라도 강릉대도호부는 강원도 내 26개 군현 가운데 가장 넓었다. 그 관할 구역은 지금의 강릉시, 양양군 현남면, 동해시 망상, 평창군 대관령(도암)·진부·봉평·대화면, 정선군 임계면, 홍천군 내면까지를 그 영역으로 하였다. 『新增東國輿地勝覽』 卷44 「江陵大都護府」 참조.

망하는 승경들이 많다."[7]라고 기술되어 있는 데서 거듭 확인할 수 있다. 漁村의 다음과 같은 시는 이를 실감할 수 있는 예다.

「울진 능허루 시에 차운하다[次蔚珍凌虛樓韻]」[8]

산줄기 남으로 이어지다 동쪽 모퉁이에 절벽을
절벽 아래 누각 한 채 참으로 기이한 자리로다.
흰 새는 멀리멀리 삼신산 찾아 날아가고
푸른 하늘은 나직히 드넓은 바다에 드리웠네.
우주의 이치 그윽이 더듬어서 시상을 채우고
영웅에게 높이 읍하며 잃어버린 시를 찾아보네.
말머리에 닿는 풍광, 가는 곳마다 절경이니
느릿느릿 걷는 모랫길, 길 더디가도 좋구려.

山連南紀截東陲　　山下孤城境最奇
白鳥遙尋三島去　　碧天低入九溟垂
冥搜宇宙充吟料　　高揖英雄索逸詩
馬首風煙隨處好　　緩驅沙路不嫌遲

참으로 멋진 곳에 자리잡은 누각 한 채, 능허루. 산줄기가 남으로 이어지다 동쪽 모퉁이에서 깎아지른 절벽을 이루더니, 그 절벽 아슬한 곳에 자리를 잡고 있다. '허공을 깔보는 누각', 정말 이름과도 방불하다. 눈앞에 펼쳐진 바다, 흰 새는 멀리 날아 돌며 삼신산을 찾아간다. 수평선 끄트머리, 푸

---

7 地多名湖奇巖 登高則滄海茫洋 入洞則水石窈窕 景物實爲國中第一 多樓臺亭觀之勝：李重煥,
　「八道總論·江原道」,『擇里志』
8 『漁村集』卷4·『東關錄』

른 하늘이 드넓은 바다와 맞닿고 있다.

절로 詩心이 솟아난다. 세속에서는 맛보기 어려운 정취, 우주의 이치를 그윽이 더듬으며 시상을 채우고, 절창을 남긴 영웅(시인묵객)에게 읍하며 그들이 남긴 시를 찾는다. 이윽고 바닷가를 따라 발걸음을 옮긴다. '말머리에 닿는 풍광마다 절경'이 펼쳐진다. 음미하며 걷는 모랫길, 말걸음 발걸음 느릿느릿, 더디 가도 좋기만한 길!

울진 '능허루'에서 조망하는 절묘한 경관과 흥취를 노래하고 있다. 누각이 자리잡은 위치와 풍광을 멀리 또 가까이 시선을 옮겨가며 묘사하는 가운데, 솟구치는 시심을 들뜨지 않게 노래하고 있다. 시인의 눈에 포착된 사물과 정경들이 개성적인 감각을 통해 그림처럼 펼쳐진다. 집을 떠나 멀리 여행하는 일이 쉽지 않았던 시대, 그곳에 가보지 못한 많은 사람들에게 잔잔한 위안을 선사했을 작품이다.

이같은 누정과 함께 관동의 산수풍경을 논할 때 빼놓을 수 없는 것이 關東八景이다. 관동팔경은 북쪽 금강산으로부터 강원도 동해안을 따라 남쪽으로 이어지는 고을들에 위치한 여덟 곳의 명승[9]을 일컫는다. 이는 전통시대 관동 최고의 문화유산으로서 대대로 산수유람의 최적처로 손꼽혀 왔으며, 관동 동해안의 지리적 환경과 고유의 경관 및 풍토성을 여실히 함축하고 있다. 관동팔경은 개별 경관들 자체가 대부분 누정의 명칭을 띠고 있는 것이 특징이다.[10] '총석정'을 노래한 漁村의 시를 들어보면 다음과 같다.

---

9 통천의 叢石亭, 고성의 三日浦, 간성의 淸澗亭, 양양의 洛山寺, 강릉의 鏡浦臺, 삼척의 竹西樓, 울진의 望洋亭, 평해의 月松亭을 일컫는다. 논자에 따라서는 월송정 대신 흡곡의 侍中臺를, 낙산사 대신 속초의 靑草湖를 들기도 한다. 이들 가운데 총석정·삼일포·시중대는 현재 북한지역에 속해 있으며, 망양정·월송정은 행정구역 편재가 바뀌면서 경상북도에 편입되어 있다.

10 누정의 명칭을 지니지 않은 三日浦와 洛山寺의 경우에도, 경관의 핵심에 삼일포의 경우 四仙亭, 낙산사의 경우 義湘臺라는 누정이 자리잡고 있어, 關東八景은 곧 관동 여덟 곳의 누정을 일컫는다고 해도 무리가 없다.

「통천 총석정을 유람하다[遊通川叢石亭]」[11]

총석정 기암괴석 바닷문처럼 우뚝하고

알록달록 파인 홈 녹색 동전 물방울같네.

깎아 세웠구나 하늘이 조각칼로

갈라 깨뜨렸구나 귀신이 도끼로.

창연한 석벽 천년토록 사라지지 않았나니

하얀 갈매기 허공 구름에 깃들어 살고 있네.

네 국선 남은 자취 물어 찾을 곳 없나니

맑은 흥취 모두 다 술잔 속에 스며드네.

叢石峨峨立海門　　斑斑缺渤綠錢痕

削成可識天剗劚　　鑿破應知鬼斧斤

蒼壁不焚千歲劫　　白鷗棲在半空雲

四仙遺迹無尋處　　清興都輸入酒樽

　통천 총석정을 유람한다. 웅장한 기암괴석들, 멀리에서도 한눈에 들어온다. 바다로 들어가는 문인양 우뚝이 서 있는 四仙峯, 실로 장관이다. 가까이 다가가서 보니 더욱 기이하고 놀랍다. 정교한 육각형 돌기둥 끄트머리께에 알록달록 파인 홈들이 마치 녹색 동전 물방울같다. 아니 그보다도, 하늘을 찌를 듯 우뚝우뚝 서 있는 구릿빛 돌기둥들, 정녕 하늘이 조각칼로 마름질하지 않고서야, 귀신이 도끼로 갈라 깨뜨리지 않고서야 어떻게 저와 같이 정교한 형상을 지닐 수 있을까, 경이로움 그 자체로다!

　오랜 세월 저렇듯 변함 없는 자태로 서 있나니, 허공 구름에 깃을 드리

---

11 『漁村集』 卷4·『東關錄』

우고 나니는 갈매기는 유구한 역사를 알리로다. 그 옛날 신라 四仙 머물다 간 자취 물어 찾을 곳 없나니, 기묘한 절경 맑은 흥취 모두 다 술잔 속으로 스며들도다.

관동팔경 '총석정'의 경이로운 경관을 노래한 작품이다. 叢石의 형상들은 지각변동이 활발하던 시대에 현무암 용암이 갑자기 찬 공기에 노출되어 식으면서 수축현상이 일어나, 육각형의 구릿빛 바위기둥인 柱狀節理를 이룬 것이다. 그 주상절리 가운데서도 정자 옆으로 우뚝이 솟은 네 개의 바위 기둥을 四仙峯이라 일컫는다. 자연의 경이로운 조화와 유구한 역사 앞에 서 있는 화자의 모습을 방불히 상상할 수 있다.

관동팔경으로 대변되는 강원도 동해안 명승들은 이렇듯 자연이 빚어낸 경이로운 물상들에 신라 화랑의 자취라는 민족의 오랜 숨결이 배어 있다. 풍치나 경관이 뛰어나다고 해서 모두가 명승이 되는 것은 아니다. 뛰어난 풍치나 경관 속에 민족의 역사와 전통에 결부된 문화적 요소가 배어 있을 때 진정한 의미의 명승이라 일컬을 수 있다.[12] 그런 면에서 총석정을 위시한 관동팔경은 이같은 명승으로서의 요건을 온전히 갖춘 문화유산이라 할 수 있다.

그런가 하면, 關東은 산세가 험준하고 산림이 우거져 예로부터 길이 발달하지 않은 궁벽한 지역이 많다. 이러한 사정은 漁村 당대에도 다르지 않아, 외지에서 영동에 이르러 다시 동쪽으로 나아가는 길은 트인 길줄기를 마주하기 어려운 걷기조차 힘든 길이었다. 평창 대화에서 오대산 월정사 쪽으로 넘어가는 고개 '모노령'을 넘는 漁村의 시 한 편을 보기로 하겠다.

---

12 박영주, 「관동팔경 누정기에 투영된 사유와 정서」, 『인문학보』 제32집, 강릉대학교 인문학연구소, 2007, 244면 참조.

「모노령 정상에서 눈을 만나다[毛老嶺上遇雪]」[13]

고갯마루엔 이끼 낀 바위 고목은 비스듬한데
신우대 늘어선 험준한 산길 뱀처럼 구불구불.
온산에 내리던 진눈깨비 모두 눈으로 바뀌어
나무마다 차갑게 얼어붙어 눈꽃을 만들어내네.
옥가루 떨어지는 숲속 외로이 홀로 들어가니
은잔을 땅에 흩뿌리며 나귀 한 마리 지나가네.
동으로 옴에 삭막한 마음에 시정도 일지 않고
다만 이내 가슴 속엔 시름만 갈래갈래.

嶺石蒼蒼古木斜　　間關篇路曲如蛇
漫山凍雨渾成雪　　着樹寒氷半作花
玉屑墮林孤身入　　銀杯散地一驢過
東來索寞無詩思　　只有胸中愁緒多

　한겨울, 험준한 산길을 따라 고개를 넘는다. 고갯마루에 다다르니 바위
에 이끼가 무성하고 앙상한 고목은 쓰러질 듯 비스듬하다. 사람의 발길이
잘 닿지 않은 터라 걷기조차 힘들다. 겨우 형체를 보이는 길 가장자리로 산
대나무들이 늘어서 있고, 경사가 가팔라 뱀처럼 구불구불 이리 휘고 저리
휜다. 조금 전까지만 해도 진눈깨비더니 기온이 떨어지면서 모두 눈으로 바
뀌어 온 산을 하얗게 덮는다. 나무마다 눈꽃이 피어난다.
　언 눈발이 옥가루처럼 떨어지는 숲속으로 홀로 들어간다. 짐을 실은 나

---

13 『漁村集』 卷10・『歸田錄』

귀 발자국이 마치 은잔을 흩뿌리듯 눈길에 새겨진다.[14] 한양을 떠나 이곳 동쪽으로 옴에 삭막한 마음 뿐이다. 詩情도 일지 않고, 가슴속엔 다만 시름만 갈래갈래 일어난다.

漁村의 나이 52살 되던 해 파직되어 강릉으로 낙향하던 길에 지은 작품이다. 권세를 이용해 파당을 만들고 수많은 화옥을 일으킨 김안로 (1481~1537)를 조정에 천거한 허물 때문이었다. 직첩마저 회수당한 채 낙향해야 하는 참담함을 누가 헤아릴 수 있겠는가! 한겨울 눈 내리는 산길을 외롭게 걸어 낙향하는 심경이 쓸쓸함을 자아내는 풍광들과 더불어 차갑게 배어 있다. '愁緖多·시름만 갈래갈래'라는 시구 속에 당시 漁村의 참담한 심사가 집약되어 있다.

이 작품은 漁村의 낙향 심사가 잘 드러나 있기도 하지만, 관동의 지리적 특성에 말이암은 풍토성의 단면을 여실히 보여주기도 한다. 구불구불 앞이 보이지 않는 비탈길, 험준한 고개, 이끼가 엉겨붙은 앙상한 고목, 진눈깨비가 금세 눈으로 바뀌는 변화무쌍한 날씨 등은 해발고도가 높은 관동 산간에서 어렵지 않게 맞닥뜨리는 풍토성의 단면이다. 이 작품은 이러한 관동의 풍토성이 시적 자아의 정서와 심리상태를 표상하는 매개 역할을 함으로써, 화자가 형상화하고자 하는 황량함·고독감·참담함의 주제의식을 보다 절절하게 환기하는 효과를 발휘한다.

한편, 관동의 산수풍경 가운데서도 漁村이 즐겨 노래한 대상은 향리 강릉의 풍광이다. 강릉의 풍광 가운데서도 漁村은 자신이 깃들어 사는 거소 발치에 펼쳐져 있는 경포호수[鏡湖]를 제재로 한 시편들을 많이 남겼다. 『어촌집』에 편차된 순서로 보아 그가 벼슬길에 나아가기 전에 지은 작품,

---

14 경련의 '銀杯'는 韓愈의 「詠雪贈張籍·눈을 노래하여 장적에게 주다」 가운데 나오는 "逐馬散銀杯· 말을 좇아서 은잔이 흩어지네"라는 구절을 用事한 것이다.

벼슬살이를 하던 시절의 작품, 만년에 낙향해 지내던 시절의 작품들 가운데 각각 한 수씩만을 들어보면 다음과 같다.

「경호 서당에 밤에 앉아서[鏡湖書堂夜坐]」[15]
땅에 외로운 섬 머물렀으니 바로 청산인데
산 밖 푸른 바다 드넓게 눈 안에 들어오네.
달이 밝으니 감호(거울호수) 물결 고요하여
마치 다리미로 흰 비단 다림질한 것 같구나.

地留孤嶼卽靑山   山外滄溟入眼寬
月白鑑湖湖水靜   恰如金斗熨氷紈

달이 밝게 떠오른 밤, 호숫가 서당에 앉아 창밖을 내다본다. 사위가 고요하다. 문득 청산 속 외로운 섬에 앉아 있는 느낌이 든다. 눈을 들어 바라보니, 청산 밖으로 펼쳐진 푸른 바다가 시야에 들어온다. 바로 눈앞의 호수로 시선을 옮긴다. 말 그대로 거울처럼 잔잔하고 맑다. 달빛에 반짝인다. 눈이 시리도록 곱다. 마치 다리미로 흰 비단을 다림질해 놓은 것 같다. 마음이 평온해지고 숨결도 부드러워진다.

경포호숫가에 자리잡은 서당에서 마주한 밤의 정취를 노래하고 있다. 현재 자신이 앉아 있는 서당을 '청산 속 외로운 섬'으로 비유한 데서, 달빛 머금은 경포호수를 '다리미로 흰 비단을 다림질한 것'으로 표현한 데서, 경물을 형상화하는 漁村의 뛰어난 詩才를 실감할 수 있다. 자연의 경물과 자아가 합일된 경지를 淸新하게 그려내었다.

---

15 『漁村集』 卷1·詩

오랜 세월 수많은 시인묵객들이 경포호수의 아름다움을 노래했지만, 漁村처럼 '다리미로 흰 비단을 다림질한 것'으로 묘사한 예는 유례를 찾기 어렵다. 산과 바다가 어우러져 장관을 연출하는 한복판에 아늑한 모습으로 자리한 호수, 관동의 명승이자 대대로 강릉의 랜드마크가 되어 온 경포호수의 풍치를 참으로 정감 넘치게 형상화하고 있다. 漁村보다 50년 뒤에 태어난 송강 정철(1536~1593)은 〈관동별곡〉에서, 끝없이 펼쳐진 경포 백사장을 "십리빙환十里氷紈을 다리고 고텨 다려 / 댱숑長松 울흔 소개 슬크장 펴뎌시니"(십리나 되는 흰 비단을 다리고 또 다려서, 솔숲 우거진 속에 싫토록 펼쳐 놓았으니)라고 노래했다. 송강이 漁村의 시를 보았을 가능성이 희박하다는 점에서, 그 詩想의 유사함에 놀라움을 감출 수 없다.

「비단부채에 글씨를 쓰고 공용경의 운을 붙이다[題紈扇附龔用卿韻]」[16]
거울처럼 평평한 호수
아스라이 푸른 바다로 이어지네.
물결은 모래언덕을 헤매다 하얗게 빛나고
고기잡이 불은 파도를 비추며 붉게 물드네.
난간에 기대어 돌아가는 새 바라보고
물가에 다다라 날아가는 기러기 세어보네.
어촌에 살면서 저절로 깨달은 것 있으니
갈매기를 벗삼아 늙어간다는 사실이라네.

湖水平如鏡　　　　冥冥滄海通
潮光迷岸白　　　　漁火射波紅

---

16 『漁村集』卷7·『舘伴時雜稿』

倚檻看歸鳥　　　臨磯數去鴻
村居原自得　　　知是對鷗翁

　거울처럼 잔잔하고 평평한 호수, 아스라이 펼쳐진 동해바다로 이어진다. 밀려왔다 밀려가는 바닷물결은 모래언덕을 이리저리 헤매다 하얀 물거품으로 빛나고, 저녁으로 접어들자 고기잡이 배의 불이 파도를 비추며 붉게 물들인다.

　호숫가 누대에 올라, 난간에 기대어 깃 드리운 둥지로 돌아가는 새를 바라본다. 호숫가를 따라 걷다가는, 인기척에 놀라 날개를 차고 날아오르는 기러기를 세어본다. 어촌에 살면서 저절로 깨달은 것이 있으니, 갈매기를 벗삼아 한가로이 늙어간다는 사실!

　경포호수 주변과 동해바다의 풍광을 스케치하듯 묘사하고 있다. 그러면서 달리 변화라는 것이 생겨날 성싶지 않은 일상 속에서, 눈앞의 물상과 풍경들을 벗하며 나이를 먹어가는 자신을 담담하게 돌아보고 있다. 한적함이 빚어내는 여유가 짙게 풍겨온다.

　작품 제목인 「비단부채에 글씨를 쓰고 공용경의 운을 붙이다·題紈扇附龔用卿韻」에는 漁村으로서는 특기할 만한 내력이 담겨 있다. 중국으로부터 皇子 탄생을 알리러 사신이 왔을 때, 漁村은 이들을 접대하는 館伴使로 활동했다. 그때의 중국 사신 龔用卿은 漁村에게 '鏡湖漁村' 네 글자와 오언율시 한 수를 써 주었고, 또 다른 사신 吳希孟은 '海雲小亭' 네 글자를 써 주며 흰 비단부채를 하나 주었다고 한다.[17] 따라서 이 작품 제목에는 漁村 나름의 긍지와 추억이 담겨 있는 셈이다. 그때의 '鏡湖漁村'·'海雲小亭'

---

17 「年譜 : 丁酉 先生五十一歲」, 『漁村集』 卷1

글씨는 漁村이 기거한 강릉 海雲亭[18] 안에 판각되어 걸려 있다.

「창방과 함께 경포에서 노닐다[同昌邦遊鏡浦]」[19]
황혼에 눈이 내려 강마을에 인적이 끊기고
십리 소나무숲 줄지어 횃불을 밝혀 놓았네.
천년승지 이곳을 하늘도 관할치 않으셨나니
멋진 풍광 맡기고자 그대 행차하게 하셨네.

黃昏雨雪閉江城　　十里松陰列炬明
勝地千秋天不管　　風煙應屬使君行

겨울 황혼 녘부터 비가 눈으로 바뀌더니 강마을에 눈이 소복이 쌓였다. 길의 흔적이 지워지면서 인적이 끊긴다. 채비를 하고 昌邦[20]과 함께 경포로 나간다. 밤인데도 주위가 환하다. 눈을 들어 바라보니 바닷가를 따라 줄지어 늘어선 소나무숲이 온통 눈꽃을 피워, 마치 횃불을 밝혀 놓은 듯하다. 천년승지 이곳을 하늘도 관할치 않으셨으련만, 저렇게나 아름다운 장관을 연출할까! 이처럼 멋진 풍광을 맡기고자 그대 창방을 행차하게 하셨으리니, 멋진 시 한 수 지어주시게나!

벗과 함께 완상하는 경포의 설경을 노래하고 있다. 겨울밤에 마주하는 설경은 색다른 운치를 불러 일으킨다. 더욱이 솔숲 설경은 각별한 흥취를 불러 일으킬 것이 당연하다. 줄지어 십리에 이르는 솔숲이 겨울밤 하늘에

---

18 海雲亭은 漁村의 나이 44살 되던 해(1530) 경포 호숫가에 축조한 누정이다. 500년의 역사를 지닌 국보급 문화재(보물 제183호)로서, 현재에도 옛 건물이 잘 보존되어 있다.

19 『漁村集』 卷10·『歸田錄』

20 昌邦은 漁村보다 연배가 제법 위인 六峰 朴祐(1476~1549)인 듯하다.

횃불을 밝혀놓은 장관을 완상할 수 있는 곳은 흔치 않다. 솔숲 앞쪽으로는 경포호수가, 솔숲 너머로는 동해바다가 펼쳐져 있기에 그 풍광이 더욱 선명하게 눈에 들어올 터다. 이와 같은 장관 앞에서 창방에게 시 한 수 부탁하는 것은 전혀 무리가 아닐 것이다. 고즈넉한 경포 주변의 겨울밤 풍광과 정취를 개성 넘치는 감각으로 형상화한 작품이다. 강릉 경포 솔숲 설경은 오랜 세월이 지난 오늘날에도 이와 크게 다르지 않다.

漁村이 즐겨 노래한 향리 강릉의 산수풍경은 이렇듯 수려하면서도 아늑한 물상들로 인해 다사로운 정취가 배어난다. 이는 漁村 당대만이 아니라 누대에 걸쳐 인구에 회자되어 온 이 지역 특유의 풍광이자 정취의 단면으로 보인다. 漁村보다 80여 년 후에 태어난 강릉의 인물 교산 허균(1569~1618)은 그의 『학산초담』에서, "강릉부는 옛 명주 땅인데, 산수의 아름답기가 동방에서 제일이다. 산천이 정기를 모아가지고 있어 異人이 가끔 나온다."[21]라고 했다. 여기에 등장하는 '江陵山水 甲于東方'은 대대로 관용어가 되어 왔다. 강릉의 산수풍경을 노래한 漁村의 시편들로부터 이러한 산수의 수려함과 함께 강릉 특유의 풍토성에 깃든 정취까지를 실감할 수 있다고 하겠다.

관동의 산수풍경을 노래한 漁村의 시편들에는 이처럼 향토의 지리적 특성과 함께 산수를 구성하는 물상들로부터 촉발된 정취가 다채롭게 형상화되어 있다. 험준한 산과 가파른 고개와 구불구불한 비탈길로 대변되는 산간, 아늑한 호수와 결 고운 백사장과 드넓은 바다로 대변되는 해안, 그리고 유구한 역사와 더불어 대대로 산수유람의 최적처로 손꼽혀 온 명승 관동팔경은 관동 특유의 지리와 경관을 대표하는 형상들이다. 관동의 산수풍경을 노래한 漁村의 시편들에는 이와 같은 특유의 지리와 경관에 기반한 관동의 풍토성이 여실히 형상화되어 있다고 하겠다.

---

21 江陵府古溟洲之地 山水之麗甲于東方 山川儲精 異人間出 : 許筠, 『鶴山樵談』

3. 생활풍정 시편에 형상화된 관동의 풍토성

관동에서의 생활과 편력 경험을 노래한 漁村의 시편들에는 이 지역 산수풍경만이 아닌 생활풍정을 노래한 작품들 또한 적지 않다. 漁村은 강릉에서 태어나 대과에 급제하여 벼슬길에 나아갈 때(1513·27살)까지 강릉에서 살았다. 또 강원도 관찰사로 재직할 때(1530·44살)에는 관동 각처를 순행하면서 민생을 살폈고, 만년에 낙향한(1538·52살) 이후 세상을 뜰 때(1540·54살)까지의 기간에는 향리인 강릉에 머물러 지냈다.

관동의 생활풍정을 노래한 漁村의 시편들 가운데 우선 주목되는 것은 民草들의 생업과 생활에 깊은 관심을 보인 작품들이다. 愛民詩로 일컬어 손색이 없는 다음과 같은 작품이 그 한 예다.

> 「보리 익어가는 계절에 자유 김광철의 시에 차운하다[麥秋次金子由光轍韻]」[22]
> 높다란 누정에 홀로 서서 보전편을 노래하고
> 곧이어 동으로 서로로 밭두둑을 돌아보네.
> 두 가닥 상서로운 보리는 바람 속에 향기롭고
> 아홉 이삭 아름다운 벼는 시절 비에 잘 자라네.
> 반가울사 농부님네 남쪽 이랑에서 흥을 돋우고
> 기꺼울사 선비님네 북쪽 창가에서 잠을 잔다네.
> 하늘은 응당 농가의 괴로움을 생각하실 것이니
> 팔곡성 별빛이 올해도 풍년을 빚어내겠네.

---

22 『漁村集』 卷1·詩

獨立長亭詠甫田　　剩看西陌又東阡
兩岐瑞麥薰風裏　　九穗嘉禾好雨邊
喜入農夫南畝興　　懽連騷客北牕眠
皇天應念田家苦　　八穀星芒犯有年

높다란 누정에 올라, 풍작을 기원하고 기리는 노래[甫田]²³를 읊조린다. 곧이어 동쪽으로 서쪽으로 길게 벋어난 밭두둑을 돌아보며 풍작의 기운을 살핀다. 한 대에서 여러 이삭이 나오는 상서로운 보리 瑞麥, 영근 이삭이 일렁이는 바람결 속에서 향기롭다. 아홉 이삭을 매다는 아름다운 벼, 시절에 맞춰 내리는 비에 날로 자라고 있다.

풍작이 반가운 농부님네는 남쪽 이랑에서 흥을 돋우고, 시절이 기꺼운 선비님네는 태평성대를 노래하며 북쪽 창가에 기대어 잠을 잔다. 응당 농가의 괴로움을 살피신 하늘의 덕이려니, 바람과 비 순조로와 풍년을 기약하리라.

풍작을 기원하며 태평성대를 기리고 있다. 『어촌집』 권1에 수록되어 있는 것으로 보아 비교적 이른 시기에 지은 작품으로 보인다. 밭에서 보리가 익어가는 계절[麥秋] 즈음이면 논에서는 벼가 한창 자라는 시기다. 강원도 동해안은 지형적으로 논농사가 발달하기 어려운 지역이지만, 漁村의 향리 강릉 인근은 밭 뿐만 아니라 상대적으로 논도 제법 확보되어 있었던 터다. 역시 관동의 풍토성이 반영된 단면이다.

경련에서 농부와 함께 騷客[시인·문사]을 등장시키고 있는 점이 이채롭다. 이는 요컨대 계층 간의 조화를 염두에 둔 것으로 생각된다. 남쪽 이랑

---

23 甫田은 『詩經』 小雅 「甫田」의 "저 넓고도 큰 밭에서, 해마다 수많은 추수를 했네. 먹고 남은 그 곡식으로는, 우리 농부들을 먹여 왔으니, 예로부터 풍년이 계속 들었네.·倬彼甫田 歲取十千 我取其陳 食我農人 自古有年"를 말한다. 위정자의 德化와 함께 풍작을 기원하고 기리는 대목이다.

에서 흥을 돋우는 농부, 북쪽 창가에 기대어 잠을 자는 선비의 모습은 풍
작으로 인해 모두가 넉넉하고 여유로운 태평성대의 단면이다. 물론 당대 농
업 중심사회에서 이러한 태평성대는 생산에 종사하는 농민으로부터 비롯
된다. 그렇기에 漁村은 미련에서 '하늘은 응당 농가의 괴로움을 생각하실
것'이라고 하여, 농민들의 노고를 잊지 않아야 함을 새삼 환기한다. 여기에
서의 '하늘'은 자연을 의미하면서 위정자의 정점에 위치한 임금을 의미하기
도 한다. 漁村의 애민의식이 은은히 배어 있는 예라 할 것이다.

　관동의 풍토성에 말미암은 민초들의 생업과 생활에 대한 관심은 漁村의
강원도 관찰사 시절 시편들에서 두드러진다. 漁村은 강원도 관내를 순행하
면서 보고 듣고 느낀 민초들의 생활풍정을 다채롭게 시로 읊었다. 정선 산
골 마을의 생활풍정을 노래한 다음과 같은 작품은 그 대표적인 예라 할 수
있다.

「정선 객관의 시에 차운하다[次旌善客館韻]」[24]
길이 신선 사는 마을 안으로 접어드니
깎아지른 계곡 사이로 옛 성터 아스라하네.
구름 속 화각인양 청산 우줄우줄 솟아 있고
하늘 위 절간인 듯 푸른 절벽이 가로놓였네.
나무 심어 살아가는 토착 풍속 불쌍하고
개간한 땅 거두는 부세에 백성들 삶 내비치네.
가을 깊어 단풍 떨어지니 강물이 술 같은데
강추위가 괴로움을 떨쳐 마음을 맑게 하네.

---

24 『漁村集』 卷4 · 『東關錄』

路入神仙洞裏行　　崖平峽斷望殘城
雲中畫角靑山裂　　天上禪宮翠壁橫
種樹謀生憐土俗　　斫畬收賦見民情
秋高楓落江如酒　　揭厲寒波稱意淸

　구불구불한 길을 걸어 산골로 접어든다. 신선이 살 만한 곳이 아닌가 싶을 만큼 깊은 골짜기다. 깎아지른 절벽이 늘어선 계곡 사이로 아스라하게 옛 성터가 눈에 들어온다. 그림이 그려진 쇠뿔[畫角]인 양 구름 속에 우줄우줄 솟아 있는 산들, 마치 하늘 위에 세워진 절간인 듯 푸른 절벽이 가로 놓여 있다. 첩첩산중, 골은 깊고 산세는 험하다.

　주변의 나무들을 생계 밑천으로 삼아 겨우 입에 풀칠하고 사는 민초들의 삶이 가련하다. 산비탈을 일군 것이건만 그곳도 농지라고 부세를 거두어 간다. 민초들의 곤궁한 생활상이라니 눈앞에 드러난 그대로다. 시선을 돌려 계곡의 강물을 바라본다. 깊어가는 가을, 단풍잎 떨어져 흐르는 물이 맑은 술 같다. 온몸을 엄습해 오는 차가운 기운, 그 차가운 기운으로 괴로운 심사 떨쳐 내며 문득 마음을 맑힌다.

　관동 산간의 형세와 그 안에 깃을 드리우고 사는 이들의 생활상이 잘 드러나 있다. 심심 산골마을, 세간으로부터 격리되어 마치 딴 세상인 듯한 그곳을 '신선 사는 마을'로 표현한 데서 씁쓸한 웃음이 감돌게 한다. 척박한 땅과 궁핍한 물산, 관동 산간마을 풍토성의 단면을 전형적으로 보여준다. 이중환(1690~1756)이 『택리지』에서 "땅이 매우 척박하고 자갈밭이어서, 논에 한 말의 종자를 뿌려 겨우 10여 말을 거둔다.……서쪽 고개가 너무도 높아 딴 세상과도 같다."[25]라고 기술한 것과 조금도 다르지 않은 모습이다.

---

25 土甚薄确 水田種一斗 僅收十餘斗……西嶺太高如異域 : 李重煥, 「八道總論·江原道」, 『擇里志』

말 그대로 奧地다.

그러한 오지에 깃을 드리우고 사는 민초들의 삶이란 모질고 각박하기 이를 데 없다. 그런데도 나라에서 거두어가는 부세는 산비탈을 일군 밭마저도 예외가 아니다. 문득 위정자의 역할이 무엇인가를 상기하지 않을 수 없다. '강추위가 괴로움을 떨쳐 마음을 맑게 하네.'라는 미련의 마지막 구는 목민관으로서의 각성이자 자기다짐이다. 이를 감각적 이미지를 통해 형상화하고 있는 데서 漁村의 詩才를 새삼 실감할 수 있다. 행간에서 배어나는 여운, 청신함이 돋보인다.

한편, 관동의 생활풍정을 노래한 시편들 가운데서도 漁村이 즐겨 노래한 대상은 산수풍경의 경우와 마찬가지로 향리인 강릉의 풍정이다. 말년에 낙향하여 생활하던 시기에 지은 시편들을 엮은 『귀전록』(권10)에서 그러한 예를 어렵지 않게 확인할 수 있다. 다음과 같은 작품은 경포호숫가에 깃을 드리우고 생활하는 漁村의 시야에 포착된 어느 여름날의 신새벽 정경이다.

「소대에 오르다[上小臺]」[26]
　　새벽이 서늘하여 병든 나그네를 흔드니
　　일찌감치 일어나 황량한 누대에 오르네.
　　바다에 동이 트니 아침노을 붉어지고
　　하늘이 밝아 오니 물새들 분주하네.
　　강문쪽 다리에는 사람이 건너가고
　　호숫가 나무에는 새들이 날아오네.
　　백성들은 바야흐로 김을 매고 북돋우고
　　언덕 밭 어스름한 곳에선 풀을 벤다네.

---

26 『漁村集』 卷10·『歸田錄』

晨涼撩病客	早起上荒臺
海曙煙霞赤	天明鴶鵙催
江橋人度去	汀樹鳥飛來
民事方穮蓘	原田暎有薙

서늘한 새벽 기운에 잠에서 깼다. 쇠약해진 상태라 몸이 예민하게 반응한다. 일찌감치 일어난 터라 사위가 고요하다. 황량한 누대에 오른다. 건너다 보이는 동해, 바다를 물들이며 아침노을이 조금씩 붉어진다. 이윽고 해가 솟으리라. 하늘이 밝아오면서 물새들도 접었던 날개를 펴고 분주하게 움직인다.

먼 발치 강문 쪽 다리로는 생업에 부지런한 이가 건너간다. 호숫가를 따라 줄지어 선 나무에는 새들이 날아와 앉는다. 전원의 이른 아침, 백성들은 바야흐로 김을 매고 논밭을 돌본다. 여명이 채 가시지 않은 언덕 밭에서는 소를 먹이려는지 풀을 벤다. 모두들 바지런히 하루를 시작하고 있다.

초여름 바닷가 마을 신새벽 정경을 스케치하듯 그리고 있다. 서늘한 새벽 기운에 일찍 잠을 깬 화자의 쇠약해진 몸과 느릿한 움직임, 이와는 대조적으로 누대에 올라 조망하는 물상이며 정경들은 모두가 활기에 차고 생동감이 넘친다. 모두들 이른 아침부터 자신의 일상을 일구어가는 데 부지런한 모습을 바라보면서, 가벼운 탄식과 함께 자그마한 다짐을 했을 화자의 모습을 떠올릴 수 있다. 바다와 호수를 아우른 바닷가 마을의 생활풍정이 다양한 물상과 정경들을 통해 형상되고 있다. 이러한 물상과 정경들은 강원도 동해안이 아니고는 마주하기 어려운 풍정이다.

관동 동해안 바닷가 고을들은 대관령을 경계로 한 서쪽 산간 마을에 비해 그래도 생계를 도모하기가 낫다. 그 가운데서도 강릉은 예로부터 물산이 풍부해서, 서쪽 산간에 위치한 고을들은 물론 여타 동해안 바닷가 고을

들과도 사뭇 다른 수준의 생활이 이루어졌던 것으로 보인다. 강릉의 풍토
성, 즉 지리적 환경과 생업을 구성하는 요소들로 인해 삶의 양상이며 습속
이 적잖게 달랐던 데 말미암을 터다.

18세기의 문인 심재(1722~1784)는 그의 『송천필담』에서, "유독 강릉
은 옛 穢國의 땅으로 대관령을 넘어 들어가면 곧 아흔아홉 구비가 있다
고 하는데, 감돌아 내려들어감은 마치 우물에 두레박줄을 내리는 것과 같
다.……땅은 동쪽지방의 오지면서도 호남 영남지방의 풍요함을 겸하고 있
다. 소나무, 대나무, 귤나무, 유자나무, 배나무, 감나무, 인삼, 영지, 죽실,
송이버섯에서 각종 해산물에 이르기까지, 개에게 먹일 정도로 여기저기서
흔하게 나니, 生利가 절로 풍족하다."[27]라고 했다. 이렇듯 강릉은 嶺東의
오지이기는 해도 각종 물산이 풍부하게 나므로, 예로부터 생활에 필요한
물자[生利]가 여타 지역과 달리 풍족했던 것으로 보인다. 이러한 생활여건
에 힘입은 탓인지 조선시기 영동 출신 과거 급제자 수에 있어서도 강릉은
여타 지역과는 비교가 되지 않을 만큼 압도적으로 많다.[28] 물론 漁村도 그
가운데 한 사람이다.

그래서인지 강릉의 생활풍정을 노래한 漁村의 시편들에는 풍족함과 여
유로움이 묻어나는 예들이 많다. 같은 관동에 속해 있으면서도 예컨대 대
관령 서쪽 산간마을의 생활풍정을 노래한 작품들과는 적이 대조되는 모
습을 보인다. 어느 봄날의 마을 풍정을 노래한 다음과 같은 작품이 그 한
예다.

---

27 獨江陵古之穢國也 踰入大關嶺 則云有九十九曲 盤回降入 如綆下井……地是東峽之隩 而兼有湖嶺
　 之饒 喬松 修竹 橘柚 梨柿 人蔘 靈芝 竹實 松菌以至海 錯之飼犬 生利自足 : 沈鋅, 『松泉筆譚』 卷1
28 이와 관련된 자세한 사실은 박도식, 『강릉의 역사와 문화』, 눈빛한소리, 2004, 12~13면을 참조하
　 기 바람.

「마을 흥취[村興]」[29]

마을 길엔 발자국소리 끊길 만큼
이끼가 나막신 밑굽에 엉겨붙네.
풍족한 비에 매실은 굵어가고
바람은 가느다란 고사리 싹을 틔우네.
들판이 어둑어둑 봄날이 저물더니
산이 밝아지며 바다에 햇살처럼 번지네.
하늘의 기밀 그윽하고 은은한 곳에
달빛이 성긴 주렴 사이로 들어오네.

村逕跫音絶　　　苔痕屐齒粘
雨肥梅子大　　　風引蕨芽纖
野暗春陰晚　　　山明海日暹
天機幽闃處　　　夜月入疏簾

　마을 길에는 이끼가 나막신에 엉겨붙을 만큼 무성하다. 그래서 사람들의 발자국 소리가 들리지 않을 정도다. 그만큼 사람들의 왕래가 잦지 않아 고 즈넉하고 한가롭다. 풍족한 비와 따사로운 볕의 혜택을 받아 매실은 날로 탐스러워지고, 훈훈한 봄바람은 산에 들에 여린 고사리 싹을 틔운다.

　들판에 깔리는 땅거미와 함께 봄날이 저물어간다. 이윽고 산등성이로 밝은 달이 떠올라, 바다에 햇살처럼 번진다. 아늑하고 평화로운 정경 속에서, 은은하게 유동하는 자연의 운행 질서를 느낀다. 밤으로 접어들자 주렴 사이로 스며드는 달빛. 다감한 달빛에 젖어 그렇게 내내 앉아 있다.

---

29 『漁村集』卷10·『歸田錄』

자신이 사는 마을 주변의 한가로운 정취를 노래하고 있다. 고즈넉한 바닷가 마을의 봄 낮 정경으로부터 봄 밤의 아늑한 흥취로 이어지는 분위기가 은은하게 전해져 온다. 특히 경련의 땅거미가 깔리면서 들판이 어두워 더니 이윽고 산등성이로 달이 떠올라 바다를 햇살처럼 비추는 정경 묘사가 탁월하다. 분주할 것 없는 일상, 시절에 맞춰 비를 내리고 자애로운 바람으로 만물에 생기를 불어넣는 자연의 조화로움, 이를 배경으로 아늑하고 평화로운 마을 풍정을 형상화하고 있는 작품이다.

자신이 깃들어 사는 지역의 풍토성으로부터 촉발된 사유와 감성이 시적 정서를 환기하는 종요로운 요소로서 관여하는 작품에는 이른바 향토 특유의 정조가 배어 있게 마련이다. 강릉의 생활풍정을 노래한 漁村의 다음과 같은 작품에서 이를 실감할 수 있다.

「중양 후 하루[重陽後一日]」[30]
달려가는 세월 사람을 흔드니 어찌 술잔 늦추랴.
좋은 시절은 쉬 지나가니 애석하구나 중양절이여.
강바람 불어오니 갈대꽃이 눈처럼 흩날리고
산비가 서리를 재촉하니 밤나무잎 누렇게 물드네.
날 저무는 마을엔 방아 찧는 소리 들리고
밤 깊어지자 등불 들고 어량 통발 살피네.
은거 생활 최고의 맛은 한적함이러니
마음 돌려 벼슬길엔 다시 나아가지 않으리.

急景撩人敢緩觴　　良辰易過惜重陽

---

30 『漁村集』卷10·『歸田錄』

江風吹雪蘆花白　　山雨催霜栗葉黃
日暮村舂聞相杵　　夜深篝火見漁梁
幽居一味眞閒適　　莫遣歸心入帝鄕

중양절이 지났다. 빠르게도 흐르는 세월, 사람을 요동시키니 어찌 술잔 늦추겠는가. 좋은 시절은 쉬 지나간다. 애석하게도 벌써 중양절이 지나가다니! 강바람이 불어와 갈대꽃이 눈처럼 흩날린다. 산비가 내리면서 서리를 재촉한다. 밤나무잎이 누렇게 물들어가면서, 그렇게 가을이 깊어간다.

시절은 무정하게도 사람을 기다려주지 않는다. 어느 사이 날이 저문다. 마을에서는 저녁을 준비하는 방앗소리가 들린다. 밤이 깊어지자 대나무 덮개 씌운 등불을 들고 어량에 놓은 통발을 살피러 나간다. 한가로운 전원의 풍정들, 은거해 사는 최고의 맛이 여기에 있지 않으랴. 그러니 어찌 새삼 거친 세파에 몸을 맡기겠는가. 마음 돌려 벼슬길엔 다시 나아가지 않으리라.

중양절이 지난 가을 전원의 풍정과 한적한 은거생활을 노래하고 있다. 중양절은 한 해의 수확을 기뻐하면서 햇곡식으로 제사를 지내는 명절이다. 덧없이 흐르는 세월에 대한 탄식이 없는 것은 아니지만, 그보다는 전원에 깃들어 살면서 누리는 흥취에 보다 마음이 기울어져 있다. '갈대꽃-밤나무잎-방앗소리-어량 통발'은 화자 자신이 깃들어 사는 지역에서만 보고 듣고 살필 수 있는 것으로, 전원생활의 흥취를 돋우는 풍정들이다. 화자는 이렇듯 소박하고 정겨운 풍정들 속에서 마음의 평화를 찾는다. 그래서 다짐한다. 거친 세파가 몰아치는 벼슬길엔 다시 나아가지 않겠노라고. 길지 않은 인생, 기다려주지 않는 세월, 좋은 시절은 쉬 지나가기에!

漁村이 깃들어 산 강릉 海雲亭 주변의 물상과 정경들이 고스란히 담겨 있는 작품이다. 중양절이 지난 어느 가을, 화자의 일상을 구성하는 생활풍정을 넘어서서, 향토 특유의 정감이 물씬 배어난다. '눈처럼 흩날리는 갈대꽃'과 '누렇게 물드는 밤나무잎'의 선명한 색채감이 향토의 공간을 아름답게 채색하는가 하면, '저물 녘 방아찧는 소리'와 '등불 들고 어량 통발 살피는 밤'의 정겨움이 어린시절로부터 오래도록 가슴에 간직해 온 감성을 일깨운다. 그래서 덧없이 흐르는 세월에 대한 탄식보다는, 전원생활의 다감한 정취가 작품의 지배적 정조를 형성한다.

이렇듯 관동의 생활풍정을 노래한 漁村의 시편들에는 관동 특유의 지리적 환경과 생업을 구성하는 요소들을 배경으로, 그 안에 깃을 드리우고 사는 이들의 삶의 모습이 다채롭게 등장한다. 그리고 이러한 삶의 모습들을 형상화함에 있어서 漁村은 향토 고유의 물상과 정경들을 주요 제재로 활용한다.

漁村은 민초들의 생업과 생활에 깊은 관심을 보이면서, 대관령 서쪽 산간 고을의 척박한 땅과 궁핍한 물산, 오지에서 생계를 꾸려 나가는 이들의 곤궁한 생활에 마음을 기울인다. 그런가 하면 농지와 함께 임야와 바다를 끼고 있어 물산이 풍부하기에 생계를 도모하기가 나은 대관령 동쪽 바닷가 고을, 그 가운데서도 향리 강릉의 생활풍정을 노래한 시편들에서는 풍족함과 여유로움이 묻어난다. 물론 이 경우의 시편들 역시 향토 고유의 물상과 정경들이 이미지 환기의 매개물로 작용하여 화자의 심경을 적절히 형상화한다. 관동의 생활풍정을 노래한 漁村의 시편들에는 이처럼 특유의 지리적 환경과 삶의 여건을 구성하는 관동의 풍토성이 다채롭게 형상화되어 있다고 하겠다.

4. 맺음말: 풍토 형상화 시 연구 의의

이상에서 살펴보았듯, 關東에 머물러 살거나 관내를 돌아다니며 경험한 사실을 바탕으로 지어진 漁村의 시편들에는, 이 지역 산수풍경 및 생활풍정에 깃든 특유의 풍토성이 다양한 모습으로 형상화되어 있다. 아울러 이들 시편에는 관동 특유의 풍토성을 구성하는 물상과 정경들을 배경으로, 작품 창작 당시 漁村이 처해 있던 심경이나 일상 속 정서들이 다채롭게 형상화되어 있다.

한시는 전통시대 지식인의 삶을 노래한 문학이다. 저마다의 인생역정에서 겪게 된 포부와 희망, 사랑과 이별, 고독과 허무, 추억과 회한, 결핍과 고통으로부터 유한한 인생과 영원에 대한 동경에 이르기까지 그 제재나 사연은 무궁무진하다. 거기에다 자신의 사연만이 아닌 다른 사람들의 사연을 노래하기도 하며, 인간의 삶 자체를 성찰 대상으로 삼거나 그 이치를 노래하기도 한다.

관동의 풍토성이 형상화된 漁村의 시편들에는 관동 특유의 자연환경 및 삶의 여건을 제재로 한 산수풍경의 정취, 생활풍정에 깃든 사람살이의 애환이 담겨 있다. 나아가 관동의 풍토성으로부터 촉발된 향토 특유의 정조와 함께 漁村의 내면 세계를 살필 수 있는 사유와 정서가 배어 있다. 이와 같은 시편들은 대부분 탁월한 경물 묘사를 바탕으로 섬세한 이미지와 감각적 형상을 환기함으로써 曲盡함이 묻어난다. 이점은 특히 관동의 생활풍정을 노래한 시편들에서 두드러진다.

문암 이의철(1703~1778)은 시에 뛰어난 漁村이 스스로 일가를 이루었음을 말하면서, 漁村 시의 風格에 대해 '건실하고 풍부하며 화려하다[健富麗]'라고 평하였다.[31] 이는 漁村의 시편들이 강건한 의지를 바탕으로 한 주제의식, 풍부하면서도 감각적인 표현의 묘가 돋보임을 말한 것이라 할

---

31 長於詩 邁健富麗 自成一家 : 李宜哲, 「諡狀」, 『漁村集』 卷13 ※漁村 시에 대한 역대 평들의 소개와 분석은 박영주, 앞의 「어촌 심언광 시세계의 양상과 특징」, 241~255면을 참조 바람.

수 있다. 관동의 풍토성을 형상화한 漁村의 시편들로부터 이를 실감할 수 있다.

또한 율곡 이이(1536~1584)는 『시경』 시 전반을 일컬어 "人情에 곡진하고 物理에 두루 통달했다."[32]라고 평한 바 있다. 시의 典範에 대한 율곡의 이러한 평은 시의 요체가 뜻을 절실하게 드러내는 정서적 형상[曲盡人情]과 사물의 이치를 구상적으로 현시[旁通物理]하는 데 있음을 묘파한 것이라 할 수 있다. 여기에서 특히 주목되는 것은 '방통물리'보다는 '인정곡진'을 우선으로 놓았다는 사실이다. 이점에 비추어 볼 때 관동의 풍토성을 형상화한 漁村의 시편들은 인정에 곡진한 면모가 두드러진다는 면에서 그 시적 지향의식의 특징적 단면을 확인할 수 있다.

지역 특유의 자연지리적 요소에 사람살이의 여건과 결부된 인문지리적 요소가 복합된 특성을 風土性이라고 할 때, 어떤 지역의 풍토성을 제재로 한 문학 작품은 삶의 터전으로서의 장소성에 주목하는 것을 의미한다. 나아가 지역은 삶이 이루어지는 구체적 공간이라는 점에서, 풍토성은 지역 고유의 특성을 지닌 채 그 지역민의 생활에 결정적 영향을 끼치는 물질적 정신적 요소로서 관여한다. 따라서 어떤 지역의 풍토성은 그 지역 자연환경의 생태적 특성이 고스란히 반영된 것이면서, 지역민의 생활을 특징지우는 종요로운 요소로서 관여한다는 점에서, 지역의 정체성을 형성하는 관건의 하나임에 틀림 없다.[33]

시를 짓는 데 있어서 지역의 풍토성에 결부된 요소들은 필수적이며 필연적이다. 예컨대 '고향'을 제재로 한 경우, 우리가 작품에 형상하는 '고향'은

---

32 三百篇 曲盡人情 旁通物理 : 李珥, 「精言妙選序」, 『栗谷全書』 卷13·序

33 물론 어떤 지역의 정체성은 그 자체가 고정되어 있는 실체로서 존재하는 것이 아니라, 이미 형성된 바탕 위에 늘 새롭게 형성되어 가는 것이기 때문에, 심리적인 것이면서 사회적인 것인 동시에 문화적인 것이기도 하다. 이와 관련된 논의는 남송우, 「지역문학 연구 현황과 과제(2)」, 『한국문학논총』 제45집, 한국문학회, 2007, 434면 참조.

관념이나 추상으로 존재하는 어떤 지역이 아니라, 자신이 나고 자란 특정 지역이며, 그 지역 특유의 풍토성을 환기하는 물상이나 풍정들을 등장시키는 것이 상례다. 그런 면에서 문학 작품, 특히 시에 형상화된 풍토성은 이른바 '歸巢的 土着性'[34]을 확인할 수 있는 직접적이고도 실질적인 요소라고 할 수 있다.

그렇기에 지역 특유의 풍토성이 작품 속에 어떻게 형상화되어 있는지를 탐구하는 작업을 통해, 우리는 우선 지역 특유의 자연환경 및 삶의 여건에 기반한 문학적 정서를 이해하는 안목을 넓힐 수 있다. 그리고 여기에서 나아가 지역의 정체성을 형성하는 요소들에 기반한 지역의 문화적 특성 및 장소성에 대한 이해를 심화시킬 수 있다. 그리하여 지역문화의 향유와 전승은 물론, 발전적으로 수용 가능한 면모를 중심으로 새로운 지역문화를 창달하는 데에도 적극 기여할 수 있다.

요컨대 어떤 지역이나 장소는 특유의 풍광으로부터 사람살이와 결부된 요소들이 결합됨으로써 의미 있는 공간이 된다. 이 경우 공간의 의미는 개인의 감성적 인식 차원으로부터 비롯되기는 하지만, 개인이 속한 사회의 문화와 역사 등 다양한 요소들이 조화를 이루면서 구체화된다.[35] 이는 마치 풍치나 경관이 뛰어나다고 해서 모두가 명승이 되는 것이 아니라, 그러한 풍치나 경관 속에 민족의 역사와 전통에 결부된 문화적 요소가 배어 있을 때 진정한 의미의 명승이 되는 것과 마찬가지다. 문학 작품에 형상화된 풍토성을 탐구하는 작업은 이와 같은 의미 있는 공간, 유서 깊은 장소를 구성하는 기초적이면서도 실질적인 요소를 탐구하는 작업이라는 데 의의가 있다고 하겠다.

---

34 김무조·정경주·손정희, 「조선조 누정문학 연구」, 『한국문학논총』 10집, 한국문학회, 1989, 59면.

35 김풍기, 「동아시아 전통사회에서의 명승의 구성과 탄생」, 『동아시아고대학』 제33집, 동아시아고대학회, 2014, 359면 참조.

| 참고문헌

1. 자료

『漁村集』(活印本)

『國譯 漁村集』(江陵文化院)

『新增東國輿地勝覽』 卷44 「江陵大都護府」

沈鋅, 『松泉筆譚』 卷1

李宜哲, 「諡狀」, 『漁村集』 卷13

李珥, 「精言玅選序」, 『栗谷全書』 卷13

李重煥, 「八道總論·江原道」, 『擇里志』

許筠, 『鶴山樵談』

2. 논저

김무조·정경주·손정희, 「조선조 누정문학 연구」, 『한국문학논총』 제10집, 한국문학회, 1989, 59면.

김풍기, 「동아시아 전통사회에서의 명승의 구성과 탄생」, 『동아시아고대학』 제33집, 동아시아고대학회, 2014, 359면.

남송우, 「지역문학 연구 현황과 과제(2)」, 『한국문학논총』 제45집, 한국문학회, 2007, 434면.

박영주, 「강호가사에 형상화된 산수풍경과 생활풍정」, 『한국시가연구』 제10집, 한국시가학회, 2001, 310면.

박영주, 「관동팔경 누정기에 투영된 사유와 정서」, 『인문학보』 제32집, 강릉대학교 인문학연구소, 2007, 244면.

박영주, 「어촌 심언광 시 세계의 양상과 특징」, 『고시가연구』 제27집, 한국고시가문학회, 2011, 236·241~255면.

신익철, 「심언광의 『동관록』과 『귀전록』에 나타난 공간 인식과 그 의미」, 『어촌 심언광 연구총서』 제1집, 강릉문화원, 2010.

06

어촌漁村 심언광沈彦光의 계축시契軸詩 고찰

- 신자료 〈미원계회도薇垣契會圖〉를 중심으로

박해남_성균관대학교 초빙교수

이 글은 강릉문화원에서 개최한 "제8회 어촌 심언광 전국학술세미나"(2017.11.17.)에서 발표한 논문을 수정·보완한 것이다.

1.

조선시대 사대부들의 생활 속에서 문학이 차지하는 비중은 지금과 비교해서 상당히 컸다. 송별시送別詩라든지, 만시挽詩와 같이 당시의 인간관계를 형성하고 유지함에 있어서 문학이 중요한 역할을 했기 때문이다. 특히 관료로 활동하였던 경우에는 당연히 관직 생활과 관련된 작품이 많게 나타난다.

심언광沈彦光(1487~1540)은 1513년 예문관藝文館 한림翰林, 봉교奉教를 시작으로 1538년 고향인 강릉으로 낙향하기까지 몇 차례의 부침浮沈이 있기는 했지만, 그래도 대부분의 삶을 한양에서 관인으로 활동하였다. 그러다 보니 작품 중에서 벼슬살이와 연관된 시작詩作이 많을 수 밖에 없다.

선행 연구에 의하면 심언광의 문집인 『어촌집漁村集』에서 관각시館閣詩를 118수(/850수)로 파악하였다.[1] 하지만 주변 사람들과 주고받은 교유시交遊詩, 외직外職으로 나가 있으면서 지은 유람시遊覽詩 등에 있는 작품까지 포함한다면, 넓은 의미에서 관직 생활과 관련을 가지는 작품의 비율은 훨씬 높게 나타난다.

이 글에서는 심언광의 관각시 중에서 같은 관청에 소속되어 있는 동료들과 모임을 가지고 이를 기념하기 위해 지은 계축시契軸詩[2]에 대해 알아보고자 한다. 마침 최근에 심언광의 계축시가 수록되어 있는 계회도契會圖가 발

---

1 박영주, 「어촌 심언광의 시세계의 양상과 특징」, 『어촌 심언광 연구총서』, 강릉문화원, 2010, 112~113면.

2 계축(契軸)은 동갑, 동방(同榜) 또는 같은 관사에 소속된 관원들이 모임을 가지고 이를 기념하여 사실을 적고 각자 지은 시문(詩文)을 권축(卷軸-두루마리)으로 만들어 참가자들이 나누어 가지는 것을 말한다. 계회도(契會圖)란 이런 모임을 그린 그림이다. '계축시'와 '계회시'는 동일한 대상을 지칭하는 의미라고 할 수 있다. 하지만 이 글에서는 혼란을 피하기 위해 계회도에 있는 시도 계축시라는 하나의 용어로 사용하고자 한다. 『어촌집』에는 제목에 '계축'이라는 용어가 쓰인 20제(20수)와 '계회도'라고 된 2제(4수)의 계축시가 수록되어 있다.

견된 것이 있어서 이를 함께 소개하는 자리가 될 것이다.

2.

『어촌집漁村集』에는 모두 22제題 24수首의 계축시가 수록되어 있다. 심언광이 중앙 관직에 있을 때 지은 작품들이 대부분이라 해당 관서에서 맡은 직책과 업무에 대한 자부심이 작품의 주조主潮를 이루고 있다. 거기에 계회의 원래 목적인 구성원들 사이의 관계를 오랫동안 잘 유지하고 기억하자는 당부의 내용이 덧붙여 있는 방식이다. 하지만 인물이나 각 관서 고유 업무에 대한 고사故事를 많이 인용하는, 일정한 패턴을 가지는 관계로 누구나 쉽게 지을 수는 없지만 반대로 문학성에 있어서는 한계가 있을 수밖에 없다.

「題諫院契軸(간원의 계축에 짓다)」
빼어난 풍채는 다른 이들보다 뛰어나고
깨끗한 지조는 품은 바를 더욱 크게 한다.
한 잔의 차를 마시며 마음을 맑게 하고
네 글자로 자리를 열어 얼굴을 대했을 때
백필은 여우와 쥐를 쫓아버릴 것이고
굳은 의지는 응당 해와 별이 알 것이다.
작은 정자, 한 잔의 술이 그림에 있으니
친구가 다른 해에 생각남이 있으리라.

風範英英脫等夷

冰霜皎皎腴襟期

一盃啜茗淸心後

四字開筵對面時

白筆可驅狐鼠去

丹忠應許日星知

小亭樽酒歸圖畫

雲樹他年有所思**3**

　국왕에 대한 간쟁諫諍과 논박論駁을 담당했던 사간원⁴ 관원들의 계회에
참석하여 지은 것으로, 심언광이 사간원 정언正言으로 있었던 1523년의
작품으로 보인다.

　수련首聯은 사간원 관원들의 풍채와 지조에 대한 찬사이고, 함련頷聯 역
시 맑은 마음과 네 글자의 인물평을 통해 경련輕聯에서 여우와 쥐로 비유
되는 간신들을 쫓아내니 그 굳은 의지는 해와 달도 알 정도라는⁵, 사간원
관원의 역할과 그에 따른 자부심을 강하게 표현하고 있다. 그러면서 미련
尾聯에서는 이 계회의 목적인 구성원 간의 유대감 형성과 오랫동안 잊지 말
고 함께 할 것을 기약하는 것으로 끝을 맺고 있다. 결국 계회의 궁극적인
목적인 '불망不忘'에 초점이 맞추어져 있다고 하겠다. 소속된 관서의 업무
에 따라 내용에 있어서 약간의 차이는 있지만, 대부분의 심언광 계축시 역
시 이런 형식에서 크게 벗어나지 못하고 있다.

---

3 『어촌집』 권1. 이 글에서는 국립중앙도서관 본(한古朝46-가314)을 대본으로 사용하였다.

4 《경국대전》에 의하면 사간원에는 대사간(大司諫:정3품) 1명, 사간(司諫:종3품) 1명, 헌납(정5품) 1
　명, 정언(정6품) 2명의 관원을 두었다.

5 사간원은 국왕에 대한 간쟁과 신료에 대한 탄핵권을 가지고 있었다.

3.

조선 전기의 계회도는 주로 같은 관서官署의 구성원들이 모인 모습을 그린 것이 대부분이다. 대체로 위쪽에 전서체篆書體로 모임의 명칭을 적고, 가운데는 산수를 배경으로 한 계회의 모습을 그렸다. 그리고 아래쪽에는 참석자들의 인적 사항-관직, 성명, 본관 등-을 서열에 따라 적어 놓은 것이 일반적인 계회도의 형식이다. 그림의 내용은 주로 산수를 배경으로 하고 있으며, 계원들의 모습이나 계회 장면은 아주 작게 상징적으로만 표현되어 있다.

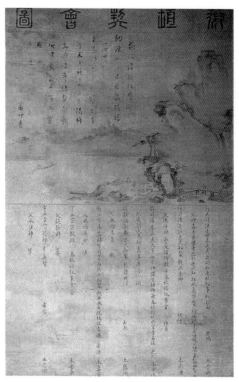

〈성세창 제시 미원계회도(成世昌題詩薇垣契會圖)〉, 비단에 수묵, 49㎝×57㎝, 국립중앙박물관 소장.

위는 〈성세창 제시 미원계회도〉로 그림 위쪽으로 성세창(1481~1548)
의 제시가 있어 붙여진 이름이다. "嘉靖庚子仲春"이라는 연기年紀가 있어
1540년(중종 35)에 제작된 것으로 확인된다. 현전하는 계회도 중에서 가장
오래된 작품으로 평가되어 보물 868호로 지정되어 있다. 가운데 부분에는
두 그루의 소나무 아래 계회 참석자들이 그려져 있고, 하단에는 유인숙柳
仁淑·홍춘경洪春卿·이명규李名珪·나세찬羅世纘·이황李滉·김□(金□)·이영현
李英賢 등 계회 참석자 7명의 관직·성명·본관, 부친의 관직·성명 등을 밝힌
좌목座目이 있다.

그런데 이 그림은 이듬해 그려진 〈성세창 제시 하관계회도成世昌題詩夏官
契會圖〉와 거의 유사한 구도를 가지고 있다.

〈성세창 제시 하관계회도(成世昌題詩夏官契會圖)〉 부분, 비단에
수묵, 59㎝×97㎝, 국립중앙박물관 소장. 보물 869호

그런데 2011년에 존재가 알려졌음에도 불구하고 전시 공간이 미국이었
다는 점 때문에 그 존재감이 제대로 부각되지 않은 계회도가 있는데, 심언

광의 제시가 붙어 있는 계회도가 그것이다. 이 그림은 2011년 3월 27일부
터 8월 28일까지 〈청아한 한시漢詩미술의 세계 : 한국과 일본 시서화에 나
타난 문인 취미〉[6]라는 주제로 미국 오하이오 주 소재의 클리블랜드박물관
에서 연 특별전에서 처음 소개되었다. 전시 도록에 나와 있는 설명에 의하
면 이 그림은 Leonard C. Hanna, Jr. Fund의 기금으로 1997년에 구입한 것
으로 되어 있다. 자세한 구입 경로를 밝히지 않아 알 수는 없지만, 이전까
지 학계에 보고된 적이 전혀 없었던 그림이다.

〈미원계회도(薇垣契會圖)〉, 종이 담
채, 68㎝×125㎝, 미국 클리블랜드
박물관 소장.

다음 그림은 아래의 제시題詩가 심언광의 〈제미원계회도題薇垣契會
圖〉(권2)와 내용이 동일한 것으로 보아 그가 대사간에 임명된 1531년에 제

6 "The Lure of Painted Poetry: Japanese and Korean Art"

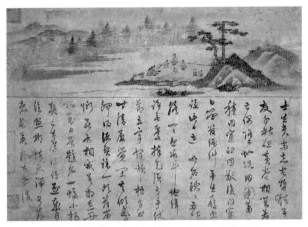

〈미원계회도(薇垣契會圖)〉그림 부분, 56.2cm×39.8cm, 도록 18면.

작된 것으로 판단된다. 만일 그렇다면 앞서 제시한 〈성세창 제시 미원계회
도〉보다 10년 정도 앞서는 작품으로, 현전하는 계회도의 역사를 10년 정
도 앞당길 수 있다는 점에서 중요한 의미를 가진다. 그리고 밑의 글씨 또한
심언광의 유일한 친필 유묵으로 보인다.

　그림을 보면 앞의 성세창이 제시한 두 계회도와 구도 면에서 상당한 유
사성을 가진다. 두 그루의 소나무 아래 참석자들이 앉아 있는 모습이라든
지 산수를 배경으로 하고 있는 점 등이 후대의 두 작품과 비슷한 구도를
띠고 있다고 하겠다. 심언광의 작품이 뒤의 작품에 영향을 미쳤거나, 아니
면 당시 '계회도'에 등장하는 배경이 일정한 패턴을 가지고 작성되었기 때
문으로 보인다. 그렇기에 여기에 등장하는 배경은 실경實景 산수라기보다
는 관념觀念 산수로 유형화된 경관이라고 할 수 있다. 당시 유행했던 소상
팔경瀟湘八景 유의 그림 성향과 비슷한 양상인 것이다.

　그렇지만 〈심언광 제시 미원계회도〉의 경우 형식면에서는 일반적인 계회
도와 좀 다른 모습을 보인다. 앞서 언급한 바와 같이 계회도는 참석자들이

그 모임을 기억하고 공유한다는 의미가 있기에 참석 인원을 적고 그 수만 큼 제작하여 나누어 가지기에 가치가 있는 것이다. 이 그림은 그런 목적과 는 좀 거리가 있어 보인다.

심언광의 〈제미원계회도 題薇垣契會圖〉라는 시를 보자.

선비가 나서 높은 뜻을 귀히 여기니

옛 현인은 오히려 나의 벗이라

천년에 오직 누런 책을

벗을 만난 듯이 서로 마주 하네

땅에 떨어진 것이 하물며 같은 나라이고

모여 쌓인 것은 한 가지라

함께 하고 또 같은 동료이나

백간은 잘잘못을 관장하도다

평생 충성과 신의를 행하여

오늘 밝은 임금을 만났도다

충직한 다섯 마음은

하나하나의 피가 여러 말이네

불쌍한 씨줄에 누가 근심이 없으며

하늘을 받듦에도 모름지기 수단이 있다.

큰 절의가 천지에 서고

으릉대며 굽어진 입이 많구나

시절이 맑아 자주 한가로움 깨달으면

함께 아란주를 기울이세

제현은 윗자리를 사양하고

용렬함이 위에 있기 부끄럽도다

서로 경계하고 잊지 말자 하니

굳은 마음이 백발까지 갈 것이다

이름을 하나의 작은 화폭에 쓰니

친교가 삼생의 인연보다 두텁네

흐르는 것이 세월을 쫓아내니

그림이 얼마나 오래 견딜까?

단아함을 오래토록 보존할 것이니

늠름한 기상은 백세 뒤에도 있으리라

士生貴尙志

古哲猶吾友

千秋但黃卷

相對若曹偶

墮地況同國

蓄積同窠臼

同猷復同寀

白簡管繩紏

平生履忠諒

此日遭明后

耿耿五肝膽

一一血數斗

恤緯誰無憂

捧夫須有手

仗節立宇宙

喑喑枉多口

時淸屢覺閑

共傾鵝卵酒

諸賢讓一頭

薄劣慙居右

相戒莫相忘

丹心到白首

題名一幅小

托契三生厚

流傳逐歲月

繪畫那堪久

端有存者長

英風百世後

『어촌집』에 실린 계축시의 경우 대부분이 5언 또는 7언 율시의 구조를 하고 있다. 그런데 이 작품은 5언 고시의 형식으로 28구의 장편으로 이루어져 있다. 제시만을 가지고 본다면 앞의 그림과 맞지 않는 부분이 있는 것이다. 시에서는 "이름을 하나의 작은 화폭에 쓰니, 친교가 삼생의 인연보다 두텁네題名一幅小, 托契三生厚"라고 한 것으로 보아 참석 인원들에 대한 기술記述이 있었던 것으로 보인다. 이 작품의 경우 무슨 이유에서인지 모르겠지만 이 부분이 그림에서 누락된 것으로 보인다.[7] 따라서 일반적인 계회도에 있는 참석 인원에 대한 좌목이 없는 것으로 보아 공유의 의미에서 제

---

7 그리고 문집의 같은 부분에 7언 율시로 볼 수 있는 2개의 작품이 더 있다. 또 사간원과 관련된 계축시가 앞의 두 작품 이외에도 또 다른 작품이 있다. 〈제미원계회도〉(권1)에 있는 작품도 역시 24구의 장편이다. 이런 것으로 미루어 보면 초기 1523년에 사간원 정언으로 있었을 때에도 '미원계회도'가 그려졌던 것으로 보인다.

작되었다고 보기보다는, 심언광 개인을 위한 목적으로 그려진 것이 아닌가 하는 조심스런 생각을 가지게 한다.

4.

지금까지 본 바와 같이 조선시대 관료들의 경우 같은 관서에 한번 소속 되면 그 구성원들 간의 인연은 상당히 오래도록 유지되는 것이 일반적이었 다. 그러기 위해서 뭔가 기억할 수 있는 부분을 만들고 서로 이어질 수 있 는 계기를 만들어야 했는데, 그 가운데 하나가 계회도라고 할 수 있다.

계축시의 경우 대부분 관리로서의 포부와 자부심, 지속적인 관계 유지 와 같은 일정한 패턴을 가지고 있다. 따라서 당시의 상황을 파악하거나 확 인하는 데에는 필요할 수 있지만, 높은 문학성을 기대하기는 어려운 것이 사실이다. 이는 심언광의 경우에도 마찬가지이다.

문집으로 보건대 심언광은 상당히 많은 계회에 참여했던 것으로 보인다. 그리고 그의 문학적 재능을 반영하듯이 많은 계축시를 남기고 있다. 그러 나 지금까지는 계회도와 계축시의 연결점을 파악하기가 어려웠다. 하지만 이번 미국 클리블랜드박물관 소장본 〈미원계회도〉를 통해 그 일단을 살필 수 있었다.

이 그림의 실체를 그대로 인정한다고 하면 지금까지 계회도의 역사를 10 년 정도 앞당길 수 있다는 중요한 의미를 가진다. 나아가 이 작품은 이후 계회도의 전개에도 상당한 영향을 끼쳤다고 평가할 수 있다.

– 참고문헌은 각주로 대신함

2부

어촌 심언광의 생애

17세기 강릉지방 정부자 영정과 영당·서원의 사체 논의

이규대_강릉원주대학교 교수

이 글은 강릉문화원에서 개최한 "제6회 어촌 심언광 전국학술세미나"(2015.10.23.)에서 발표한 논문을 수정·보완한 것이다.

1. 서론序論

조선시대에 儒學者를 기리는 초상화는 祠宇와 書院에 모셔졌고,[1] 이를 위해 초상화가 제작되었다고 해도 무방할 것이다. 이 초상화를 影幀이라 하며, 位牌만큼이나 신성시 되었다. 영정은 그 恩惠와 學德을 상징하는 의미를 가지며, 사우와 서원에 奉祀하는 것은 報恩과 학덕의 계승이라는 발전적 의미를 담고 있다.[2]

서원과 사우에서 영정을 봉안하는 데는 필연적으로 事體 문제가 따랐다. 사체는 事理와 體面, 즉 일의 理致와 떳떳한 道理로 볼 수 있다.[3] 여기에는 봉사자와 피봉사자의 관계, 운영주체, 의례, 재정 등 제반 사안의 적합성 여부를 포괄하는 명분론이 작동되었다. 그리고 이것은 교학의 변화추이에 민감하였던 것으로 이해된다.[4]

이 문제는 禮學이 발달하면서 한층 중시되었다. 조선에서 17세기는 '예학의 시대'로 불린다.[5] 이기심성론의 심화와 짝을 이루어 예학이 발달하면서, 禮로서 다스리면 다스려지고 가르침에도 禮敎보다 앞서는 것이 없으며 학문에도 예학보다 절실한 것이 없다는 사유가 보편적으로 자리 잡게 되었다.

禮가 治國의 방도로 대두되면서 각 學派 내지 朋黨들은 나름대로의 학문적 기반위에서 자신들의 노선의 정당성을 주장하면서 전례논쟁을 야기

---

1 이해준, 「화양동 서원의 역사」, 『화양동 서운과 만동묘』, 국립청주박물관, 2011, 146쪽.

2 조은정, 「초상화:인물의 해석, 시대의 도해서」, 『초상화로 보는 강원의 인물』, 국립춘천박물관, 2014, 129쪽.

3 이희승, 『국어사전』, 민중서관, 1963, 675쪽.

4 이규대, 「조선후기 문중서원의 건립과 향전의 양상」, 『조선시기 향촌사회 연구』, 신구문화사, 2009, 153~157쪽.

5 고영진, 『조선시대 사상사를 어떻게 볼 것인가』, 풀빛, 1999, 93쪽.

하였다. 禮訟은 비록 왕실의 服制 문제로 표출되었지만, 여기에는 성리학과 예학의 심화, 親家·長子 중심의 가족제도로의 변화, 학파·붕당간의 긴밀성, 臣權의 성장, 양란 이후 국가 재건의 방법 등 당시 정치·사상적으로뿐 만아니라 사회 모든 분야를 아우르는 전형적인 정치형태로서 전례논쟁이었다.

전례논쟁의 한 축을 이루었던 서인세력의 중심에는 우암 송시열이 있었다. 그는 주자의 학문을 절대화하는 주자도통주의를 정립하고 그 계승을 자임하였고, 이러한 학문적 성향을 기반으로 『朱子家禮』와 『儀禮』를 수용하여 '王土同禮'의 입장을 견지하면서 두 차례의 예송을 주도하였다.[6]

이제 우암의 사상적 성향과 정치적 동향을 염두에 두면서 그것이 지방사회에서 사체 문제에 작동되는 양상을 주목하고자 한다. 이를 위해 17세기 후반 江陵지방의 三陟沈氏 一門에 소장된 程顥·程頤 즉 二程夫子 影幀을 둘러싼 우암의 행적과 일문의 동향을 분석하고, 나아가 影堂 건립과 그 발전단계로서 門中書院의 건립을 위한 事體 문제를 중심으로 논지를 전개하고자 한다.

심씨 일문이 소장한 정부자 영정은 그동안 그리 주목받지 못하였다. 이 지방의 각종 읍지에서 취득 경위가 적기되었을 뿐,[7] 영정을 둘러싼 사회사적 인과관계는 주목받지 못하였다. 최근에 들어 지방사 연구가 활성화 되는 기류에 편승하여 가문, 그리고 시문학의 작품성에 관한 연구가 축적되는 양상을 보이고 있다.[8] 그러나 그동안 연구 성과는 연구자들의 성향에 따

---

6 고영진, 「조선사회 정치·사상적 변화와 시기구분」, 『역사와 현실』18, 한국역사연구회, 1995, 96 쪽.
7 강릉지방의 읍지인 『임영지』.
8 강릉문화원, 『어촌 심언광 전국학술세미나』 1,2,3,4집, 2010~2014.

른 주제화 즉 인물[9]·향전[10]·시문학[11]에 집중되면서도 영정은 주목받지 못한 실정이다.

여기서는 근년에 발굴된 『河南齋志』[12]를 이용하여 영정을 주목하고자 한다. 이를 매개로 형성되는 강릉지방 사림과 중앙 정계의 서인세력간의 네트워크를 주목하고, 이를 추동력으로 전개되는 어촌의 신원·영당의 건립·영당의 서원화 과정을 규명해 보고자 한다. 이로서 우암을 중심으로 하는 서인세력의 학파성 즉 주자도통론이 지방사회에서 작동되는 양상을 파악해 보고자 한다.

2. 어촌漁村의 신원伸寃과 정부자程夫子 영정影幀

1) 어촌漁村의 정부자程夫子 영정影幀과 우암尤庵의 예방禮訪

漁村 沈彦光은 1487년(성종 18)에 강릉에서 태어나서 1540년(중종 35)까지 54세의 생애를 누렸다.[13] 그는 1499년(연산 5) 13살에 오대산 山寺에서 독서하였고, 15세에는 鄕試 三場에서 모두 장원하였으며, 21세로 進士試에 합격하였다. 1511년(중종 6) 25세에는 도봉산으로 정암 조광조를 방문하여 經義를 강론하였고, 27세에 明經 乙科에 합격하여 30세에 正九品 藝文館 翰林으로 첫 出仕하였고 이듬해에는 正七品 奉敎가 되었다.

9 박도식, 「어촌 심언광의 생애와 경세론」, 『어촌심언광 학술세미나』 1, 2010, 7~52쪽.

10 이규대, 「조선후기 문중서원의 건립과 향전의 양상」, 『조선시기 향촌사회 연구』, 2009, 131~172쪽 ; 임호민, 『조선중기 강릉지방 사족의 향촌활동에 대한 연구』, (한국학중앙연구원 한국학대학원 박사학위논문), 2004.

11 박영주, 「어촌 심언광 시세계의 양상과 특징」, 『어촌심언광 학술세미나』 1, 2010, 59~75쪽.

12 삼척 심씨 일문에서 하남영당의 변천과정을 정리한 필사본.

13 어촌 심언광의 생애는 『어촌집』 부록 권 1, 年譜를 참조.

1519년(중종 14) 33세에는 기묘사화에 연루되어 鏡城敎授로 貶斥되었다가 36세에 예조와 병조의 正六品 佐郎으로 승차하였고, 이후 홍문관 정육품 修撰·사간원 정육품 正言을 역임하고, 외직인 강원도 都事로 부임하면서 正五品官으로 승차하였다. 그리고 1524년(중종 19) 38세에 사헌부 正五品 持平, 從五品 충청도 都事, 이조와 공조의 정오품 正郞, 司僕寺正 등을 역임하였고, 39세에는 외직인 從五品 鏡城 判官을 역임하였다.

1526년(중종 21) 40세에는 사헌부 正四品 掌令, 홍문관 正五品 校理, 42세에는 사헌부 從三品 執義, 예문관 正四品 應敎, 홍문관 從三品 典翰, 43세에 世子侍講院 輔德, 정삼품 直提學을 역임하였다. 44세에 이조 正三品 參議, 강원도 종이품 觀察使, 성균관 정삼품 大司成, 45세에 홍문관 정삼품 副提學, 사간원 정삼품 大司諫, 승정원 정삼품 承旨 등을 두루 역임하였다.

1533년(중종 18) 47세에 從二品 吏曹參判 48세에 병조 예조 공조 從二品 參判을 두루 역임하였으며, 49세에 예문관 正二品 大提學, 공조 正二品 判書를 역임하였다. 50세에 외직인 평안도 鷲邊使로 나갔고, 현지에서 이조 正二品 判書로 특별 제수되어 이듬해에는 중국사신 龔用卿과 吳希孟의 접반사로서 鄭士龍과 함께 활약하였다. 그해 12월에 김안로가 처형되면서 正二品 공조판서로 돌아왔다. 52세에 역적 김안로를 引進한 죄로 파직되었다. 54세로 일기를 마쳤으며, 강릉 甑峰에 묻혔다.

이상에서 살핀 그의 22년간의 관직 행로는 三司를 비롯한 言路에서 주로 활약하였다는 특징을 가지며, 그것도 30대에서 정오품의 품계로, 40대 전반에서 정삼품의 품계로, 40대 후반에서 정이품의 품계로 승차하면서 정승반열에서 활약하였다는 특징을 보인다. 이러한 행적은 己卯士禍와 불가분의 관계에 놓여 있다. 그 자신 당대에서 기묘사화를 겪었었고, 이조와 예조 그리고 삼사를 중심으로 관직생활을 영위한 인물로서 사화를 극복하려는 정치적 동향과 무관할 수 없었다.

이와 관련하여 그가 金安老를 引進하였다는 점과 그로 인해 말년에 파직되었다는 점, 그가 중국 사신의 접반사로 나갔다가 사신들을 통해 程顥·程頤 즉 兩程夫子의 影幀을 구득한 사실 등이 주목된다. 이러한 행적은 기묘사화와 관련하여 그의 인물됨을 규정하는 要諦가 되고 있다. 즉 그의 당대에서는 김안로를 인진한 사실로 그는 파직되었지만, 그로부터 140여년이 경과한 17세기 말엽에 이르러 그의 伸寃이 요구되면서 그의 행적에 대한 재해석이 치열하게 전개되었다. 그리고 여기에 그가 구득한 양정부자 영정과 관련하여 17세기의 이데올로기인 주자도통주의가 작동하고 있었다. 이러한 관점에서 양정부자의 영정을 주목하고자 한다.

양정부자의 영정은 漁村 沈彦光에 의해 구득되었다. 그는 1537년(중종 32)에 명나라 사신의 관반사로 활약할 당시 양정부자의 영정의 구득한 것으로 파악된다.[14] 그리고 이 영정은 강릉 경호 주변의 그의 가문에서 보장하였던 것으로 파악되며,[15] 이 영정을 위한 영당이 건립되기까지는 무려 148년을 기다려야만 했다.[16] 이것은 영정을 구득한 어촌 심언광이 1538년(중종 33)에 파직된 데서 비롯되었다. 그는 김안로를 引進하였다는 죄명으로 대간의 탄핵을 받아 관직이 삭탈되었다.[17]

그리고 그는 1684년(숙종 10)에 직첩이 환급됨으로서 신원이 회복되었다.[18] 이러한 상황에서 양정부자의 영정을 위한 영당은 148년 동안 건립되

---

14 『宋子大典』卷 145, 二程先生畵像閣記. 漁村沈公諱彦光 奉使觀周 求得河南二程夫子像.

15 『漁村集』卷 首, 雜錄, 影堂記. 漁村沈公諱彦光 奉使館伴 求得河南兩程夫子畵像以來 藏之于江陵之鏡浦臺上.

16 『漁村集』卷 首, 雜錄, 影堂記. 後一百四十八年 其六世孫世綱 以臺西有河南洞 築小屋奉安二像 以寓瞻依尊敬之誠.

17 『영동지방금석문자료집』 1, 沈彦光神道碑. 戊戌以有臺劾斥退田里.

18 『어촌집』 연보. 宋奉朝賀言 亦不以引進安老 爲彦光心術之罪 則尙未服爵 寔爲欠典 特爲還給職牒.

지 못하였다가 그의 직첩이 환급되던 해에 그의 후손들에 의해 영당이 건립되었다. 이로 보면 양정부자의 영정은 16세기 중반에 어촌에 의해 구해졌고, 이 영정을 봉안하기 위한 영당은 17세기 후반 그의 직첩이 환급된 지 3년 만에 건립되었다. 영당 건립은 그의 복권과 불가분의 관계에 놓여 있음을 살필 수 있다. 따라서 여기서는 그의 신원이 회복되는 계기를 주목해 보고자 한다.

이와 관련하여 주목되는 점은 尤庵 宋時烈(1607, 선조 40~1689, 숙종 15)이 심씨 일문을 예방한 사실이다. 주지하듯이 우암 송시열은 붕당정치가 절정에 이르렀을 시기에 서인 노론의 영수로 활약하였으며, 이 무렵 어촌의 생가를 방문하였던 것이다. 즉 우암은 2차 禮訟으로 함경남도 德源으로 유배되었다가 1679년(숙종 5)에 巨濟島로 이배되었고, 그는 북으로부터 남천하는 도중에 강릉을 경유하면서 심씨 일문을 예방하였던 것으로 파악된다.[19]

이 시기 우암의 예방은 어촌이 구득하여 보관해 온 양정부자 영정에 대한 관심의 표명이었을 것이다. 이 점은 심씨 일가에서는 강릉 하남동에 小齋를 마련하고 양정부자 영정을 보장하고 있었는데 우암이 북쪽으로부터 남천하면서 영정을 瞻拜하였다고 한 데서 살필 수 있다.[20] 이러한 정황은 우암이 1689년(숙종 15)에 쓴 '影堂記'에서 잘 드러난다. 즉 "어촌은 실로 중종 조의 己卯士類이다. 기묘 諸賢은 오로지 『近思錄』을 숭상하였고 양정부자의 嘉言善行은 모두 이 책에 들어 있어서 당시 제현의 토론과 경연의 강설이 이 책에서 나왔으니, 어촌이 홀로 두 화상을 구해 온 뜻을 알 수

---

19 『河南齋志』 河南影堂事蹟. 先是尤庵先生 被謫自北南遷時 歷過于此 見其山川形勝 寄友人書曰 山如朱晦 海若趨聖云云.

20 『어촌집』 부록, 연보, 甲子先生六世孫世綱等 築小齋於河南洞 奉安兩程夫子影幀 時尤庵宋先生 自北南遷 瞻拜影幀.

있다."[21]라고 하였다.

우암은 어촌이 양정부자의 영정을 구해 온 사실을 인정하고, 그것은 기묘제현이 토론과 강설과 함께하는 것이었으며, 그것은 양정부자의 가언선행 즉 그 道를 이해하고 존숭하는 데서 비롯된 것으로 이해하고 있다.

어촌에 대한 이러한 평가는 기실 우암 자신의 학문과 사상, 정치적 입지에 대한 자부심의 발로였다고 할 수 있다. 주지하듯이 우암은 유배되기 직전까지 『朱子大典箚疑』와 『二程全書』의 편차를 분류한 『程書分類』편찬하면서 주자언설의 정론을 제시하여 주자도통체계를 확립해 온 그의 행적을 염두에 두면,[22] 거제도로 이배되어 남천하는 중에 강릉지방을 경유하면서 심씨 일가에 보장되어 온 양정부자의 영정에 관심을 두는 것은 당연한처사였으며, 이 영정을 구득해 온 어촌의 업적을 기리는 것은 그 자체로 업적에 대한 평가이면서 아울러 자신이 주도하는 주자도통체계에 대한 자부심의 발로였다고 할 수 있다.

2) 어촌漁村의 신원伸寃과 주자도통론朱子道通論의 작동作動

강릉지방 심씨 일문에서는 1679년(숙종 5) 우암 송시열의 예방을 계기로 현조 어촌 심언광에 대한 신원회복을 위한 작업을 구체화 하고 있다. 즉 1680년(숙종 6)[23]에서 1684년(숙종 10) 사이에 현조의 신원회복을 위한 上言을 3차례에 걸쳐 조정에 올렸으며,[24] 한편으로 1682년(숙종 8)에 현조의

---

21 『漁村集』卷 首, 雜錄, 影堂記. 余惟漁村 實中廟己卯人 己卯諸賢 尊尙近思錄 夫二子之嘉言善行 皆萃於此書 當時諸賢之賞與討論 及經筵講說 皆自此書中出來 則漁村之獨求二程像 以來亦可見 其意之所在也.

22 김준석, 「17세기 기호주자학의 동향- 송시열의 「도통」계승 운동-」, 『손보기박사정년기념한국사학논총』, 1988, 382 쪽.

23 『어촌집』卷 首, 年譜. 毅宗皇帝崇禎後五十三年庚申 上言伸寃 先生五代孫澄 博探文蹟 呼籲駕前.

24 『어촌집』 권 수, 연보. 三度 上言 特命復官.

문집인『어촌집』의 발간을 위한 序文을 우암 송시열에게 부촉하여 받았고,[25] 같은 해 반남 박세채에게 부촉하여 '敍沈漁村辛卯事后' 즉 신묘년에 있었던 어촌과 晦齋의 관계를 해명하는 문서를 받았으며,[26] 이듬해에는 이조판서 이민서로부터 '漁村集序'를 부촉하여 받았다.[27]

이러한 양상은 심씨 일문의 현조를 신원회복을 위한 노력이 두 가지 방향에서 추진되고 있음을 보여 준다. 하나는 조정에 상언하는 형태이고, 다른 하나는 어촌의 문집을 준비하면서 우암 송시열을 위시한 서인들로부터 서문과 해명서를 부촉하여 받아내는 형태였다. 여기서 주목되는 점은 어촌의 신원이 회복되기 이전에 이미 문집발간을 기획하고 있었다는 심씨 일문의 동향은 살필 수 있다. 이러한 일문의 동향은 정세의 변화를 염두에 둔 것이었다고 볼 수 있으며, 이것은 우암 송시열이 1680년(숙종 6년) 庚申大黜陟으로 남인들이 실각하고 서인들이 재집권하자 유배에서 풀려나,[28] 그해 10월 領中樞府事 겸 領經筵事로 다시 등용된 사실과 무관하지 않은 것으로 볼 수 있다.[29]

어촌의 신원회복을 위한 소청은 1680년(숙종 6)에 상소되었고, 그의 5세 손 沈澄이 문적을 수합하여 주청하였던 것이다.[30] 이에 따라 이조판서 이상진, 참판 이민서, 참의 이선 등이 신원장계를 올렸고, 영의정 김수항, 좌의정 민정중, 우의정 이상진, 판중추 정지화 등의 장계가 있었다. 그러나

---

25 『어촌집』권 수, 어촌집서문. 崇禎壬戌 七月 恩津 宋時烈 書.

26 『어촌집』권 수, 서심어촌신묘사후. 歲舍壬戌十月日 潘南朴世采謹書.

27 『漁村集』권 수, 어촌집서. 崇禎後癸亥 資憲大夫吏曹判書兼弘文館大提學藝文館大提學知經筵成均館事李敏敍謹序.

28 『숙종실록』6년 5월 24일.

29 『숙종실록』6년 10월 16일.

30 『어촌집』卷 首, 年譜. 毅宗皇帝崇禎後五十三年庚申 上言伸寃 先生五代孫澄 博探文蹟 呼籲駕前.

1684년(숙종 10)에 다시 상소되었다.[31] 이때에도 판서 이익, 참판 이선, 참의 윤경교·송규렴, 좌랑 김창협 등이 신원을 아뢰었던 것으로 파악된다. 그리고 같은 해 8월에 다시 상서가 올려 졌고,[32] 이때에도 판서 이익, 참판 이선, 참의 송규렴 등의 回啓가 있었다.[33]

이 세 차례의 상소와 그에 따른 조정 문신들의 獻議에 힘입어 그의 신원이 회복되었고, 그가 파직된 지 148년 만에 일이었고 그의 5세손에 의한 성사였다. 전교하기를, 심징이 고난을 무릅쓰고 계속해서 호소하였고, 세 번이나 상소를 올려 그 애통한 사정이 알려 졌다. 근래 한 두 명의 대신들이 신원하지 않을 수 없다는 獻議가 있었다. 봉조하 송시열은 아뢰기를, 심언광이 김안로를 인진한 것은 기묘사림을 등용하고자 한 것으로 마음에서 우러나와 죄를 지은 것은 아닙니다. 오히려 복직시키지 않으면 법전에 흠이 가계하는 것이라고 하였다.[34] 이에 직첩을 환급하는 교지가 내려졌다. 다시 판하하기를, 후손들이 상소하기를 심언광이 김안로를 인진한 것은 기묘사림을 등용하고자 한 것으로 이는 마음의 죄가 아니라고 하니 특별히 직첩을 환급할 일이라고 하였다. 그리고 공조판서의 교지를 내리니, 이것은 고신을 거둘 때의 직첩이었다.[35]

여기서 주목되는 점은 어촌 심언광의 신원이 회복될 수 있었던 명분이라 하겠다. 그가 파직된 연유는 김안로를 인진하였다는 사실이다. 그러나 이 사실은 인정되지만, 그 행위는 어촌의 心術이 아니었다고 그것은 기묘사화

---

31 『어촌집』권 수, 연보. 五十七年 甲子 再度上言.

32 『어촌집』권 수, 연보. 三度 上言 特命復官.

33 『어촌집』卷 首. 연보 참조.

34 『어촌집』권 수, 연보. 傳曰 沈澄之不避煩瀆 縷縷呼籲 至再至三 可見其情之痛 追頃年一二大臣 旣以不可不伸白獻議 今聞宋奉朝賀 言亦不以引進安路 爲彦光心術之罪 則尙未復 寔爲欠典 特爲還給職牒.

35 『어촌집』권 수, 연보. 更爲判下曰 因其後孫上言 引進金安老 出於欲用己卯士類 非有心術之罪 特爲還給職牒.

이후 희생된 사림들을 구제하기 위한 것이었다는 점이 강조되고 있다. 이러한 명분은 신원을 상소한 그의 후손 심징에 의해 주장되었으며, 또한 조정 대신들의 回啓와 獻議에서도 강조되고 있다.

이러한 명분은 심징의 상소에서 『海東野言』[36], 『東閣雜記』[37], 『己卯黨籍補』[38], 『獨庵集』[39], 『張氏家乘』[40], 『承政院日記』[41], 『臨瀛誌』[42]등 공·사찬의 사서와 문집 및 지지들이 그 전거로 거론되었다. 이로 보면 어촌 심언광이 비록 김안로를 인진하였으나, 그것은 기묘사화에 연루된 많은 사류를 구제하려는 의도에서 비롯된 것이었다는 사실은 이미 사계에 폭넓게 인정되고 있었다고 볼 수 있다. 따라서 어촌에 대한 신원회복이 1684년(숙종 10)에 성사되는 데는 당시 조정 대신들의 성향이 작동하고 있었음을 살필수 있다.

이 시기 조정의 세도는 우암 송시열을 비롯한 기호사림들이 장악하고 있었다. 이들은 1680년(숙종 6) 庚申換局으로 집권하였다. 그리고 그 세도의 중심에 우암이 있었고, 그가 주창하는 주자도통주의가 있었다.[43] 우암의 주자도통주의는 학문적·사상적 영역을 넘어서 정치적 의미까지 포함하는 교화의 원리였다. 이 주자도통의식이 어촌의 복권과 맞물리고 있었다.

어촌의 5대 손 심징의 상언에 따른 吏曹의 回啓는 그 타당성을 인정하면서도 事體로 보아 의정부 대신들의 논의로 품처함이 마땅하다는 의견이

---

36 許箕이 엮은 야사.

37 李廷馨이 찬술한 사서.

38 安璐가 편찬.

39 趙宗敬의 遺稿.

40 張維가 편찬한 족보.

41 『승정원일기』 정유년 10월 24일 조.

42 강릉지방의 읍지.

43 김준석, 「조선후기 기호사림의 주자인식」, 『백제연구』 18, 1987, 99~119쪽.

개진되었고, 이에 따른 대신들의 입장은 상충되고 있었다. 즉 여러 조정을 거쳐 온 오래된 일로서 가볍게 처리할 일이 아니라는 입장과 직첩을 추급하는 것이 마땅하다는 입장이 표명되고 있었다.

이러한 대신들의 입장 차이로 사안의 처결이 유보되었고, 이러한 양상은 두 번째 상언에 따른 회계에서도 동일하였다. 그런데 세 번째 상언에서는 봉조하 우암 송시열이 서술한 『어촌집』의 서문이 인용되었고, 그것은 이 사안이 재결되는 논거로 작용하고 있다. 즉 우암은 그 서문에서 어촌이 김안로를 인진한 것은 그의 心術이 아니었고, 지금까지 복권이 되지 않은 것은 전범에 흠결이 된다는 내용이었다. 세 번째 상언과 회계에 따른 傳旨에서 "지금 들으니 봉조하 송시열 또한 김안로를 인진한 것은 심언광의 마음에서 나온 죄가 아니라 하였다. 아직 관작을 복구해 주지 않은 것은 잘못된 일 같으니 특별히 직첩을 환급하도록 하라"고 하였다.[44]

이로서 보면 세 번째 상언이 작성되기 직전에 이미 우암 송시열은 『어촌집』의 서문을 작성해 주었고, 여기에서 그는 이미 어촌이 김안로를 인진한 것은 기묘사류를 기용하려는 마음에서 비롯된 것이었다고 규정하고 있다.[45] 우암의 이러한 입장은 그가 1679년(숙종 5) 거제도로 이배되어 남천하던 시기에 강릉지방 심씨 일문을 예방하여 어촌이 구득한 양정부자 영정을 볼 수 있었던 행적과 무관하지 않은 것으로 볼 수 있다.

우암은 율곡의 도통담론을 승계하였다. 율곡은 도학을 실천하는 선비를 眞儒라 하고, 조선의 진정한 진유는 기묘명현 정암 조광조로 보았다. 그리고 이러한 계보를 수용하면서 우암은 율곡을 주자의 적통으로 보고 이제

---

44 『어촌집』 연보. 宋奉朝賀言 亦不以引進安老 爲彦光心術之罪 則尚未復爵 寔爲欠典 特爲還給職牒.
45 『어촌집』 어촌집서. 有以安老好意來告者 公喜聞而引進之朝與協同…今公顧不足爲己卯之間人耶…崇禎橫艾閣茂恩津宋時烈序.

자신이 그 계보를 잇는다고 자부하였다.[46] 이러한 계보의 상계로서 주자를 주목하였다. 주자는 정호·정이의 도학을 계승 확대한 것으로 이해하였다.

이러한 계보적 시각에서 볼 때, 어촌은 양정부자의 진영을 구득하였다는 사실로 도학의 계보를 중시한 인물로서 평가 받을 수 있었다. 정호·정이에서 주자로 이어지는 도학의 계보를 중시하였던 우암의 입장에서 양정부자의 영정을 구득해 온 어촌의 뜻을 인정하고 있다. 이러한 인식을 전제로 우암은 어촌을 기묘사류로 인정하였고, 『어촌집』의 서문에서 그는 미약해진 양기를 회복하여 泰亨을 차츰 회복시키려는 생각이 간절하였던 인물로 평가하기에 이른 것이다.[47]

3. 영당影堂과 서원書院 건립을 위한 사체事體 논의論議

1) 하남영당河南影堂의 사체事體 논의論議와 '주자사朱子祠'

앞서 우암 송시열로 대표되는 주자도통주의가 작동되면서 심씨 일문의 현조 어촌 심언광의 신원이 회복되었고, 이 과정에서 어촌이 구득한 정부자 영정이 주목되었음을 살펴보았다. 이제 강릉지방 심씨 일문에서는 서인 노론 계열과의 네트워크를 통해 양정부자 영정을 봉안할 영당 건립을 추진하였고, 아울러 그 事體 문제가 논의의 쟁점이 되고 있었다.

영당 즉 '하남영당'은 어촌의 복권을 전제로 추진될 사안이었고, 이 점에서 어촌의 복권이 이루어진 1684년(숙종 10) 직후부터 건립을 위한 논의가 전개된 것으로 보는 것이 타당하다. 그리고 이 사안은 심씨 일문이 주체가

---

46 김준석, 「조선후기 기호사림의 주자인식」, 『백제연구』 18, 1987, 101쪽.

47 『어촌집』 어촌집서. 本朝漁村沈公彦光 慎群邪之蔑貞 痛諸賢之受誣 思所以扶接微陽 漸復泰亨者 甚切且篤適.

되어 추진하였지만, 노론계 사림과 상호 교감을 이루면서 추진되었다.

이러한 양상은 어촌의 6, 7대 손인 沈澄, 沈世綱이 주축이 된 심씨 일문과 우암· 道源 宋奎濂 등과 수차례에 걸쳐 서신이 왕래된 데서 살필 수 있다.[48] 어촌이 구득한 영정이기에 응당 심씨 일문이 영당 건립의 추진 주체가 되고 있지만, 斯界에서 추앙받는 程顥·程頤의 영정을 봉안하는 사안으로서 성격을 가진 것이었기에 일문에서 자의적으로 추진할 사안은 아니었다. 이러한 사안의 성격으로 심씨 일문에서는 우암을 비롯한 서인과 노론계의 의견에 의거해 그 명분을 확보하고자 하는 것이었다.

그러나 이 사안은 官의 입장이 개재될 성격은 아니었다. 사우와 서원의 제반 문제는 사림계의 자율적 성향에 따라 논의되었으며, 그 공공성과 명분을 확보하기 위해서는 일차적으로 一鄕 사림의 공론에 근거하여 추진되는 것이 정론이었다. 나아가 사계의 동의를 얻는 것으로 그 명분을 확보하는 것이 정론이었다.

이러한 시각에서 '하남영당'의 건립에 대한 서인 노론계의 관심은 그 事體 문제에 있었다. 즉 事理와 體貌에 걸 맞는 명분과 방안을 마련하는 것이었다. 그리고 이 사체 문제는 영당 건립의 財源을 어떻게 확보할 것인가? 이 문제를 포괄하고 있었다. 즉 누가 건립 주체이고, 그들은 어떻게 요구되는 재원을 확보할 것인가? 의 문제였다. 우암이 도원에게 보낸 서간문에서 "재원을 사적으로 마련할 경우 성현에 대한 近瀆이 우려되고, 관으로부터 확보할 경우 祀典에 벗어난다."고 지적한 것은 노론세력의 입장을 반영하는 것이라고 할 것이다.

사우의 사체는 家塾으로 규정되었다. 그리고 栗谷의 '朱子閣'이 모범으

---

48 『河南齋志』河南影堂事跡. 先是尤庵先生…寄友人書曰 山如朱晦 海如鄒聖云云.

로 제시되었고,[49] 율곡이 그러했듯이 자제들을 거느리고 瞻拜하는 형식의 의례가 서인들로부터 권유되었다.[50] 이러한 논의는 공적으로나 사적으로 煩擾로움이 발생하지 않도록 각별히 조심할 것을 조언하는 것이었다. 이로서 영당 건립을 위한 재원은 심씨 일문에서 확보하는 것이었다.

아울러 노론세력은 하남영당 건립의 명분을 강화하는 행적을 보여주고 있다. 尤庵은 1688년(숙종 14)에 「二程先生畵像閣記」라는 影堂記文과 "歷武夷登雲谷"이라는 扁額을 보내 주었고, 同春堂 宋浚吉은 "養蒙" "養正" "養秀"라는 堂額을 보내 주었다. 이 편액과 당액의 의미는 '영당기문'에서 함축된다고 보며, 여기서는 세 가지 논지가 주안점이 되고 있다. 먼저 영정의 구득·전승과 영당이 건립된 사실을 명기하였다. 이것은 眞影으로서 영정의 권위를 부여하고 영당건립의 당위와 타당성 그리고 객관적 사실성을 인정하고 있음을 의미한다. 다음은 어촌이 영정을 구득한 의미를 己卯 제현의 행적 즉 두 정부자의 嘉言善行이 수록된 『近思錄』을 숭상하여 각종 토론과 經筵의 강설에 논거로 삼아 온 행적과 동일한 궤적에서 평가하고 있다.[51] 이점은 어촌을 기묘사류로 인정하고 나아가 우암 자신이 역설해 온 주자도통주의에 입각한 평가라고 할 수 있겠다. 다음은 영당을 건립하고 그 존봉하는 사체를 융숭하면서도 정중한 것으로 평가하고 있으며, 아울러 후손들에게 학문수학을 당부하여 향후의 지향점을 제시하고 있다. 즉 "사람을 존중하는 것은 그 사람의 학문을 아는 것만 못하다."고 전제하고, 주자는 정부자의 학문을 "敬"으로 함축하였음을 예시하면서 이제 후

---

49 『선조개수실록』 17년 1월 1일, 1번째 기사.

50 박균섭, 「은병정사 연구」, 『율곡사상연구』 19, 율곡학회, 2009, 185~187쪽

51 『漁村集』 附錄, 卷 一, 影堂記. 余惟漁村 實中廟己卯人 己卯諸賢 尊尙近思錄 夫二子之嘉言善行 皆萃於此書 當時諸賢之賞與討論 及經筵講說 皆自此書中出來 則漁村之獨求二程像 以來亦可見 其意之所在也.

손들은 이 학문을 추구하도록 그 지향점을 제시하고 있다.[52]

이렇듯 노론세력은 심씨 일문의 영당 건립을 칭송 격려하면서 아울러 정부자에서 주자로 이어지는 이른바 '敬'자로 함축되는 학문의 계승과 수학을 강조하면서, 영당을 그 학문의 전당으로서 성격을 강조하고 있다. 우암이 강릉지방을 방문하여 그 산천을 둘러보면서 "산은 朱晦와 같고 바다는 鄒聖과 같다."[53]고 비유하였던 것도 이러한 범주에서 이해되는 대목이라 하겠다.

이러한 사실은 영당의 사체를 보강하는 의미를 갖는다. 영정을 어촌이 구득하였기에 그 후손들이 영당을 건립하려는 취지는 다분히 현조를 기리는 성향에 편중되어 있다고 볼 수 있다. 현조의 복권과 관련하여 영당이 마련되고 있었다는 점에서 더욱 그러하다. 그러나 주향되는 인물의 성격으로 보아 심씨 일가에서 사안을 주도하는 것은 사체에 미흡한 일이 아닐 수 없었다. 이에 심씨 일문은 노론세력에 의존하여 그 명분을 확보하고자 하였고, 노론 세력은 자신들이 역설해 온 주자도통주의에 입각하여 이에 조응하였다. 즉 영당의 사체는 율곡 이이의 은병정사에서 확인되는 '주자사'를 본받기를 권장하면서 정주학의 전당으로서 영당의 성격과 당위성을 강화하는 각종 문적과 논거를 제공하였던 것으로 파악되었다.

2) 가숙家塾의 서원화書院化 모색摸索과 사체事體 논의論議

앞서 살폈듯이 강릉지방 심씨 일문에서 건립한 영당의 事體는 율곡 이이가 운영한 '朱子祠'를 모방한 가숙으로 귀결되었다. 이러한 결론은 심씨

---

52 『漁村集』附錄, 卷 一, 影堂記. 雖然尊其人不若知其道 夫伯子之瑞日昶風 叔子之規圓知方 此其
  氣像之大槪也 其所以於此者 皆本於一敬字 故朱夫子稱程先生 有功於後學 最是敬之一字 今學
  者知此而謹守之 則其於兩夫子之道 可庶幾矣 此實漁村子孫之 所當知者.
53 『河南齋志』河南影堂事跡. 先是尤庵先生…寄友人書曰 山如朱晦 海如鄒聖云云.

일문과 중앙 집권세력으로서 노론세력 간에 네트워크이 구성되고 이를 통해 상호 교감을 이루면서 조율된 것이었다. 이보다 앞서 어촌의 신원회복을 추진하면서 이들 간에는 네트워크이 구성되었고, 그 연장선상에서 가숙의 성격을 가진 영당 즉 '하남영당'이 이루어졌다.

하남영당을 가숙으로 운영한 지 14년이 경과하는 시점에서 심씨 일문에서는 발전 방안을 모색한 것으로 나타난다. 그것은 우암과 자신들의 현조인 어촌을 가숙에 追配하려는 것이었다. 이 무렵 우암은 복권되었다. 1694년(숙종 20) 갑술환국으로 서인이 집권하면서 우암은 복권되었다.

어촌의 6대손 심징은 華陽門中 즉 노론세력에 의사를 타진하였다. 우암과 어촌을 함께 추배하는 것이 어떻겠는가를 묻고 있다. 이는 곧 事體 논의였다.[54] 즉 영당은 이미 우암의 사업이었다고 보고 있으며, 이에 우암을 추배하는 것이 사체에 어떻겠는가? 그리고 어촌 역시 기묘사류이니 또한 함께 배향하는 것이 어떻겠는가를 묻고 있다.

이 사안을 놓고 화양문인 즉 寒水齋 權尙夏·痴川 李之濂·四隱 李檈·後谷 宋奎昌 등이 그 적부를 논의하고 있다.[55] 이 논의에서 노선생을 추배하는 것은 가능하다고 하겠으나 어촌은 차후에 추배하는 것이 마땅할 것이라는 주장이 제기되었으며, 한편에서는 우암은 동쪽에 배향하고 어촌은 서쪽에 배향하는 것이 합당하며, 원근의 藏修之人들과 함께 추진하거나 그렇지 않을 경우 가숙을 확장하는 것이 옳을 것 같다는 주장도 제기되었다. 이러한 논의에 직면하여 심씨 일문에서는 이미 원근 章甫들의 모여

---

54 『하남재지』 華陽文人語錄. 沈斯文澄曰 河南影堂旣是老先生事業…何幸天日重名聖恩快悟 旣復
先生之官職…則以先生追配於影堂事體如何…而吾祖實是己卯之士類 則吾祖同配亦如何.

55 『하남재지』 화양문인어록. 寒水齋 權掌令尙夏曰…二公皆不失於程氏之淵源 今公顧不足爲己卯之
聞人耶 云漁村之日後追配宜也 至於先生之陞配 不必問諸而後奉行矣 痴川李正郎之濂…以此
觀之 漁村實己卯士類且影主人 此後追配不亦可乎 四隱李監察檈曰…先生之配東 漁村之配西 豈
不合當乎 後谷宋參奉奎昌曰…遠近章甫或有藏修之人 則與同藏修可也 不然則長作沈氏家之塾
亦宜矣.

가숙이 강학과 장수 공간으로서 기능하고 있음을 역설하였던 것으로 보인다.[56] 후곡 송규창은 노선생이 이미 주자각에 입각하여 子弟들이 瞻拜하는 예에 따라 가숙으로 운영하는 것이 마땅할 것이라는 하였고, 이에 원근 장보들이 함께 장수하는 것도 좋은 일일 것이겠으나, 과연 그 지방에서 추배를 원하는 자들이 얼마나 되는가를 묻고 있다.

이러한 사체 논의는 가숙의 존재양태에 집중되고 있다. 가숙은 자제들을 거느리고 첨배하는 것이 기본적인 의례이지만, 여기에 원근의 장보들이 함께하여 사인들의 장수 기능을 갖추었는가에 집중되고 있다. 이 사안은 우암과 어촌의 추배하려는 의도가 심씨 일문에 한정된 의도인가? 나아가 一鄕 장보들의 합의된 의향인가를 확인하는 것이었다. 이것은 비록 가숙이지만 심씨 일문이 주인이라는 한계를 넘어 사인의 장수지처로서 기능을 갖추는 것이 추배가 인정될 수 있는 관건이라는 점이 제시되고 있는 것이다.

이러한 사체 논의에 직면하여 심씨 일문에서는 가숙의 운영을 위한 '立規'[57]를 마련하고 아울러 원근 장보들을 포함하는 '齋會'[58]를 구성하였던 것으로 파악된다. 이는 화양문인들의 요구에 부응하는 성격을 갖는 것이었다. 재회는 가숙 운영의 중심 기구였으며, '입규'는 춘추·삭망·동지·정월의 焚香禮를 정례화 하는 것에 집중되고 있다.[59] 이러한 양상은 심씨 일문에서 화양문인들의 요구에 일정하게 부응하고 있음을 보여주는 것이며, 이러한 과정을 거치면서 1697년(숙종 23)에 심징의 서간문에 대한 이담의 답장

---

56 『하남재지』 河南齋辨誣記實(六月二十二日). 奉議於華陽門人 追配老先生與漁村先生於東西壁者 寒水齋·痴川·四隱·後谷諸先生所立議 則末學後生詎敢容喙於其間耶 自是之後 爲沈氏家塾 而近年以來 遠近章甫 多有藏修之人 多士稍集 院樣頗成.

57 『하남재지』. 立規.

58 『하남재지』 河南齋辨誣記實. 以驪江之議 發簡南北 齋會于本齋.

59 『하남재지』 입규. 一. 朔望焚香 有司三人及執事二人爲之.

에서 추배를 위한 축문이 전달됨으로서 사실상 추배가 인정되고 있음을 보여준다.[60]

이러한 동향은 가숙의 서원화로 규정할 수 있다. 가숙의 공공성 확보는 곧 원근 장보의 장수처로서 기능을 확보하는 것이고, 이것은 가숙이 학적 기반을 갖추는 것으로 서원화를 지향하고 있음을 의미한다. 더욱이 우암과 함께 어촌을 추배함으로서 문중적 성향이 강하게 투영되고 있다고 보며, 이것은 곧 서원의 문중화 즉 門中書院으로서 성격을 가지되는 것을 의미한다.

앞서 지적한 '입규'에서 하남영당의 연혁을 밝히면서 顯祖의 遺訓을 계승하고 있음을 강조하는 것이나,[61] 그 운영을 위한 직제를 마련하면서 有司 3인과 執事 2인을 族戚 중에서 차정하도록 규정하고 있다.[62] 이것은 공공성을 견지한 서원으로서는 한계가 아닐 수 없으며, 한편으로는 문중서원에 대한 집착에서 비롯되는 것이라 할 수 있다.

4. 결론結論

강릉지방은 栗谷 李珥의 출생지이다. 朋黨시대에 율곡은 西人으로 자정하였고, 그와 교유활동을 기반으로 강릉 지방 사림들의 黨色 역시 서인

---

60 『하남재지』答沈生員澄書. 所須文字 與同門諸友 爛漫相議 續成留置者久矣 玆因索便呈送耳 追配祝亦依敎草送 而文不如意 惟俟取捨之如何耳 只此秋序侍下加慶 伏惟兄照下謹謝狀 丁丑八月望弟樗.

61 『하남재지』立規. 一. 粤在嘉靖年間 吾先祖爲館伴求得兩程畫像 以來藏之家矣 肅宗甲子築祠宇於河南洞中 奉安影幀 其後十五年戊寅 以尤庵·漁村追配 其意不淺淺也 倖望一家諸族 十分勉勉無墜先訓也.

62 『하남재지』立規. 一. 有司外執事二人 諸族中以正間次第知委爲之.

이었다. 그리고 서인이 老·少論으로 분화되면서 이 지방 사림들은 노론으로 경도되었다. 여기에는 율곡의 학통을 계승한 尤庵 宋時烈과 이 지방 사림들의 교유활동이 그 기반이 되었다. 다만 다른 지방을 관향으로 가졌던 성씨들의 당색은 그 관향의 당색을 따르는 경향을 보인다.

우암이 강릉을 찾은 것은 그가 유배 중이던 1679년(숙종 5)이었다. 그는 2차 禮訟으로 함경도 德源에 유배되었다가 巨濟島로 이배되면서 강릉을 경유하였다. 이 무렵 그와 지방 사림의 교유는 같은 당색으로 그 개연성이 인정되며, 이후 중앙 정계의 서인과 지방 사림의 네트워크로 이어지는 계기가 되었다는 점에서 의미를 갖는다.

우암은 三陟沈氏 一門을 예방하였고, 그것은 程顥·程頤 즉 二程夫子의 影幀에 대한 관심 표명이었다. 심씨 일문의 현조 漁村 沈彦光이 구득한 정부자 영정이 소장되어 있었고, 그것은 1537년(중종 22) 그가 館伴使로 활약하던 시기에 사신 龔用卿과 吳希孟으로부터 구득한 것이었다. 이 영정은 그가 관직생활 말년에 파직되어 귀향하면서 심씨 일문에 소장되었다.

우암은 朱子의 학문을 수학하여 道統을 정립하고, 이를 토대로 時局觀과 經世論을 펼쳤던 서인을 지도자였다. 이 점에서 그가 영정에 대한 관심은 자신의 학문에 대한 자부심의 소치로서 매우 자연스러운 것이었다. 그리고 우암은 영정을 취득하여 140여년을 봉안해 온 일문의 성의를 극찬하였고,『近思錄』을 중시하였던 己卯사림의 덕행을 잇는 것으로 평가하였다.

우암의 예방을 계기로 심씨 일문에서는 顯祖 어촌의 伸寃과 文集 출간을 모색하였다. 이 작업은 우암이 관직에 복귀되는 1680년(숙종 6년)에 일문에서 조정에 上疏하는 형태로 가시화 되었고, 상소는 5년 동안 3차례에 걸쳐 전개되었다. 한편으로 문집 출간을 위해 尤庵·朴世采·李敏敍 등에게 부촉하여 序文과 敍事 등을 받았고, 특히 우암은 문집에 題號하였다.

어촌은 金安老를 관직에 등용한 사실이 있고, 김안로는 권력을 전횡하여 士類에 加害하고 왕실을 음해한 죄로 처형되었다. 이에 어촌의 행위가 탄핵의 대상이 되었던 것이다. 상소에서는 어촌이 행위가 기묘사림을 구제하기 위한 방책이었음을 논증하였고, 1, 2차 상소에 따른 이조의 회계와 삼정승의 헌의는 140여 년 전의 일이라는 명분으로 합의를 이루지 못한 채 임금의 처결을 촉구하는 것이었으나 무위로 끝났다. 3차 상소에서는 "기묘사류를 신원하지 못한 것은 典範의 흠"이라는 우암의 견해가 논거로 제시되면서 임금의 재가를 얻을 수 있었다. 이로서 어촌은 1684년(숙종 10)에 신원되었고, 여기에는 기묘사림으로 함축되는 우암의 朱子道統主義가 작동되고 있음을 보여 준다.

현조의 신원이 성사되면서 일문에서는 影堂 즉 '河南影堂'의 건립을 추진하였다. 이 사안 역시 우암을 비롯한 서인세력과 네트워크는 그 추동력이 되었다. 논의의 핵심은 事體 문제였고, 이것은 건립주체와 재정확보 문제와 직결되는 사안이었다. 우암과 그 문인들의 협의를 통해 사체는 家塾으로 결론지어졌고, 그것은 율곡의 '朱子祠'에 의거해 자제들을 거느리고 瞻拜하는 형식을 의미하는 것이었다. 이러한 형태는 주자학의 학술성을 계승한다는 명분과 아울러 주체와 재정 측면에서 야기될 수 있는 煩擾로움을 억제하려는 것이었다.

우암은 1688년(숙종 14)에 「二程先生畵像閣記」라는 影堂記文과 "歷武夷登雲谷"이라는 扁額을 지원하고, 同春堂 宋浚吉은 "養蒙" "養正" "養秀"라는 堂額을 지원하였다. 이러한 현액은 정부자와 강릉의 친연성을 제고하고, 영당의 당위성을 제고하여 그 학술성을 강조하는 명분을 가지며, 이로서 '하남영당'은 우암의 事業으로 평가되기도 하였다.

'하남영당'이 가숙으로 운영된 지 14년이 경과하는 시점에서 일문에서는 우암과 어촌을 追配하려는 동향을 보인다. 이 사안 역시 華陽門人들과 논의가 전제되었고, 그 핵심은 사체 문제였다. 이 논의에서는 配享과 함께 사림의 講學과 藏修의 기능이 요구되었고, 이것은 곧 영당의 書院化로서 학술성 제고와 아울러 서원 건립의 공공성 즉 一鄕 사림의 公論을 전제하는 것이었다.

이 무렵 일문에서 齋會를 구성하여 운영의 중심기구로 삼고, 서원의 焚香禮를 규정하는 '立規'를 마련한 것은 화양문인들의 요구에 부응하는 것이었다. 1697년(숙종 23)에 우암과 어촌을 동벽과 서벽에 배향하였고, 여기에 화양문인들로부터 축문이 전해졌다. 이로서 '하남서원'으로서 외양을 갖추어졌다. 다만 어촌의 배향에서 비롯되는 '문중서원'의 성격은 여타 문중들 사이에 갈등의 소지를 갖는 것이었다.

– 참고문헌은 각주로 대신함

08
어촌漁村 심언광의 경관景觀 인식

허흥범_과천시 추사박물관 학예연구사

이 글은 강릉문화원에서 개최한 "제6회 어촌 심언광 전국학술세미나"(2015.10.23.)에서 발표한 논문을
수정·보완한 것이다.

1. 경관景觀과 인간

경관景觀, landscape은 자연 그대로의 풍경風景이 아니다. 경관은 인간의 심상心想에 새겨진 풍경이다. 시간[역사]과 공간[장소/(성)], 인간[주체]이 어우러진 공간을 우리는 심상지리心象地理, Imaginative Geography라 한다. 역사학은 대체로 인간을 활동을, 지리학은 공간에 보다 비중을 둔다. 여기서 역사와 지리가 만나는 지점은 역사지리학이라고 하겠다. 그런데 심상지리는 인간의 공간에 대한 감정과 인식을 포괄하는 영역이다.

경관기록과 연관시켜보면, 크게 간 곳과 못 간 곳, 가보고 싶었으나 못 가보고 상상만 한 곳 등으로 구분할 수 있을 것이다. 다시 간 곳은 그가 생활하며 살았던 곳[생활지生活地], 잠시 살았던 곳[우거寓居, 재직在職, 일정 기간의 파견派遣 등], 유람遊覽한 곳, 가보고 싶었으나 못 가본 곳[와유臥遊], 꿈에 (가/)본 곳[몽유夢遊] 등으로 구분할 수 있다.

역사적으로 보면 20세기 전반 까지 대부분의 사람들은 자신이 살던 고장[1]을 벗어나지 못하고 살았다. 일반적으로 전근대 사회에서 전쟁과 같은 인재人災, 기근이나 돌림병과 같은 천재天災, 사민徙民정책에 의한 이주移住 등은 한 지역에 붙박이로 살던 조선시대 사람을 집단적으로 이동시킨 대표적인 사례이다. 관료의 경우 예외적으로 내외직內外職을 경험함으로써 한 개인의 더 많은 지역을 살필 수 있는 기회를 가질 수 있었다.

조선시대 명승名勝 유람遊覽은 17세기부터 본격적으로 벌어진 역사현상[2]으로 이해된다. 명승을 찾는 유람의 유행은 자연스럽게 유람기록의 양적증

---

1 우리 사회를 기준으로 보면, 지역의 범주는 마을(동네), 행정 리(里), 읍/면, 시/군, 도/광역시 등으로 동심원적으로 범주를 확대하여 구분할 수 있다. 이는 한국사가 적어도 삼국시대의 군현 통치로 기초를 닦은 이래 군현(郡縣) 〈 팔도(八道) 〈 국가(國家)라고 계서적 행정체계를 지역 편제의 기초단위로 운영한 오랜 역사성에 기인한다.

2 이상균, 「조선시대 유람의 유행에 따른 문화촉진」, 『대동문화연구』 80집, 2012, 304쪽 도표1 참조.

가를 가져 왔다. 유람기록은 16세기부터 급격하게 증가하다가 17세기 이후 유람의 붐이 조성되면서 유람기록의 작성과 함께 기행 사경도寫景圖의 제작이 급증하기에 이르렀다.

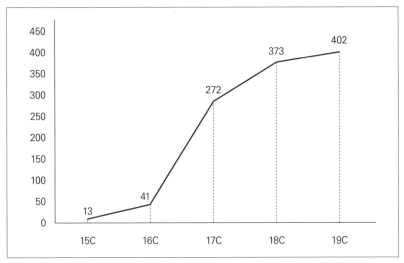

조선시대 유람기록의 시기별 창작 추이

산수를 감상하고 즐기는 방식에 그림의 활용이 증가한 것이다. 그런 점에서 조선후기 와유臥遊는 가보고는 싶지만 못가는 마음을 달래는 하나의 기제였다고 하겠다. 또한 영남지역에서는 과거科擧 보러 조령鳥嶺을 넘는 것을 유람遊覽 간다고 표현할 정도였다. 18세기 이래 과거 보러 가는 것이 더 이상 합격이 목적은 아니었다. 붙으면 좋고, 낙방해도 산천 구경은 한다는 심정이 유람遊覽이라는 용어의 의미 확장, 또는 변질로 이어진 현상으로 풀이된다.

어촌漁村 심언광沈彦光(1487~1540)의 시를 유형별로 분석한 박영주 교수의 연구는 그의 경관 이해에 대체적인 이해를 제공한다.

어촌 심언광 시의 유형별 분류[3]

유형	술회시	유람시	교유시[4]	관각시	애도시	영사시	경물시	기타	계
작품수(수)	242	192	160	118	66	40	27	5	850
비율(%)	28	23	19	14	8	5	3		100

　이는 어촌의 저작시기와 관련하여 권1(120수)의 시편은 벼슬 이전과 벼슬살이 초기의 작품, 권2(109수)·권3(78수)의 시편은 내직과 외직을 오가던 30~40대의 작품, 권4의 『동관록東關錄』(81수)은 강원도관찰사 시절의 시편, 1536년 이후 권4의 『서정록西征錄』은 평안도경변사 시절의 시편, 권5 『북정고北征考』(148수)는 1537년 함경도관찰사 시절, 권6(52수)의 시편은 내직 시기, 권7 『관반시잡고館伴時雜稿』(30수)의 시편은 1537년 함경감사로 나아가기 전, 관반사 시기, 권10 『귀전록歸田錄』(114수)[5]은 1538년 강릉으로 낙향한 이후 1540년 세상을 뜰 때까지의 시기[6]로 대체로 구분된다. 이러한 구분은 어촌 시의 작품 창작 계기 및 제재를 중심으로 구분한 것이다.

　인간의 의식과 생활은, 어느 것을 우선하든지 간에, 상호 교호작용의 결과로 볼 수 있으며, 한 인간의 삶은 이러한 축적의 결과물이다. 그렇다면 어촌은 우리 땅의 경관에 대해 어떠한 이해를 가지고 있었을까? 이 글은 어촌 심언광은 그가 만난 경관에 대해 어떻게 인식했을까를 살피는데 목적이 있다. 여기에서는 지역사의 관점에서 어촌 심언광의 경관인식을 살피고

3　박영주, 「어촌 심언광 시세계의 양상과 특징」, 『어촌 심언광 연구총서』제1집, 강릉문화원, 2010, 111~114쪽 참조.

4　어촌의 교유시에 대해서는 김은정, 「어촌 심언광의 교유시 연구」, 위의 책, 129~150쪽 참조.

5　『동관록(東關錄)』과 『귀전록(歸田錄)』에 대해서는 신익철, 「심언광의 『동관록』과 『귀전록』에 나타난 공간 인식과 그 의미」, 위의 책, 151~1166쪽 참조.

6　박영주, 위 논문, 112쪽 각주 6번 참조.

자 한다.

2. 강릉사람 심언광과 '청춘경로회'

어촌 심언광이 나고 자란, 나아가 강원도관찰사 시절 해운정海雲亭을 지어 경포의 경치를 완상한 강릉에 대해 어떻게 생각했을까? 지역사의 관점에서는 이를 어떻게 볼 것인가? 우선 눈에 띄는 자료는 심재가 언급한 아래의 기록이다.

> 기사-1) 경포대의 남쪽에는 해운정海雲亭이 있는데 어촌漁村 심언광의
> 옛 집**7**이다. 심언광이 조정에서 벼슬살이를 할 때 매번 자리
> 한 구석에 경포鏡浦를 그려놓고 말하였다. "나에게 이 같은 호
> 수와 산이 있으니, 자손이 가난한 사람을 구제하지 못한다면
> 반드시 쇠퇴할 것이다."
> 고을 풍속이 노인을 공경하여 늘 좋은 절기를 만나게 되면 나
> 이 칠십 이상 된 어른을 청하여 경치 좋은 곳에 모이게 하여
> 그들을 위로하였는데, '청춘경로회青春敬老會'라 불렀다. 비록

---

7 "강원도관찰사에 임명되었다. 〈경포대 인근에 해운정(海雲亭)을 지었다〉. 돌아와서는 성균관 대사성에 임명되었다."(경인년(1530)조, 「연보」, 『국역 어촌집』권수, 41쪽.) 그러나 연보와 달리 실록 기사에 의하면, 그의 강원도관찰사 재직시기는 1531년 8월 13일부터 1532년 1월 25일 까지이다. 따라서 해운정의 초축(初築) 연대는 1531년으로 정정되어야 한다.

임명일	관직	전거
1529.11.30	사간원 사간(종3품)	『중종실록』권66, 중종 24.11.30(임술)
1529.12.26	홍문관 직제학	『중종실록』권66, 중종 24.12.26(무자)
1530. 3.14	사간원 대사간	『중종실록』권67, 중종 25. 3.14(갑진)
1530. 5.25	사간원 대사간	『중종실록』권68, 중종 25. 5.25(갑인)
1531. 8.13	강원도관찰사	『중종실록』권71, 중종 26. 8.13(갑오)
1532. 1.25	홍문관 부제학	『중종실록』권72, 중종 27. 1.25(갑술)

천한 노비라도 나이가 칠순이면 모두 모임에 나오는 것을 허락하였다.[8]

이에 의하면, 심언광이 조정에서 벼슬살이하며 강릉을 떠나 있을 때에도 경포를 잊지 못하여 그림으로 그려두고 늘 완상하였고, 가난한 이를 구제하여 아름다운 풍속을 지켜나갈 것을 자손에게 당부하였음을 알 수 있다.[9] 청춘경로회는 어떤 모임이었을까? 아래의 두 기사를 살펴보자.

> 기사-2) 청춘경로회靑春敬老會 : 고을 풍속이 늙은이를 공경하여, 매양 좋은 절후를 만나면 나이 70 이상 된 자를 청하여 경치 좋은 곳에 모셔놓고 위로한다. 판부사 조치趙菑가 의롭게 여겨서 관가의 재용[公用]에서 남은 쌀과 포목布木을 내어 밑천[泉實]을 만들고, 자제들 중에서 부지런하며 조심성 있는 자를 가려서 그 재물의 출납을 맡아 회비會費로 쓰도록 하고, '청춘경로회'라 이름하였다. 지금까지 없어지지 않았으며, 비록 노부의 천한 사람僕隸之賤이라도 나이 70 된 자는 모두 모임에 오도록 하고 있다.
> - 「풍속」, 「강릉대도호부」, 『(신증)동국여지승람』 권44, 1485년 이전
>
> 기사-3) 강릉江陵 풍속에 예전부터 경로회敬老會가 있어 매양 좋은 때를 만나면 나이 70세 이상을 청하여 경치 좋은 곳에 회합하였

---

8 심재(沈鋒, 1722~1784) 저, 신익철·조용희·김종서·한영규 공역, 『송천필담(松泉筆譚)1』, 보고사, 2009, 167~168쪽. 인용문의 후반부는 「강릉대도호부」, 『(신증)동국여지승람』 권44의 일부를 축약 인용한 것으로 보인다.

9 신익철, 「심언광의 『동관록』과 『귀전록』에 나타난 공간 인식과 그 의미」, 『어촌 심언광 연구총서』제1집, 강릉문화원, 2010, 152쪽.

다. 조치趙菑가 의롭게 여기고 쌀과 베를 내놓아 밑천을 세운 다음 그 자제 중에 근실하고 부지런한 자를 택하여 염산斂散을 주관하여 비용을 만들게 했다. 비록 노예의 천한 사람이라도 나이 70이 되면 모두 참여하는 것을 허락하고 이름을 청춘경로회靑春敬老會라 하여 지금까지 폐하지 않는다고 한다. 황익성黃翼成: 黃喜(1363~1452)의 시에, '예의로 서로 먼저 하는 천고의 땅이다禮義相先千古地.' 하였으니, 대개 그 풍속이 유래가 있는 것이다.

근세에 수령들이 그 고을에서 혹 향약鄕約을 행하였으나, 대개 그 수령이 떠나면 그 일도 폐지되어 마침내 보람이 없었다. 강릉 같은 곳은 그 풍속에 인하여 증수하고 그 의절을 간단하게 행하기 쉽게 하고 오직 경로를 중점으로 삼았는데, 70세의 노인을 높인 다음 60세 이하 무릇 늙은이는 모두 서차序次에 따라 그 자제로 하여금 술잔을 올리고 배궤拜跪하여 예의의 근본한 바를 알게 하니 어찌 풍화風化의 한 도움이 아니겠는가?

- 이익(1681~1763), 「강릉속江陵俗」, 「인사문人事門」, 『성호사설星湖僿說』권13

위의 세 기사를 '청춘경로회'를 중심으로 정리하면 다음과 같다. ① 강릉은 고을 풍속에 노인을 공경한다. ② 15세기 초반 경에 무관인 조치趙菑라는 인물[10]이 공용公用에서 남은 재물을 가지고 '청춘경로회'를 만들어 시

---

10 조치(趙菑)의 활동시기는, 실록기사에 의하면, 1413년(태종 13)부터 1430년(세종 12) 까지이다. 태종 후반대부터 세종 초기까지 대호군(大護軍, 종3품 무관), 상호군(上護軍, 정3품), 첨총제(僉摠制), 좌군 동지총제(左軍同知摠制), 총제(摠制) 등을 역임한 무관이다.

작되었다. ③ 반상班常의 차별을 두지 않았다. ④ 이 회는 심재나 이익의 활동시기인 18세기 중후반까지 그 유풍이 유지되었다.[11] ⑤ 황희가 지은 '예의로 서로 먼저 하는 천고의 땅禮義相先千古地'이라는 강릉지역에 대한 표현은 노인을 공경하는 강릉 풍속의 유구성을 말한다고 하겠다.

한편, 기사 2)와 3)을 참고하면, 앞의 기사 1)에서 언급한 어촌漁村의 "나에게 이 같은 호수와 산이 있으니, 자손이 가난한 사람을 구제하지 못한다면 반드시 쇠퇴할 것吾有如此湖山, 子孫不振拔能而必衰"이라는 후손에 대한 당부는 강릉사람으로서의 어촌 심언광의 정체성을 보여주는 언명으로 판단된다. 그가 강릉사람인 까닭이다. 강릉사람의 자부심을 이보다 극명하게 보여주는 글이 있을까 싶다. 어촌漁村이 말하는 강릉지역의 자부심의 근거는 단연 '경포鏡浦와 오대산'이다. 따라서 어촌漁村이 이해한 경관의 제1차적 근거는 경포와 오대산이라고 할 수 있을 것이다.

3. 어촌漁村과 경포鏡浦

앞 장에서 살핀바와 같이 경포는 어촌漁村에게 있어서는 가장 핵심적인 경관景觀으로 이해된다. 경포鏡浦는 어촌漁村에게 무엇이었나? 『어촌집』에 수록된 경포를 표현한 시는 9수 정도로 파악된다. 문집의 편차 순으로 살펴보기로 한다.

---

11 반상의 차별을 두지 않은 강릉의 '청춘경로회'의 성격은 언제까지 유지되었을까 하는 점은 좀더 검토해볼 필요가 있다. 한편 올해에는 강릉시 교1동주민자치위원회와 교1동주민센터 주최로 5월 15일 강릉대도호부관아 동대청에서 '을미년 청춘경로회'를 개최하여 유풍을 잇고 있다.(「'청춘 경로회' 재현… 효도의 맥 잇는다」, 「강원도민일보」, 2015.05.16.)

〈경호에 유람하며 효온[12]의 시를 차운하다[遊鏡湖 次孝溫韻]〉

지팡이에 늙은 몸 의지하여 탁관擇冠[13] 고쳐 쓰면

해촌海村에선 쉬 맑고 즐겁다네.

줄곧 10년 동안 풍진이 괴로워

강가의 매화, 하루도 한가롭게 찾지 못하였네.

木枴扶衰整擇冠

海村容易做淸懽

從前十載風塵苦

未及江梅一日閒

-『어촌집』권1, 62쪽

〈경호서당에 밤에 앉아서[鏡湖書堂夜坐]〉

땅에 외로운 섬 머물렀으니 바로 청산인데

산 밖의 푸른 바다 넓게 눈 안에 들어오네.

달이 밝으니 감호[14]의 호수는 고요하여

마치 다리미로 흰 비단을 다림질한 것 같네.

地留孤嶼卽靑山

---

12 남효온(南孝溫, 1454~1492) : 생육신(生六臣)의 한사람. 조선 전기 단종 때의 문신으로 본관은 의
령, 자는 백공(伯恭), 호는 추강(秋江), 행우(杏雨), 최락당(最樂堂), 사(碧沙), 시호는 문정(文貞). 김
종직(金宗直)의 문인으로 김굉필(金宏弼)·정여창(鄭汝昌) 등과 함께 수학했다. 인물됨이 영욕을 초
탈하고 지향이 고상하여 세상의 사물에 얽매이지 않았으며, 김종직이 존경하여 이름을 부르지 않고
반드시 '우리 추강'이라 했다. 시와 문에 대한 논의, 김종직·김시습·김수온 등의 학행과 문학 등을 수
필식으로 기록한 것으로 『추강집(秋江集)』이 유명하다.

13 탁관(擇冠) : 한 고조(漢高祖)가 정장(亭長)으로 있던 빈천한 시절에 만들어 썼다는 죽피관(竹皮冠).

14 중국 절강성에 있는 호수 이름. 여기서는 경포 호수를 말함.

山外滄溟入眼寬

月白鑑湖湖水靜

恰如金斗熨氷紈

- 『어촌집』 권1, 62쪽

위 두 수는 문집의 편차로 보아 비슷한 시기에 지은 것으로 보이는데, 10
년 정도 관직생활을 한 시점, 즉 대략 39세 전후(1525년)부터 혹 40세 때 8
월 선비先妣 김씨의 사망으로 시묘를 위해 강릉에 내려와 있던 1528년까지
의 사이에 지은 것으로 생각된다.

남효온의 시에 차운한 첫 시에서는 예문관 검열, 경성교수, 예조좌랑, 사
헌부 지평 등 경관京官 내직 생활에 시달려 강매江梅를 하루도 한가하게 찾
지 못했다고 표현하였다. 관료의 현실에도 불구하고 고향 강릉의 어촌을
맑고 즐겁다. 두 번째 시에서는 밤에 경호서당에 앉아 주위가 고요한 정경
을 묘사하였다.

〈매창 최세절15을 애도하다[崔梅窓世節挽]〉

섬굴[登科]의 가장 높은 가지에 올라

붕도鵬圖는 구만천지를 날아가는데,

시종은 혁혁하여 삼세를 연하였고

---

15 최세절(崔世節, 1479~1535) : 조선 중기의 문신. 본관은 강릉. 자(字)는 개지(介之), 호는 매창(梅
窓). 조은(釣隱) 최치운(崔致雲)의 손자이며 수헌공(睡軒公) 최응현(崔應賢)의 셋째 아들이다. 1498
년(연산군 4) 소과에 입격하고, 1504년(연산군 10) 별시문과에 장원급제를 하였으나 중종반정(中宗
反正)으로 관직에 오르지 못하였고, 뒤에 무과에도 급제하였다. 여러 관직을 역임한 후 1533년(중종
28)에는 호조판서에 올랐으나 주위의 모함을 받자 1534년에 물러나 고향인 강릉에서 강원도관찰사
를 지냈다. 이듬해 유장(儒將)으로 뽑혀 문무를 겸비한 인물로 인정받았고, 또한 왕을 호종한 뒤 오
언율시를 지어 올려 상으로 활이 하사될 만큼 시재(詩才)에도 뛰어났다. 특히 그는 제조(提調)로 재
임할 때 자격루(自擊漏)를 편리하고도 정확하게 개조(改造)한 공이 크다.

관직은 환하게 한 때를 비추었도다.

문무의 재주 있으니 국사國土라 칭하였고

경륜은 운이 없어도 삼공三公에 이르렀네.

경호에 지으신 것 여전히 있으니

향리를 떠올리니 모두가 눈물 흘리네.

蟾窟曾攀最上枝

鵬圖九萬運天池

金貂赫赫連三世

簪紱輝輝映一時

文武有才稱國士

經綸無命到台司

鏡湖小築依然在

鄉里追思共涕洟

- 『어촌집』 권1, 104~105쪽. 1535년경

　이 시는 최세절崔世節(1479~1535)에 대한 만시挽詩로 1525년경 쓰인 것
으로 보인다. 최세절은 본관이 강릉인 조선중기의 문신이다. 그는 문신이
지만 후에 무과武科도 치루어 유장儒將[16]으로 뽑히기도 한 인물이다. 경호
소축鏡湖小築이 무엇을 말하는지 알 수 없다.

---

16 "정부와 병조가 함께 의논하여, 유장(儒將)에 이사균(李思鈞)·김인손(金麟孫)·최세절(崔世節)과 무
장(武將)에 조윤손(曺閏孫)·우맹선(禹孟善)·황침(黃琛)·장언량(張彦良)과 무신으로 배양할 사람에
김철수(金鐵壽)·김수연(金秀淵)·조윤무(曺允武)·지세방(池世芳)·이사증(李思曾)·조안국(趙安國)·
허연(許碾) 등을 뽑았다. ……." (『중종실록』권79, 중종 30년(1535) 2월 22일(계축))
유장(儒將) : 무재(武才)나 병략(兵略)에 뛰어나 무장으로 삼거나 그 역할을 겸하게 했던 문신(文臣)
을 말함.

〈우연히 두보시 '廷爭輸造化 撲直乞江湖'구를 읊다. 운을 나눠 단편을 짓고 민기수에게 부치다[偶吟杜詩廷爭輸造化 撲直乞江湖之句 分韻 爲短篇 寄閔耆叟]〉 중 9~10수首

......

지난밤에 고향을 꿈꾸었는데
달빛에 가을 강 밝았지.
붉은 단풍 그림자는 흔들리고
흰 새는 쌍쌍이 날았네.
어부의 노래 먼 물가까지 들리고
도롱이 쓰고 봉창을 열었네.
깨고 나도 여흥이 남았으니
큰 잔으로 찬 술통 기울이네.

물가에 서서 백발을 헤아리니
우리 집은 경포 호숫가라네.
토구菟裘(은거지)일 망정 낙토를 사양하고
내 생애 벼슬길을 던졌다네.
피차간에 모두 잊기 어려우니
저녁 햇빛 상류에 드리웠네.
옛 우정으로 예전의 맹약 굳게 하니
안개 낀 물결에 낚시꾼 많구나.

......

前宵夢鄉國

夜月明秋江

丹楓影搖搖

白鳥飛雙雙

漁歌向遠渚

蓑笠開蓬窓

覺來有餘興

大酌傾寒缸

臨流數白髮

我家濱鏡湖

莵裘謝樂土

寄生投名途

彼此兩難忘

急景垂桑楡

舊好將尋盟

煙波多釣徒

- 『어촌집』권6, 371~372쪽

〈여름밤 홀로 앉아 있으니 느낌이 있어 짓다[夏夜 獨坐有感]〉

아득한 높은 하늘에서 눈 펄펄 내리고

반벽의 푸른 등불은 근심 어린 마음 비추네.

호접몽에서 깨어나 밤 피리 소리 따르니

두꺼비 울적마다 경주更籌를 세어 보네.

세상 살며 진췌[17] 같아짐을 가련히 여기니

누가 생계 도모를 잡혀간 초나라 사람과 같다고 생각할까?

다른 날 병약한 몸 던져 둔 땅바닥에는

경호 서쪽 언덕에 송추가 빽빽하리.

中霄耿耿雪渾頭

半壁靑燈照有憂

蝴蝶夢回隨夜籟

蝦蟆聲促當更籌

自憐處世同秦贅

誰念謀生似楚囚

他日殘骸投厝地

鏡湖西岸鬱松楸

- 『어촌집』권6, 378~379쪽

『어촌집』권6(52수)은 대체로 1527년에서 1534년경 내외직 재임기에 쓴
것으로 생각된다. 〈제주목으로 가는 미수 송인수[18]를 전송하다〉라는 세 번
째 시는 송인수가 제주목사로 임명된 1534년경 지은 것으로 보인다. 그런
데 위의 두보 시에 차운한 〈우연히 두보시구를 읊다〉를 받은 민기수閔耆叟
는 민수천閔壽千(1481?~1530)의 자字이다. 민수천은 심언광의 정치적 지기

---

17 진췌(秦贅) : 진(秦)나라 때, 가난한 집 아들이 장성하면 데릴사위로 장가를 들어 처가에 데릴사위로
   가게 된 데서 온 말이다.

18 송인수(宋麟壽, 1487~1547) : 조선 중기 때의 문신. 본관은 은진(恩津). 자는 미수(眉叟) 또는 태수
   (台叟), 호는 규암(圭庵). 형조참판 때 동지사로 명나라에 다녀온 뒤 대사성이 되어 유생들에게 성리
   학을 강론했다. 성리학의 대가로 선비들로부터 추앙받았다. 김안로의 재집권을 막으려다가 오히려
   그 일파에게 미움을 받아 1534년 제주목사로 좌천되었으나 병을 칭탁하여 부임하지 사천으로 유배
   되었다. 평생 학문을 좋아하여 사림의 추앙을 받았으며 제주의 귤림서원(橘林書院)에 제향되었다.

였다.[19] 위 시는 꿈속에서 본 고향의 정경을 묘사하고 있다.

〈호숫가 별장에 이르다[到湖莊]〉

작은 집이 호숫가에 있으니

그윽하게 자리하여 몸 맡기기에 충분하네.

소나무와 삼나무 높이 자라 집을 덮었고

복숭아와 오얏은 촘촘하게 울타리를 이루었네.

엄한 견책을 만나 나라를 등지고

성대한 때에 명예를 잃었으니 부끄럽네.

평생 해골骸骨을 보존하였으니

천지에 더할 수 없는 은혜를 입음이라.

小築臨湖水

幽棲足護持

松杉高過屋

桃李鬱成籬

負國遭嚴譴

虧名愧盛時

全生保骸骨

天地有洪私

- 『어촌집』 권10, 572쪽

19 김은정, 「어촌 심언광의 교유시 연구」, 『어촌 심언광 연구총서』제1집, 강릉문화원, 2010, 129~150
쪽 참조.

〈경포 호수에 살 곳을 정하다[鏡湖卜居]〉

작은 섬이 호수 곁에 있고 호수는 깊어

십년이나 부질없이 살고 싶던 마음을 등졌었네.

다른 날 달 밝아 홀로 배를 타는 나그네

응당 이는 청삼靑衫이니 옛 한림翰林이리라.

小嶼臨湖湖水深

十年空負卜居心

他時明月孤舟客

應是靑衫舊翰林

- 『어촌집』 권10, 573쪽

〈경상감사 성세창²⁰의 시에 차운하다[次慶尙監司成世昌韻]〉 제2수

봄 맞아 성안의 버들이 푸른 기운을 띠니

한번은 자연에 노닐고 한번은 웃음 짓노라.

이름난 이곳은 천년 동안 하늘도 알아보지 못했던가?

경호의 바람과 달을 올해야 함께 하는구나.

春城楊柳帶靑煙

一做淸遊一輾然

勝地千秋天不管

鏡湖風月屬當年

20 성세창(成世昌, 1481~15480 : 조선 중기의 문신. 자는 번중(蕃仲), 호는 돈재(遯齋). 여러 관직을 역임한 후 1537년 김안로 일당이 숙청되면서 풀려나 한성부우윤·이조판서·대사헌 등 요직을 지냈다.

〈우연히 읊조리다[偶吟]〉

용서 받은들 누가 대부로 돌아갈 수 있겠는가?

심사心事 유유하나 세상과는 어긋나네.

꿈자리에 때마다 우리 임금께 조회하나

하늘 문 두드려 내 마음 알릴 길은 없구나.

세월은 이미 쑥대머리를 하얗게 물들였고

출세하여 입었던 비단옷은 옛 포의로 뒤바뀌었네.

초췌한 이 몸이 이물異物이 아니니

경호鏡湖의 갈매기 백로여 놀라 날아가지 마라.

賜環誰許大夫歸

心事悠悠與世違

夢寐有時朝聖主

肝腸無路款天扉

秋霜已染新蓬鬢

晝錦翻成舊布衣

憔悴此身非異物

鏡湖鷗鷺莫驚飛

1538년 2월 24일 새벽 대궐을 나설 때부터 1540년 9월 6일 경호별업鏡湖別業에서 생을 마칠 때까지를 『어촌집』권10 「귀전록歸田錄」(114수)은 수록하였다. 이 귀전시歸田詩는 온전히 강릉 경관과의 만남이라고 할 수 있을 것이다.

4. 어촌漁村의 경관 인식

이 글은 어촌 심언광의 경관 인식을 살피고자 하였다. 이를 위해서는 문집의 세밀한 검토를 통한 인식의 변화를 살펴야 할 것이다. 여기에서는 경관이 가지는 강릉지역사의 의미를 어촌 심언광의 문집 속에서 찾고자 하였다.

어촌 심언광이 관직 생활기에 늘 경포 그림을 걸어놓고 완상하였다는 점에 착안하여, 그의 경포 관련 시를 문집에서 찾아 살펴보았다. 강릉의 풍습 가운데, 타 지역에 비해 훨씬 강하고 오래된 경로敬老의식이 15세기 초중엽 '청춘경로회'라는 모임으로 나타났으며, 어촌 심언강의 계자戒子 또한 이에 근거한 것으로 조선후기에 인식되었다. 이러한 지역성은 강릉의 경관을 이해하는데 있어서 중요한 요소였다고 하겠다.

한편, 강릉을 '예의로 서로 먼저 하는 오랜 전통을 지닌 지역禮義相先千古地'이라고 한 지적은 오늘날 이 지역을 대표하는 상징어로서의 가치를 지닌다고 하겠다. 예를 들어 '예의로 서로 먼저 하는 오랜 전통의 강릉[禮義相先千古江陵]' 같은 표현을 어떨까 생각해본다. 이 글은 어촌漁村의 경관 인식 가운데 가장 핵심적인 '경포鏡浦' 관련 시 몇 편을 살핌으로써 그것이 어떻게 변해갔는가를 살피고자 하였다.

– 참고문헌은 각주로 대신함

09

어촌 심언광의 재이론災異論

박도식_강릉문화원 평생교육원 주임교수

이 글은 강릉문화원에서 개최한 "제7회 어촌 심언광 전국학술세미나"(2016.11.25.)에서 발표한 논문을
수정·보완한 것이다.

1. 머리말

조선왕조는 국왕을 정점으로 한 중앙집권적 관료제 국가였다. 국왕은 왕조의 수장으로 구심적 역할을 하였고, 이에 수반된 지위와 권한을 가지고 있었다. 또한 조선의 국왕은 종묘와 사직에서 국가제례를 주도하였고, 관료들을 임면하는 인사권을 행사하였으며, 행정조직의 정점에서 국정을 운영하였다. 반면에 국왕은 '하늘을 대신하여 만물을 다스린다[代天理物]'는 천명天命의 대행자로서 음양陰陽의 기운을 조화시켜야 하며, 마음을 바르게하여 나라의 근본인 백성들을 위한 민본정치를 해야 하였다.[1]

유교에서는 통치자가 선정善政을 베풀지 못할 때 음양의 조화가 깨지게되고, 이로 인해 재이災異가 발생한다고 인식하였다. 재이는 천재지변으로 일식·월식·혜성 같은 하늘의 이변과 가뭄·홍수·지진·이상기온·화재 같은지상의 이변현상을 말한다. 이를테면 정상적인 상태에서 벗어난 자연현상은 모두 재이에 포함된다.[2]

일찍이 중국 한대漢代의 유학자 동중서董仲舒는 군주가 선을 행하면 하늘이 사람들에게 상서祥瑞를 내려주고 반대로 군주가 그 요구대로 하지 않으면 하늘이 사람들한테 피해를 주는 재이災異를 내린다고 하였다. 이것이바로 '천인감응론天人感應論'의 기본내용이다.[3]

---

1 그동안 조선시대 왕권에 대한 연구성과는 다음과 같다. 李泰鎭, 1990 「朝鮮王朝의 儒教政治와 王權」 『韓國史論』23, 서울대 국사학과 ; 李成茂, 1999 「朝鮮時代의 王權」 『東洋 三國의 王權과 官僚制』, 경인문화사 ; 오종록, 2001 「조선시대의 왕」 『역사비평』54, 역사비평사.

2 權延雄, 1990 「朝鮮前期 經筵의 災異論」 『역사교육논집』13·14, 역사교육학회 ; 경석현, 2013 「『朝鮮王朝實錄』 災異 기록의 재인식 : 16세기 災異論의 정치·사상적 기능을 중심으로」 『한국사연구』160, 한국사연구회.

3 이에 대해서는 황희경, 1990 「董仲舒철학의 과학적 성격과 이데올로기적 성격」 『현상과인식』14-1·2, 한국인문사회과학회 ; 이연승, 1995 「董仲舒 연구사의 검토와 새로운 방향모색」 『大東文化研究』35 ; 이연승, 2000 「董仲舒의 天人相關說에 관하여」 『종교문화연구』2 ; 남상호, 2000 「동중서의 천인감응의 방법」 『범한철학』22 ; 金東敏, 2004 「董仲舒 春秋學의 天人感應論에 대한 고찰-祥

조선시대의 왕들이 천재지변이 일어나면 "과인이 정치를 잘못해서 우주의 질서가 어긋났기 때문"이라고 한 것도 동중서의 천인감응론에 근거한 관행이었다. 동중서의 천인감응론을 따르는 재이론은 국왕이 권력을 제어하고 민심을 파악하여 선정을 하도록 유도하는 기능을 가졌다.[4]

이러한 논의는 주로 경연經筵을 통해 이루어졌다. 조선의 국왕들은 매일 경연에 참석하여 경서經書와 사서史書 강의를 들었다. 경서는 성현의 말씀으로 정치하는 원리[體]를 담은 책이었고, 사서는 군신君臣의 행적으로 정치의 실례[用]를 기록한 책이었다. 경연관들은 경서와 사서 강의를 통해 국왕에게 성현들의 말씀과 역대 군주들의 선례를 가르쳐 국왕이 좋은 정치를 베풀도록 유도하였다. 조선시대 경연제도에 따르면 국왕들은 공부를 많이 했다. 국왕의 하루 일과표를 보면 보통 아침 5시에 일어나 저녁 11시에 잠을 잤다. 자리에서 일어나 잠깐 운동하고 아침에 공부하는 것을 조강朝講, 점심 먹고 하는 공부를 주강晝講, 저녁 먹고 하는 공부를 석강夕講, 밤에 밤참 먹고 하는 공부를 야대夜對라고 불렀다. 이렇듯 정식으로 따지면 국왕은 하루에 네 차례에 걸쳐 공부를 해야 했다.[5]

물론 경연이 실제 제대로 이루어지지 않은 적이 많았지만, 중종조에 이르러 그 기능은 강화되었다.[6] 반정反正으로 즉위한 국왕으로서는 연산조의 비정批政을 쇄신하고 새로운 정치풍토를 조성하려는 의도에서 그렇게 하지 않을 수 없었을 것이다. 게다가 사림파가 정치적 영향력을 행사하기 시작

瑞·災異說을 중심으로-」『東洋哲學研究』36 ; 鄭日童, 2006 「秦末·漢初에 있어서 天人相關論의 展開」『中國史研究』42 ; 서보근, 2010 「중국 동중서(董仲舒)의 통치사상」『대한정치학회보』18-2 ; 정해왕, 2013 「董仲舒의 天人感應說과 그 政治性」『東洋文化研究』16 ; 吳濤植, 2015 「동중서의 천인감응설과 음양오행에 관한 연구 : 爲政之道를 중심으로」『원불교사상과 종교문화』66 참조.

4   權延雄, 앞의 논문.

5   권연웅, 2015 『경연과 임금 길들이기』, 지식산업사 참조.

6   권연웅, 1996 「朝鮮 中宗代의 經筵」『吉玄益教授停年紀念 史學論叢』 참조.

하면서부터 경연강의는 더욱 강화되었다. 그것은 그들이 전개한 현철군주론賢哲君主論과 맞물려 있었기 때문이다. 그리하여 국왕이나 사림파 신료들 모두 성종대의 경연을 염두에 두고 그 수준에 도달하고자 노력하였다. 그 결과 유명무실했던 연산군대를 건너뛰어 성종조의 전통을 이을 수 있을 만한 성과를 거둘 수 있게 되었다. 당시의 사림파는 홍문관을 개혁정치의 산실로 인식하고 있었고, 경연을 그 실현의 장으로 활용하였다. 그에 따라 '강독講讀'보다는 '논사論思' 곧 정치의 장場으로서 더 많이 기능하는 결과를 초래하기도 하였다.[7] 따라서 경연은 현재의 정치 전반에 대해 협의하는 장으로서 중요한 기능을 담당하였던 것이다.

어촌 심언광(1487~1540)은 중종대에 홍문관원으로 있을 때 경연관을 겸대하면서 국왕을 늘 측근에서 시종할 기회를 얻게 되었고, 그의 재이론을 펼칠 수 있는 좋은 기회였다. 어촌의 재이론은 그 대부분이 삼사에 재직할 때 상소한 것과 경연강의를 통해 제시된 것이었다. 이에 대한 내용은 『중종실록』과 어촌의 문집인 『어촌집』에 수록되어 있다.[8] 이 글에서는 지금까지의 연구성과를 바탕으로 심언광의 재이론에 대해 살펴보고자 한다.

2. 동중서의 재이론

중국 역사상 최초의 통일 국가는 진秦(B.C.221~B.C.206)나라이다. 그러나 법가의 이념을 채택하여 강력한 중앙집권제 국가를 추구하였던 진나라는 16년이라는 짧은 역사를 끝으로 역사의 무대에서 사라졌다. 그 이유

---

7 李秉烋, 1984 「士林派의 改革政治와 그 性格」 『朝鮮前期畿湖士林派研究』, 一潮閣, 157~158쪽.
8 박도식, 2010 「어촌 심언광의 생애와 경세론」 『어촌 심언광 연구총서』 I, 강릉문화원 참조.

에 대해 한대의 지식인들은 가혹한 형벌과 과중한 부역 때문에 패망하였다고 공통적으로 지적하고 있다. 한나라 초기의 통치자들은 이를 교훈을 삼아 백성들을 휴식하게 하고 형법을 관대하게 적용하는 것을 주된 내용으로 하는 황로학黃老學을 통치사상으로 채택하여, 마침내 백성들의 살림이 넉넉하고 먹고 살만한 '문경지치文景之治'의 성세를 이루었다.[9] 그런데 황로학은 선진 도가류의 한 유파로서 무위론적인 색채가 농후하여 한나라 초기의 피폐한 사회경제 문제를 극복하는 데에는 일정 정도 기여를 하였으나, 날로 커져만 가는 통일제국의 내우외환 문제를 해결하기에는 미흡하였다. 여기서 내우외환이란 대내적으로는 황제 권한을 절대화해서 장구하게 통치할 수 있는 중앙집권통치 기반을 구축하는 것이고, 대외적으로는 흉노를 정벌하여 변방을 안정시키는 문제가 당면한 정치 현안이었다. 16세 어린 나이에 즉위한 한무제는 이러한 문제에 대해 항상 많은 고민을 하였고, 이 고민에 대한 고견을 당시의 현량들에게서 듣고자 하였다.[10] 그것은 먼저 천명과 재이에 관한 것이었다.

삼대가 천명을 받았다는데 그 징조는 어디에 있는가? 재이의 변고는
무슨 연유로 일어나는가? 성명性命의 정황은 혹은 요절하기도 하고 혹
은 장수하기도 하며, 혹은 어질기도 하고 혹은 비열하기도 하다.[11]

한무제는 국가나 개인이 천명을 받고 태어났다고 하는데, 어떤 나라는 일찍 망하고 어떤 나라는 오래도록 지속되며, 어떤 사람은 장수하고 어떤

---

9 김예호, 2013 「先秦 黃老學의 形成起源과 變遷樣相 硏究」 『한국철학논집』36, 한국철학사연구회.

10 "廣延四方之豪俊 郡國諸侯公選賢良修絜博習之士 欲聞大道之要 至論之極."(『漢書』卷56, 董仲舒傳).

11 "三代受命 其符安在 災異之變 何緣而起 性命之情 或夭或壽 或仁或鄙."(『漢書』卷56, 董仲舒傳).

사람은 요절하는 상황에서 국가의 존망이나 개인의 장수와 요절[壽夭]라는 것은 과연 이를 미리 알 수 있는 '어떤 징조'가 있는가? 이러한 천명을 설명하는 '어떤 이론'이 있는가에 대하여 속 시원하게 대답해 줄 것을 은연중에 요구하였다고 볼 수 있다.

동중서에게 던져진 기본과제는 하늘과 사람 사이에는 '어째서 감응이 생기는가' 였다. 이에 대해 동중서는 『춘추』의 기록을 들어 하늘과 사람 사이의 관계를 다음과 같이 설명한다.

> 『춘추』 가운데에서 전 시대의 이미 행한 일을 보고서 하늘과 사람이
> 서로 관계되는 일[天人相與之際]을 살펴보니 심히 두려워할만 합니다.
> 국가가 장차 실도失道하는 패함이 있으면 하늘이 이에 먼저 재해를 내
> 어 꾸짖어 알립니다. 자성함을 알지 못하면 또다시 괴이怪異를 내어 두
> 렵게 합니다. 그래도 변화를 알지 못하면 상패傷敗가 곧 이릅니다. 이
> 로써 천심이 군주를 사랑하여 그 혼란을 그치고자 함을 압니다. 스스
> 로 도를 크게 없앤 군주가 아닌 경우는 하늘이 부지하여 안전하기를
> 다하고자 합니다.[12]

동중서는 전 시대에 이미 행한 일을 보고서 하늘과 사람이 서로 관계되는 일을 살펴보니 군주가 실정失政하면 먼저 재해로써 꾸짖어 알리고[譴告], 그래도 반성을 모르면 한 단계 더 강한 징조인 괴이怪異로 타일러서 두렵게 하고[警懼], 그래도 개과천선하여 정사를 살피지 않으면 마지막 조치로 패망하게 된다고 하였다.

---

12 "春秋之中 視前世已行之事 以觀天人相與之際 甚可畏也 國家將有失道之敗 而天乃先出災害以
   譴告之 不知自省 又出怪異以警懼之 尙不知變 而傷敗乃至 以此見天心之仁愛人君而欲止其亂也
   自非大亡道之世者 天盡欲扶持而全安之."(『漢書』卷56, 董仲舒傳).

동중서는 재이의 발생 원인을 어디까지나 군주의 행위에 달려있다고 하면서 다음과 같이 조목조목 지적하였다.

> 군주가 방탕하고 정치가 쇠미해져서 백성을 다스릴 수가 없고 제후가 배반하며, 양민을 해쳐서 토지를 쟁탈하고, 덕교德教를 폐지하고 형벌에 맡기기 때문입니다. 형벌이 알맞지 않으면 사특한 기운이 생기고, 사특한 기운이 아래에 쌓이면 원망과 증오가 위에 쌓입니다. 상하가 화목하지 못하면 음양이 어그러져서 요사스런 재앙이 생깁니다. 이것이 재이가 발생하는 연유입니다.[13]

재이가 발생하는 연유를 먼저 군주의 방탕에서 찾는 것은 이것이 실정의 직접적 원인이 되기 때문이다. 군주가 무절제하고 방탕해서 올바른 자세[正氣]를 견지하지 못하면 예악이 붕괴되어 제후가 봉기를 일으키고 백성은 삶의 터전을 잃어 유랑하게 된다. 그 결과로 형벌이 형평성을 잃게 되어서 국가 구성원들 사이에 원망과 증오가 쌓이고 온 천하에 사특한 기운이 가득 차게 된다. 이러한 지경에 이르면 괴이한 현상들이 도처에서 발생하여 민심이 불안해진다. 재이는 바로 불안한 민심을 반영한 것이다.

동중서는 하늘과 인간은 같은 구조를 가지고 있기 때문에 군주의 행위는 반드시 천지자연과 감응한다고 하였다. 이러한 사례를 들면 다음과 같다.

> A-① 하늘에는 음양이 있고 사람에게도 음양이 있다. 천지의 음기가
> 일어나면 사람의 음기도 그것에 감응하여 일어나고, 반대로 사

---

13 "淫佚衰微 不能統理群生 諸侯背畔 殘賊良民以爭壤土 廢德教而任刑罰 刑罰不中 則生邪氣 邪氣積於下 怨惡畜於上 上下不和 則陰陽繆盭而妖孽生矣 此災異所緣而起也."(『漢書』卷56, 董仲舒傳).

람의 음기가 일어나면 천지의 음기도 또한 마땅히 그것에 호응하여 일어나니, 그 이치는 한 가지다.[14]

A-② 『춘추』에서 비방한 일에는 재해가 덧붙여 발생했다고 했고, 『춘추』에서 미워한 일에는 괴이한 변고가 일어났음을 지적했던 것입니다. 나라의 과실을 기록할 때에는 천재지변의 변고까지 겸하여 서술 했거니와 그렇게 씀으로써 인간이 하는 일 중에서 선악의 극단에 이른 것은 바로 천지와 유통하여 왕래하며 서로 감응하게 됨을 보여준 것입니다.[15]

A-①은 동중서 천인감응의 가장 기본적인 설명법인데, 하늘과 사람은 동일한 음양의 기氣를 가지고 있기 때문에 양자는 각자 어떤 성향의 기氣를 주로 하여 행동하느냐에 따라 그것과 서로 반응한다고 말한다. 인간 내면의 음양의 기와 천지의 음양의 기가 하나의 원리이기 때문에 양자의 활동은 서로 감응한다. 다시 말하면 하늘과 사람 양자의 기氣 사이에는 일종의 감응작용이 발생한다고 주장하고 있다.

A-②는 『춘추』에서 재해나 괴이한 변고를 기록한 이유도 그것을 발생시킨 군주의 행동 여하에 달렸음을 보여주고자 한 것이다. 이는 군주의 적극적인 왕도정치와 덕치를 요청한 것이라 할 수 있다. 그러면서 이와 동시에 재이의 원인을 전적으로 군주의 실정失政에 돌림으로써 이미 절대권을 확보한 군주의 전재나 독재를 경계한 것이라 할 수 있다. 이것은 상서든 재이든 그 모든 문제의 근저에 군주의 존재를 상정한 것이라 할 수 있다.

---

14 "天有陰陽 人亦有陰陽 天地之陰氣起 而人之陰氣應之而起 人之陰氣起 天地之陰氣亦宜應之而起 其道一也."(『春秋繁露』,「同類相動」2).

15 "故春秋之所譏, 災害之所加也 春秋之所惡 怪異之所施也 書邦家之過 兼災異之變 以此見人之所爲 其美惡之極 乃與天地流通而往來相應."(『漢書』卷56,「董仲舒傳」).

이는 다음의 B-①~③의 상서와 재이의 예에서 확인할 수 있다. 그 중심에는 전적으로 위정의 담장자인 군주가 있는데, 군주의 덕치[왕도정치]와 실정[惡政]에 따라 상서와 재이가 내린다는 것이다.

B-① 왕의 행위가 바르면 우주만물을 화생하는 근원적인 원기元氣가 조화롭고 순조로워 바람과 비가 제때에 불고 내리며, 경성景星(복되고 좋은 일의 조짐이 되는 별)과 같은 상스러운 밝은 별들이 나타나고 황룡이 내려온다. 왕의 행위가 바르지 못하면 위로 하늘에 괴이한 일이 생기고, 봄에 초목이 시들고 가을에 꽃이 피는 등의 죽이고 해치는 기운[賊氣]들이 아울러 나타난다.[16]

B-② 임금된 자는 자신의 마음을 바르게 하여 조정을 바로잡고, 조정을 바로잡아 백관을 바로잡고, 백관을 바로잡아 만민을 바로잡고, 만민을 바로잡아 사방을 바로 잡으니, 사방이 바로잡히면 원근의 모든 것이 감히 한 가지로 바르게 되지 아니함이 없을 것이고, 사악한 기운이 그 사이에 침범하지 않을 것입니다. 이 때문에 음양이 조화되어 바람과 비가 제때에 불고 내리며, 모든 생물이 화합하여 만백성이 번식하게 되고, 오곡이 무르익어 초목이 무성하게 자라며, 천지 사이에 있는 만물이 윤택함을 입어 크게 풍작을 이루어 아름답게 되고, 사해 안의 온 나라들이 천자의 성대한 덕을 듣고서 모두 찾아와서 신하가 될 것입니다. 수많은 복된 물건들과 이를 수 있는 상서로운 것이 전부 이르러 왕도가 완성될 것입니다.[17]

---

16 "王正 則元氣和順 風雨時 景星見 黃龍下 王不正 則上變天 賊氣幷見."(『春秋繁露』,「王道」1).

17 "故爲人君者 正心以正朝廷 正朝廷以正百官 正百官以正萬民 正萬民以正四方 四方正 遠近莫敢 不壹於正 而亡有邪氣奸其間者 是以陰陽調而風雨時 群生和而萬民殖 五穀孰而草木茂 天地之間

B-③ 크게 분류하여 말하면, 천지만물 사이에 모두 몇몇 예사롭지 않은 변화가 있는 것을 이異라 부르는데, 그중 영향이 작은 것은 재災라 부른다. 재해가 항상 먼저 발생하고 이어서 이異가 곧 그것을 뒤따른다. 재해는 하늘의 군주에 대한 견책이고, 괴이함은 하늘의 위엄을 보여주는 것이다. 하늘이 견책해도 도리어 군주가 깨닫지 못하면 곧 하늘의 위엄으로 군주를 두렵게 한다. 『시경』에서 "하늘의 위력을 두려워해야 한다"고 말했는데, 대체로 이러한 의미이다. 대체로 재이가 생기는 근원은 모두 실정失政에서 생기니, 실정이 곧 발생하기 시작하면 하늘은 곧 재해를 발생시켜 그를 견책하며 경고한다. 견책하고 경고해도 군주가 자신의 잘못을 고칠 줄 모르면 곧 괴이함을 보여줌으로써 그를 놀라게 하고 꾸짖는다. 놀라게 하고 꾸짖어도 오히려 두려워할 줄 모르면 재화災禍가 곧 이른다. 이 모든 것은 바로 천의天意의 인자함을 드러내고자 함이지 군주를 재화 중에 빠뜨리고자 하는 것이 아니다.[18]

B-①에서는 상서와 재이를 동시에 언급하고 있는데, 군주의 행위가 바르면 자신이 하늘과 함께 가지고 있는 기[同氣]가 작동하여 우주의 가장 근원적인 원기를 자극하게 되어 각종 상서로운 결과물을 내놓게 되고, 그렇지 못하면 인간 삶을 해치는 상서롭지 못한 기운[賊氣]들이 나타나게 된다는

被潤澤而大豊美 四海之內聞盛德而皆徕臣 諸福之物 可致之祥 莫不畢至 而王道終矣."(『漢書』卷56,「董仲舒傳」).

18 "其大略之類 天地之物 有不常之變者 謂之異 小者謂之災 災常先至 而異乃隨之 災者 天之譴也 異者 天之威也 譴之而不知 乃畏之以威 詩云 畏天之威 殆此謂也 凡災異之本 盡生於國家之失 國家之失乃始萌芽 而天出災害以譴告之 譴告之 而不知變 乃見怪異以驚駭之 驚駭之 尚不知畏恐 其殃咎乃至 以此見天意之仁 而不欲陷人也."(『春秋繁露』,「必仁且智」4).

것이다.

B-②와 ③은 이를 더욱 구체적으로 확대하여 보여주고 있다. B-②는 군주가 올바른 마음으로 정사를 펼치면 신하된 자도 올바른 마음으로 백성을 위할 것이고, 그리하면 점차적으로 천하 만물이 올바르게 되어 이 세상에 정기가 가득차고 사기는 없어지게 된다. 그 결과로 사계절이 제때에 자신의 기능을 다 발휘하여 백성들의 삶이 윤택하고 풍요롭게 되어 원근의 백성들이 모두 따르게 될 것이다. 나아가 온 세상이 순복하며 찾아와서 신하의 예를 갖추게 되는 왕도王道의 이상이 완성될 것이라 말하고 있다. 그러나 B-③은 반대로 군주가 실정失政을 하게 되면 온갖 크고 작은 재앙이 발생하게 된다. 그 실정의 영향이 작으면 하늘이 먼저 재해[災]를 내려 군주의 실정을 견책한다. 견책을 해도 개선하지 않으면 괴이함[異]을 보여주어 군주를 놀라게 하고 꾸짖는다. 이와 같이 소규모로 발생한 것이 재災이고 대규모로 발생한 것이 이異이다. 그러나 동중서는 이러한 견책이나 꾸짖음이 군주를 위험에 빠뜨리고자 주어진 것이 아니라 하늘의 군주에 대한 인자함을 드러내는 행위라고 보고 있다.

동중서는 재이가 발생하는 원인을 군주가 방탕하고 정치가 쇠미해진 것에서 찾았는데, 군주의 방탕과 정치의 쇠미를 예방하기 위해서는 무엇보다 학문과 행도行道에 힘써야 한다고 하였다.

> 억지로라도 애쓰면서 학문에 매진하면 듣고 보는 것이 넓어지면서 지혜도 더욱 밝아지고, 억지로라도 애쓰면서 도를 행하는 일에 매진하면 덕성이 날로 드높아지면서 크게 공을 이룰 것이니, 이 모두는 지금까지의 태도를 바꾸기만 하면 금방 효험을 볼 수 있는 것들이다.[19]

---

19 "彊勉學問 則聞見博而知益明 彊勉行道 則德日起而大有功 此皆可使還至而立有效者也."(『漢書』

군주가 우선 빨리 시행할 수 있고 효과도 곧바로 볼 수 있는 길은 성현의 학문과 도덕을 힘써 행하는 것이다. 그리하면 견문과 지식이 쌓이고, 이를 기반으로 덕치를 힘써 행하면 큰 공을 세우게 된다. 이는 동중서가 하늘과 군주 사이를 끊임없는 도덕적 긴장감의 수수관계로 연결하여 한시라도 학문과 행도에 대한 노력을 게을리 하지 않도록 경계한 것으로, 군주가 군주로서 올바른 모습을 가지도록 유도하는 것이라 볼 수 있다.[20] 그 결과로 나타나는 치란과 흥패는 순전히 군주의 노력에 달려있는 것이다.

동중서는 천인감응론에 따라 왕의 정치수행이 자연의 질서를 감동시킨다고 인식해서 정치를 잘하면 상스러운 징조[符瑞]가 있다고 했다. 그러나 상스러운 징조는 군주가 억지로 발생시킬 수 있는 것이 아니다. 이는 적선과 덕치를 오래도록 실행하면 하늘이 그에 대한 보답으로 『서경』에서 논술한 것과 같이 온 나라 백성들이 귀의하는데, 이러한 징험이 곧 하늘이 내린 상서로운 징조[天瑞]이고 군주에 대한 신임의 징조이다. 천하에 사특한 기운[邪氣]이 가득차서 백성이 바르지 않고 교화가 서지 않으면 상서祥瑞는 기대할 수 없다. 동중서는 상서가 발생하지 않는 것은 군주의 교화가 서지 않았기 때문이라 한다.

> 하늘이 그로 하여금 왕이 되게 하여 크게 받드는 것은 반드시 사람의 힘으로 이룰 수 있거나 스스로 이르는 것이 아닌 경우도 있으니, 이는 수명守命의 징조입니다. 천하 사람이 한마음으로 돌아오는 것이 마치 부모에게로 돌아오는 것과 같으므로 천서天瑞가 정성에 감응하여 이릅니다. 『서경』에 이르기를, "흰 물고기가 왕의 배에 들어오고, 불이 왕

卷56, 董仲舒傳).

20 金東敏, 앞의 논문, 330쪽.

의 지붕에 돌아왔다가 흘러 까마귀가 되었다."고 하였으니, 이는 천명을 받은 징조입니다.[21]

하늘의 상서로운 조짐인 천서는 바로 떠나간 민심이 다시 돌아오는 것을 말한다. 민심이 한마음으로 군주한테 돌아오니 하찮은 물고기와 날짐승조차도 군주한테 돌아오는 것과 같은 상서로운 현상이 발생하는 것이다. 상서는 군주가 억지로 발생시킬 수 있는 것도 아니고 상서 스스로가 저절로 굴러들어 오는 것도 아니다. 그런데 왜 이러한 상서가 발생하지 않는가?

지금 폐하께서는 귀貴하기는 천자이고 부富는 천하에 있습니다. 이룰 수 있는 지위에 거하고, 이룰 수 있는 권세를 잡고 있으며, 또한 이룰 수 있는 자질도 있습니다. 품행은 높고 은택은 두터우며 지혜는 밝고 의지는 아름다우며, 백성을 사랑하고 선비를 좋아하니, 훌륭한 군주라 말할 수 있습니다. 그러나 천지가 감응하지 않고 아름다운 상서가 이르지 않는 것은 왜 입니까? 무릇 교화가 서지 않고 만민이 바르지 않기 때문입니다.[22]

상서가 이르지 않는 것은 군주에게 무소불위의 권력과 지고무상의 지위가 없기 때문도 아니고, 또한 군주의 품행·은택·지혜·의지가 나빠서도 아니며, 온 백성을 사랑하는 마음이 없어서도 아니다. 그것은 오로지 황제의 교

---

21 "天之所大奉使之王者 必有非人力所能致而自至者 此受命之符也 天下之人同心歸之 若歸父母 故天瑞應誠而至 書曰白魚入于王舟 有火復于王屋 流為烏 此蓋受命之符也."(『漢書』卷56, 董仲舒傳).

22 "今陛下貴為天子 富有四海 居得致之位 操可致之勢 又能致之資 行高而恩厚 知明而意美 愛民而好士 可謂誼主矣 然而天地未應而美祥莫至者 何也 凡以教化不立而萬民不正也."(『漢書』卷56, 董仲舒傳).

화가 잘못됐기 때문이라고 한다.

이와 같이 재이가 발생하는 원인과 상서가 발생하지 않는 원인은 각각 군주의 방탕과 교화의 잘못 때문이다. 따라서 드러나는 현상만 놓고 보면 재이와 상서는 반대로 나타난다. 동중서의 천인감응론 내용이 재이와 상서라면, 그 감응의 주체는 군주이고 징험은 백성의 순종과 거역[順逆]이다.

동중서의 천인감응론은 그 자신이 지니고 있던 철학사상을 순수한 입장에서 집필한 것이라기보다는 현량賢良으로서 한무제의 책문策問에 대답하기 위해 만들어진 성격이 강하기 때문에 다분히 정치적 성격을 내포하고 있다. 즉 천인감응론은 동중서가 『춘추』의 사실을 바탕으로 그 자신의 역사적 통찰력을 가미해서 정치와 사상에서의 대일통大一統을 원했던 한무제의 현실정치에서의 필요에 따라 군주권을 절대화하고 제국을 장구하게 다스릴 수 있도록 각색된 사상이다. 이것의 주된 내용인 재이와 상서도 이러한 내용을 이론적으로 보강하는 쪽으로 활용된다. 재이는 군주로 하여금 실정에 대하여 견고하는 쪽으로 기능하고, 상서는 선정善政에 대한 하늘의 보상이고 천명을 계속해서 이어받는다는 보장적 기능으로 작동한다. 그런데 이는 어디까지나 군주권을 강화하고 장구적인 치안을 합리화하고 정당화하기 위한 방향으로 진행되었다.[23] 이와 반대로 동중서의 재이론은 통치자의 정치권력을 견제하는 사상 내지는 이론이라고 평가되기도 한다. 전제적인 통치자의 정치권력을 직접 견제할 수 없기 때문에 통치자보다 높은 지위에 있는 하늘의 권위를 빌려 통치자의 권력을 견제하려고 마련한 장치가 재이론이라는 것이다.[24]

---

23 吳清植, 앞의 논문 참조.

24 미조구치 유조(溝口雄三)·마루야마 마쓰유키(丸山松幸)·이케다 도모히사(池田知久) 엮음/김석근·
   김용천·박규태 옮김, 2011, 『중국사상문화사전』, 책과함께, '災異', 320쪽. 재이론의 양면적 성격에
   대해서는 馮友蘭 저·Derke Bodde 편/정인재 역, 1994 『중국철학사』, 형설출판사, 253~254쪽, 그
   리고 재이론이 갖는 군주권 견제의 논리에 대해서는 히하라 도시쿠니(日原利國), 1986 『漢代思想

이상에서 살펴본 바와 같이 동중서의 재이론은 통치자의 존재를 절대화시키는 동시에 통치자의 권력이 무한히 확대되는 것을 방지하고자 '재이=천명'라는 장치를 두어 한계를 분명히 하였다. 그런데 이것이 현실에서 실질적인 정치 논리로 활용되면서 군주권 강화와 견제 논리로 나타나게 되었던 것이다. 즉 군주는 재이에 적극적으로 대응함으로써 천명의 수수와 통치 행위의 정당성을 입증할 수 있었고, 반면에 신료는 국왕보다도 권위가 높은 하늘의 힘을 빌려 군주의 전제적인 정치권력을 견제할 수 있었던 것이다. 그래서 재이론은 양면적인 성격을 띤다고 할 수 있다.

3. 어촌 심언광의 재이론

『조선왕조실록』에는 많은 양의 재이災異 기록이 있다. 현재까지 연구된 바에 의하면 조선 전시기의 『실록』에는 25,670건이 있다고 하고,[25] 조선전기 127년 동안(1392~1519)의 『실록』에는 약 8,000건이 있다고 한다.[26] 특히 중종의 치세에 걸쳐있는 1506년~1544년 사이에는 각종 자연재해가 가장 빈번했고 심각하였다. 이러한 사실은 반정 후 재변이 없는 해가 없었다는 중종의 탄식에서도 확인할 수 있다.[27]

이러한 자연재해는 일과성의 것이 아니라 장기간에 걸친 소빙기(1480~1750) 현상 때문이라 한다. 소빙기 현상의 원인은 운성형 유성들이

の硏究』, 硏文出版, 65쪽 ; 가나야 오사무(金谷治) 외 지음/조성을 옮김, 1987 『중국사상사』, 이론과실천, 131쪽 참고.

25 李泰鎭, 1997 「고려~조선중기 천재지변과 天觀의 변천」 『韓國思想史方法論』, 116쪽 ; 李泰鎭, 2012 『새韓國史-선사시대에서 조선 후기까지-』, 까치글방, 315쪽.

26 Park Seong-rae, 1998 『Portents and Politics in Korean History』, Jimoondan, 13쪽.

27 "傳曰 自反正後 如此災變 無歲無之"(『중종실록』권70, 26년 5월 계묘조 ; 17-303).

장기간에 걸쳐 다량으로 지구대기권에 돌입하여 낙하할 때 국지적 급랭急冷, 광풍狂風 현상이 발생하여 우박이나 눈이 내리기도 하고, 장기적으로 대기권에서 마찰, 폭발할 때 발생한 먼지cosmic debris가 쌓여 태양의 빛과 열을 차단함으로써 기온강하氣溫降下 현상이 나타났던 것이다.[28]

조선시대 경연관들은 재이를 극도로 중시하였다. 해마다 반복되는 가뭄과 홍수는 물론이요, 규칙적으로 생기는 일식과 월식 그리고 이따금 생기는 이상기후, 혜성, 화재 등 모든 재이는 왕이 정치를 잘못했다는 명백한 증거였다. 경연관들은 무슨 잘못이 어떤 이변을 가져왔는지 설명할 필요가 없었다. 무슨 재이가 생기든지 왕은 자기의 정치 전반을 반성하여 스스로 잘못을 찾아야 했으며, 신하들은 정치 전반을 자유롭게 비판할 수 있었던 것이다.[29]

어촌의 재이론은 그 대부분이 삼사에 재직할 때 상소한 것과 경연강의를 통해 제시된 것이었다. 이에 대한 몇 개의 사례를 들면 다음과 같다.

> C-① 근년 이래로 상서가 응하지 않고 재앙이 잇달아 올해까지 겨울의 천둥이 이변을 보이고 태양의 가에 있는 붉은 기운[日珥]이 경계를 보이며, 절기가 동지를 지났는데도 따뜻한 기운이 봄날 같고 비린 안개가 짙은 장독瘴毒 같습니다.[30]
>
> C-② 전하께서 중흥의 초기에는 위로 하늘의 재변을 두려워하고 아래

---

28 李泰鎭, 1996 「小氷期(약 1500~1750년) 현상의 天體現象의 원인-『朝鮮王朝實錄』의 관련자료 분석-」『國史館論叢』76 ; 「小氷期(1500~1750) 天變災異 硏究와 『朝鮮王朝實錄』- global history 의 한 章 - 」『歷史學報』149 참조.

29 權延雄, 1990 「朝鮮前期 經筵의 災異論」『歷史敎育論集』13·14 ; 경석현, 2013 「『朝鮮王朝實錄』 災異 기록의 재인식 : 16세기 災異論의 정치·사상적 기능을 중심으로」『한국사연구』160.

30 "頃年以來 休祥不應 災沴荐仍 迄至于今歲 冬雷示異 日珥告警 節過至日 暖氣如陽春 腥霧如茅瘴"(『漁村集』 제8권, 弘文館上疏 戊子年〈중종 23, 1528〉).

로 자기 허물을 살피었습니다. 지난번 하늘의 재변災變과 사물의
괴이怪異가 거듭 나타나, 밤에는 흰 운기雲氣가 하늘에 비끼고 낮
에는 짙은 안개가 사방으로 막히며, 북방들에 돌이 떨어지고 여
름철에 우박이 내리며 심한 가뭄이 재앙이 되어 파종도 하지 못
했습니다.[31]

C-③ 지난해 가을에는 혜성彗星의 이변異變이 보이더니 얼마 있다 조
정에 변이 있게 되었습니다. 그리고 올해는 봄부터 비가 오지 않
은 채 여름을 거쳐 가을이 되었고 태백성太白星이 하늘을 가로지
르는가 하면 지진이 일어나고 우박이 왔습니다.[32]

C-①은 근년 이래로 상서가 응하지 않고 재앙이 잇달아 해와 별에 이상
이 생기고, 겨울에 천둥이 치며 동지가 지났는데도 따뜻한 기운이 봄날 같
다고 하였다. 해와 별의 이상이란 햇무리가 자주 생기고 해가 빛을 잃거나
둘로 보이는 것과 같은 현상이었다. C-②는 하늘의 재변과 사물의 괴이가
거듭 나타나 밤에는 흰 운기가 하늘에 비끼고 낮에는 짙은 안개가 사방으
로 막히며, 북방들에 돌이 떨어지고 여름철에 우박이 내리며 심한 가뭄이
재앙이 되어 파종도 하지 못했다고 한다. C-③은 지난해 가을에 혜성의 이
변이 보이더니 얼마 있다 조정에 변이 있게 되었고, 올해는 봄부터 비가 오
지 않은 채 여름을 거쳐 가을이 되었고 태백성이 하늘을 가로지르는가 하
면 지진이 일어나고 우박이 왔다고 한다. 때아닌 천둥번개와 심한 가뭄이
예사로 발생한 것이 당시의 현실이었다. 어촌은 "오늘날의 변은 선왕의 세

---

31 "殿下在中興初 上畏天變 下省己愆 頃者 天災物怪 疊見層出 夜則白氣橫天 晝則黃霧四塞 朔野
隕石 夏月雨雹 驕陽作愆 種不入土"(『漁村集』 제8권, 十漸疏 己丑年〈중종 24, 1529〉).

32 "往年秋 彗星示異 俄有朝廷之變 自今春不雨 歷夏至秋 太白經天 地震雨雹"(『漁村集』 제8권, 弘
文館箚子 壬辰年〈중종 27, 1532〉).

상에서는 일찍이 없었다. 하늘이 변을 보임이 이렇게까지 극심하니, 국가에 장차 무슨 일이 있을지 모르겠다"³³고 하였다.

어촌은 "하늘과 사람은 한 이치라서 느낌이 있으면 곧 반응이 나타나게 되는데, 사람의 득실得失로 하늘의 길흉吉凶이 나타난다"³⁴고 하였다. 이는 동중서의 감응과 경고라는 재이설의 설명방식을 그대로 수용한 것이었다. 동중서는 천도天道와 인간사人間事는 서로 영향을 끼친다고 주장하였다. 그는 하늘과 사람이 동류同類이고 서로 감응하는 관계에 있으므로, 인간의 행위가 합당하지 않고 이상하면 하늘도 비상한 현상을 내려 견고譴告하는데 그것이 바로 재이라 하였다. 어촌은 재이가 자주 일어나는 원인에 대해 다음과 같은 점을 들고 있다.

D-① 시독관 심언광이 아뢰었다. "『예기』 월령편月令篇은 모두 백성을 위하여 지은 것입니다. 봄에 농토를 갈아 씨를 뿌리고 여름에 풀을 매서 가꾸고 가을에 곡식을 거두고 겨울에 창고에 저장하는 것은 민생이 날마다 하는 일로서, 다 천도天道에 순응하여 제 시기를 맞춘 것입니다. 왕이 백성을 다스리는 것도 천天도 자연의 이치에 순응하여 정사政事에 베푸는 것으로, 창고의 곡식을 백성에게 흩어주고 형벌을 삼가는 것이 천도의 자연 아닌 것이 없습니다. 그러므로 정치를 시행하는 때에나 사물을 처리하는 즈음에 있어 만약 천리에 어긋나고 정시正時를 어기는 일이 있게 되면, 반드시 하늘에서 반응이 일어나게 됩니다. 그리하여 음양陰

---

33 "大司憲沈彦光曰…今日之變 先王之世 所未曾有 天之示變 至於此極 不知國家將有何事也"(『중종실록』권75, 중종 28년 7월 을묘조: 17-446).

34 "天人一理 有感輒應 得失於人 休咎於天 蓋天之降災 無非仁愛之至"(『漁村集』 제8권, 弘文館箚子 壬辰年(중종 27, 1532).

陽이 차서를 잃고 한서寒暑가 거꾸로 되어 재변災變이 그치지를 않게 됩니다. 때문에 삼대三代의 성대한 때의 훌륭한 임금들의 정치는 모두 월령月令의 제도에 근본을 두어서 조금도 어김이 있지 않았습니다. 그러나 삼대 이후로는 사시四時의 시령時令이 선왕의 제도에 맞지 않은 것이 많이 있기 때문에 재변이 거듭 나타나 끊긴 때가 없게 되었습니다. 그런데 방금에는 가뭄·홍수와 충재蟲災의 재변이 해마다 잇따르고 있으니, 시령에 그 마땅함을 얻지 못한 것이 있어서가 아니겠습니까? 무릇 사람은 오상五常의 성性을 갖추고 오행五行의 기氣를 받아 태어났는데, 기氣로 말하면 수水·화火·금金·목木·토土이며, 이理로 말하면 인仁·의義·예禮·지智·신信입니다. 이와 같이 사람이 한번 움직이고 한번 멈추는 데 있어 천지 음양과 서로 유통되지 않음이 없습니다. 그러므로 임금이 천지를 조화하고 인민을 양육養育하는 정치는 모두 나의 마음에서 나오는 것이니, 이와 같은 책은 더욱 성찰하시어 염두에 두셔야 합니다."**35**

D-② 삼가 아뢰건대 인심人心이 화和를 얻지 못하면, 이것이 안에 응결될 경우엔 우수가 되고 밖으로 발할 경우엔 원망하는 탄식이 되며, 격발激發할 경우엔 눈물이 되고 쌓였을 경우엔 나쁜 기운[戾氣]이 됩니다. 이것이 서로 얽혀 오래도록 흩어지지 않으면,

---

35 "侍講官沈彦光曰 禮記月令 皆爲民而作也 春耕·夏耘·秋收·冬藏 民生日用作爲之事 皆順天道 而及其時也 王者理民 亦順天道自然之理 而施于政事 發倉廩·愼刑罰 無非天道之自然也 行政之間 處事之際 如有乖理逆時之事 則必應於上 以是陰陽失序 寒暑倒錯 而災變不息 故三代盛時 聖帝·明王之治 皆本於月令之制 而有不敢少違焉 三代以下 則四時之令 多有不合於先王之制 故災變疊見 無世無之 方今水旱蟲災之變 連年相仍 豈非時令之有不得其宜也 凡人具五常之性 受五行之氣 以氣言之 則水火金木土也 以理言之 則仁義禮智信也 人之一動一靜 無非與天地陰陽 相爲流通 故人君和天地·養人民之政 皆自吾心出也 如此之篇 尤當省念"(『중종실록』권67, 중종 25년 3월 정유조; 17-200).

양陽에는 극심한 가뭄으로 나타나고 음陰에는 음산한 흙비로 나타납니다.[36]

D-①은 천재지변이 빈발하는 원인에 대해 백성이 농사를 지을 때나 왕이 정사를 베풀 때 천도天道와 정시正時를 어기는 일이 있게 되면, 반드시 하늘에서 반응이 일어난다고 하였다. 그리하여 음양이 차서次序를 잃고 한서寒署가 거꾸로 되어 재변이 그치지 않게 된다는 것이다. 삼대의 성대한 때 훌륭한 임금들의 정치는 모두 월령月令의 제도에 근본을 두어서 조금도 어김이 있지 않았으나 삼대 이후 사시四時의 시령時令이 선왕의 제도에 맞지 않은 것이 많기 때문에 재변이 거듭 나타나게 되었다는 것이다. D-②는 인심이 화和를 얻지 못하면, 이것이 안에 응결될 경우 우수가 되고 밖으로 발할 경우 원망하는 탄식이 되며, 격발할 경우 눈물이 되고 쌓였을 경우 나쁜 기운[戾氣]이 된다고 하였다. 이것이 서로 얽혀 오래도록 흩어지지 않으면, 양陽에는 극심한 가뭄으로 나타나고 음陰에는 음산한 흙비로 나타난다고 하였다.

어촌은 하늘이 재앙을 내리는 것은 임금을 인애仁愛하는 뜻이 지극해서 그렇다고 하였다.[37] 그것은 곧 인간사에 어떤 잘못이 있을 때 그것을 고치도록 하늘이 견고譴告를 보내는 것이라는 신유학 본래의 천변재이관에 입각한 의견이다.

지금보다 자연의 구속력이 훨씬 컸던 자연재해는 자연히 극심한 흉년으로 이어져 토지생산물에 의존하던 당시의 국가경제에 치명적 타격을 가하였을 뿐만 아니라 백성들의 생계도 위협하였다.

---

36 "伏以 人心之不得其和者 鬱而爲憂愁 發而爲怨咨 激而爲涕淚 積爲戾氣 紏焉紛焉 久而不散 於暘爲尤暵 於陰爲曀霾"(『漁村集』 제8권, 司憲府上疏 己丑年〈중종 24, 1529〉).

37 "蓋天之降災 無非仁愛之至"(『어촌집』 제8권, 弘文館箚子 壬辰年〈중종 27, 1532〉).

E-① 전하께서 정치를 맡아 잘 다스리고자 하신 지 24년이 되었습니
다. 그러나 화순和順한 감응은 오지 않고 재앙의 징조[妖孼]만 거
듭 이르는가 하면, 음양이 어긋나 추수를 못하는 해가 잇달았습
니다. 그런데도 백성들이 죽어서 구렁에 뒹굴게 됨을 면하고 농
사지어 먹으면서 지금까지 이르게 된 것은, 모두 전하께서 일념
으로 힘써 구휼하신 덕택입니다. 그런데 하늘이 불쌍히 여기지
아니하여 재앙이 또 발생하여 봄부터 여름이 지나 초가을이 되
도록 비가 오지 않아 가을에 추수할 기대가 끊어진 것이 사방이
모두 그 지경입니다. 사방과 기전畿甸을 견주어보면 기전이 더욱
심하고, 기전과 서울을 견주어보면 서울이 더 심하여, 가까운 곳
일수록 재앙이 더욱 심합니다. 지맥地脈이 타고 우물이 말라서,
도성 사람들이 물 한 말[斗]을 비싼 값으로 사고 있는 실정입니
다. 궁궐의 샘도 말라붙어 물을 찾아 민가로 돌아다니는 실정이
니, 이처럼 극심한 재변은 고금에 드문 일입니다.[38]

E-② 국가가 근년에 와서는 음양이 시기를 잃어서 번번이 농사철을 당
하여 가뭄의 재변으로 해마다 흉년이 들어서 백성들이 굶주리고,
밥 지을 양식이 없고 겨와 기울도 넉넉지 못하여 삶을 영위할 수
없어 바야흐로 굶어죽은 시체가 여기저기 나뒹구는 환란이 있게
되었습니다. 그리하여 전지를 팔고 가축을 팔아서 조세를 바치
고 풀뿌리와 나무 열매로 겨우 빈 배를 채우면서 오는 해에 풍년
들기를 바라고 살았지만 그 해는 더욱 심했습니다. 해가 갈수록

---

38 "自殿下臨政願治 于今二十四年 和順不應 妖孼沓至 陰陽繆盭 頻歲不秋 民之免溝壑 保耕鑿 以
至今日 皆殿下勤恤一念之賜 皇天不弔 災沴又作 自春不雨 綿歷朱夏 節屆稚金 望絕西成 有摧之
暵 環四方皆然 以四方視畿甸 畿甸爲甚 以畿甸視京都 京都爲甚 地愈近而災愈迫 土脈焦渴 井泉
枯涸 都人至以高直易斗水 宮井亦渴 轉索廛坊 災大變極 古今罕觀"(『漁村集』제8권, 司憲府上疏
己丑年〈중종 24, 1529〉).

곤궁해져 지금에 이르러서는 온 사방이 모두 익모초의 탄식[萑之嘆]이 있게 되었습니다.³⁹

E-③ 하늘에 이변이 생겨 혜성이 해마다 나타나고 음陰의 나쁜 기운이 양陽을 침범하고 흰 무지개가 해를 꿰었으니, 사람의 일이 음양에 감응하는 것은 마치 쇠를 달구는 불에 따라 온도가 오르내리는 것과 같아서 효과가 나타나는 것을 속일 수 없습니다.···이 몇 해 동안 흉년이 심하여 백성들이 배고프다고 울부짖고, 호남·영남은 도토리도 넉넉하지 않아 유망流亡하는 백성들이 길에 가득하여, 모자母子간에도 돌보지 않아 혹은 아이를 나무에 묶어놓고 떠나기도 했고, 사대부의 집도 헤어져 떠날 때 울부짖으며 호랑이 함정에 빠지기도 했으니, 말을 하자면 너무도 측은하여 차마 아뢸 수가 없습니다.⁴⁰

E-①은 봄부터 초가을이 되도록 비가 오지 않아 가을에 추수할 기대가 끊어진 것이 사방 모두가 그 지경이다. 그중에서 서울이 더 심해 지맥地脈이 타고 우물이 말라서 도성 사람들이 물 한 말[斗]을 비싼 값으로 사고 있고, 궁궐의 샘도 말라붙어 물을 찾아 민가로 돌아다니는 실정이라고 하였다.

E-②는 근년에 와서 음양이 시기를 잃어 번번이 농사철을 당하여 가뭄의 재변으로 해마다 흉년이 들어서 백성들이 굶주리고, 밥 지을 양식이 없

---

39 "國家自頃年以來 陰陽愆候 每當農月 旱魃爲災 連歲失稔 蒼生阻飢 樵蘇莫爨 穚芟靡資 不暇聊生 方憂轉死 鬻産賣畜 以供租調 草根木實 僅充枵腹 冀有來歲 而來歲尤甚焉 歲甚一歲 至于今玆 有萑之嘆"(『漁村集』 제8권, 弘文館箚子 壬辰年〈중종 27, 1532〉).

40 "乾象示異 妖星歲見 陰沴侵陽 白虹貫日 夫人事之感陰陽 猶鐵炭之低昂 其見效不可欺也.···比歲荒饉 蒼生啼飢 湖嶺二路 籽橡不贍 流迸載道 母子相棄 至繫之樹木而去 士人之家 佻離嗟泣 或塡虎穽 言之惻然 所不忍聞"(『어촌집』 제8권, 弘文館箚子 계사년〈중종 28, 1533〉).

고 겨와 기울도 넉넉지 못하여 삶을 영위할 수 없어 굶어죽은 시체가 여기 저기 나뒹구는 환란이 있게 되었다. 그리하여 전지를 팔고 가축을 팔아서 조세를 바치고 풀뿌리와 나무 열매로 겨우 빈 배를 채우면서 오는 해에 풍년들기를 바라고 살았지만 그 해는 더욱 심했다. 본문에서는 해가 갈수록 어려움을 겪는다는 의미로 『시경』의 구절에서 익모초의 탄식[推之嘆]을 가져와 표현하고 있다.[41]

E-③은 하늘에 이변이 생겨 몇 해 동안 흉년이 심하여 백성들이 배고프다고 울부짖고, 호남·영남은 도토리도 넉넉하지 않아 유망하는 백성들이 길에 가득하여 모자母子간에도 돌보지 않아 혹은 아이를 나무에 묶어놓고 떠나기도 했으며, 사대부의 집도 헤어져 떠날 때 울부짖으며 호랑이 함정에 빠지기도 했다고 한다.

한편 재이가 발생한 틈을 타서 간흉奸凶의 잔당들은 몰래 사악한 일을 꾸미기도 하였고, 오랫동안 먼 변방에 귀양간 자는 사면의 요행을 바라기도 했다.

> 하늘에 이변이 생겨 혜성이 해마다 나타나고 음陰의 나쁜 기운이 양陽을 침범하고 흰 무지개가 해를 꿰었으니, 사람의 일이 음양에 감응하는 것은 마치 쇠를 달구는 불에 따라 온도가 오르내리는 것과 같아서 효과가 나타나는 것을 속일 수 없습니다. 하늘의 위엄을 두려워하면서 재앙을 불러오는 까닭을 생각하지 않아서야 되겠습니까? 국가의 기강이 제대로 서지 못하고 법령이 부진해서 간흉奸凶의 잔당들이 몰래 사

---

41 퇴(推)는 익모초인데, 익모초는 수분이 많은 식물이기 때문에 쉽사리 마르지 않는데 익모초까지 말라 죽었다는 것은 가뭄이 극심함을 나타낸다. 『시경』 「왕풍(王風) 중곡유퇴(中谷有推)에 "골짜기 가운데 익모초가 가뭄에 바짝 말랐도다. 생이별한 여인 슬픈 소리로 탄식하네[中谷有推 暵其乾矣 有女仳離 嘅其嘆矣]"라는 말이 나온다.

악한 일을 꾸미고 있습니다. 때문에 네거리에 비방하는 방을 붙이고 대궐의 문에 화살을 쏘며 임금이 계신 곳에 돌을 던지고, 심지어는 노래를 만들어 경상卿相들을 헐뜯기까지 하니 사람의 마음이 이렇게까지 흉포해진 것은 고금에 듣지 못했던 일입니다. 권세 있는 간흉으로 오랫동안 먼 변방에 귀양간 자가 보통의 사면에는 용서받기 어려운 일인 줄을 모르는 것이 아닌데도 근래의 잦은 사면을 틈타 혹시나 하는 요행을 바라는 마음을 가지고 온갖 방법으로 엿보니, 이는 조정을 가볍게 여겨 틈이 생기기를 엿보는 것입니다. 어쩌다 부당한 길을 한번 열어놓거나 상의 뜻이 조금만 흔들리면 종사에 미치는 화가 반드시 말하기 곤란한 지경에 이를 터이니 두려워하지 않을 수 있겠습니까?[42]

재이가 발생했을 때 간흉奸凶의 잔당들은 국가의 기강이 문란하고 법령이 부진한 틈을 타서 네거리에 비방하는 방을 붙이거나 대궐의 문에 화살을 쏘며 궁궐에 돌을 던지기도 하였으며, 노래를 만들어 경상卿相들을 헐뜯기까지 하였다. 또한 권세 있는 간흉으로 오랫동안 먼 변방에 귀양간 자는 근래의 잦은 사면을 틈타 혹시나 하는 요행을 바라는 마음을 가지고 온갖 방법으로 엿보기도 하였다. 사면은 정기적으로 반포되는 것이 아니라 특정한 사건이 발생하면 그때마다 반포하였는데, 당시에는 1년에 두 차례나 사면하기도 하였다.[43] 어촌은 이같은 부당한 길을 한번 열어놓으면 종사에 미치는 화가 말하기 곤란한 지경에 이를 것이라고 하였다.

---

42 "乾象示異 妖星歲見 陰沴侵陽 白虹貫日 夫人事之感陰陽 猶鐵炭之低昂 其見效不可欺也 畏天之威 盡思其所召 國網之不綱 絋領不振 姦兇餘孽 陰蓄邪謀 榜于通衢 矢于宮門 石于御所 以至作俚謠 訛卿相 人心兇悍 逈古罕聞 權奸之長流遐裔者 非不知常赦之所難原 而頃乘數赦 或懷僥倖 覬覦百端 是輕朝廷而窺事釁也 設令陰逕一開 聖志少撓 則宗社之禍 必有所難言者 可不懼哉"(『어촌집』 제8권, 弘文館箚子 계사년〈중종 28, 1533〉).

43 "憲府啓曰…赦者 人主一時曠蕩之恩 不可數下 一歲再赦 古人非之"(『중종실록』권75, 중종 28년 7월 을사조; 17-444).

어촌은 홍문관에 재직하면서 천변재이의 해소 방도를 개진하는 차자箚
子를 여러 차례 올렸다.

F-① 신등이 생각하건대, 하늘과 사람이 응하는 것은 그림자나 메아리
　　　보다 빨라서, 일의 득실得失에 다르게 응하여 상서와 재앙이 따
　　　릅니다. 그러므로 쇠퇴하고 타락한 정치에는 응하는 것이 늘 덥
　　　고 포학하고 참혹한 정치에 응하는 것이 늘 추워서, 주周나라의
　　　말기에는 추운 해가 없었고 진秦나라가 망할 때에는 따뜻한 해
　　　가 없었습니다. 하늘이 주나라와 진나라에 경계를 보인 것이 이
　　　토록 간절했으나, 오히려 깨닫지 못하여 마침내 망하게 되었습니
　　　다. 옛부터 국가의 형세는 융성하지 않으면 쇠퇴하여지고 쇠퇴하
　　　면 어지러워지고 어지러우면 망하게 되는 것입니다. 그래서 망하
　　　는 것은 망하는 당일 망하는 것이 아니라 그 조짐이 융성하지 않
　　　은 날에 이미 나타나는데, 밝은 자는 먼저 보고서 바로잡아 망하
　　　게 되지 않게 하나 어두운 자는 흐릿하게 알지 못하여 망하는 날
　　　에 가서야 망하는 것을 압니다. 요는 임금이 하늘을 두려워하고
　　　재앙을 삼가는 데에 달려 있는데, 하늘을 두려워하고 재앙을 삼
　　　가는 실제는 정심성의正心誠意에 지나지 않습니다. 아! 이 정심성
　　　의 넉 자는 넉넉히 어지러움을 바꾸어 다스림이 되게 하고 재앙
　　　을 바꾸어 상서가 되게 할 수 있거니와, 성의정심誠意正心의 공이
　　　있으면 성의정심의 보람이 있는 것은 마치 땅에 씨를 뿌리는 것
　　　과 같은데, 씨 뿌리면 반드시 나는 것은 이치가 반드시 그러한 것
　　　입니다.[44]

---

44 "臣等竊惟 天人之應 捷於影響 事之得失異 而應之休咎隨之 故委靡頹惰之政 其應爲常燠 苟暴慘

F-② 전하께서 정치를 맡아 잘 다스리고자 하신 지 24년이 되었습니다.…전하께서 스스로 생각하시건대, 오늘날 근심하는 마음이 과연 즉위 초와 같다고 생각하십니까? 잘 다스려지기를 바라는 성의가 독실하지 못한가 싶습니다. 옛날의 성인聖人은 자신의 책망을 앞세웠습니다. 홍수의 재앙이 있으면 오로지 내 탓이라 했고, 만방萬方에 죄가 있으면 이는 오로지 내 탓이라고 했습니다. 그래서 하늘도 성내지 않고, 백성도 원망하지 않았습니다. 뒷날의 임금들은 반성하여 스스로 닦아서 시행하지는 않고, 재앙을 만나면 운수로 돌리고 잘못이 있으면 책임을 아랫사람에게 돌립니다. 그래서 하늘도 성내고 백성도 원망하여 끝내는 멸망이 뒤따랐으니, 삼가지 않을 수 있겠습니까? 임금이 하늘을 섬기는 것은 자식이 부모를 섬기는 것과 같습니다. 부모가 자식을 꾸짖으면 자식은 잘못을 반성하고 효도를 다하여 부모의 환심을 얻도록 해야 합니다. 보위寶位에 있으면서 하늘의 꾸지람을 받으면 늘 재앙을 부른 것은 무슨 일 때문이고, 하늘에 응답할 방법은 무엇인가를 생각하여 자기의 정성을 다해서 천심天心을 돌리고자 해야 합니다. 한갓 상렬常列만 따르면서 구차하게 고사故事대로만 하시니, 전하 스스로 생각하건대 이렇게 하는 것이 수성하는 도리를 다하는 것이라 할 수 있겠습니까? 자신을 책망하는 실지에 미진한 점이 있는가 두렵습니다.**45**

刻之政 其應爲常寒 周末無寒歲 秦亡無燠年 天之示警於周秦 諄諄然至此 而尙不覺悟 終底于亡 自古國之勢 不盛則衰 衰則亂 亂則亡 亡非亡於亡之日 其兆已見於不滅之日 而明者 先見而救之 使不至於亡 暗者 朦然莫之知 至于亡之日而知其亡 要在人君畏天謹災 而畏天謹災之實 不過曰 正心誠意而已 鳴乎 正心誠意四字 足以變亂爲治 轉災爲祥矣 有誠正之功 斯有誠正之效 如投種 于地 種則必生 理之必然也"(『漁村集』제8권, 弘文館上疏 戊子年〈중종 23, 1528〉).

45 "自殿下臨政願治 于今二十四年…殿下自念 今日憂勤之心 果如卽位之初載乎 竊恐願治之誠 或 未篤也 古之聖人 以責己爲先 洚水之災 猶曰警予 萬邦有罪 猶曰警予 故天不怒 而民不怨 後之

F-①은 하늘이 주周나라와 진秦나라에 경계를 보인 것이 이토록 간절했으나, 그것을 깨닫지 못하여 이들 나라가 마침내 망하게 되었다는 것이다. 나라가 망하는 것은 망하는 당일 망하는 것이 아니라 그 조짐이 융성하지 않은 날에 이미 나타나는데, 밝은 자는 먼저 보고서 바로잡아 망하게 되지 않게 하나 어두운 자는 흐릿하게 알지 못하여 망하는 날에 가서야 망하는 것을 안다는 것이다. 요는 임금이 하늘을 두려워하고 재앙을 삼가는 실제는 정심성의正心誠意(마음을 바르게 하고 뜻을 정성스럽게 함)에 지나지 않는데, 정심성의하면 어지러움을 바꾸어 다스림이 되게 하고 재앙을 바꾸어 상서가 되게 할 수 있다고 하였다.

F-②는 옛날의 성인은 자신의 책망을 앞세워 홍수의 재앙이 있으면 오로지 내 탓이라 했고, 만방에 죄가 있으면 이는 오로지 내 탓이라고 했다. 그래서 하늘도 성내지 않고, 백성도 원망하지 않았다. 그러나 뒷날의 임금들은 반성하여 스스로 닦아서 시행하지는 않고, 재앙을 만나면 운수로 돌리고 잘못이 있으면 책임을 아랫사람에게 돌렸다. 그래서 하늘도 성내고 백성도 원망하여 끝내는 멸망이 뒤따랐다는 것이다. 임금이 하늘을 섬기는 것은 자식이 부모를 섬기는 것과 같다. 부모가 자식을 꾸짖으면 자식은 잘못을 반성하고 효도를 다해 부모의 환심을 얻도록 해야 한다. 보위에 있으면서 하늘의 꾸지람을 받으면 늘 재앙을 부른 것이 무슨 일 때문이고, 하늘에 응답할 방법은 무엇인가를 생각하여 자기의 정성을 다해서 천심天心을 돌리고자 해야 한다고 하였다.

조선시대 경연관들은 군주가 정치를 잘못했기 때문에 재이가 발생한다

人君 不能反躬自修 遇災則歸之於數 有過則歸之於下 故天怒民怨 而喪亂隨之 可不戒哉 人主之事天 如孝子之事父母 父母之怒其子 其子當思過盡孝 求得其懽心焉 居天位 遇天譴 當思吾所以 召災者何事 應天者何道 克盡己誠 冀回天心 而徒循常拘例 苟應故事 殿下自念 如此而能盡修省之道乎 竊恐責躬之實 或未盡也"(『漁村集』 제8권, 司憲府上疏 己丑年〈중종 24, 1529〉).

고 하였다. 재이가 발생하면 군주는 하늘의 경고를 두려워하고 자신의 잘 못을 반성하는 공구수성恐懼修省을 했다. 군주가 재앙을 만나면 몸을 닦고 반성하는 논리인 우재수성론遇災修省論[46]은 기본적으로 군주를 천명의 담 지자로 여기는 유교적 천명사상에 입각한 것이었다.

고려시기 이래 유교정치가 전개되면서 재이를 맞아 군주에게 수덕修德과 수성修省을 요구하는 일은 줄곧 있어 왔다.[47] 하지만 공구수성의 내용은 시 대와 논자에 따라 상이하게 나타났다. 고려전기에는 경학經學에 바탕을 둔 유교 보편의 정치사상을 이해하고 그것을 현실 정치에서 실현하는 것이 군 주의 공구수성이었다. 『서경』의 「홍범洪範」·「무일無逸」 혹은 『예기』의 「월 령月令」 등에 입각한 천시天時·시령時令에 순응하는 유교정치의 구현이 군 주의 공구수성으로 요구되었다.[48]

조선왕조 국가이념이었던 주자학적 성리학은 이전의 불교나 전통유교의 지배이념보다 한층 더 배타적인 속성을 지녔으며, 특히 왕권의 전제성을 강 조하는 이론체계를 가지고 있었다. 그 이론이란 곧 왕권은 대천리물의 이념 이었다. 대천리물이라는 명제는 주자학적 정치사상에서 왕권의 근원과 그 정당성, 특히 그 전제성을 설명하는 기본명제로서 널리 원용되는 말이었다. 그것은 전통유교에서도 항용 주창되어온 막비왕토莫非王土니 혹은 막비왕 신莫非王臣이니 하는 명제보다 더욱 추상화되고 이론적인 깊이를 더한 내 용을 담은 것이었다.[49] 전제적 지위에 있는 군주가 두려워 할 대상은 오직 하늘뿐이었다. 그래서 전통적으로 재이가 발생하면 군주는 '하늘의 경고

---

46 遇災修省論의 개념과 역사적 전개에 대해서는 李東麟, 2003 「許穆의 春秋災異論에 나타난 '漢學 的' 경향」 『韓國史論』49, 서울대학교 국사학과, 127~142쪽 참고.

47 李熙德, 1984 『高麗儒教政治思想의 研究』, 일조각, 54~55쪽.

48 韓政洙, 2003 「高麗前期 天變災異와 儒教政治思想」 『韓國思想史學』21, 69쪽.

49 김태영, 1994 「조선 전기 사회의 성격」 『한국사』7(중세사회의 발전1), 한길사.

[天譴=재이]'를 겸손하게 반성한다는 의미에서 공구수성할 것을 요청받았던 것이다.

왕의 공구수성에는 음식의 가지 수를 줄이는 감선減膳, 노래·춤·음악 등을 철폐하는 철악撤樂, 근신의 차원에서 정전에서 나와 다른 곳으로 거처를 옮기는 피전避殿, 직언을 널리 구하는 구언求言, 형벌을 감면해 주는 사면赦免 등의 절차가 있었다.[50]

그러나 경연관들은 이같은 요식 행위보다는 왕의 지극한 정성을 강조하였다. 어촌은 재이가 발생했을 때 왕이 지극한 정성으로 공구수성해야지 형식만 갖추어서는 소용이 없다고 하였다. 군주가 하늘의 경고를 받아들이면 좋은 정치가 실현되어 오히려 전화위복이 될 수 있지만, 하늘의 경고를 무시하면 반드시 패망에 이른다는 것이다. 이를테면 지성至誠이어야 감천感天한다는 논리였다.

어촌은 공구수성의 모범으로 은殷나라의 탕왕湯王과 주周나라의 선왕宣王을 들었다. 하夏왕조를 멸망시키고 은왕조를 일으킨 후 가뭄이 7년 동안 계속되자, 탕왕은 몸소 상림桑林에 나아가 비를 빌며 "제가 정치에 절제節制가 없이 문란해졌기 때문입니까? 백성들이 직업을 잃고 곤궁에 처해 있기 때문입니까? 제 궁전이 너무 화려하기 때문입니까? 부녀자의 청탁[女謁]이 성하여 정치가 공정하지 못한 때문입니까? 뇌물이 성하여 정도正道를 해치고 있기 때문입니까? 참소하는 말로 인하여 어진 사람이 배척당하기 때문입니까?" 하고 여섯 가지 일로 자책하며 정성껏 기도를 드렸더니, 오랜 가뭄 끝에 비가 왔으며 마침내 태평성대를 이룰 수 있었다고 한다. 그리고 주나라 선왕은 가뭄을 당하여 지극한 정성으로 반성하고 잘못을 고쳤

---

50 조윤선, 2006 「조선시대 赦免·疏決의 운영과 법제적·정치적 의의」『조선시대사학보』38, 조선시대사학회 ; 함규진, 2010 「조선 역대 왕들의 減膳 : 그 정치적 함의」『한국학연구』34, 고려대학교 한국학연구소 ; 이석규, 2007 「연산군·중종대 求言의 성격 변화와 그 의미」『史學研究』88, 한국사학회.

기 때문에 중흥을 이룩할 수 있었다고 하였다.[51] 어촌은 한결같이 지성으로 거행했는데도 하늘이 응답하는 효과를 얻지 못한다면 임금을 기망欺罔한 죄를 달게 받는다고 하였다.[52]

4. 맺음말

동중서는 전 시대에 이미 행한 일을 보고서 하늘과 사람이 서로 관계되는 일을 살펴보니 군주가 실정失政하면 먼저 재해로써 꾸짖어 알리고[譴告], 그래도 반성을 모르면 한 단계 더 강한 징조인 괴이怪異로 타일러서 두렵게 하고[警懼], 그래도 개과천선하여 정사를 살피지 않으면 마지막 조치로 패망하게 된다고 하였다.

동중서는 하늘과 인간은 같은 구조를 가지고 있기 때문에 군주의 행위는 반드시 천지자연과 감응한다고 하였다. 이는 상서와 재이의 예에서 확인할 수 있다. 그 중심에는 전적으로 위정의 담장자인 군주가 있는데, 군주의 덕치[왕도정치]와 실정[惡政]에 따라 상서와 재이가 내린다고 하였다.

이와 같이 재이가 발생하는 원인과 상서가 발생하지 않는 원인은 각각 군주의 방탕과 교화의 잘못 때문이다. 따라서 드러나는 현상만 놓고 보면 재이와 상서는 반대로 나타난다. 동중서의 천인감응론 내용이 재이와 상서라면, 그 감응의 주체는 군주이고 징험은 백성의 순종과 거역[順逆]이다.

동중서의 천인감응론은 그 자신이 지니고 있던 철학사상을 순수한 입장에서 집필한 것이라기보다는 현량賢良으로서 한무제의 책문策問에 대답하

---

51 『漁村集』 제8권, 十漸疏 甲申年(중종 19, 1524).
52 『漁村集』 제8권, 司憲府上疏 己丑年(중종 24, 1529).

기 위해 만들어진 성격이 강하기 때문에 다분히 정치적 성격을 내포하고 있다. 즉 천인감응론은 동중서가 『춘추』의 사실을 바탕으로 그 자신의 역사적 통찰력을 가미해서 정치와 사상에서의 대일통大一統을 원했던 한무제의 현실정치에서의 필요에 따라 군주권을 절대화하고 제국을 장구하게 다스릴 수 있도록 각색된 사상이다. 이것의 주된 내용인 재이와 상서도 이러한 내용을 이론적으로 보강하는 쪽으로 활용된다.

재이는 군주로 하여금 실정에 대해 견고하는 쪽으로 기능하고, 상서는 선정善政에 대한 하늘의 보상이고 천명을 계속해서 이어받는다는 보장적 기능으로 작동한다. 그런데 이는 어디까지나 군주권을 강화하고 장구적인 치안을 합리화하고 정당화하기 위한 방향으로 진행되었다. 이와 반대로 동중서의 재이론은 통치자의 정치권력을 견제하는 사상 내지는 이론이라고 평가되기도 한다. 전제적인 통치자의 정치권력을 직접 견제할 수 없기 때문에 통치자보다 높은 지위에 있는 하늘의 권위를 빌려 통치자의 권력을 견제하려고 마련한 장치가 재이론이라는 것이다. 그래서 재이론은 양면적인 성격을 띤다고 할 수 있다.

조선시대 경연관들은 재이를 극도로 중시하였다. 해마다 반복되는 가뭄과 홍수는 물론이요, 규칙적으로 생기는 일식과 월식 그리고 이따금 생기는 이상기후, 혜성, 화재 등 모든 재이는 왕이 정치를 잘못했다는 명백한 증거였다. 경연관들은 무슨 잘못이 어떤 이변을 가져왔는지 설명할 필요가 없었다. 무슨 재이가 생기든지 왕은 자기의 정치 전반을 반성하여 스스로 잘못을 찾아야 했으며, 신하들은 정치 전반을 자유롭게 비판할 수 있었던 것이다.

어촌의 재이론은 그 대부분이 삼사에 재직할 때 상소한 것과 경연강의를 통해 제시된 것이었다. 어촌은 "하늘과 사람은 한 이치라서 느낌이 있으면 곧 반응이 나타나게 되는데, 사람의 득실得失로 하늘의 길흉吉凶이 나타난다"고 하였다. 이는 동중서의 감응과 경고라는 재이설의 설명방식을 그대로 수용한 것이었다.

어촌은 천재지변이 빈발하는 원인에 대해 백성이 농사를 지을 때나 왕이 정사政事를 베풀 때 천도天道와 정시正時를 어기는 일이 있게 되면, 반드시 하늘에서 반응이 일어난다고 하였다. 그리하여 음양이 차서次序를 잃고 한서寒暑가 거꾸로 되어 재변이 그치지 않게 된다는 것이다. 삼대의 성대한 때 훌륭한 임금들의 정치는 모두 월령月令의 제도에 근본을 두어서 조금도 어김이 있지 않았으나 삼대 이후 사시四時의 시령時令이 선왕의 제도에 맞지 않은 것이 많기 때문에 재변이 거듭 나타나게 되었다는 것이다. 또한 인심이 화和를 얻지 못하면, 이것이 안에 응결될 경우 우수가 되고 밖으로 발할 경우 원망하는 탄식이 되며, 격발할 경우 눈물이 되고 쌓였을 경우 나쁜 기운[戾氣]이 된다고 하였다. 이것이 서로 얽혀 오래도록 흩어지지 않으면, 양陽에는 극심한 가뭄으로 나타나고 음陰에는 음산한 흙비로 나타난다고 하였다. 어촌은 하늘이 재앙을 내리는 것은 임금을 인애仁愛하는 뜻이 지극해서 그렇다고 하였다. 그것은 곧 인간사에 어떤 잘못이 있을 때 그것을 고치도록 하늘이 견고譴告를 보내는 것이라는 신유학 본래의 천변재이관에 입각한 의견이다.

전제적 지위에 있는 군주가 두려워 할 대상은 오직 하늘뿐이었다. 군주가 하늘을 두려워해야 하는 이유는 천명의 담지자로서 "하늘을 대신하여 만물을 다스린다"는 대천리물하는 존재였기 때문이다. 그래서 재이가 발생하면 군주는 '하늘의 경고[天譴=재이]'를 겸손하게 뉘우친다는 의미에서 공구수성할 것을 요청받았던 것이다.

왕의 공구수성에는 음식의 가지 수를 줄이는 감선減膳, 노래·춤·음악 등을 철폐하는 철악撤樂, 근신의 차원에서 정전에서 나와 다른 곳으로 거처를 옮기는 피전避殿, 직언을 널리 구하는 구언求言, 형벌을 감면해 주는 사면赦免 등의 절차가 있었다.

　그러나 경연관들은 이같은 요식 행위보다는 왕의 지극한 정성을 강조하였다. 어촌은 재이가 발생했을 때 왕이 지극한 정성으로 공구수성해야지 형식만 갖추어서는 소용이 없다고 하였다. 군주가 하늘의 경고를 받아들이면 좋은 정치가 실현되어 오히려 전화위복이 될 수 있지만, 하늘의 경고를 무시하면 반드시 패망에 이른다는 것이다. 이를테면 지성至誠이어야 감천感天한다는 논리였다. 어촌은 공구수성의 모범으로 은殷나라의 탕왕湯王과 주周나라의 선왕宣王을 들었다. 어촌은 한결같이 지성으로 거행했는데도 하늘이 응답하는 효과를 얻지 못한다면 임금을 기망欺罔한 죄를 달게 받는다고 하였다.

| 참고문헌

1. 자료

『漢書』, 『春秋繁露』, 『중종실록』

박도식 외, 2006 『國譯 漁村集』, 강릉문화원.

2. 저서 및 논문

경석현, 2013 「『朝鮮王朝實錄』災異 기록의 재인식 : 16세기 災異論의 정치·사상적 기능을 중심으로」 『한국사연구』160, 한국사연구회.

권연웅, 1990 「朝鮮前期 經筵의 災異論」 『역사교육논집』13·14, 역사교육학회.

＿＿＿, 1996 「朝鮮 中宗代의 經筵」 『吉玄益教授停年紀念 史學論叢』, 간행위원회.

＿＿＿, 2015 『경연과 임금 길들이기』, 지식산업사.

金東敏, 2004 「董仲舒 春秋學의 天人感應論에 대한 고찰-祥瑞·災異說을 중심으로-」 『東洋哲學研究』36, 동양철학연구회.

김예호, 2013 「先秦 黃老學의 形成起源과 變遷樣相 研究」 『한국철학논집』36, 한국철학사연구회.

김태영, 1994 「조선 전기 사회의 성격」 『한국사』7(중세사회의 발전1), 한길사.

남상호, 2000 「동중서의 천인감응의 방법」 『범한철학』22, 범한철학회.

박권수, 2010 「『승정원일기』 속의 천변재이 기록」 『史學研究』100, 한국사학회.

박도식, 2010 「어촌 심언광의 생애와 경세론」 『어촌 심언광 연구총서』Ⅰ, 강릉문화원.

서보근, 2010 「중국 동중서(董仲舒)의 통치사상」 『대한정치학회보』18-2, 대한정치학회.

오종록, 2001 「조선시대의 왕」 『역사비평』54, 역사비평사.

吳淸植, 2015 「동중서의 천인감응설과 음양오행에 관한 연구 : 위정지도(爲政之道)를 중심으로」 『원불교사상과 종교문화』66, 원광대학교 원불교사상연구원.

李東麟, 2003 「許穆의 春秋災異論에 나타난 '漢學的' 경향」 『韓國史論』49, 서울대학교 국사학과.

李秉烋, 1984 「士林派의 改革政治와 그 性格」 『朝鮮前期畿湖士林派研究』, 일조각.

이석규, 2007 「연산군·중종대 求言의 성격 변화와 그 의미」 『史學研究』88, 한국사학회.

李成茂, 1999 「朝鮮時代의 王權」 『東洋 三國의 王權과 官僚制』, 경인문화사.

이연승, 1995「董仲舒 연구사의 검토와 새로운 방향모색」『大東文化硏究』35, 성균관대학교 대동문화연구원.

_____, 2000「董仲舒의 天人相關說에 관하여」『종교문화연구』2, 한신대학교 종교와문화연구소.

李泰鎭, 1990「朝鮮王朝의 儒敎政治와 王權」『韓國史論』23, 서울대학교 국사학과.

_____, 1996「小氷期(약 1500~1750년) 현상의 天體現象的 원인-『朝鮮王朝實錄』의 관련 자료 분석-」『國史館論叢』76, 국사편찬위원회.

_____, 1996「小氷期(1500~1750) 天變災異 硏究와 『朝鮮王朝實錄』-global history의 한 章-」『歷史學報』149, 역사학회.

_____, 1997「고려~조선중기 천재지변과 天觀의 변천」『韓國思想史方法論』, 翰林科學院 叢書.

_____, 2012『새韓國史-선사시대에서 조선 후기까지-』, 까치글방.

李熙德, 1984『高麗儒敎政治思想의 硏究』, 일조각.

鄭日童, 2006「秦末·漢初에 있어서 天人相關論의 展開」『중국사연구』42, 중국사학회.

정해왕, 2013「董仲舒의 天人感應說과 그 政治性」『東洋文化硏究』16, 영산대학교 동양문화연구원.

조윤선, 2006「조선시대 赦免·疏決의 운영과 법제적·정치적 의의」『조선시대사학보』38, 조선시대사학회.

韓政洙, 2003「高麗前期 天變災異와 儒敎政治思想」『韓國思想史學』21, 한국사상사학회.

함규진, 2010「조선 역대 왕들의 減膳 : 그 정치적 함의」『한국학연구』34, 고려대학교 한국학연구소.

황희경, 1990「董仲舒철학의 과학적 성격과 이데올로기적 성격」『현상과인식』14-1·2, 한국인문사회과학회.

Park Seong-rae, 1998『Portents and Politics in Korean History』, Jimoondan.

가나야 오사무(金谷治) 외 지음/조성을 옮김, 1987『중국사상사』, 이론과실천.

미조구치 유조(溝口雄三)·마루야마 마쓰유키(丸山松幸)·이케다 도모히사(池田知久) 엮음/김석근·김용천·박규태 옮김, 2011,『중국사상문화사전』, 책과함께.

히하라 도시쿠니(日原利國), 1986『漢代思想の硏究』, 研文出版.

10

심언광의 정치론과 인간관

김성수_서울대학교 인문학연구원 조교수

이 글은 강릉문화원에서 개최한 "제8회 어촌 심언광 전국학술세미나"(2017.11.17.)에서 발표한 논문을
수정·보완한 것이다.

1. 머리말

漁村 沈彦光에 대한 연구는 학계에서 그다지 활발하지 않은 편이다. 무엇보다 16세기 士禍가 연속되는 정치사적 환경에서 金安老가 등장하는데 일조했다는 부정적 인식이 크게 작용하고 있다. 한 인간을 평가하는 기준은 다양하겠지만, 정치인이라고 한다면 무엇보다 그가 후대에 미친 영향의 크기가 좌우한다고 하겠다. 어떠한 인간이든 功過를 피해갈 수 없고, 심언광 역시 자신의 의도와 상관없이 그와 같은 현실에 직면하기는 마찬가지였다.[1]

그럼에도 당대인의 평가처럼 심언광에게는 분명히 뛰어난 재주가 있었다. 형인 沈彦慶과 함께 과거에 급제하여 顯職을 두루 거쳤을 뿐만 아니라, 지방관으로 임명되었을 때에는 적절하게 時務를 처리하였다고 평가할 수 있다. 그리고 무엇보다 시인으로써 당대 문인을 대표할 수 있는 인물이기도 하였다.

그렇다면 심언광이라는 인물을 어떠한 방식으로 접근해야 할 것인가? 그리고 그를 통해서 16세기 역사상에서 어떠한 측면들을 발굴해낼 수 있을 것인가? 적어도 16세기가 士林이 정치권에 전면으로 등장하여 성리학적 王道政治論을 제창하던 시기였다고 이해하는 통념에 비추어 볼 때, 이를 배제하고 한 인물을 설명하기란 어려운 일이다. 특히 사림의 활동이 정치적으로 커다란 굴곡을 맞이하는 시기였다고 하더라도, 사림계열에서 성리학적 수양을 한 인물들에게서 그 영향력은 사라지지 않는다.

---

1 실록에서는 이러한 사정을 다음과 같이 설명한다. 『中宗實錄』 권87, 중종 33년 2월 20일(甲子), "심언광은 그 종말에는 용서할 만한 일이 있었으나 三凶의 발단은 실로 이 사람에게서 연유하였으니 그 죄야말로 숨길 수 없습니다." 이는 중종이 신하들과 引見하는 자리에서 金克成이 언급한 것으로 삼흉은 金安老·許沆·蔡無擇이다.

이러한 16세기적 상황을 주목하면서, 심언광의 정치적 견해와 인간에 대한 이해 방식이 구체적으로 어떻게 기술되고 있는지 살펴보도록 한다. 즉 사림계열 학자들이 주장하였던 이상적인 정치관이 심언광에게서 그려 지는 모습과, 무엇보다 土禍와 奸凶의 존재에서 불거지는 인간세계의 불합 리가 정치적 견해에 어떠한 방식으로 영향을 미치는지를 살피고자 한다.

2. 심언광의 정치론

1) 윤리중심 정치관

심언광은 1487년 강릉에서 태어나, 1507년(중종2)에 進士試에 합격하 고 이어 1513년 明經科에 급제함으로써 관직에 진출하였다. 이후 己卯士 禍에 연루되어 鏡城敎授로 물러났다가 다시 조정에 들어와 佐郎, 正言 등 을 거치면서 40세 후반에는 공조·이조판서 등을 역임하였지만, 金安老를 引進한 것이 화근이 되어 1537년에 관직을 삭탈 당하였다. 이후 고향으로 돌아온 지 2년 후인 1540년, 54세로 길지 않은 삶을 鏡湖別業에서 마쳤 다. 그가 관료생활을 하면서 주목하였던 정책은 국방의 강화와 재정안정, 지방통치를 위한 수령론에 집중되어 있었다.[2]

심언광이 정계에서 활동한 시기는 조선 전기 이래 성리학적 王政論이 차츰 본격화하는 시기였다는 점에서, 그의 정치에 대한 이해 역시 크게 벗 어나지 않는다고 할 수 있다. 그의 정치관을 살필 수 있는 것은 十漸疎와 함께 남아 있는 몇 편의 상소인데, 특히 1529년에 올린 십점소에는 정치사

---

2 심언광의 생애와 경세론에 대해서는 朴道植, 2010, 「어촌 심언광의 생애와 경세론」『어촌 심언광 연 구총서1』에 잘 정리되어 있다.

상의 대체적 윤곽이 드러나 있다. 심언광은 魏徵이 唐 太宗에게 올린 10가지 경계의 글인 십점소에 비견하며 자신의 정견을 담아내고 있었다. 십점소는 조선 전기부터 간쟁의 대표로써, 언로를 말할 때에는 반드시 언급되는 대표적 사례였다.

그런데 십점소의 형식을 보면 매우 특이한 현상이 나타난다. 상소의 각 조항마다 "중흥의 초기"를 먼저 언급하고 있다는 점이다. 이는 반정 이후, 특히 趙光祖를 비롯한 士林系列 인사들을 등용하여 정치의 쇄신을 꾀하던 시기가 올바른 정치가 행해지던 때였음을 은연 중 밝히고 있는 것이었다. 아울러 己卯士禍의 발발이 중종 대의 정치가 혼란해지는 원인으로 여전히 작용하고 있음도 지적한다.[3] 그래서 "상하가 모두 침체되는 조짐이 있어, 중흥의 융성이 도리어 중기의 쇠퇴기를 이루었"[4]고 감히 유종의 미를 거두지 못할 조짐이 여기저기서 나타난다고 말하였다.

그렇다면 현실의 정치가 중흥이 아니라 쇠퇴기에 이른 원인은 무엇인가? 그는 정치에서 무엇보다 "인륜을 도탑게 하는 풍속을 이루는 것"[5]이 가장 시급한 일이라고 말하면서, 이에 대한 인식을 꾸준하게 추진하는 것이 중요하다고 생각한다. 물론 정치쇄신을 꾀하였던 중종 역시 그와 같은 생각을 가졌겠지만, 문제는 태종을 경계하였던 위징과 마찬가지로 군주가 처음에 가졌던 마음을 지속할 수 있느냐 하는 점이었다.

　　생각하건대 임금으로서 누가 治安을 좋아하고 危亡을 싫어하지 않겠습니까마는, 예나 지금이나 천하에서 늘 위망이 잇달아 일어나는 까닭은

---

3 『漁村集』 권8, 「弘文館箚子(壬辰)」

4 『漁村集』 권8, 「弘文館上疏(己丑)」, "今國家無長治久安之勢 有下凌上替之漸 中興之盛 反成中衰"

5 『漁村集』 권8, 「弘文館上疏(丙戌)」, "易日 聖人感人心 而天下和平 帝王之治 莫急於厚倫成俗"

임금이 처음은 잘 할 수 있으나, 마지막을 잘하지 못하기 때문입니다.[6]

『시경』에서 '처음에는 모두 잘하나 끝까지 잘하는 이가 드물다.'고 말한 것을 바탕으로, 그는 상소를 시작하고 있다. 즉 처음에는 操存과 省察이라는 성리학적 덕목에 따라 몸가짐과 행실을 계속해서 닦아나가지만, 시간이 지나고 시세가 평안해짐에 따라 나태함이 싹트고 결국에는 이를 제어하지 못하여 나라가 위축된다고 생각하였다.[7] 그런데 그와 같은 기미가 차츰 나타나, 반정 초기에 정치적 쇄신과는 어긋나는 일들이 점차로 증가하고 있다고 보았다.

십점소에서는 상소의 명칭과 같이 열 가지의 안건을 말하고 있었는데, 그 중에서 제일 먼저 말한 것이 嬖幸이었다. 이것이야 말로 중종대 정국의 난맥을 설명하는데 있어서 가장 핵심적인 부분이었을 뿐만 아니라, 십점소에서 언급한 나머지 9가지 안건을 실현하기 위해 우선적으로 해결해야 할 문제였다.

> 용렬하고 염치없는 무리가 폐행에 매달려 특별한 은총을 바라고, 자질구레한 인척들이 몰래 재주를 부릴 듯합니다. 이것이 유종의 미를 거두지 못할 첫째 조짐입니다.[8]

그는 이것을 시작으로 궁궐의 사치, 재정낭비, 인물의 등용, 수령의 탐학,

---

6 『漁村集』 권8, 「十漸疏」, "竊惟人主 孰不喜治安 惡危亡而今古天下 常患於危亡之相繼者 由人主 不能善終也"

7 『漁村集』 권8, 「十漸疏」, "其始也 操存省察之功 側身修行之實 勉勉不已 有足可觀 而日月旣久 志氣帖泰 偏頗之私 邪僻之念 一萌于中 不能自制 其終也千岐萬轍 動皆悖戾 一念之非 而百爲 之差"

8 『漁村集』 권8, 「十漸疏」, "切恐庸庸無恥之徒 攀緣嬖幸 覬求異數 瑣瑣姻婭陰伺 此不克終 一漸也"

하늘의 譴責, 안일함의 경계, 闢異端, 大臣의 책임, 言路 등을 차례로 언급한다. 당시의 정치적 상황 하에서 제기되는 여러 문제들에 대해 일관되게 말한 것이었지만, 그 중에서도 가장 핵심의 문제는 크게 두 가지 문제로 집약되었다. 뒤에서 다시 언급할 군자의 등용 문제와 함께 법과 의례에 따라 국가가 통치되는가의 문제였다.

폐행 방비, 궁궐의 사치 엄금, 안일함의 경계, 인물의 등용이나 언로의 확장은 법에 의한 통제가 올바르게 이루어지고 있는가의 문제이며 이는 국왕의 결단에 달려 있었다. 즉 『춘추』를 언급하면서 말했던 국왕이 국왕답게 주어진 책임을 다 하느냐가 成敗의 갈림길이었다. 그는 이를 두고 다음과 같이 말하고 있었다.

> 五典을 따르고 六禮를 갖추면 임금은 임금대로 신하는 신하대로 한다네. 부자간에 부자의 친함이 있고 부부간에 부부의 분별이 있으면, 집에는 禮讓의 기풍이 있고 나라에는 忠厚한 풍속이 있네. 그것이 흔들리게 되면 人慾이 기승을 부리고 이치가 허물어진다네.[9]

경전에 갖추어진 도덕과 윤리에 따라 법제를 갖추고 각기 정해진 분수에 따르는 사회적 책임감을 다할 때, 敎化가 시행되고 八政이 자리 잡게 된다는 것이다. 다만 尊卑貴賤의 구별과 內外上下의 차례를 가로막는 人慾을 절제하지 못하는 한에서는 실현하기 어려운 일이었다.[10] 그런 까닭에 십점소에서 무엇보다 인욕으로 설명되는 私心과 邪辟한 생각을 경계하였다. 그

---

9 『漁村集』 권9, 「宇宙三綱之棟樑賦」, "五典從 六禮備 君自君矣 臣自臣矣 父子有父子之親 夫婦有夫婦之別 家有禮讓之風 國有忠厚之俗 及其撓也 人慾肆 失理熄"

10 『漁村集』 권9, 「宇宙三綱之棟樑賦」, "不知父子 焉知君臣 尊卑貴賤之莫別 內外上下之無倫 冠裳而變爲禽犢 中夏而反爲夷狄 然則棟樑之固 敎化行而八政立 棟樑之撓 敎化廢而六紀斁"

렇다고 한다면, 그가 말하는 사회를 규정하고 있는 기본적인 도리는 어디에 있는 것인가?

> 만세에 걸쳐서 멈추지도 않고 무너지지 않는 것은 우리가 일상 생활에 쓰는 道가 있기 때문이네. 그런 것을 알면 하늘의 순리와 사람의 윤리가 일찍이 없어지지 아니하며, 詩書에 붙여 있고 禮樂에 나타나 있고 『周易』에 갖추어 있고 『春秋』에 밝혀져 있네. 시서예악이 세상에서 행해졌기 때문에 동량이 무너지지 않게 되었고, 『주역』과 『춘추』가 있었기 때문에 동량이 꺾이지 않게 되었네. 동량 하나가 흔들려서 다시 고정되지 않으면 아마도 하늘이 기울고 땅이 뒤집히리라. 聖經賢傳을 없게 한다면 동량이란 것은 하루도 우주 공간에 설 수 없네.[11]

그것은 인륜이라고 하는 사람이 반드시 지켜야할 가까운 도리였다. 정치에서 실현해야 할 가장 큰 덕목인 윤리의 구현을 위한 길은 성인이 저술한 經書에 담겨 있다고 생각하였다. 성인의 모습이 세상의 변화에 따라 달라지는 것과 다르게 道는 하늘과 이어져 변함없으며, 마찬가지로 경서에 담긴 성인의 도는 시간과 공간을 뛰어넘어 관통한다고 생각한다.[12] 따라서 경서에서 밝힌 성인의 가르침을 군주가 그대로 실천하는 것만이 올바른 정치로 이끌어 갈 바탕이 되는데, 성인이 남긴 가장 큰 가르침은 앞서 그가 밝힌 바와 같이 일상에서 구현되는 도리, 즉 자신의 사회적 위치에 걸맞은 행위를 함으로써 실현될 수 있었다.

---

11 『漁村集』 권9, 「宇宙三綱之棟樑賦」, "亘萬世不塞不崩 在吾人日用之道 知然者 天理民彝 未嘗泯滅 寓於詩書 著於禮樂 具於羲經 明於麟史 以詩書禮樂之行於世 故棟樑不至於傾圮 以羲經麟史之存於世 故棟樑不至於摧折 使棟樑一撓而不復固 則庶幾天傾而地覆 使無聖經賢傳 則棟也樑也 不得一日立於宇宙間也"

12 『漁村集』 권4, 西征稿, 「文廟」, "經書見聖道 塑像見聖眞 眞隨世易訛 道與天相因"

혼돈이 처음 구멍을 뚫으면서 청탁을 갈라서 자리를 정했다 하네. 기
운이 떠서 올라간 것은 하늘이 되고 바탕이 엉기어 내려온 것은 땅이
되었네. 오직 사람의 목숨은 천지 사이에서 만물 중 가장 신령스러움
을 내려준 것이라네. 생전에 三才에 나타남을 보니, 本性 또한 七敎에
부합되네. 의리는 군신간에 주로 하고, 친속은 부자간에 행해진다네.
지아비가 부리는 것을 재주로 삼고 아내가 순종하는 것을 일삼는다면
정연한 질서가 있으니 이것이 三綱이 된다네.¹³

　사회적 질서의 근원은 하늘의 이치이며 동시에 인간의 본성에 있는 三綱
이었는데, 그가 앞서 군신간의 의리를 밝힌 『춘추』를 강조했던 것 역시 이
와 관련이 있었다. 군신 간에는 의리와 분별이 있지만, 나라의 다스림은 결
국 군주의 덕이 나아가는 방향에 따라 결정된다고 이해한다. 그리고 군주
의 덕은 "마음을 바르게 가지고 몸을 닦는 것"에 근본을 두고, 이를 齊家
와 治國으로 확대시켜 나아가는 것이다. 그런 까닭에 중종 치세의 초기에
중흥의 기운이 있었던 이유를 "어진 선비를 만나 (도를) 강습하고 연마하
였"음을 들었다.¹⁴

2) 성학聖學과 인재등용 강조
　국가를 다스리기 위해서는 三綱에 기반한 윤리의 강조 같은 원칙론만으
로는 불가능하였다. 앞서 십점소에서 말한 것처럼 국가 운영에는 여러 가지
면모가 있기 때문이다. 그 중에서도 심언광이 특히 주목한 것은 인사문제

---

13 『漁村集』 권9, 「宇宙三綱之棟樑賦」, "日自混沌之初竅 剖淸濁而奠位 氣浮而上者爲天 質凝而下
　者爲地 惟人之命於兩間 稟最靈於萬類 生旣參於三才 性亦合於七敎 義則主於君臣 親則行於父
　子 夫以乘御而爲才 婦以承順而爲事 秩然有序 是爲三綱"
14 『漁村集』 권8, 「弘文館上疏(己丑)」.

로, 핵심은 하늘이 낳은 인재를 각각의 임무에 적절하게끔 배치하는 것이었다.

> 하늘이 인재를 낳아 임금을 흥하게 하니, 明堂에는 重任을 맡을 인재가 있네. 막히고 통함에 따라 사람들은 진퇴하고 충직함과 간사함은 국가 존망의 기로를 정하네. 천지를 다스림에는 文이 귀하고, 난을 평정함에는 武가 두터워야 하네.[15]

그는 국가의 존망이 인재의 등용 여부에 직접 연결되어 있다고 보았다. 보다 구체적으로는 십점소의 네 번째 항목에서 그가 주장한 바이기도 했는데, 그 대체는 다음과 같았다. 즉 進退를 公論에 따라 하고, 직무는 각기 재능의 長短에 맞춰서 하며, 爵祿을 사사롭게 주지 않고, 인물의 薦擧權을 大臣에게 주는 것이었다. 이 중에서도 먼저 행하여야 하는 것은 대신에게 전권을 부여하는 일이었다.

> 전하께서는 중흥의 초기에 대신을 공경하고 믿어 은혜로운 예우가 넉넉하시며 그들이 아뢰는 것은 반드시 믿고 반드시 행하셨습니다. 참으로 도를 논하여 나라를 다스리는 지위에는 마땅한 사람을 가리지 않을 수 없고, 이미 가려서 맡겼으면 또한 믿지 않을 수 없기 때문입니다.[16]

---

15 『漁村集』 권4, 東關錄, 「文武幷用長久之術」, "天生才淑爲興王 自是明堂有棟樑 否泰異時人進退 忠邪殊路國存亡 經天緯地文爲貴"

16 『漁村集』 권8, 「十漸疏」, "殿下在中興初 敬信大臣 恩禮優渥 其所敷奏 必信必行 良以論道經邦之 地 不可不擇其人 旣擇而任之 亦不可不信也"

조선 초기 鄭道傳에 의해서 제안되었고, 이후 사림계에서 꾸준히 주장하였던 이상적인 정치체제는 宰相委任 統治論이었다. 그 이념을 심언광이 그대로 수용하였는지는 분명하지 않지만, 적어도 위의 언급에서 드러나는 바는 도를 논하는 대신에게 충분한 권한을 부여할 것을 주장하고 있다. 이는 조광조를 비롯한 16세기 사림들이 주장하는 바와 크게 다르지 않았으며, 그가 십점소에서 항상 언급하였던 "중흥의 초기"를 대변하는 정치체제의 골간이었다.

대신에게 권한을 주는 것 이외에 인재들에 의한 언로의 확대와 지방관의 선출에 주목하였다. 그가 파악한 인재의 상은 십점소에서 다양하게 나타난다. "강직하여 과감히 말하"고, "유학을 숭상하고 이단을 배척"하며, "조정에 우뚝 서서 뚜렷하게 스스로를 지키는 군자" 등으로 표현되었다. 대신에게 권한을 주어 이와 같은 인재들을 적재적소에 배치함으로써, 당대에 벌어지고 있는 폐행의 전권, 권세가에 의한 인사문제 등을 해결할 수 있다고 여겼다.

무엇보다 안일함에 빠져 임금에게 기대하였던 중흥의 기반이 흔들리지 않기 위해서는, 강직한 인재를 등용하여 국왕이 聖學을 꾸준히 연마하도록 하며 제도적 해이를 방비하는 일이 필요하였다. 군주의 성학 연마와 함께 대신에게 전권을 주고 言路를 확대하는 이러한 정책 기조는 16세기 사림계에서 주장하던 바와 크게 다르지 않다는 점에서, 심언광의 이상 정치에 대한 이해방식은 당시 식자층의 일반론을 대체로 추종하였다고 할 수 있다.

심언광의 정치적 식견이 보다 분명하게 드러나는 것은 정치론 일반이 아니라 지방정치와 관련된 수령론이라고 할 수 있다. 그가 여러 차례 지방관을 지냈던 경험에서 나오는 것으로, 십점소 안에서도 다섯 번째의 시무로 강조되고 있었다. 수령의 문제가 발생하는 근원은 "직임은 백성을 돌보는 일인데, 자상한 자는 적고 침탈하는 자가 많"기 때문이었다.[17] 침탈의 방식은 세금을 거두는 것에만 몰두한다거나, 공공연히 뇌물을 받거나, 權貴에 아첨하기 위해 백성들에게 침학하는 태도였다. 물론 이를 근절하기 위해서는 국왕이 적절한 인물을 수령으로 임명하는 것 외에는, 黜陟을 엄정히 하는 방법 밖에 없었다.[18] 그렇지만 수령을 감찰하는 감사권의 강화를 어떻게 행사할 수 있도록 할 것인가에 대해서는 구체적으로 언급하지 않았다. 추정하자면, 언로를 강화함으로써 제도적으로 완비되지 않은 지방정치에 대한 감독을 강화하는 방식으로 이해하였던 것으로 보인다.

　수령 임명 이외에 그가 주목한 것은 농업생산과 관련한 경제문제 해결이었다. 이는 관찰사를 지낼 당시 그가 지은 시들에서 잘 드러나고 있는데, 그가 왜 수령문제에 특별히 집착하였는지를 추정케 하는 대목이어서 중요하다.

> 들판은 첩첩한 관방에 막혀 있고, 용성과는 사이길이 서로 통하네. 산이 비었는데 누가 역산이라 부를까? 척박한 땅이라 소나무도 자라지 않네. 백성은 한 섬의 곡식도 없는데, 개간한 전답 해마다 풍년은 드무네. 궁핍한 변방이라 질병도 많아, 말하려니 입에 담기 어렵네.[19]

　너무 척박하여 나무도 자라지 않는 땅에서 개간해봐야 얻을 수 있는 소득은 한정될 수밖에 없었다. 겨우 산 아래 묵은 밭 몇 頃과 엉성하게 지은 집이 전부인 빈궁한 고을인 함경도의 富居縣의 모습은 그에게 있어서는 그

---

17 『漁村集』권8, 「弘文館上疏(戊子)」, "守令之任 字牧是寄 慈詳者少 割剝者多"

18 『漁村集』권8, 「弘文館上疏(戊子)」.

19 『漁村集』권5, 北征稿, 「會寧櫟山驛」, "鹿野重關隔 龍城間道通 山空誰號櫟 地瘠不生松 擔石民無産 畬田歲少豐 窮邊多疾苦 欲說口難容"

저 허황된 지명일 뿐이었다.[20] 게다가 16세기 전반 전국적으로 여러 차례 전염병이 유행하여, 서북지역을 중심으로 농촌의 황폐화는 가속되고 있었다. 그럼에도 수령을 비롯한 지방관이 할 수 있는 조처란 매우 한정적이었다.

풍토병에 붉은 얼굴이 야위어지고, 백성들 걱정에 흰머리만 늘어나네. 쇠락한 성에는 호랑이가 절반을 차지했고, 독한 풍토병에 많은 민가가 걱정되네. 검은 인끈을 찬 관리는 병 고칠 재주가 없어, 백성들은 병이 나서 모두가 불행하네. 해골을 덮느라 들판에 울음소리 가득하고, 격앙가를 부르는 마을은 적네. 하늘의 뜻은 사물을 생겨나게 하고, 풍광은 저절로 조화롭게 일어나네. 나의 백성 마땅히 분노를 풀어주어야 하지만 관원 있으나 세금을 재촉하지 않네.[21]

여기서 그가 택할 수 있는 최선의 방책은 세금의 감면에 불과하였다. 물론 그가 평양에서 보았던 井田에서 느꼈을 감상이 있었지만, 그의 말대로 이미 폐지된 지 오래된 과거의 제도였을 뿐으로 현실적인 대책이 될 수는 없었다.[22] 그나마 제시할 수 있었던 대책은 개간지에 대한 세금감면이었지만, 그나마도 논의를 주도할 관리인 수령들의 적극적인 청원은 힘들었다.[23]

기묘사림을 중심으로 16세기 확대되었던 지주제를 개혁하려는 주장이 사실상 불가능해진 상황에서 유일한 대책은 세금감면과 수령에 의한 침탈

---

20 『漁村集』 권5, 北征稿, 「題富寧富居縣」, "山下荒田數頃餘 黃茅白屋野離疏 貧民活計本無賴 古縣虛名是富居"

21 『漁村集』 권5, 北征稿, 「贈文仲令公爲別時文仲(避病在吉州)」, "觸瘴朱顔減 憂民白髮加 殘城分半虎 毒癘悶千家 黑綬無仁術 蒼生盡札瘥 掩骸多野哭 擊壤少村歌 天意方生物 風光自發和 吾民宜解慍 有吏莫催科"

22 『漁村集』 권4, 西征稿, 「井田」, "井畝有遺基 依然三代制 緬懷聖者遠 良法悲久廢"

23 『漁村集』 권5, 北征稿, 「會寧館」, "黃沙磧外亦民居 疾苦無人解上書 寬賦斫畲生事足 數村煙火傍荒墟"

을 최소화하는 것이었다. 그가 십점소에서 수령의 선발을 누차 강조했던 것은 바로 이와 같은 이유였다. 그가 지적한 바에 따르면 중종 집권 초기에는 수령을 권장하였기 때문에 백성을 침탈하는 것이 심하지 않았지만, 시세가 변하여 세금을 거두는 것을 먼저 힘쓰고 어루만져 기르는 것을 餘事로 여기며 오히려 백성을 침탈하고 권력자에게 아첨하기를 우선하는 실정이었기 때문이다.[24]

여기에는 그가 갖고 있던 법에 대한 이해방식도 영향을 미치고 있었다. 王政은 四時처럼 분명해야 백성들이 따르기 쉽다는 견해이다. "오늘날은 아침에 한 가지 법을 만들면 저녁에 한 가지 폐단이 생깁니다. 한 가지 폐단이 생기면 한 가지 법을 또 만들게 되므로, 법은 더욱 많아지고 폐단도 더욱 많아집니다."[25] 심언광은 최소화된 분명한 법체계가 가장 좋다고 여겼으며, 굳이 새로운 제도를 창출하기 보다는 인성을 갖춘 수령의 선발과 출척제의 엄격한 시행만으로도 해결할 수 있다고 여겼다.

3. 인간관의 모순

1) 『주역』적 세계관과 인간의 갈등

그렇다면 현실 정치체는 기본적으로 어떠한 세계 속에서 운영되고 있으며, 그 속에 사는 인간들의 모습은 구체적으로 어떻게 그려지는가? 이는 심언광이 그려내고 있는 세계관과 현실 세계의 인간 사이에 그려지는 갈등

---

24 『漁村集』 권8, 「十漸疏」, "殿下在中興初 懲廢朝守宰之貪殘 蒼生之困瘁 咨詢民瘼 矜育撫寧 勸懲守令 務令懷保 此殿下願治之初政 猶有體上表者 其貪饕割剝 不至如今日之甚 靡靡之俗 日益歲滋 徵科先務 撫字餘事 多方漁奪 諸事權要 公然受賂 不復畏忌"

25 『漁村集』 권8, 「司憲府上疏(己丑)」, "王者之法 信如四時 故其民 信而易從 今者 朝立一法 暮生一弊 一弊生而一法又立 法愈多而弊愈生"

의 모습으로 그려진다.

심언광은 성리학에서 말하는 理一分殊를 통해 세계가 구현되고 있다고
파악한다.

> 하늘과 땅 사이에는 하나의 이치一理가 있을 뿐이다. 크게는 천하만물
> 이 모두 하나의 이치이고, 작게는 사물이 세미하지만 또한 하나의 이
> 치이다. 하나의 이치라는 것은 다르다가 같기도 한 것을 말한다. 이치
> 라는 것은 하나이면서 만 가지이고 만 가지이면서 하나이며, 隱微하면
> 서 顯著하고 현저하면서 은미하다. 하나에서 만 가지로 확산되고 만
> 가지에서 하나로 돌아가니, 하나가 이치의 요긴함이 되고 만 가지가
> 이치의 특별한 것이 된다. 은미한 것에서 현저한 것에 이르고 현저한
> 것에서 은미한 것에 깃드니, 은미는 이치의 묘미가 되고 현저함은 이
> 치의 요긴함이 된다.[26]

세상을 관통하는 원칙인 一理에 대한 이해, 그리고 그 이치가 모든 사물
에 내재해 있음을 말하는 理一分殊說을 말하고 있다. 그리고 세계의 모든
사물을 관통하는 一理를 확대시켜, 만물의 이치로 만들고 사회적 윤리로
확대시킨 사람은 程子였다고 평가한다.[27] 그런 이유에서 정자와 함께 『주
역』을 주목한다. 이는 송대 성리학이 옛 성인의 은미하게 언급한 뜻을 밝혔
을 뿐만 아니라 無極의 논리를 개발했다고 의의를 두었던 점과도 연결된다.
그에게 있어서 『주역』은 무엇보다 治亂에 대한 이해와 궤를 같이 했으며,

---

26 『漁村集』 권9, 「瓠不瓠論」, "天地之間 一理而已 大而天下萬物 皆一理也 小而事物細微 亦一理也
　一理云者 異而同之謂也 是理也 一而萬也 萬而一也 微而著也 著而微也 一而散於萬 萬而本於一
　一爲理之要也 萬爲理之殊也 微而歸於著 著而寓於微 微爲理之妙也 著爲理之用也"

27 『漁村集』 권9, 「瓠不瓠論」, "聖人之言 理而已矣 程子之言 可謂善窮其理矣 若擧此理 而又反覆推
　之 則其理豈止於爲君爲臣爲人爲國四者哉"

사회와 국가의 운명은 정해진 규칙에 따라 움직이는 자연 현상과 같이 일정한 법칙이 있다고 보았다.

> 盛世에는 禮樂이 일어나 밝은 시대의 典章이 빛난다네. 濁世에 이르렀을 때는 百六의 道가 없어져 우주 안이 혼란해진다네.…이로써 천지가 차고 이지러지고 否卦와 泰卦가 번갈아 드는 것을 알 수 있다네. 맑은 것은 陽이고 탁한 것은 陰이네. 맑은 것은 양이 되기 때문에 하늘과 땅이 밝게 개이고, 탁한 것은 음이 되기 때문에 三精에 구름이 끼어 날이 어둡네.[28]

황하를 소재로 지은 이 시에서 그는 성세와 난세는 결국 번갈아 드는 것이며, 그것은 『주역』에서 설명하는 卦象과 같다고 말한다. 결국 정치를 하는데 있어서 요체는 하늘의 이치와 시세의 방향을 명확하게 알고, 그에 따라 적절한 논의를 제시하는 것이라고 할 수 있다. 그러한 점에서 『주역』은 세도의 변화 조짐을 말하여 주는 책이며, 그 안에 제시되어 있는 자연의 이치는 동시에 국가와 사회의 의리와도 연결되었다.

> 나는 세도의 융성과 쇠퇴를 알아 이 강물을 징험하여 알 수 있네.…物理의 깊고 오묘함을 추구하여 이 강물의 영특함을 믿는데, 더구나 道가 이르면 앞일을 미리 알 수 있다네.[29]

---

28 『漁村集』 권9, 「黃河賦」, "蔚乎盛世之禮樂 煥乎昭代之典章 及其濁也 百六道喪 宇內傖囊…是知 天地盈虧 否泰相尋 淸者陽也 濁者陰也 以其淸之爲陽 故致乾坤之光霽 以其濁之爲陰 故臻三精 之昏曀"

29 『漁村集』 권9, 「黃河賦」, "淸於唐虞 表堯舜之大德 堯舜代天而理物…吾知世道之汚隆 驗斯河而 可見…究物理之幽妙 信玆河之靈奇 況至道可以前知"

그는 『주역』을 통해 세도의 방향을 이해할 수 있듯이 황하라는 강물의 흐림과 탁함을 예측할 수 있을 뿐만 아니라, 나아가 도를 밝힘으로써 자신이 발 딛고 있는 세상의 앞날을 예견하고서 대처할 수 있다고 보았다.

一理로 설명되며, 아울러 도를 알면 앞으로 일어날 일까지 예견할 수 있다는 그의 『주역』적 세계관은 인간 세상에 대한 낙관임과 동시에 불가해성으로도 확대되었다. 事와 物에 대한 예측 가능을 제시한다는 점에서 『주역』적 세계관은 낙관적이지만, 그 시초의 은미함을 파악하기가 어렵다는 점에서는 불가해적이었다.

> 이치는 하늘과 땅 사이에 있으므로 하나에서 만 가지가 되고 은미한
> 것에서 현저한 것이 된다. 하나로써 만 가지를 알 수 있고 은미한 것으
> 로써 그 현저함을 알 수 있다. 이것이 공자가 은미로 말한 것이고 정자
> 가 미루어서 넓힌 것이다.[30]

그가 一理라는 도구를 통하여 은미함에서 파악할 수 있다고 하였지만, 그건 현실에서 이루어지기 어려운 일이었다. 무엇보다 가장 은미하여 파악하기 어려운 것은 사람의 마음이었다. 그 자신이 십점소에서 끊임없이 강조한 군주에 대한 경계가 여실히 알려주는 사실이다. 經筵을 강조하고, 대신에게 전권을 맡기며, 언로를 확대하라는 요구는 결국 왕권과 그 주변의 권력자들을 믿을 수 없다는 전제가 들어 있기 때문이었다. 무엇보다 그의 세계관이 실패할 수밖에 없었던 이유는 결국 金安老라는 인물을 통해서 더욱 분명하게 드러난다. 그 자신 역시 은미한 인간의 마음을 읽지 못했기 때

---

30 『漁村集』 권9, 「瓠不瓠論」, "理在穹壤間 一而萬也 微而著也 以一而可知其萬 以微而可知其著 此
仲尼之所以微言 而程子之所以推廣也歟"

문이다.

따라서 법칙적인 세계관 즉, 『주역』적 이해만으로 세상을 바라보는 것은 사실상 불가능하였다. 그런 점에서 그가 중시한 다른 한 가지가 바로 『春秋』였다. 『춘추』에서는 중국과 夷狄을 구분하는 원리로써 華夷論을 제기하기도 하였지만, 동시에 春秋義理로 대변되는 사회사상도 내재해 있었다. 『춘추』가 주장하는 바는 임금이 임금다워야 하며 신하가 신하다워야 한다는 윤리가 지켜짐으로써 사회가 안정되고, 사회의 구성원들은 각자의 자리에서 보존할 수 있게 된다는 논리였다.

신분에 따른 의리를 강조하는 『춘추』의 논리는 심언광이 조선사회의 구성과 운영에 대해서 갖고 있는 기본적인 생각이었다. 추측건대 자연법칙적인 세계관이라고 할 『주역』의 보완으로써 의리론을 강조한 『춘추』를 제시했다고 이해할 수 있다. 이를 통해 조선 내의 사회적 관계를 설정하였을 뿐만 아니라, 대외의 국방론도 제시하고 있었다.

> 그러므로 왕자의 大道는 하늘의 지극한 덕에 몸 받아 내 백성이라고 후하게 하지 않고, 이국 백성이라고 박하게 하지 않는다네. 그러면 우리나라는 섬 오랑캐에게 구역을 없앨 필요가 없고, 다만 변방에 대한 방어를 엄히 해서, 『춘추』에 의거해 중국과 이적의 분별을 엄하게 해야 하네. 우리에게는 무덕을 더럽히는 잘못이 없고, 저들에게는 숙세의 원망이 없다네. 임금된 도리는 이 밖에 있는 것이 아닐세.[31]

---

31 『漁村集』 권9, 「對馬島賦」, "地之所載 天之所覆 物生其間 有萬其類 木有荊棘 草有菫荼 獸有豺狼 鳥有鶩梟 堅生酱命 均涵幷育 故王者之大道 體天之至德 不以吾民而厚 不以異類而薄 然則我國之於島夷 不須區殫而域滅 但當嚴邊之守禦 謹春秋華夷之辨 在此而無窮黷之失 在彼而無宿世之怨 爲君之道 不在此外"

『주역』과 『춘추』를 중시하는 심언광의 경전 이해는 物과 事의 영역에서 각기 핵심 전거였다. 『주역』에서 物의 법칙적 세계관을 제시하였다면, 『춘추』는 인간과 인간, 인간과 物이 만나서 벌어지는 事에 내재한 윤리적 세계관을 제시하고 있었다. 이는 성리학적 학문에 근거한 사림의 정치, 사회적 견해가 갖는 법칙성에 대한 확고한 신념이며, 현실에서 극복하지 못하였던 정치적 갈등구조를 넘어서기 위한 방책이었던 것으로 이해할 수 있다.

2) 인성人性 구분의 난제

심언광은 성리학에서 말하는 일상에 구현된 하늘의 이치인 인륜을 실천하는 것이 정치의 핵심으로 파악하고 있었다. 그리고 실제 정치상에서 표현될 때에는 인재의 등용이라는 문제로 나타났다. 현실 정치에서 일어난 어지러움, 즉 연산군대 폭정의 근본 원인 중 하나는 올바른 인재를 등용하지 못하고, 인척이나 권신 등에서 나왔기 때문이었다. 따라서 이를 바로잡기 위해서는 公論에 적합한 자를 선택하여 적절한 지위를 마련해주어야 했다. 그렇다면 인재 등용의 관건이라고 할 공론의 향배는 어떻게 판단할 것인가?

그는 이에 대해서 구체적으로 말하지는 않는다. 어차피 인사의 權衡은 그의 표현대로 국왕의 의지에 달려 있었기 때문이다. 그런 이유로 십점소의 마지막에서 『서전』을 인용하여 "먼저 임금을 바로잡아야만 일이 바르게 될 것이다."라는 말로써 상소를 정리하고 있었다. 결국 쇄신의 의지는 권력자인 왕에게 있으며, 거기에는 판단과 실현의 주체로써 국왕에게 군자와 소인을 명확히 구분할 수 있는 능력이 요청되었다.

군자와 소인은 분별하기가 어렵지 않습니다. 內嬖에 인연하여 특별한
은혜를 바라는 자는 소인이고, 조정에 우뚝 서서 뚜렷하게 스스로 지

키는 자는 군자이니 밝게 살피면 善惡이 저절로 나타날 것입니다.[32]

즉 인물의 행실을 통해서 군자와 소인을 쉽게 구별할 수 있다고 그는 확신하였다. 대신 국왕에게는 판단의 근거가 되는 인물의 선악을 명확히 분변하고 그 안에 담긴 心性을 파악하기 위해서 계속 학문을 연마하는 일이 무엇보다 우선이라고 언급한다. 그런 이유에서 세자의 성리공부를 강조하는 상소에서는 訓詁가 아닌 의리의 講論을 재삼 강조하였고,[33] 그 방법으로 성리학의 기본강령인 『대학』 8조목의 시작이라고 할 正心誠意을 들고 있었다.[34]

그렇게 한다면 군자의 등용과 소인의 배척은 크게 어려운 바가 아니었다. 어차피 소인은 없었던 적이 없지만, 한사람의 군자가 출현하면 여러 군자가 잇달아 나오기에 결국에 소인은 점차 자취를 감출 것이기 때문이었다.[35]

이와 같은 원칙이 현실에서 적용될 때, 그가 가장 관심을 갖는 영역은 인재등용과 수령이었다. 수령이란 결국 지방에서 행정 사법권을 갖고서 국왕을 대신하여 다스리는 존재였으며, 그가 관찰사 시절 경험하였던 지방에서 벌어지던 일상에서 목도한 결과였다. 그는 수령의 본래 임무가 백성을 돌보는 일인데 자상한 자는 적고 침탈하는 자가 많다고 진단하면서,[36] 수령을

---

32 『漁村集』 권8, 「弘文館上疏(戊子)」, "夫君子小人 辨之不難 夤緣內嬖 希望異渥者 小人也 獨立朝端 確然自守者 君子也 明以察之 淑慝自見矣"

33 『漁村集』 권8, 「弘文館上疏(戊子)」, "伏見靑宮一德 聿隆三善 緝熙之學 日新又新 然難明者理 易昧者心 斯須之怠 其中卽遷 宜與端人正士 講論義理 不以佔畢訓詁爲主 接賢論學 不拘時程 或於淸燕之夜 引對僚屬 講究經義 豈無進德之功"

34 『漁村集』 권8, 「弘文館上疏(戊子)」, "嗚乎 正心誠意四字 足以變亂爲治 轉災爲祥矣 有誠正之功 斯有誠正之效 如投種于地 種則必生 理之必然也"

35 『漁村集』 권8, 「司憲府上疏(己丑)」, "治平之世 未嘗無小人 一君子進 而衆君子各以類進 故雖有小人 難其爲小人耳 知人則哲 堯舜亦難之 君子小人之分 豈易辨哉 然知人有道 虛心盡意 日進善道 面折廷爭 盡言不諱者 賢臣也"

36 『漁村集』 권8, 「弘文館上疏(戊子)」, "守令之任 字牧是寄 慈詳者少 割剝者多 民財有限 漁奪無窮

선택함에 있어서 매우 주의를 기울이도록 건의하고 있었다.

> 대저 지금의 수령으로서 백성을 괴롭히는 자에는 세 가지가 있습니다. 마음가짐은 깨끗한 듯하나 재기가 용렬하므로 위엄이 서리에게 미치지 않아서 폐단이 더욱 큰 자가 있고, 재능은 조금 있으나 기세를 믿고 위엄을 지어 가혹하게 징색하여 한없는 욕심을 채우고 창고의 저장이 텅 비게 하는 자가 있으며 여러 가지로 침탈하되 자기가 쓰지 않고 권귀에게 많은 뇌물을 주어서 명예를 낚으면서 스스로 깨끗하다고 하는 자가 있는데, 백성을 괴롭히기는 마찬가지입니다.³⁷

물론 이와 같은 수령을 감시하는 것은 殿最의 기능을 갖는 監司에게 있었으므로, 黜陟의 기능을 강화해야할 필요성이 있었다. 아니면 새로운 법제를 통해서 미비점을 보완할 수도 있지만, 그는 법을 새로 만드는 것은 결국 새로운 폐단을 낳는 것이라고 하여 가급적이면 제도화된 틀 내에서의 원활한 운영이라는 방안을 택했다.³⁸ 대신 올바른 법의 집행을 위해서 그 권한에 적절한 인물을 선발하는 것이 우선한다고 이해하였던 것이다.

그러나 현실에서는 어려운 일이었다. 그 자신이 김안로라는 인물을 통해서 직접 경험한 바와 같이 한 사람의 賢否 여부를 확인하는 것은 결코 쉬운 일이 아니었기 때문이다. 국왕에게 군자와 소인은 구분하기 어렵지 않다고 말하기도 하였지만, 그것은 수사적인 표현이었을 뿐이다. 다만 그가

諸事津要 苟苴絡繹 萬口督督 冤默無訴"

37 『漁村集』 권8, 「弘文館上疏(戊子)」, "夫今之守令病民者 有三焉 或持心似廉 而才劣器庸 威不及吏胥 爲弊滋大 或稍有幹能 而挾氣作威 徵索太苛 以充無厭之欲 庫藏所儲 蕭然一空 或侵漁多端 而不自奉己 厚賂權貴 以釣聲勢 自以爲廉 其病民 一也"

38 『漁村集』 권8, 「司憲府上疏(己丑)」, "王者之法 信如四時 故其民 信而易從 今者 朝立一法 暮生一弊 一弊生而一法又立 法愈多而弊愈生"

주장한 바와 같이 『주역』적 세계관을 굳건히 견지한다면, 적어도 시세의 파악을 통해서 현실을 이해해 나갈 수는 있을 것이다.

> 성인의 탄생은 세상에 많지가 않다네. 성인이 있으면 맑아지고, 성인
> 이 없으면 탁해진다네.[39]

『주역』은 세도의 융성과 쇠퇴를 알려주었지만, 깊고 오묘한 물리를 정확하게 파악하기란 어려운 일이었다. 대신 그가 내린 결론은 성인의 존재여부였다. 즉 현실은 성인이 없기 때문에, 탁한 세상이라는 식이었다. 그가 屈原의 離騷經을 읽고 시대를 한탄하는 글을 지었던 까닭은 자신이 시대에 맞추어 가지 못함을 아쉬워했기 때문이기도 하였지만, 그가 말한 것처럼 풍속은 감화시키기 어려우며 道를 지키면서 살아가기는 더욱 힘들기 때문이었다.

그리고 그가 남긴 많은 시들에서 나타난 절망은 자신하였던 만큼 군자와 소인의 구별은 쉽지 않았기 때문이었다. 그래도 희망적인 것은 성인의 말씀이 담긴 경서를 깊이 고찰하면 분명 그 길이 나타나리라는 믿음이었다. 그는 좌절하였지만, 그토록 의지했던 『주역』에서 말한 음양의 변화에 희망을 품고 있었다. 그러나 그에게는 더 이상 그와 같은 기회가 주어지지 않았다.

심언광이 자신하였지만 거꾸로 실패하였던 군자와 소인의 구분은, 단지 그만의 문제가 아니었다. 인간의 심성은 그 누구도 파악하기 어렵기 때문이었다. 16세기 이래 중국 역사에서 두각을 드러낸 인물들에 대한 세평이 활발히 전개되었음은 군자와 소인을 구분하기 위한 노력의 하나였다. 심언광의 모습은 성리학적 낙관론에 기댄 사림계 인사들의 정치관이 여전히 취

---

39 『漁村集』 권9, 「黃河賦」, "聖人之生 世不多得 有聖則淸 無聖則濁"

약했음을 알려주는 사례이다. 그리고 이때의 좌절이 17세기 이후로 점철되는 정치적 갈등의 요인-군자당과 소인당의 구분과 투쟁-으로도 작용하였다.

4. 맺음말

심언광이 살았던 16세기는 정치적으로 혼란이 연속한 시기였다. 연산군대의 폭정을 끝내고 중종을 옹립한 반정공신들은 공고한 정치세력을 형성하고 있었다. 이를 타개하고자 중종은 조광조를 비롯한 젊은 사대부를 한때 등용하였지만, 그 결과는 사화와 촉망되던 인물들의 계속된 죽음이었다. 이러한 풍파를 경험하면서 심언광은 자신의 정치적 견해를 만들어 갔다.

그가 주장한 정치론은 무엇보다 권력을 가진 임금이 올바른 선택을 하게끔 道·聖人의 학문을 꾸준히 추구하도록 해야 한다는 점을 강조하였다. 그렇게만 된다면 굳이 법제를 강화하거나 새로운 법을 만들 필요도 없었다. 道學을 수련하면서 얻은 식견을 통해 인재를 선택한다면, 번잡한 법제 개선이 필요하지 않았다. 법의 강화·개편의 필요는 심성이 바르지 못한 사람들, 즉 소인이 등용되는가와 관련된 문제였으며, 군자가 등용되어 소인들이 자연히 도태되는 정치적 환경에서 법은 크게 문제가 되지 않기 때문이다.

군자들에 의한 자연스런 통치는 심언광이 꿈꾸었던 정치였다. 그리고 모든 사물의 이치가 『주역』의 원리에 따라 그대로 반영되어 변화하듯, 정치세계도 당연히 순리적으로 교화되어 나갈 것이라고 기대하였다. 그러나 無爲의 자연과 人爲의 人間世는 다를 수밖에 없었고, 그는 『춘추』에서 제시한 계급론적 사회윤리를 강화함으로써 『주역』적 세계관에서 나타나는 부족함을 해결하고자 하였다. 그러나 『주역』과 『춘추』를 통해 인간세상의 불합리를 마치 통일시킬 수 있는 것처럼 설명하려는 그의 논리는 애초에 불가능하였다. 자연의 원리인 『주역』과 인간의 윤리인 『춘추』는 동일하게 결합될 수 없는 논리였으며, 이는 중세 성리학적 세계관에서 드러나는 모순을 여실히 보여주었다.

– 참고문헌은 각주로 대신함

3부

이촌 심인광의 사상

11
어촌漁村 심언광沈彦光의 선비정신

손흥철_안양대학교 교수.

이 글은 강릉문화원에서 개최한 "제5회 어촌 심언광 전국학술세미나"(2014.11.14.)에서 발표하고 『유교사상연구』 제61집(한국유교학회, 2015.10.30.)에 게재된 논문을 수정·보완한 것이다.

1. 머리말

조선은 성리학을 정치이념으로 삼으면서 왕도정치王道政治의 실현을 추구하였다. 왕도정치는 성인군주聖人君主를 중심으로 한다. 그리고 성인군주를 보필한 인재양성을 국가적으로 장려하였다. 이러한 정치사회의 분위기 속에서 성리학에 정통한 많은 인재들이 배출되었으며, 이들이 조선의 정치·학문·교육 등 여러 분야에서 지도자의 역할을 수행하였다. 이들은 출신유형이 사림士林이고, 유학의 정신을 이상적으로 실천하는 "선비"였다.

조선역사에서 비록 악명 높은 간신奸臣과 오리汚吏도 많았지만, 여전히 조야朝野에서 의리義理를 강론講論하고 성심誠心으로 백성을 돌보는 선비 지사들도 많았다. 이러한 선비들이 조선을 지탱하는 힘이었다. 유능하고 고결한 선비가 존중받고 실무에 등용되던 시기는 나라가 안정되고 백성의 삶이 평안하였다. 그러나 올곧은 선비가 제대로 등용되지 않고 초야에 매몰되고 향원鄕原이나 얄팍한 술수에만 능한 자들이 발호跋扈하던 시기에는 임금은 그 존재감을 잃고 백성은 고통에 신음하거나 외적의 침입을 받아 국가의 존립마저 위태롭게 된 적이 한 두 번이 아니었다.

견해에 따라 여러 가지 이견이 있으나 선비가 반드시 갖추어야 할 조건이 몇 가지 있다. 강한 절의정신節義精神과 처세에 분명한 철학이 있어야 한다. 세상을 객관적으로 평가하고 미래를 대비하는 통찰력通察力도 있어야 한다. 또한 공론公論을 주도하고 공론으로써 소통해야 하며, 국가와 백성을 위한 충성심은 선비가 갖추어야 할 필수조건이었다.

조선시대 이러한 선비정신을 대표하는 사람들은 사림 가운데 영동嶺東의 인재로 조선중기 명신名臣의 반열에 오른 어촌漁村 심언광沈彦光(1487~1540)이 있다. 그는 21세에 진사시進士試에 합격하여 52세에 향리로 돌아가기까지 30년 이상 관직官職생활동안 약 40여회의 내·외의 관직을 역임하였다. 그 과정에서 그는 선비로서의 올곧은 기개와 명철한 임무수행 및 자신에게 엄격한 처세를 보여주었다.

어촌이 과거科擧에 등용되어 여러 중요한 관직을 두루 섭렵하였다는 점은 조선의 건국이념인 성리학과 무관하지 않을 것이다. 어촌의 사상과 문학정신이 담겨 있는『어촌집漁村集』은 모두 2006년 강릉문화원에서 국역國譯하여 발간한 것이 전한다. 여기에는 약 500여 편의 시와 소疏·차箚·제문祭文·책문冊文·부賦 등이 실려 있지만, 애석하게도 유학이나 성리학에 대해 논증한 논문은 매우 적다.

2014년 10월 현재 그동안 5차례 강릉문화원에서 심언광沈彦光의 학술사상에 대한 학술대회가 열렸다. 이들 학술대회에서 발표된 연구논문은 대부분 어촌의 생애 및 문학과 역사 분야가 중심이며, 성리학 등 철학사상에 대한 연구논문은 나오지 않았다. 그것은 어촌의 저작에서나 그와 교유交遊한 학자들의 문집에서도 유학이나 성리학을 강론하거나 쟁론爭論한 자료가 절대적으로 부족하기 때문일 것이다. 따라서 어촌의 철학사상은 그의 문집을 심층적으로 분석하여 작은 시구詩句 혹은 부賦 등에서 그 한 단면들을 찾아서 정리해야 한다. 또한『어촌집』에서 그의 절의정신, 유학사상, 경세관을 통해 그의 도학적인 실천성뿐만 아니라 그 사상적 특징 및 세계관을 파악하여야 더욱 분명해진다고 생각한다. 그러므로 이 글에서는 우선 유학의 정신을 중심으로 어촌의 선비정신을 탐구함으로써 어촌의 유학사상에 대한 연구의 시작으로 삼고자 한다.

이를 위해 이 글에서는 어촌漁村 선생의 선비정신을 세 가지로 나누어 보고자 한다. 먼저 어촌의 절의정신節義精神을 살펴볼 것이다. 어촌은 많은 요직을 역임한 조선중기의 명신名臣이었지만, 정치적 역경逆境도 많이 겪었다. 그러나 어촌은 항상 출처出處에서 의리와 명분을 중시하였다. 이 글에서는 어촌의 절의정신과 명분과 의리를 중시하는 출처관은 바로 왕도정치

의 이상을 실현하기 위한 강한 의지였음을 밝히고자 한다. 다음으로 어촌
의 유학사상을 살펴볼 것이다. 어촌의 시문에는 오경五經을 중심으로 하
는 원시유학의 정신이 주류를 이룬다. 하지만 그는 성리학에도 조예가 깊
어 보인다. 이 글에서는 「고불고론觚不觚論」의 내용을 분석하여 형이상학적
존재론의 일면을 살펴 볼 것이다. 이를 통해 그의 학문이 사림으로써 그의
특성을 드러낸 것임을 알아볼 것이다. 마지막으로 도학적 경세관을 차례로
고찰한다. 이를 위해 그가 올린 상소上疏와 부賦 등을 통해 그가 지향한
정치이념이 사림의 도학정치임을 확인하고자 한다.

그리고 16세기 조선 중기 격변기를 살아온 어촌의 선비정신이 오늘 우리
사회의 여러 모순을 바로잡는데도 필요한 정신임을 확인하고자 한다.

2. 어촌漁村의 절의정신節義精神

사림의 주류는 고려高麗 유신遺臣의 후예와 성리학을 적극 수용하여 강
력한 사회개혁을 주장한 이색李穡(1328~1396), 정몽주鄭夢周(1337~1392),
길재吉再(1353~1419) 등의 후학들이다. 이들은 지방에서 안정된 경제기반
을 가지고 학문연구와 강학講學에 전념하면서 제자들을 양성하였다. 그 가
운데 길재의 제자인 김종직金宗直(1431~1492)이 중앙관직에 진출하면서
많은 사림이 등용되었다.

사림은 유학과 성리학의 연구와 수양을 중시하였으며 이들이 조선사회
의 대표적인 지식인들이었다. 이들은 과거科擧와 붕당朋黨을 통하여 사회
적 영향력을 확대하였다. 사림은 향촌鄕村에서 경제적 기반을 갖추고 있었
으므로 안정되게 학문연구와 제자양성을 할 수 있었다. 그리고 사림은 성
리학에 기초한 도학정치를 추구하였으며, 분명한 출처관出處觀을 가지고

명분과 의리를 중시하였다. 올바른 사림은 왕실과의 혼인婚姻이나 인척관
계를 피하고, 주로 간관諫官·교수敎授·외직外職을 선호하였다. 사림은 공론
을 주도하고, 최고의 문화와 인품을 갖추며, 정의와 의리를 굳게 지키며, 자
신의 소신과 의리를 위해서는 죽음도 불사하며, 학문을 천착하고 도리를
가르치는 사람이 바로 사림이라는 뜻으로 유학에서 추구하는 군자君子의
인간상과 매우 유사하다.

어촌은 출중한 재능과 사림의 적극적 후원으로 여러 요직을 두루 역임
할 수 있었다. 어촌의 의리義理정신도 사림의 영향을 통해 형성되었다. 어
촌이 관직에 나가 활동하던 시기는 정암靜庵 조광조趙光祖(1482~1519)를
비롯한 사림들이 중종中宗(李懌. 1488·1506~1544)의 개혁 본격적으로 중
앙정계에 진출하던 때였다. 당시의 사림은 의리와 명분을 하나의 이념으로
정립하였다. 그리고 국가 교육기관인 학당學堂·향교鄕校·성균관成均館에 입
학하기 위하여 사학私學인 서재書齋·서당書堂 등을 통하여 사숙私塾을 통
하여 지식공부와 함께 동문을 이루어 하나의 집단을 형성함으로써 이들이
훈구세력과의 대립을 통하여 새로운 관료지배계층으로 성장하였다.

어촌의 사승師承관계는 정확하게 알 수 없으나 당시대나 후세의 학자들
은 그를 기묘사림己卯士林으로 평가한다.

이제 예로부터 전해오는 사적으로써 상고해 보면 정암靜庵[1]과 (己卯)

---

1 조광조(趙光祖. 1482~1519) 자 효직(孝直). 호 정암(靜庵). 시호 문정(文正). 어천찰방(魚川察訪)이
   던 아버지의 원강(元綱)의 임지에서 무오사화(戊午士禍)로 유배 중인 김굉필(金宏弼. 1454~1504)
   에게 수학하였다. 중종(中宗)에게 중용(重用)되어 사림파(士林派)의 절대적 지지를 업고 도학정치
   (道學政治)를 실현하고자 하였다. 이를 위해 성리학을 대대적으로 선양하고, 국가 전반의 제도를 개
   혁하고 현량과(賢良科)를 설치하며, 소격서(昭格署)를 혁파하고, 훈구파들의 위훈(偉勳)을 삭제하는
   등 대대적인 개혁을 단행하였다. 그러나 급격한 개혁에 대한 중종의 거부감과 훈구파들의 조직적 공
   격으로 실각하고 사사(賜死)를 당하였다. 그것이 1519년의 기묘사화(己卯士禍)이다.

제공諸公들이 패敗하였을 때 공公; 漁村은 내한內翰²으로 있다가 보직에서 쫓겨나고 북쪽의 교수[鏡城教授]가 되었으니³, 그는 (己卯의) 제현諸賢으로부터 허여許與받았음을 알 수 있다. 당금黨禁(기묘사화의 伸冤)이 아직 해결되지 않았을 때 힘써 고질痼疾을 풀어야 한다는 논의를 주장하고, 매양 선비의 기상[士氣]을 배양함을 자신의 임무로 삼았으니 그 마음이 (기묘의) 제현에게 간절하게 가 있었음을 또한 알 수 있다.⁴

후세의 평가에 어촌이 사림으로 평가받는 가장 중요한 이유는 그가 기묘사림으로 허여許與받았기 때문이다. 그리고 관직생활 가운데 힘써 기묘사림의 신원伸冤을 위하여 노력하였고, 사림의 정신적 원천으로 선비의 기상을 진작시키기 위하여 노력하였기 때문이다.

기묘사림과 어촌의 관계가 밀접한 원인은 두 가지가 있다고 생각된다. 하나는 그의 외삼촌外三寸인 김세남金世南과의 관계이다. 어촌은 외삼촌을 위한 명문銘文에서 다음과 같이 말한다.

아! 나의 형제는 일찍이 아버지를 여의어 조잡하게나마 문자를 이해하고 과거에 합격하여 입신양명立身揚名하기에 이르게 됨은 모두 공의 덕이다. ……
공은 천순天順 임오년(세조 8, 1462)에 태어났다. 어려서부터 총명하고

---

2 조선시대 예문관(藝文館)의 정8품 대교(待敎)와 정9품 검열(檢閱)을 지칭하는 한림(翰林)의 다른 이름.

3 연보에 의하면, 이 때 어촌(漁村)은 예문관의 정7품인 봉교(奉敎)로 재직 중이었다. 그해 겨울 사화(士禍)에 연루되어 함경북도 경성교수(鏡城敎授)로 좌천되었다.

4 『漁村集』卷首,「漁村集序」,〈李敏敍〉: 今以遺事考之, 靜庵諸公之敗也, 公以內翰, 斥補北敎, 則其爲諸賢所與者, 可知. 黨禁未解, 力主解痼之論, 每以培養士氣爲己任, 則其心之惓惓於諸賢者, 又可知也.
이 글에서의 『漁村集』의 원문인용과 번역은 『國譯 漁村集』을 참고하였다.

영리했으며, 자라서는 문예文藝를 일찍 성취했으나 과거로 영진榮進하려는 뜻이 없이, 집에서 머물며 독서하였다. 덕을 숨기고 산림에서 항상 학문에 독실했고 사람들에게 관후寬厚하게 대접하니 모두들 경모敬慕했다. 판서 김종직이 현량과賢良科에 천거하여 조정의 전지傳旨를 전하였고, 자격에 구애받지 않고 의릉참봉義陵參奉에 발탁되어 누차 품계를 높여 조봉대부朝奉大夫로 진급하고, 국자사업國子司業[5]에 이르렀으나 모두 나가지 않았다.[6]

먼저 어촌의 학문적 성취는 그의 외삼촌에 의하여 함양되었다는 점이다. 여기에 대한 자세한 기록은 아직 확인하지 못하였다. 그리고 그의 외삼촌인 김세남은 은일거사隱逸居士로서 매우 학문과 덕행이 뛰어났다. 필자의 생각에 어촌이 사림으로 추천을 받거나 사림들의 호응을 받은 이유는 김세남이 당대 사림의 거두인 김종직의 현량과 추천을 받았던 것도 중요한 원인이라고 생각된다.

다른 하나는 정암靜庵 조광조와의 관계이다. 어촌과 정암과의 교유로는 어촌이 25세 때 "도봉산道峰山에 있는 조광조를 방문하고 경의經義를 강론하였다."[7]는 기록이 있다. 그러나 『어촌집』에는 그 후 관직생활에서 정암과의 관계에 대한 내용은 많지 않다. 어촌이 정암이 귀향을 떠나는 길을 보고 쓴 시에서 그 단편을 짐작할 수 있다.

---

5 고려시대 국학(國學)인 국자감(國子監)의 종4품 벼슬.

6 『漁村集』卷9,「舅氏徵士府君金公世南墓誌銘」a_024_208a : 嗚呼! 彦光昆弟, 早失嚴訓, 粗解文字, 繼獲科第, 以至于立揚, 皆公之德也. …… 公以天順壬午生. 幼而聰悟穎秀, 旣長, 文藝夙就, 無意科擧榮進, 屛居讀書. 隱德山林, 常以篤學, 寬厚接人, 衆皆敬慕. 金判書宗直, 因賢良科傳旨, 力薦于朝, 不拘資格, 擢拜義陵參奉, 屢除進階朝奉, 至國子司業, 皆不就.

7 『漁村集』卷首,「年譜」: 六年辛未 先生二十五歲. 訪趙靜庵光祖, 於道峯, 講論經義, 歷數日而罷.

사헌부의 옛 자의紫衣라고 말하지 마시라

소달구지 타고 초초하게 고향으로 돌아가네.

이 다음 지하에서 서로 만나는 날

인간 만사가 틀렸다고 말하지 말게

不謂南臺舊紫衣

牛車草草故鄕歸

他年地下相逢日

莫說人間萬事非[8]

기묘사화로 귀향을 떠나는 정암을 보는 어촌의 마음이 그대로 읽혀진다. 한 때의 권세도 때를 못 만나면 욕辱된 현실로 바뀜을 어촌도 잘 알고 있었다. 정암의 죄는 잘못된 인간사를 지적하고 바꾸려고 한 행위에 있었다. 그러니 다음에 저승에 만났을 때는 세상사 글러먹었다고 하지 말라는 뜻은 말하지 않아도 아는 것을 굳이 꼬집어 화를 자초하지 말라는 의미이기도 하다.

어촌에게는 기묘사화 이후에 사화로 화를 입은 조광조와 기묘사류己卯士類들의 신원伸寃이 중요하였다. 그는 한 때 간신 김안로金安老가 기묘사류의 신원伸寃을 조정調停하겠다는 말에 속아서 그를 천거하는 실수를 하였다. 그러나 이러한 실수는 사실 정암과의 의리를 귀중하게 여겨 어떻게든 정암의 신원을 이루어야 한다는 절박함에서 비롯된 것이었다.

어촌은 사림을 육성하기 위해서는 선비의 기상을 배양해야 한다고 주장한다. 어촌의 이러한 정신은 그의 문집인 『어촌집』의 시詩·부賦·소疏 등에

---

8 『漁村集』卷2, 「哭靜庵趙光祖」己卯.

서 매우 풍부하게 나타난다. 어촌은 선비의 기상을 배양하는 방법과 중요성을 다음과 같이 주장한다.

선비의 기상을 기름으로써 장차 국맥國脈을 길러야 합니다. 선비의 성쇠盛衰는 다스림의 융성隆盛과 쇠퇴衰頹가 걸려 있습니다. 서한西漢 때는 충후忠厚함을 숭상하니 충후가 지나쳐 마침내 아첨[諛佞]하는 풍조를 이루어 왕망王莽(BC.45~AD.23)에게 상서上書를 올려 칭송하는 자가 400여명이나 되었으며, 동한東漢이 흥기하여 그 굽은 것을 곧게 교정하여 오로지 기개와 절조[氣節]를 숭상하니 인재의 융성이 크게 성함을 볼 수 있었다. 환제桓帝(132·146~167)·영제靈帝(156~189)가 임금답지 못하여 당고黨錮의 화禍를 빚어내어 사류士類를 쓸어버리고 결국 나라가 망하였습니다. 한 번 화禍를 당하면 겁을 내어 지나치게 경계함이 전변轉變하여 진晉나라 때는 청담淸談이 되어 마침내 진晉을 그르치고 말았습니다. 무릇 선비의 기상을 배양함에 좋아함과 싫어함이 치우쳐서는 안 됩니다. 높게 세워진 장대에 비유하면, 왼쪽으로 치우치면 왼쪽으로 기울고 오른쪽으로 쏠리면 오른쪽으로 쏠려서 왼쪽도 아니고 오른쪽도 아니고 곧게 바로 서서 흔들리지 않아야 하니 반드시 그 도리가 있습니다. 요컨대 충후忠厚와 기절氣節은 (한 쪽으로) 치우쳐 (어느 하나를) 폐지할 수 없으니 우둔한 사람을 격려하고 나약한 사람을 일으켜서 풍습교화를 바로 세움은 절의節義보다 나은 것이 없습니다. 선비가 입신함은 명분과 절의를 근본으로 삼으며, 벼슬살이는 정직을 근본으로 삼는데, 임금이 그것을 배양함에 좋아함과 싫어함을 바르게 하고 본本과 말末을 살펴서 짧은 자는 길러주고, 부족한 자는 채워주어 그 변화에 따라 그것을 바르게 북돋워주어야 합니다.
오늘의 배양은 곧 다른 날의 보응報應이 있습니다. 한漢 무제武帝 때 회

남왕淮南王이 반역하려고 하였으나 오직 급암汲黯(생졸연대 미상)의 절의를 두려워하였으며, 헌제獻帝(181~234) 말기에 조조曹操(155~220)가 천하를 넘보았지만 오히려 한漢의 신하라는 이름을 누리려고 하였으니 어찌 당고黨錮의 제현이 죽음을 마치 집에 돌아가는 것처럼 여긴 힘이 아니겠습니까?

우리 성종成宗(1457·1470~1494)께서 배양培養에 도道가 있어 많은 선비를 배출하였으나 무오사화戊午士禍(유자광 등 훈구파가 사림인 김종직 일파를 제거한 사화)와 갑자사화甲子士禍(연산군의 어머니 폐비 윤씨의 복위문제로 일어난 사화)에서 거의 다 제거되어 선비들이 앞의 일을 되풀이 할까 두려워하여 풍속이 위축되고 쓰러졌다. 중흥中興; 中宗反正 이후 (士氣가) 진작됨이 20여년이 되었으나 선비의 기상은 꺾이고 막혀서 다시 스스로 떨치지 못하여, 아부하고 구차하게 계합契合하려는 습속이 생기고, 충순忠純하게 직간直諫하는 풍조가 없고, 사대부가 서로 대면하여 국사를 의논함에 머리를 숙이고 꼬리를 내려서 서로 그 입만 쳐다보고, 감히 한 마디도 먼저 말을 하지 못하며, 사안이 당시의 재상에 관련되면, 두렵고 겁내어 감히 말하지 못합니다. 나약한 사람은 크게 시속의 명예를 얻고 올곧은 사람은 치한癡漢으로 지칭되니 부화뇌동하여 따르고 침묵함이 결국은 쇠미한 풍속이 되어 아마도 꾸준하게 물들고 다시 더욱 깊어져서 당당하게 거리낌 없이 말하는 선비가 세상에는 다시 볼 수 없습니다. 전하께서는 이런 지경에 이른 까닭을 어찌 생각하지 않으십니까?⁹

---

9 『漁村集』卷8,「弘文館上疏」戊子 a_024_180c : 養士氣, 將以養國脈也. 士之盛衰, 而治之隆替係焉. 西漢尙忠厚, 而忠厚之過, 終成諛佞之風, 至於上書頌莽者四百餘人, 東漢之興, 矯其枉而直之, 專尙氣節, 人才之盛, 蔚然可觀. 桓·靈不君, 釀成黨錮之禍, 薙彌士類, 國隨以亡. 懲羹吹虀, 轉爲晉氏之淸談, 卒誤晉室. 夫培養士氣, 其好惡不可偏也. 譬之建危竿者, 左偏則左傾, 右偏則右傾, 不左不右, 正立不撓, 必有其道. 要之, 忠厚氣節, 不可偏廢, 而激頑起懦, 扶植風化, 莫先於節

앞의 인용문에 의하면, 어촌은 첫째, 선비의 기상의 중요성을 다양한 역
사적 사실을 통하여 적시하고 있다. 『어촌집』을 보면 그의 작품 전반에서
나타나는 특징으로 매우 세세하고 폭넓은 역사지식과 문학성을 알 수 있
다. 어촌은 중종에게 선비의 기상을 진작시켜야 할 당위성을 역사적 사실
을 통하여 강하게 요청하고 있다.

둘째, 선비의 기상과 정신으로 충후忠厚와 기개와 절조[氣節]를 중시하
였다. 충후는 충성스런 마음과 변함없는 의지를 포함한다. 충성스러운 마
음은 백성과 임금에 대한 절의節義를 말하며, 변함없는 의지는 자신의 이
익에 연연하지 않고 국가와 백성을 위한 자신의 직분을 다하는 마음이다.
기개와 절조는 명분을 중시한다. 명분은 자신의 주장과 행동에 대한 정확
한 소신과 목적의식이다. 절의節義는 절개와 의리를 말한다. 절개란 신의를
지키는 굳은 의지이며, 의리는 "마음을 항상 정성스럽게 유지하며, 매사에
정의롭고 도덕규범에 맞도록 최선을 다한다."는 뜻이다. 이러한 '의리'는 객
관적이고 공평해야 하며 혈연血緣·학연學緣·지연地緣에 따라 변하지 않으
며, 상황에 따라 달라지는 방편이 아닌 목적이다.

셋째, 사림을 길러야 국가의 우환과 반역을 방지할 수 있다. 사림의 절의
는 국가를 지키는 정신력이다. 그리고 충후함과 절의는 상호 대립적인 것이
아니며 평형을 이루어야 한다. 군왕에 대한 충성만 강조하게 되면 아부와
아첨의 풍조가 생겨서 결국은 나라를 망하게 한다는 말이다.

넷째, 기묘사류의 정신을 살려야 한다. 성종成宗 이후 사림이 대거 등용

義. 士之立身, 以名節爲本, 立朝以正直爲本, 人主之養之, 正好惡, 審本末, 短者而長之, 不足者
而足之, 隨其變而正捄之. 今日之養, 乃他日之報也, 漢武帝時, 淮南王欲反, 獨畏汲黯之節義, 獻
帝之末, 曹瞞睥睨九鼎, 而猶欲享漢臣之名, 豈非黨錮諸賢視死如歸之力哉? 我成廟培養有道, 多
士輩出, 至戊午甲子, 芟夷殆盡, 士懲前軌, 俗成委靡, 中興之後, 振作二十餘年, 士氣摧沮, 不復
自振, 有依阿苟合之習, 無忠純直諫之風, 士大夫相對議國事, 俛首帖尾, 相視其口, 莫敢先發一
言, 事關時宰, 畏劫而不敢言. 軟懦者, 大獲時譽, 謹直者, 指爲癡漢, 雷同循默, 遂成衰俗, 竊恐靡
靡之漸, 益復滋深, 謇謇諤諤之士, 世不復見也. 在殿下, 盍思所以致此之由乎?

되었다가 연산군燕山君 때 두 차례의 사화士禍로 인해 수많은 사람들이 죽음을 당하거나 벼슬에서 쫓겨났다. 그리하여 충순忠純하고 직간直諫하는 선비의 기상이 꺾이고 막혀서 시속時俗의 적폐積弊를 고치지 못하고, 특히 되살려야 할 기묘사림의 정신을 되찾으려는 말도 못한다.

일찍이 연암燕巖 박지원朴趾源(1737~1805)은 "천하의 공변된 언론을 사론士論이라 하고, 당세의 제일류를 사류士流라 하며, 온 세상의 의로운 주장을 펴는 것을 선비의 기상이라 하고, 군자가 죄 없이 죽는 것을 사화士禍라 하며, 학문과 도리를 강론하는 사람을 사림이라 한다."[10]고 하였다. 여기서 천하의 공변된 선비의 언론[士論]이 곧 공론公論이다. 이 공론은 의리에 근거하여 성립되어야 한다. 의리의 공론을 지키기 위해서는 무엇보다 최고 통치자인 왕이 현명한 판단을 내려야 한다고 주장한다.

중종은 조광조를 등용하여 대대적인 개혁을 단행하고자 하였다. 그러나 결국 훈구파 등 반대파의 모함으로 좌절되고 말았다. 어촌은 정암의 실패가 사실 정암을 등용하고도 오히려 그를 의심하여 반대파의 모함을 믿고 정암 일파를 숙청한 중종의 잘못을 지적하고 있다.

> 지난 기묘년(중종 14, 1519) 글을 지어 화살에 묶어 궁중에 쏜 일이 여러 번 있었는데, 얼마 지나지 않아 조광조 등이 끝내 중죄를 받았습니다. 그 후에 간흉들이 사림을 해치고자 하여 그 말이 설득되지 않으면 반드시 기묘년의 일에 의탁하여 (임금의 총명을) 어지럽히는 매개로 삼으며, 이와 같이 해도 또 그 모해謀害가 먹혀들지 않으면 또 기묘년에 화살을 쏘던 일을 좇아서 잔인하고 기만적인 흉서凶書를 내정內庭에

---

10 『燕巖集』 제10권, 別集, 〈原士〉 : 天下之公言曰士論, 當世之一流曰士流, 四海地衣聲曰士氣, 君子無罪以事曰士禍, 講學論道者曰士林.

던집니다. 그들의 흉계는 반드시 스스로 '우리가 만약 작금의 일을 기묘년의 일과 같이 궁중에 투서하면 상께서 반드시 사림을 깊이 의심하고 사림이 해를 입음이 기묘년과 같을 것이며, 그런 후에 나라에는 직언하는 인사가 없고 조정은 공허해서 임금이 고립되어 나라의 최고 권병權柄이 우리의 수중으로 떨어져서 동서남북이 오직 우리의 턱짓에 따를 것이다.'고 여깁니다. 그 흉계가 이럴 진데 충의로 나라를 걱정하는 사람이 어찌 이를 잊을 수 있겠습니까?[11]

어촌은 먼저 기묘사화는 훈구파들이 조광조를 모함하기 위하여 벌인 투서投書와 '주초위왕走肖爲王'과 같은 모략 등을 중종이 믿었기 때문에 대규모의 살육이 일어났다고 비판한다. 그리고 이러한 사례가 있기 때문에 간흉奸凶들이 그 뒤에도 그러한 전례를 들어 자신들의 모략이 성공할 것이라는 희망을 가지고 계속 중상모략을 일삼았으며, 중종은 또 다시 그들의 말을 믿고 충신을 물리치는 일을 반복하였다. 그러므로 조정에는 충의忠義를 지키는 신하는 없고 오직 정쟁政爭에만 몰두하는 간사한 무리들만 남게 되고, 오히려 임금이 고립되어 왕도王道를 전혀 행할 수 없는 지경에 빠졌다.

사실 이 글은 중종에 대한 건의이자 비판이기도 하다. 실제로 중종 이역李懌은 사림과 훈구파 사이에서 자신의 권력을 유지 강화하기 위하여 오락가락하면서 수많은 선비들을 죽게 하였다.[12] 그러므로 신하의 직언直言을

---

11 『漁村集』卷8,「弘文館箚子」a_024_189b : 往在己卯, 爲書約矢, 以射禁中者, 屢矣. 未幾, 趙光祖等, 果被重罪. 自後姦兇, 欲害士林, 而未得其說, 則必托己卯之事, 以爲眩亂之媒, 如是而又不得售其謀也, 則又踵己卯射矢之事, 忍詐匈書, 投之內庭, 其計必自以爲吾若同時事於己卯, 而投書于禁中. 則上必深疑士林, 而士林之被害, 亦如己卯, 然後國無直士, 朝廷空虛, 君上孤立, 國之魁柄, 落吾掌握, 東西南北, 惟吾頤所指. 其兇計不過如是而已, 懷忠憂國者, 寧不耿耿於斯?

12 이러한 불의(不義)의 역사는 그 후 선조(宣祖) 이연(李昖)과 인조(仁祖) 이종(李倧)에게서 더욱 더 극렬하게 재현되면서 조선사회는 존망의 기로를 맞게 되고, 백성은 철저하게 위정자들로부터 외면당하고 도탄에 빠지게 된다.

잘 받아들이고 거짓과 모략을 잘 구분하여 항상 객관적인 판단을 해야 공
론이 소통이 되며 국가가 편안해 진다는 것이 어촌의 결론이다.

3. 어촌漁村의 유학사상儒學思想

어촌의 사상에는 몇 가지 특이한 점이 있다. 어촌의 학문은 성리학에도
조예가 깊어 보이나 그 사실을 확인할 자료가 부족하다. 어촌의 정치이념
은 도학정치이며, 이는 성리학적 이념을 중심으로 한다. 그리고 그는 사림
士林이지만 『어촌집』에는 성리학적 견해가 드러난 작품이 적다. 반면에 그
의 시문과 여러 종류의 사부辭賦에는 오경에 대한 매우 깊은 조예가 엿보인
다. 어촌의 유학사상을 엿볼 수 있는 자료가 많지 않지만, 그가 인용한 사
적史蹟이나 인용문헌에는 주희를 비롯한 성리학자들과 그들의 학문에 대
한 언급 보다 오경五經의 사상을 많이 드러내고 있다.

어촌漁村은 사림의 계보에서 뚜렷한 사승관계를 알 수 있는 기록이 없다.
다만 그의 연보에서 어릴 때나 젊어서 함께 공부한 친구들이 있고, 극히 일
부이기는 하지만, 사림의 영수였던 조광조趙光祖와 함께 수일간 경전을 논
하였다는 기록이 있으며[13], 최초의 서원인 백운동서원白雲洞書院: 紹修書院
을 세운 주세붕周世鵬(1495~1554)과 『심경心經』을 강론하였다는 기록이 있
다.[14] 『심경』은 송宋의 서산西山 진덕수眞德秀(1178~1235)가 유학경전과 이
정二程과 주희朱熹(1130~1200)를 비롯한 송대宋代 성리학자들의 저술에서
심성론 및 수양론 등에 관한 중요 내용을 발췌하여 편집한 책이다. 그러므

---

13 『漁村集』卷首,「行狀」: 六年辛未. 先生二十五歲. 訪趙靜庵 光祖 於道峯. 講論經義. 歷數日而罷.
14 『漁村集』卷首,「行狀」: 七年壬申 先生二十六歲子雲生○與周愼齋. 世鵬 講心經於義洞旅館.

로 이 책을 가지고 주세붕과 강론하였다는 것은 성리학에 대한 이해가 깊
었다는 방증傍證이 될 수 있다.

그리고 어촌이 이정二程의 영정을 얻어와 이를 봉안하고 경배한 사실을
통해 그가 성리학을 공부하였을 뿐만 아니라 성리학자를 매우 존중하고
있음을 알 수 있다.

> 어촌 심언광 공이 관반사館伴使의 사명을 받들 때 하남河南의 두 정부
> 자程夫子의 화상畵像을 구하여 얻어 와서 강릉 경포대에 모셨다. 그 뒤
> 148년 뒤 그의 6세손 세강世綱이 경포대의 서쪽 하남동河南洞에 작은
> 재실을 짓고 두 상像을 봉안하여 존경의 정성을 드러냈다. 나는 생각
> 건대 어촌은 실로 중종조中宗朝의 기묘사류己卯士類이다. 기묘제인은
> 『근사록』을 숭상하였고, 두 부자의 가언嘉言과 선행善行이 모두 이 책
> 에 발췌되어 있어 당시의 여러 현인들이 서로 함께 토론하고 경연經筵
> 에서의 강설講說이 모두 이 책에서 나왔다. 그러므로 어촌이 홀로 이정
> 二程의 상을 구하여 온 뜻이 어디에 있는가를 알 수 있다. 그의 자손이
> 보존하여 서로 전한 것도 이미 어려운 일인데, 지금까지 존봉尊奉하는
> 일처리가 더욱 융숭隆崇하고 진중鎭重하니 이 또한 숭상할 만하다. …
> 덕은德恩: 恩津의 후인 송시열이 삼가 쓰다.[15]

위 인용문은 어촌이 중국의 사신을 접대하는 임시관직인 관반사館伴使

---

15 『漁村集』卷首,「影堂記」a_024_102a : 漁村沈公諱彦光, 奉使館伴, 求得河南兩程夫子畵像以
來, 藏之于江陵之鏡浦臺上. 後一百四十八年, 其六世孫, 世綱以臺西有河南洞, 築小屋, 奉安二
像, 以寓瞻依尊敬之誠. 余惟漁村, 實中廟己卯人, 己卯諸賢, 專尙近思錄, 夫二子之嘉言善行, 皆
萃於此書. 當時諸賢之相與討論及經筵講說, 皆自此書中出來, 則漁村之獨求二程像以來, 亦可見
其意之所在也. 其子孫保藏相傳, 已是難事, 而于今尊奉事體, 益以隆重, 此尤可尙. 崇禎紀元之
六十一年季春, 德恩后人宋時烈, 謹書.

를 수행한 후 정호程顥(1032~1085)와 정이程頤(1033~1107) 두 형제의 초상
肖像을 얻어온 후의 과정을 설명한 내용이다. 주지하듯이 이정二程 형제는
성리학의 성립에 절대적 공헌을 하였다. 이러한 이정의 초상을 어촌이 구해
와서 대대로 봉안하여 경배하였다는 사실은 성리학에 대한 이해의 깊이는
몰라도 학자로서 그를 매우 존경하였다는 사례가 된다고 할 수 있다. 그리
고 송시열宋時烈(1607~1689)이 글을 썼다는 사실로 두 가지내용을 알 수
있다. 하나는 어촌과 그의 후손이 율곡栗谷의 후학인 노론의 계열이라는
점이다. 다른 하나는 당시 노론의 거두였던 송시열이 '덕은후인德恩后人'이
라고 표현한 것은 그의 성품으로 보아 매우 어촌을 존중하였다는 점이다.

그러나 『어촌집』에는 어촌이 성리학의 이론을 깊이 있게 논論한 내용은
매우 적다. 다만 권8의 「고불고론觚不觚論」이라는 부賦에서 그 일부분을 찾
아 그의 사상을 파악할 수 있다.

> 천지간에는 '하나의 리[一理]' 일분이다. 크게는 천하 만물이 모두 '하
> 나의 리'이며, 적계는 사물의 세미細微함도 역시 '하나의 리'이다. '하
> 나의 리'라고 하는 것은 다르면서 같음을 말한다. 이 리理는 하나면서
> 만萬이며, 만이면서 일一이며, 은미하면서 현저顯著하며, 현저하면서
> 은미하다. 하나이면서 만으로 확산되고 만이면서 하나에 근본하니 일
> 은 리의 요체이며 만은 리의 특수特殊이다. 은미함에서 현저함으로 돌
> 아가고 현저하면서 은미함에 우거寓居한다. 은미함은 리의 묘妙이며
> 현저함은 리의 용用이다. 세상에서 만리萬理의 하나의 근본[一本]에 능
> 통한 사람이 몇이나 되는가? 하나의 근본은 작은 말들을 모두 갖추고
> 있으며, 지극히 은미함도 하나의 말에 분명하게 드러나 성인의 말이

되는 까닭이다.¹⁶

위 인용문에서 일리一理와 만리萬理, 미微와 저著, 동同과 이異 등의 개념은 성리학의 리기론理氣論을 설명하는 전문적인 철학개념어들이다. 특히 "하나면서 만萬이며, 만이면서 일一이며, 은미하면서 현저顯著하며, 현저하면서 은미하다. 一而萬也, 萬而一也, 微而著也, 著而微也."라는 표현은 율곡栗谷 이이李珥(1536~1584)의 리기론을 대표하는 리통기국理通氣局과 녹문鹿門 임성주任聖周(1711~1788)의 리일분수理一分殊론과 거의 차이가 없다. 현상의 특수特殊인 분수分殊와 보편으로서의 본체本體와의 관계는 서로 밀접한 원리로 소통하고 있다는 이론이다. 이러한 어촌의 구체적인 논리는 '체와 용은 하나의 근원이며, 드러남과 은미함은 서로 틈이 없다.[體用一源, 顯微無間]'는 정이의 리기론을 더 현실적으로 설명한 것이다.

한편 어촌의 유학사상은 사서四書에 대한 언급에서 좀 더 자세하게 알 수 있다. 여기서는 『논어』 해석의 일부분을 통하여 그의 유학사상의 단면을 살펴보기로 한다. 어촌은 특히 정명正名과 명실상부名實相符를 중시한다. 그는 『논어』, 「옹야」편의 "공자는 고觚가 고觚답지 않으면 어찌 고觚라 하겠는가? 어찌 고觚라 하겠는가?子曰; 觚不觚, 觚哉觚哉"¹⁷라는 구절을 인용하여 다음과 같이 설명한다.¹⁸

---

16 『漁村集』, 卷9, 觚不觚論 a_024_214d : 天地之間, 一理而已. 大而天下萬物, 皆一理也, 小而事物細微, 亦一理也. 一理云者, 異而同之謂也. 是理也, 一而萬也, 萬而一也, 微而著也, 著而微也. 一而散於萬, 萬而本於一, 一爲理之要也, 萬爲理之殊也. 微而歸於著, 著而寓於微. 微爲理之妙也, 著爲理之用也. 世之能通萬理之一本者, 幾何人耶? 一本而兼該於片言, 至微而昭著於一語, 所以爲聖人之言.

17 고대의 주기(酒器)로 사각형의 모서리가 있다. 이 문장은 "고(觚)라는 제기에는 사각의 모서리가 있기 때문에 고(觚)라고 부르는데, 보관이나 실용성을 위한 방편으로 그 모서리를 없애버리면 더 이상 고(觚)라고 부를 수 없다."는 뜻을 강조하는 말이다.

18 아래의 인용문은 일반적인 논의의 전개에서 보면 매우 긴 문장이다. 그러나 일부 내용을 간단하게 끊어서 인용하게 되면 어촌의 사상을 제대로 정확하게 설명하기에 곤란하다. 왜냐하면 『논어』, 「雍也」

그리고 성인의 말은 드넓고[廣博] 심후하여 일언—言이 일리—理가 되고 만리萬理가 일언—言이 된다. 중니仲尼가 '고觚가 고觚답지 않으면……'이라고 한 말은 사휘辭彙(어휘)는 비록 축약縮約되고 언어는 비록 간단하지만 의미에 포함된 것은 역시 만리萬理로 귀결된다. 무릇 고觚라는 것은 사물에 모서리가 있는 것이다. 보통 사람이 그릇을 만듦에 모두 그 규제規制가 있어 혹 네모여서 둥글지 않은 것이 있고 또한 둥글어서 네모나지 않은 것이 있다. 만약 네모난 것을 고쳐서 둥글게 하면 네모난 것은 더 이상 네모난 것이 아니게 되며, 둥근 것을 고쳐서 네모나게 하면 둥근 것은 둥근 것이 아니다. 그 고칠 수 없는 까닭은 그것이 마땅히 네모나고 마땅히 둥글어야 하는 리理가 거기 존재해야 하기 때문이다. 네모난 주변이 쇠미衰微해서 고觚를 만들면 그 규제를 잃어 각이 질 수 없으므로 공자의 이 탄식이 있었다.

하남河南의 정자程子가 공자의 말을 해석하기를 '하나의 그릇을 예로 들었으나 세상의 사물이 모두 그렇지 않음이 없다. 임금이 임금답지 않고, 신하가 신하답지 않고 사람이 사람답지 않고 국가가 다스려지지 않음에 이르면 고觚가 고답지 않음과 비유된다.'고 하였다. 아! '고불고觚不觚' 세 글자는 공자에게 은연隱然하게 일리—理가 되고, 정자에게서는 현연顯然하게 만리萬理가 되었다. 분명하지 않은 정자程子였다면 어찌 일언—言에 만리萬理를 포괄되어 있음을 이와 같이 깊고 절실하고 명확하게 알겠는가? 하나의 고觚라는 글자를 들어서 리理가 모두 그 가운데 있음을 표현하였다.

무릇 임금이면 임금의 도리를 다함이 임금의 고觚이며, 신하이면 신하

편의 짧은 인용문에 대하여 그 철학적 의미를 비교적 길게 설명하였기 때문에 그 전체를 인용문으로 옮기지 않을 수 없다.

의 직분을 다함이 신하의 고觚이며, 사람이 인仁함은 사람의 고觚이며, 나라가 다스려짐은 나라의 고觚이다. 만약 임금이 임금답지 않고, 신하가 신하답지 않고 사람이 불인不仁하며, 나라가 나라답지 않으면 불고不觚라고 하지 않을 수 없다. 춘추시대에 임금이 임금답지 않고 신하가 신하답지 않음이 많았으니 열국列國이 모두 이러했다. 사람이 사람답지 않고 나라가 나라답지 않음이 많았으니 열국이 모두 그러했다. 성인은 천하를 걱정하는 마음으로 쇠미衰微한 세상에 처하면서 당시의 임금, 신하, 사람, 국가의 됨됨이를 보고서 당시 그들이 임금, 신하, 사람, 국가의 됨됨이가 고觚라고 여겼겠는가? 시대를 아파하는 마음이 홀연히 마음에서 생겨나서 고觚라는 한 글자로 형태가 정해졌으니 그 의미가 분명하여 어긋남[圭角]이 드러나지 않는다. 진실로 중인衆人이 측량하여 인식할 수 없다. 그러므로 정자程子는 일리一理로써 성인의 말을 깊이 연구하고 성인의 뜻을 깊이 탐구하여 말 외의 남은 뜻을 미루어 넓혀서 후세에 알렸으니 성인의 말이 현인을 기다려서 밝혀짐을 알 수 있다. 만약 공자의 말이 오로지 당시의 사람들이 모나지 않았다고 하였으면 다시 다른 뜻이 없었을 것이니, 이것은 성인의 마음을 아직 모르기 때문이다.

성인의 말은 종류가 많아 은연히 형적이 없는 것처럼 평언으로 직설直說할 필요가 없는 후에 성인의 말을 알 수 있다. 성인의 말은 리理일 뿐이다. 정자의 말은 그 리理를 잘 궁구했다고 할 수 있다. 만약 이 리理를 들어 또 반복하여 나간다면 그 리理가 어찌 임금 신하, 사람, 국가 네 가지에만 그치겠는가?

고觚라는 한 글자에 갖추어지지 않음이 없으니 가볍고 맑아서 위로 올라가는 것은 하늘의 '고'이며, 무겁고 탁해서 아래로 내려오는 것은 땅의 고觚이며, 땅에서 우뚝 솟아 있고[鎭峙], 바다로 흘러서 모여드는[朝

宗] 것은 산릉山陵과 천택川澤의 고觚이다. 봄에 번영하고 가을에 쇠락
하고 나무에 보금자리를 치는 것은 초목과 조수鳥獸의 고觚이다. 그 나
머지 형형색색 사물마다 역시 고觚가 있지 않음이 없으니 이것이 자연
의 리理다. 만약 리理에 반反한다면 하늘은 하늘이 될 수 없고 땅은 땅
이 될 수 없으며 산릉山陵과 천택川澤도 산릉과 천택이 될 수 없으며
초목과 조수도 초목과 조수가 될 수 없다.

아! 리는 궁양穹壤(하늘과 땅) 사이에 있으니 일一이면서 만萬이고 은미
하면서 현저하다. 일一로써 그 만萬을 알 수 있고, 은미함으로써 그 현
저함을 알 수 있다. 이것이 중니仲尼가 한 미언微言이며, 정자가 한 미
루어 넓힘일진저!¹⁹

위의 내용을 설명하기 전에 『논어』, 「옹야雍也」에 나오는 공자의 이 말의

---

19 『漁村集』, 卷9, 「觚不觚論」a_024_214d : 而聖人之言, 廣博淵深, 一言爲一理, 萬理爲一言, 則仲
尼所稱觚不觚者, 辭雖約, 語雖簡, 而意之所包, 亦歸於萬理也. 夫觚者, 物之有稜者也. 凡人造器,
皆其制, 或有方而不圓者, 亦有圓而不方者. 若使方者改而爲圓, 則方者非方也, 圓者改而爲方, 則
圓者非圓也. 其所以不可改者, 以其當爲方當爲圓, 而有理存焉故也. 周之衰, 爲觚者, 失其制
而不爲稜. 故夫子有是歎焉. 河南程子, 釋夫子之言曰, '擧一器而天下之物, 莫不皆然. 至以君之
不君, 臣之不臣, 人而不人, 國而不治, 爲比於觚之不觚. 噫! '觚不觚'三字, 在夫子, 隱然若爲一
理, 而在程子, 顯然爲萬理也. 微程子, 則孰知一言之包括萬理, 如此其深切著明哉? 擧一觚字, 而
象理盡在其中矣. 夫爲君而盡爲君之道者, 君之觚也, 爲臣而盡爲臣之職者, 臣之觚也, 人之仁者,
人之觚也, 國之治者, 國之觚也. 若使君不君, 臣不臣, 人不仁, 國不國, 則不得不爲不觚也. 春秋
之時, 君不君, 臣不臣者, 多矣, 列國皆是也. 人不人, 國不國者, 多矣, 列國皆然也. 以聖人傷天下
之心, 處於衰世, 而見當時之君之臣之人之國, 則其當時之君之臣之人之國, 爲觚者乎? 傷時之心,
忽起於方寸, 而遽形於觚之一字, 其意渾然, 不露圭角. 固非衆人所能測識. 而程子以一理, 而究究
聖人之言, 深探聖人之志, 推廣言外餘意, 以詔後世, 可以見聖人之言, 待賢人而明也. 若曰夫子之
言, 專爲時人之不爲稜, 而無復餘意, 是未知聖人之心者也. 聖人之言, 類多, 隱然若無形跡, 不必
平言直說而後, 可以知聖人之言矣. 聖人之言, 理而已矣. 程子之言, 可謂善窮其理矣. 若擧此理,
而又反覆推之, 則其理豈止於爲君爲臣爲人爲國四者哉? 觚之一字, 無所不該焉, 則輕淸而上者,
天之觚也, 重濁而下者, 地之觚也, 鎭峙于地, 朝宗于海者, 山陵川澤之觚也. 春榮秋落, 木巢穴處
者, 草木鳥獸之觚也. 其餘形形色色, 事事物物, 亦莫不有觚, 此自然之理也. 若反於是理, 則天不
得爲天, 地不得爲地, 山陵川澤, 不得爲山陵川澤, 草木鳥獸, 不得爲草木鳥獸矣. 嗟夫! 理在穹壤
間, 一而萬也, 微而著也. 以一而可知其萬, 以微而可知其著, 此仲尼之所以微言, 而程子之所以推
廣也歟!

의미를 먼저 살펴볼 필요가 있다. 공자는 주周나라의 제도와 문물을 이상으로 여겼다. 이 주나라의 제도문물이 곧 예악禮樂이다. 이 예악을 근본으로 하여 도덕 가치와 직분에 따른 책임의 체계가 성립되었다. 그리고 공자는 최고의 가치 관념과 예악의 내용을 '인仁'으로 설명하였다. 그리고 공자가 정명正名을 주장한 것은 자기가 이상理想으로 여긴 주나라의 예법이 이미 변했으므로 그것을 바로잡고자 하는 것이 첫째 목적이다. 그리고 공자는 당시 사회의 모든 분야에서 명분과 실질이 맞지 않음을 알고 이것을 바로 잡기 위하여 정명을 주장하였다. 나아가 혼란된 사회를 바로잡기 위해서는 바로 명名과 실實을 일치시켜야 가능하다고 본 것이다.

어촌은 공자가 "고觚가 '고'답지 않으니 어떻게 고라고 하겠는가? 어떻게 고라고 하겠는가?"라고 외친 것은 당시의 직분職分의 체계가 혼란한 현상을 지적한 말이라고 보았다. 어촌이 보기에 공자가 "고觚가 고觚답지 않다."고 한 말은 명과 실의 혼란을 나타내고 이것은 "임금이 임금답지 않고, 신하가 신하답지 않는" 등 여러 가지 가치관의 혼돈을 의미한다고 보았다. 이 때문에 그는 힘써 "정명正名"을 주장하는 방식으로 새롭게 가치관과 직분의 체계를 설명하고자 하였다.

특히 어촌은 "子曰; 觚不觚, 觚哉觚哉?"에 대한 정이程頤의 해석을 중시하였다. 정이는 "고觚인데 그 형태구조를 잃어버리면 고觚가 아니니, 그릇 하나를 들었지만 천하의 물건이 다 그렇지 않음이 없다. 따라서 임금이 임금의 도를 잃으면 임금답지 못한 임금이 되고, 신하가 (그) 신하의 직분을 잃으면 헛된 자리가 된다."[20]고 하였다. 어촌은 정이의 말이 공자의 말을 가장 잘 해석하였다고 칭찬한다. 어촌은 여기서 임금, 신하, 사람(백성), 국가

---

20 『論語』, 「雍也」 '觚不觚'에 대한 朱子注. : 程子曰; "觚而失其形制, 則非觚也. 擧一器, 而天下之物, 莫不皆然. 故君而失其君之道, 則爲不君, 臣而失其臣之職, 則爲虛位."

네 가지뿐만 아니라 자연 만물이 자신의 본질을 지켜야 천하가 평화로워진 다고 보았다. 여기서도 정이에 대한 어촌의 생각을 알 수 있다.

그러므로 성리학에 대한 어촌의 깊이를 더 알기 위해서는 좀 더 『어촌집』에 대한 분석이 필요하고, 또한 새로운 자료의 발굴도 기대할 수 있을 것이다.

어촌은 공부와 수양에서 성의誠意와 정심正心을 강조하였다.

> 맹자는 '정성을 지극하면 감동하지 않은 것이 아직 없다.'고 하고 또 '자기를 바르게 한 후에 사물이 바르게 된다.'고 하였습니다. 진실로 그 뜻을 정성스럽게 하고 그 마음을 바르게 하여 의리義理를 밝게 꿰뚫어 근본이 흔들리지 않고 천리와 인욕의 기미를 변별함이 체험과 확충의 바탕입니다. 자신에서부터 가정으로 가정에서 나라로 언행과 정사政事에 이르기까지, 동작과 운위云爲, 일의 조치[擧措], 끌어주고 당겨줌에 모두 정심正心과 성의誠意 중에서 나와서 하나의 털끝만큼도 사의私意가 섞이지 않아야 합니다. 제반 실제의 정사에서 드러나고 뭇 백성에게 베푸는 모두 허문虛文이 아니고 항상 정성스러우면 그 몸가짐[操身]은 간략해도 그 파급은 넓습니다.[21]

위에서 맹자의 말은 지성감천至誠感天과 상통하며, 성의와 정심은 『대학』의 팔조목八條目의 내용과 일치한다. 그리고 천리와 인욕은 정이의 "존천리, 멸인욕存天理, 滅人慾"과 상통한다. 어촌이 천리와 인욕의 기미幾微를

---

21 『漁村集』 卷8, 弘文館上疏 戊子 a_024_180c : 孟子曰; '至誠而不動者, 未之有也.' 曰; '正己而後物正.' 苟能誠其意, 正其心, 義理融徹, 根本不移, 辨天理人欲之幾, 爲體驗擴充之地, 自身而家, 自家而國, 言行政事之間, 動作云爲之際, 擧而措之, 引而申之, 皆自正心誠意中來, 而無一毫私意之雜, 見諸實政, 施及群生, 類非虛文, 一以至誠, 則其操也約, 而其及也廣.

변별해야 한다고 한 말은 곧 성리학에서 마음의 미발未發과 이발已發의 경계를 잘 살펴서 악惡으로 흐르거나 악의 유혹에 빠지지 않도록 경계하라는 수양공부를 말한다. 어촌은 일거수일투족一擧手一投足 모든 언행에서 정심正心으로 정성을 다해서 행하며, 조금도 사의私意를 섞이지 않게 해야 한다고 강조한다. 특히 임금으로서 정사政事에 사사로운 욕심이 있어서는 안 되는 이유가 그의 행동 하나하나가 국가 전체에 큰 미치기 때문이라는 말이다.

이상에서 시와 몇몇 부賦에 나타난 어촌의 유학사상은 비록 그 내용은 적지만, 그의 학문이 한학漢學을 기초로 하고 있으며 특히 경전과 사적史蹟에 해박한 지식을 갖추고 있음을 알 수 있다. 한편 조광조 주세붕 등과의 교유나 일부분이기는 하지만 이정二程 등 성리학자들에 대한 그의 견해를 보면 성리학에도 꽤 조예가 깊었다고 할 수 있다. 그러나 그 내용을 알 수 있는 자료가 충분하지 않기 때문에 체계적인 이론으로 말하기에는 아직 곤란하다.

4. 도학적道學的 경세관經世觀

도학道學은 성리학性理學의 다른 명칭이다. 조선 중기 조광조의 사림이 주창한 도학정치는 왕도정치의 실현을 목적으로 하며, 이를 위하여 성인聖人 군주君主와 소학의 도덕실천을 중시한다. 그리고 신하의 의무는 성인군주가 되도록 간언하고 보필하는데 있다고 생각한다. 『어촌집』에는 이러한 도학정치의 이상이 매우 많이 남아 있다. 이 장에서는 성인군주의 이론과 도덕실천의 요체에 대한 내용을 간간히 어촌의 도학적 경세관을 살펴보고자 한다.

어촌은 21세에 진사 시험에 합격한 뒤 약 30여년을 관직에 종사하면서 다양한 행정경험과 지식을 축적하였다. 이러한 과정에서 그는 국가를 다스리는 원칙과 목적이 무엇인가를 생각하고 이를 실천하기 위하여 적극적으로 조정에 건의하였다. 그 대표적인 내용이 「십점소十漸疏」이다.

생각건대 임금이 되어 누가 평안하게 다스림을 좋아하고 위망危亡을 싫어하지 않겠습니까? 그러나 예나 지금이나 세상에서 위망의 근심이 항상 잇달아 생기는 것은 임금이 마지막을 잘 할 수 없기 때문입니다. 임금이 그 처음에는 마음을 잡아서 보존함과 성찰의 공부가 재변災變을 방비하여 덕행을 쌓는 실상이 끊임없이 노력하여 그치지 않기 때문에 족히 드러납니다. 그러나 세월이 이미 오래 되어 지기志氣가 태만하고 편벽한 사심과 사벽邪僻한 생각이 하나라도 마음속에 싹트게 되면 자제할 수 없게 되어 그 종말은 천 갈래 만 갈래로 번져가서 걸핏하면 모두 어그러집니다. 한 생각이 잘못되면 백 가지가 차질이 생기니 여기서 나라의 형세가 위축되어 장차 위망危亡의 지경으로 빠지게 됩니다. 그런데 임금이 스스로 이미 안전하고 다스려진다고 여기고 태평하게 스스로 방자해지면 하루아침에 예측할 수 없는 변화가 일어나 몸은 위태롭고 나라는 망하게 됩니다.[22]

본래 「십점소十漸疏」는 위징魏徵(580~643)이 당태종唐太宗에게 제왕이 지켜야 할 10가지 종류의 내용을 올린 상소上疏이다. 태종은 본래 자신의

---

22 『漁村集』卷8 [疏] 十漸疏 a_024_176a : 竊惟人主, 孰不喜治安惡危亡? 而今古天下, 常患於危亡之相繼者, 由人主不能善終也. 其始也, 操存省察之功, 側身修行之實, 勉勉不已, 有足可觀. 而日月既久, 志氣帖泰, 偏頗之私, 邪僻之念, 一萌于中, 不能自制, 其終也千歧萬轍, 動皆悖戾. 一念之非, 而百爲之差, 於是乎國勢委靡, 將淪於危亡之域. 而人主自以爲己安己治, 晏然自肆, 一朝, 變起不測, 身危國亡.

형의 측근으로 일하던 위징을 측근으로 등용함으로써 그의 포용력을 과시하였다. 그 후 태종이 정사를 태만하게 하자 「십점소」를 올렸고 태종은 자신의 잘못을 깨닫고 다시 정사를 잘 처리하여 후인의 칭송을 받았다.

이를 본받아 조선시대에도 몇 사람이 「십점소」를 올리기도 하였는데, 어촌의 이 「십점소」는 그 내용이 매우 간절하고 시의時宜 적절하였다. 그런데 이미 어촌의 「십점소」에 대한 자세한 분석과 연구[23]가 있었기 때문에 여기서는 그 내용을 자세하게 분석하지는 않고 그 대략을 요약 정리하면 아래와 같다.

1. 여색女色을 멀리하고 덕을 좋아하여 본심을 보존해야 한다.
2. 토목공사土木工事를 사치스럽게 하지 말고, 사욕을 없애고 검약하고 소박하게 생활해야 한다.
3. 재용財用을 낭비하지 않고, 조세를 가볍게 해야 한다.
4. 간신을 물리치고 충량忠良한 인재를 등용해야 한다.
5. 민폐民弊를 없애고 백성을 편안하게 하며, 올바른 감사監司를 등용하여 수령을 권장勸奬하고 엄하게 징계하고 백성이 따르게 하며 보호해야 한다.
6. 하늘의 재변災變 두려워하고 자신의 허물을 경계해야 한다.
7. 정사政事에 근면하고 안일하지 않아야 한다.
8. 유학을 숭상하고 이단을 배척하며, 교육을 진흥해야 한다.
9. 대신을 공경하고 예우하며 언로言路를 넓혀야 한다.
10. 충언忠言을 받아들이고 언로言路의 소통을 보장하고 넓혀야 한다.

---

23 제3회 어촌 심언광 전국학술세미나 논문집(2012년 12월 7일), 송수환, 「어촌 심언광 십점소 고찰」, 참고.

이상의 내용은 성인군주를 주창하는 도학정치의 정신이 그대로 담겨있다. 그리고 신하로서 성인군주가 되도록 보필하는 노력도 함께 드러난다. 중종中宗은 왕위에 오른 후 조광조를 등용하여 대대적 개혁을 하려고 하였으나 채 4년도 못되어 개혁정치를 포기하고 만다.

중종은 스스로의 힘으로 혹은 정해진 법통에 따라서 왕위에 오른 인물이 아니었다. 그는 이복형인 연산군燕山君이 폐정弊政으로 쫓겨남에 대신 왕위에 올랐다. 왕위에 오른 후 그는 조광조를 중심으로 사림을 대거 등용하고 개혁정치를 진행하였다. 그러나 그는 원천적으로 연산군을 몰아내고 자신을 옹립한 훈구파들의 눈치를 볼 수밖에 없었고, 그는 개혁의지보다는 오히려 자신의 권좌를 지키는데 급급하였다. 이에 따라 힘이 모이는 향방에 따라 강자의 편에 섰다. 이에 그는 조광조의 급진적 개혁이 훈구파의 강력한 반대에 부딪치자 갑자기 조광조 일파를 일거에 쓸어내고 다시 훈구파와 자신에게 아유阿諛하는 일파들을 끌어들였다가 또 쓸어내기를 반복하였다.

어촌의 고민도 여기에 있다고 생각된다. 어촌이 제시한 「십점소」의 내용은 국가를 다스려야 할 왕의 책무를 매우 구체적으로 표현하고 있다. 그리고 그것은 당시의 시무時務였다.

당의 태종은 위징의 건의를 흔쾌하게 받아들이고 새롭게 정사를 돌보아 정관지치貞觀之治[24]의 중흥을 이루었으나 조선의 중종은 그러지 못하였다. 그리고 어촌은 군주가 올바른 마음을 가져야 나라가 편하게 됨을 강조하였다.

---

24 당(唐) 태종의 연호인 정관(貞觀:627~649) 시대에 시행된 정치로 성당(盛唐)의 기초가 되었다. 후일 현종(玄宗)의 개원(開元:713~741)의 치(治)와 함께 당나라의 대표적 개혁정치로 꼽힌다.

삼가 아뢰건대, 『대학』은 '먼저 그 마음을 바로잡음을 귀하게 여긴다.' 고 하였고, 『맹자』에서는 '그 그른 마음을 바로잡는다[稱格].'고 했으니 마음은 한 몸을 주재主宰하며, 만사萬事의 근본입니다. 그 마음을 바르게 함이 없이 능히 만사를 바르게 한 적은 아직 없습니다. 마음이 그 바름을 잃음이 곧 그른 마음이 되며, 그 바르지 않은 바를 사리대로 바로잡아 바름으로 돌아가게 하는 것이 또한 이른바 격格입니다.[25]

어촌은 기회가 있을 때마다 최고통치자인 왕의 수양과 공부를 강조하였다. '마음을 바르게 한다.'는 말은 마음에 사사로운 생각이나 편견이 없어야 하며, 오로지 객관적이고 공평한 판단을 할 수 있는 지식을 갖추고 있어야 한다는 뜻이다. 그리고 '마음이 일신을 주재한다.'는 말은 마음이 모든 생각과 판단과 행동을 결정한다는 말이다. 그리고 그 결정은 올바른 마음을 갖추고 있어야 그른 것을 바로 잡아 온 나라가 공평무사하고 사리대로 올바르게 된다는 말이다.

5. 맺음말

이상에서 어촌 심언광의 선비정신을 그의 절의정신, 유학사상, 경세관 등을 중심으로 살펴보았다. 어촌의 생애와 관직생활에서 나타난 그의 선비정신을 비록 부족하지만 그 일면을 볼 수 있었다.

먼저 그가 51세 때 수행한 관반사館伴使는 외국사신을 접대하기 위하여

---

25 『漁村集』 卷8, 弘文館箚子 a_024_188c : 伏以, 大學貴先正其心, 孟子稱格其非心, 心者, 主宰於 一身, 而根本於萬事. 未有不正其心, 而能正萬事者也. 心之失正者, 乃所以非心, 而匡其所不正, 使歸於正, 又所謂格也.

수시로 임명하던 관직이었다. 대개 정3품 이상의 고위관리 가운데 문장이 뛰어나고 견문이 풍부한 사람을 임시로 임명하였다. 그러므로 임시직이지만 외교적으로 더 중요한 역할을 해야 하는 직책이라고 할 수 있다. 당시 조선과 명나라의 관계로 보면 이 접반사의 직책을 어촌에게 맡긴 것은 그만큼 그의 문재文才와 처신이 뛰어났음을 말해준다.

어촌의 선비정신은 그의 절의정신, 유학사상, 경세관을 종합하여 이해할 수 있다. 그리고 그의 선비정신은 당시의 시무時務에 대한 개혁사상으로 집약된다.

예나 지금이나 개혁에는 지도자의 의지와 능력도 중요하지만 지도자와 함께 하는 개혁을 추진하는 적합한 인물도 중요하다. 그리고 개혁추진의 적절한 시기를 놓치지 않아야 하며, 무엇보다 개혁세력의 화합성과 도덕성이 중요하다.

역사는 이러한 과정에서 지도자의 자질이 얼마나 중요한가를 말해준다. 위징魏徵이라는 유능한 신하의 간언諫言을 받아들여 당시 세계최고의 번영을 누린 대당大唐의 꿈을 이룬 당태종과 조선 건국 후 150여 년간 축적된 조선지식인의 학문과 열정을 사화士禍라는 참혹한 정치보복으로 제대로 현실개혁에 써 보지도 못하고 땅속에 묻어버린 조선의 경우가 비교된다. 벌써 500여년이 지났지만 그 사화의 앙금은 아직도 완전히 씻기지 않고 전해온다. 역사에 가정은 없지만 만약 중종中宗이 자신이 처음 시작한 개혁을 어느 정도라도 성공시켰다면 임진왜란도 병자호란도 겪지 않았을지 모른다.

21세기 오늘의 한국도 중종 때와 비슷한 상황의 개혁이 필요하다. 이러한 점에서 어촌의 식견과 경험을 오늘에 되살려 보는 것은 우리의 의무이자 책임이다.

한편, 리일분수理一分殊론은 유학의 핵심사상에 속한다. 우주에 하나뿐인 이치[一理]에서 만물의 만수萬殊로 분화된다는 이론이며, 이것은 태극

太極인 리理의 발현으로 해석되기도 한다. 어촌이 은미함과 드러남, 일리一 理와 만리萬理로 우주의 근원과 인간 만물을 이해하고자 한 것은 그만큼 성리학에 대한 사유의 지평이 넓고 깊었다고 생각되지만, 아쉽게도 더 구 체적인 논증자료가 부족하다.

어촌의 선비정신은 그가 일생동안 덕업德業을 성심誠心으로 닦는 진덕 수업進德修業에 매진한 데서 잘 드러난다. 그는 충후忠厚한 기개와 절조氣 節, 의리義理, 충순忠純, 직간直諫으로써 왕도정치의 이상을 추구하였으며, 출처出處에 분명한 의리와 명분을 지켰다.

어촌의 이러한 선비정신은 바로 현대사회의 정치가, 관리자, 일반시민이 함께 지켜야 할 덕목이다. 학문의 정심精深함, 의리義理에 근거한 업무수행, 공평무사한 언론, 엄격한 자기 관리는 현대인들도 반드시 지켜야 할 지도 자의 덕목 곧 지도력指導力, Leadership이다.

| 참고문헌

『中宗實錄』.

『國譯 漁村集』(강릉문화원, 2006)

『燕巖集』

『四書集註』

제1~4회 『어촌 심언광 전국학술세미나』 발표논문집.

하정승, 「어촌 심언광의 한시에 나타난 죽음의 형상화와 미적 특질」, 『동양학』제55집, 2014.

박도식, 「조선전기 守令制의 실태와 심언광의 守令觀」, 『인문과학연구』제40집, 2014.

박도식, 「어촌 심언광의 북방경험과 국방 개선안」, 『한일관계사연구』제48집, 2014.

강지희, 「어촌 심언광 詠史詩에 나타난 역사인식과 삶의 지향」, 『한문고전연구』제28집, 2014.

김형태, 「어촌 심언광 시의 자연 인식과 상징성 연구」, 『동방학』제24집, 2012.

박영주, 「어촌 심언광 시세계의 양상과 특질」, 『고시가연구』제27집, 2011.

김은정, 「어촌 심언광의 생애와 시세계」, 『한국한시작가연구』제5집, 2000.